The Invisible Heart
보이지 않는 마음

일러두기
이 책은 유명한 미드인 〈미녀와 야수〉를 알고 읽으면 좋다. 부정부패를 고발하는 드라마
이면서 경제학에 관하여 많은 내용을 내포하고 있기 때문이다. 저자는 자신의 소설 속에
드라마 구성을 채용하여 전개하고 있다. 소설은 「♥」, 미드 내용은 「◆」로 구분되어 있다.
이 책에서 묘사된 에드워드 고교의 학생들과 피고용인, 그들의 친구들과 가족, 헬스넷사
와 이 회사의 피고용인과 가족들, 기업활동감시국과 이 기관의 피고용인과 의회의 구성
원들, 그리고 여러 정부기관의 피고용인들은 저자가 임의로 설정한 것이다. 이들과 실제
인물, 회사, 학교, 또는 정부기관 사이에 어떤 유사성이 발견되더라도 그것은 전적으로 우
연이다. 이 책에서 언급된 그 외의 다른 회사들과 사람들은 모두 실재한다. 저자는 그들과
미국 경제를 가능한 한 실제와 같이 묘사하려 노력했다. 출처는 책의 뒤에 적혀 있다.

# 보이지 않는 마음

러셀 로버츠 지음
김지황 옮김

The    Invisible    Heart

연암사

# 보이지 않는 마음

초판 발행　　2017년 10월 25일
2쇄 발행　　2018년 11월　6일

지은이　　　러셀 로버츠
옮긴이　　　김지황
발행인　　　권윤삼
발행처　　　도서출판 연암사

등록번호　　제10-2339호
주소　　　　121-826 서울시 마포구 월드컵로 165-4
전화　　　　02-3142-7594
팩스　　　　02-3142-9784

ISBN 979-11-5558-030-1　03840

연암사의 책은 독자가 만듭니다.
독자 여러분들의 소중한 의견을 기다립니다.
트위터　@yeonamsa
이메일　yeonamsa@gmail.com

이 도서의 국립중앙도서관 출판시도서목록(CIP)은
서지정보유통지원시스템 홈페이지(http://seoji.nl.go.kr)와
국가자료공동목록시스템(http://www.nl.go.kr/kolisnet)에서
이용하실 수 있습니다. (CIP제어번호: CIP2017024924)

# 머리말

정말 많은 분들이 이 책을 집필하는 데 진심 어린 격려와 초안 작성에 관하여 조언을 아끼지 않았습니다. 그들은 정치적인 면이나 철학적인 면에서 다양한 스펙트럼을 가진 사람들이었습니다. 그들 중 몇몇은 이 책의 내용 대부분에 동의했지만, 상당수는 일부, 혹은 많은 부분에 이견을 표시하셨습니다. 그러므로 이 책에 혹시 있을지 모르는 어떤 오류도 전적으로 저의 책임임을 밝혀두겠습니다.

저는 뛰어난 선생님들과 학생들, 그리고 훌륭한 책에서 배울 수 있어서 행운이었습니다. 제가 참고한 책들은 이 책 뒷부분에 있는 더 읽을거리에서 확인할 수 있습니다. 또한 많은 은사님들 중에서도 특히 개리 베커, 밀턴 프리드먼, 데이르데 맥클로스키, 솔 폴라첵, 쇼지 스티글러, 그리고 켄 베르츠에게 깊은 감사를 드립니다. 이분들은 제게 경제학적으로 사고할 수 있는 열정을 불어넣어 주셨습니다.

이 책은 집필과 출판 과정에서 많은 사람들로부터 거부당하기도 하였습니다. 그럼에도 열정을 가지고 저에게 도움을 주신 빅토리아 리차드슨 바넥, 미나 세르니 쿠마, 그리고 제인 맥도널드에게 감사를 표합니다. 또한 교정과 편집을 맡아주신 쥬디 펠트만과 MIT 출판부의 모든 임직원들에게 감사의 마음을 전합니다.

저는 미국 비즈니스 연구센터와 세인트루이스의 워싱턴 대학에서 일할 수 있다는 것을 감사하게 생각하고 있습니다. 센터의 창립자이자 소장인 머래이 바이덴바움은 연구와 집필에 전념할 수 있는 훌륭한 환경을 마련해 주었습니다.

집필 초기에 격려와 아이디어를 제공하고 지지와 도움이 되는 비평을 해준 데렉 블라클리, 야엘 블룸, 캐서린 브래드포드, 안나 캔트웰, 레스 쿡, 모간 파헤이-폰베르크, 타마 프레드만, 래리 & 필리스 테리 프리드먼, 윌리엄 프로호트, 피트 게데스, 수잔 긴스버그, 단 그레셀, 리사 해리스, 제이미 해리스거슨 존 하트, 데이비드 헨더슨, 스코트 제닝스, 케빈 케인, 로버트 키르크, 데이비드 코왈치크, 바르바나 & 데이비드 쿠퍼, 제니퍼 크룹, 마르크 로, 드와이트 리, 미첼 레빈, 아더 리버스 메트로 클라스, 고든 맥킨지, 딕 마호니, 알랜 마주르, 크리스 모즐리, 스티븐 모스, 피터 모이저, 알랜 네메스, 라피 네메스, 브루스 니콜스, 로빈 오르비스, 에드 피츠, 사라 피어슨, 댄 핑크, 캐서린 라테, 안드레아 밀렌 리치, 제니퍼 & 조 로버츠, 맥스 조센탈, 앤디 루텐, 알렌 샌더슨, 힘 샤프너, 사라 빈클레만, 달리트 샤르프만, 머래이 바이덴바움, 그리고 엘리아나 욜쿠트에게 감사드립니다.

덧붙여 다음 분들께는 특별한 감사를 표하고 싶습니다. 부모님인 셜리 로버츠와 테드 로버츠에게는 세상을 변화시키길 원하는 영감과, 시, 따뜻한 마음과 열정에 감사드립니다. 그분들은 저의 원고를 여러 차례 읽으시고 훌륭한 피드백을 주셨습니다. 민데 프리드먼과 제프 프리드먼은 프랭크 시나트라에 대한 조언과 초안에 고견을 주셨을 뿐만 아니라, 이 책의 주제들과 세상을 개선하는 방법에 대하여 여러 시간 동안 토론해 주셨습니다. 베비스 슈콕과 페이션스 슈콕 또한 훌륭한 제안을 많이 해주셨고, 주제들에 대해 장시간 논의해 주셨습니다. 초안에 훌륭한 비평을 해주시고 여러 시간 동안 경제학을 알기 쉽게 전달하는 방법에 대해 이야기해 주신 돈 부르도에게도 감사드립니다. 그리고 제가 더 좋은 책을 쓰도록 이끌어 주시고, 문장표현에 있어서 훌륭한 조언을 해주셨으며, 가까운 가족들 외에 원고를 가장 많이 읽어 주신 개리 블레스키에게 특별한 감사를 표하는 바입니다.

언제나 저에게 "샘과 로라는 어떻게 되고 있어요?"라고 물어보며 이야기를 열심히 들어준 저의 아이들에게도 고맙다는 말을 하고 싶습니다.

마지막으로, 이 책이 5년간의 우여곡절 끝에 출판되기까지 언제나 지치지 않고 원고를 읽어 주고, 비평을 아끼지 않으며, 참을성 있게 지켜봐 준 아내 샤론에게 감사합니다. 샤론은 그 누구보다도 보이지 않는 마음(원제 : The Invisible Heart)에 대해 잘 알고 있습니다.

세인트루이스에서
러셀 로버츠

# 차례

# 첫 수업

  샘 고든이 교실에 들어서자, 학생들은 이야기를 멈추고 샘을 보았다. 샘은 팔다리가 가늘고 키가 커서, 허겁지겁 교실에 들어오는 모습이 마치 인형극의 꼭두각시가 총총거리며 걸어오는 것만 같았다. 샘의 하얀 얼굴은 검은 곱슬머리와 대비되어 창백해 보이기까지 했다. 샘은 넥타이를 매고 카키색 정장 바지를 입었다. 오늘처럼 수업 첫날이 아니면 넥타이는 보기 힘들다.

  샘은 강의를 시작하기 전에 고개를 들어 위를 보았다. 샘의 수업을 들었던 학생들은 이런 모습을 자주 보았기 때문에, 경제학 문제에 대한 모든 해답이 에드워드 고교의 천장에 쓰여 있을 거라고 수군거렸다. 하지만 샘은 자신의 생각을 정리하고 있을 뿐이다.

  이윽고 샘은 칠판에 자신의 이름을 쓰며 강의를 시작했다. 샘은 약간 긴장이 되는지, 몰래 숨을 몰아쉬고는 안경테를 들어 올리며 학생들을 향해 돌아섰다.

  "내 이름은 샘 고든이다. 그리고 이 강좌는 생활경제에 대하여

감을 잡게 해주는 시간이 될 거야."

한 학생이 키득거렸다.

"여러분도 알다시피, 이 과목은 '경제학의 세계'라는 고급선택 과목이다. 여러분이 열린 사고를 가지고 있다면, 이 수업을 듣기 위해 특별히 갖춰야 할 것은 없다. 그리고 지금 시험 칠 준비를 하 도록!"

샘은 표정을 밝게 하며 시험을 선언했다.

"종이를 꺼내서 맨 위에 이름을 써라."

학생들에게서 나지막한 신음소리가 새어나왔다.

"너희 마음을 이해해. 첫 수업부터 시험이라니 당황스럽겠지. 하 지만 별로 어렵지 않으니까 걱정할 필요는 없어."

샘은 칠판으로 가서 5,310억과 165억이라는 두 개의 숫자를 적 었다.

"첫 번째 수인 5,310억은 땅속에 묻혀 있는 원유의 매장량을 배 럴 단위로 적은 것이고, 두 번째 숫자는 세계의 연간 원유 소비량 을 적은 것이다. 시험문제는 '과연 언제쯤 석유가 고갈될 것인가?' 이다. 제한 시간은 1분!"

"겨우 일 분이요?"

"계산기를 써도 되나요?"

"일 단위인가요, 연 단위인가요? 아니면 분, 시간 단위도 있는데 어떤 걸 써서 계산해야 하죠? 좀 더 구체적으로 말씀해 주세요."

여기저기서 불만 섞인 질문들이 쏟아졌다.

"계산기를 쓰든지, 어떤 단위를 쓰든지 자신이 편한 대로 하면 된다."

학생들이 계산기를 두드려대는 동안 샘은 편안한 마음으로 교실을 둘러보았다. 에드워드 고교는 아름다운 학교다. 문틀부터 책상까지 모두 고급스러운 원목으로 처리되어 있고, 책상들도 보기 좋게 배열되어 있다. 샘은 이런 곳이라면 교사생활도 할 만하다고 생각하며 설레는 기분을 만끽했다.

교실에는 18명의 학생이 앉아 있었다. 학생들이 미친 듯이 계산기를 두드리며 답안지를 꾸미고 있는데, 셋째 줄에 앉아 있는 금발머리에 키가 큰 여학생은 문제를 푸는 일에는 관심이 없는지 창밖을 보며 딴청을 피우고 있었다.

"10초 남았다! 답안지를 정리하도록."

샘의 말이 떨어지기가 무섭게 여기저기서 신음소리가 들려왔다.

"시간 다 됐다. 자기 답안의 핵심적인 부분에 동그라미를 표시해."

샘은 학생들의 답안지를 걷어서 대충 훑어보면서 교단으로 돌아오다가, 세 번째 줄에 앉아 있던 여학생 앞에 멈춰 섰다.

"학생 이름이 뭐지?"

"에이미입니다."

"에이미, 뭐라고 답했는지 말해 줄 수 있나?"

"그냥 공란으로 뒀어요. 난센스 퀴즈 비슷한 게 아닌가 하는 생각이 들어서요."

"난센스라고? 왜 그렇게 생각했지?"

"열심히 계산기를 두드리고 달력을 쳐다본다고 답이 나올 것 같지 않았거든요. 이 수업은 경제학인데, 그렇게 단순한 계산문제를 내지는 않으셨을 것 같았어요."

"그렇다면 어떤 점이 난센스라는 거지?"

"모르겠어요. 아직은 그 정도로 경제학에 대해 잘 알지는 못하니까요. 하지만 계속 생각은 해보고 있어요."

"좋아. 이 수업의 목적은 바로 그렇게 생각해 보는 데 있어."

샘이 교단으로 걸어가면서 말했다.

"남들이 생각하는 걸 무작정 받아들여서는 안 돼. 자신의 머리로 생각해야 해. 사람들이 어떤 패턴으로 행동하는가에 세심한 주의를 기울여야만 경제학을 잘할 수 있어. 그리고 이 문제를 이런 방식으로 보면 석유는 영원히 고갈되지 않는다는 답을 얻을 수 있지."

샘은 이쯤에서 말을 멈추고 학생들을 둘러보았다. 맨 마지막 줄에 앉은 학생이 옆에 앉은 학생에게 소곤거렸다.

"무슨 답이 저래. 저 선생 좀 이상한 거 아냐?"

사람들이 샘은 좀 이상하다고 생각했지만, 정작 그에 대해 아는 사람은 드물었다. 유유상종이란 말이 있지만, 비슷한 사람이 극히 적다면 모이려 해도 모일 수가 없는 법이다. 이처럼 샘이 자신을 이해할 수 있는 사람을 만나는 것도 쉬운 일이 아니었다. 그만큼 특이했기 때문이다.

샘은 사람들이 이해하기 어려운 일들을 머지않아 또 벌일 텐데, 일을 만들수록 샘에 대한 오해는 깊어지고 소문이 무성해질 것이다. 애초에 에드워드 고교처럼 보수적인 학교에서 샘을 교사로 채용했다는 사실 자체가 상당히 놀라운 일이었다.

워싱턴 최고의 명문 사립고등학교인 에드워드 고교는 워싱턴 대성당과 동물원에서 몇 구역 떨어진 워싱턴 북서부의 조용한 주택

가에 자리 잡고 있었다. 설립 초기였던 20세기 초의 에드워드 고교 선생들은 학교가 대성당과 동물원 사이에 있는 것을 상기시키며, 사람은 동물적인 저열함에서 벗어나 신의 신성함에 근접하기 위해 끊임없이 노력해야 한다고 가르쳤다. 그러나 요즘의 에드워드 고교는 학생들의 인성보다는 명문대학 진학률에 더 관심이 많았다.

샘이 이 학교에 부임할 수 있었던 것은 경제학 석사학위와 4년간의 강의경력을 인정받았기 때문이다. 지난여름에 서른 살을 맞은 샘은 이 학교에 부임한 첫해에 정치학 수업을 했고, 고급경제학의 일부분을 강의했다. 올해는 처음으로 자신이 강의하고 싶은 것을 선택해서 강의할 수 있는 '경제학의 세계' 과목을 맡았다.

"머리를 써 봐, 머리를!"

샘이 학생들을 향해 말했다.

"석유는 한정되어 있어. 하지만 우리는 매일 엄청난 양의 석유를 소비하고 있지. 이런 논리라면 언젠가 석유는 고갈되는 게 당연하지, 안 그래?"

샘은 누군가 대답하길 기대하는 듯 말을 멈추고 학생들을 둘러보았다.

"글쎄요, 아마도 그럴 것 같은데요?"

에이미가 대답했다.

샘은 이에 대답하지 않고 갑자기 화제를 바꾸어 말했다.

"에이미, 혹시 피스타치오 좋아하니?"

"네, 좋아해요."

"내가 네 생일 선물로 껍질을 안 깐 피스타치오를 한방 가득 채워줬다고 가정해 보자. 가령 이 교실만한 큰 방에 말이야. 그 방은 이제 5피트 높이로 피스타치오가 가득 채워져 있어. 정말 많은 양이지? 그럼 정말 멋진 생일이 될 거야. 일단 네 손에 들어간 이상, 그 방의 피스타치오는 모두 네 거야. 네가 먹고 싶을 때면 언제든지 와서 마음껏 먹을 수 있고, 돈은 걱정 안 해도 돼. 원한다면 친구들을 데려와서 파티를 열어도 좋아. 정말 짜릿하지 않니?"

"좋기는 한데, 짜릿한 정도는 아니에요."

"좋아. 그냥 행복한 정도라고 해 두자. 사소한 일로 시비 걸지 마."

샘이 웃으며 말했다.

"너는 피스타치오를 좋아한다고 했으니까 그런 상황이 된다면 정말 행복할 거야. 그 방을 나서면 피스타치오가 정말 비싸겠지만, 그 방안에서는 공짜야. 그런데 피스타치오를 먹으려면 껍질을 까야겠지. 자, 그런데 껍질을 밖에 버릴 수 없다고 가정해 보자. 처음에는 그것쯤이야 문제가 안 되겠지. 처음 며칠 동안은, 아니 몇 달 동안은 괜찮을 거야. 하지만 시간이 지날수록 그 껍질이 수북이 쌓여서 피스타치오를 찾는 일이 점점 힘들어지겠지. 빈 껍질이 많아서 알맹이가 든 피스타치오를 찾기가 힘들어지는 거지. 친구들을 불러서 피스타치오를 먹으려면 그 껍질 더미 속에서 피스타치오를 찾아 헤매야 할 거야. 그럼 친구들은 '이제 이런 짓은 그만 하자.'라고 하겠지. 너는 의아해 하며 '왜 그래? 여기서 찾은 피스타치오는 전부 공짜야.'라고 대답하고. 이 말에 네 친구들은 뭐라고 할까?"

"'이제 그 땅콩들은 더 이상 공짜가 아니야.'라고 말하지 않을까요?"

"바로 그거야!"

샘이 기쁨에 넘쳐 말했다.

"몇 시간을 들여 껍질 더미에서 헤매느니, 차라리 가게에서 사 먹는 게 나을 수 있거든. 그 방의 땅콩들은 이제 비싼 대가를 치러야만 먹을 수 있게 된 거야. 석유도 피스타치오와 다를 게 없어. 마지막 한 방울의 석유를 추출하기 전에, 이미 우리는 더 이상 그걸 에너지원으로 생각하지 않게 될 거야. 새로운 석유를 찾아내기도 힘들 뿐더러, 찾아내더라도 시추비용이 너무 비싸지겠지. 그러니까 석유가 고갈되기 훨씬 이전에 인류는 값싼 대체 에너지원을 찾아낼 거란 얘기지."

맨 뒷줄에 앉은 학생이 다시 친구에게 속삭였다.

"저 선생님, 피스타치오 방에 너무 오래 있다가 미쳤나 봐."


샘이 수업을 하고 있는 같은 시각, 복도를 사이에 둔 맞은편 교실에서는 로라 실버가 마음을 진정시키려 애쓰고 있었다. 샘이 첫 수업을 할 때 약간의 초조함을 느꼈다면, 로라는 속이 울렁거릴 정도로 긴장했다. 에드워드 고교의 선생님은 로라의 첫 직업이었다. 로라는 칠판에 자신의 이름과 함께 문학이라는 강의명을 적었다.

"저는 로라 실버라고 해요. 이 수업은 문학 강의입니다. 강의계획서에 따라서, 오늘은 찰스 디킨스의 〈위대한 유산〉에 대해 이야기해 보죠."

로라는 강의노트에서 눈을 들어 학생들을 바라보았다. 학생들은 무표정한 얼굴로 로라의 말을 듣고 있었다. 로라는 긴치마에 잘 다려진 상의를 입고, 검은 머리끈으로 다갈색의 머리카락이 흘러내리지 않도록 묶은 화장기 없는 모습이었다.

로라는 칠판에 'Getting and spending, we lay waste our powers.(얻고 쓰느라, 우린 생의 힘을 소진한다)'라고 썼다.

"이건 누가 한 말일까요?"

"셰익스피어인가요?"

누군가가 대답했다.

"아, 누가 한 말인지 모를 땐 역시 셰익스피어를 찍는 게 확률이 높긴 하죠. 그 다음은 알렉산더 포프, 그것도 아니면 성서에 있는 말이라고 하면 대충 맞아 떨어져요. 하지만 이건 윌리엄 워즈워스의 시에서 인용한 거예요. 자, 본론으로 들어가기 전에 빙 둘러앉아 이야기할 수 있도록 책상 배치를 바꿔 볼까요?"

조용하던 교실은 책상을 옮기면서 잠시 어수선해졌다. 열다섯 개의 책상이 다시 배열되자 로라는 그 사이에 앉았다. 로라는 둘러앉은 학생들에게 각자의 이름과 좋아하는 책을 말하라고 했다.

학생들이 각자 자기소개를 마치자 로라는 말했다.

"좋아요. 이제 각자 종이를 꺼내서 워즈워스가 이 구절을 통해 무엇을 말하려 했는지 적어보세요. 정답은 없어요. 그냥 자신의 생각대로 적고 나서, 거기에 대해 말하는 시간을 갖도록 하죠."

로라가 에드워드 고교의 강단에 서게 된 것은 행운이었다. 올해 스물네 살이 된 로라는 예일대에서 문학을 전공했으며, 작년에는 이스라엘의 생활공동체인 키부츠로 가서 과일을 따거나 공장에서 박스를 만드는 일을 했다. 여름에는 이탈리아의 플로렌스 지방을 여행하면서 자신의 이탈리아어를 가다듬는 기회도 가졌다. 에드워드 고교에서 경력 있는 선생님 대신 로라처럼 강의 경험이 전혀 없는 지원자를 선발한 것은 이례적인 일이었다. 하지만 로라의 지도교수가 격찬에 가까운 추천서를 써주었을 뿐만 아니라, 디킨스에 대한 고3 선택과목 시범수업을 멋지게 해낸 것이 주효하여 강단에 서게 되었다.

로라는 이 학교에서 2년 정도 머문 후에 법학대학원에 진학할 생각이었다. 로라에게 법학대학원 진학은 너무나 당연한 일이었다. 부모님이 변호사인데다 자신도 논쟁을 좋아하며, 사회를 바꾸는 데 기여하고 싶었기 때문이었다.

학생들에게 충분한 시간을 준 후, 로라가 물었다.

"좋아요. 워즈워스가 말한 이 문장에서 'getting and spending' 이 의미하는 바가 뭘까요? 대체 뭘 얻고 쓴다는 걸까요?"

첫 수업이란 남녀 간의 첫 만남과 같은 것이다. 특히 새로 부임한 선생이 이제 막 입학한 신입생들에게 첫 수업을 한다는 것은 어려운 일이다. 대답하는 학생이 없었지만 다행스럽게도 로라의 맞은편에 앉은 여학생이 손을 들었다.

"좋아요. 에밀리가 대답해 봐요."

"돈을 벌어서 쓴다는 것 아닐까요?"

"왜 그렇게 생각하는지 말해 줄 수 있나요?"

"'쓴다' 니까요. 돈 말고 그렇게 표현할 만한 게 없잖아요."

"그렇다면 워즈워스가 이 구절을 통해 말하고자 하는 게 뭐라고 생각하죠?"

"돈을 벌어서 쓴다는 게 사람을 약하게 한다고 말하려는 거 같아요."

"상당히 일리가 있군요. 그렇다면 왜 워즈워스는 '벌고' 라는 뜻의

'earning'을 쓰지 않고 'getting'을 써서 '얻고'라고 했을까요?"

로라가 기대에 찬 눈으로 학생들을 돌아보자 한 학생이 손을 들었다.

"스티븐이 말해 보세요."

"제 생각엔 워즈워스가 '얻는다'라는 표현이 '번다'라는 표현보다 어감이 좋지 않다고 생각한 것 같아요. 무언가를 번다는 건 좋은 말로 들리잖아요. 하지만 얻는다는 건 그다지 좋게 들리지는 않거든요."

"흥미로운 생각이군요. 어떤 면에서 '벌기'와 '얻기'가 다르다고 생각하죠?"

"음, 뭐랄까… '벌기'는 노동의 대가로 돈을 받는다는 뜻이 담겨 있지만, '얻기'에는 그런 좋은 의미뿐만이 아니라 비윤리적인 방법으로 돈을 취한다는 뜻도 포함된다고 생각해요. 가령 도둑질을 해서 돈을 손에 넣은 것은 '얻은 것'이긴 해도 '번 것'은 아니거든요."

"모두 스티븐의 생각에 동의하나요? 그래요, 킴이 말해 보세요."

"제 생각은 좀 다른데요, 워즈워스는 '얻다'나 '벌다'에 별 차이를 두지 않았을 것 같아요. 노동에 대한 대가이든 훔쳐온 것이든 돈에는 모두 꺼림칙한 무언가가 있다고 생각한 거죠."

"훌륭해요."

로라는 대견스럽다는 듯이 미소를 지었다.

"그럼 학생은 이 문장을 어떻게 해석하나요?"

복도 맞은편 교실에서는 샘이 장난기 가득한 표정을 짓고는 왔다 갔다 하더니 주머니에서 1달러를 꺼내 책상 위에 올려놓았다.

"얘들아, 게임 하나 하자."

샘이 재미있어 하는 표정으로 말했다.

"이 돈을 먼저 잡는 사람이 임자가 되는 거야. 어때?"

학생들은 아직 상황 파악을 못한 듯 멍하니 앉아 있었다. 그러나 잠시 후 한 학생이 자리를 박차고 뛰어나와 돈을 움켜쥐었다.

"아주 잘했어!"

샘은 무척 기뻐하며 그 학생과 악수를 했다. 학생이 수줍은 듯 웃었다. 샘은 다시 교탁으로 돌아가, 이번에는 5달러짜리 지폐를 꺼내 들었다. 그걸 학생들에게 보여준 후, 교탁 위로 돈을 떨어뜨렸다. 지폐가 팔랑거리며 교탁 위로 떨어졌다.

샘이 낮은 목소리로 말했다.

"왜 다들 가만히 앉아 있지? 이 돈 갖기가 싫은가?"

교실은 난리가 났다. 학생들이 요란하게 일어나 교탁으로 달려들었다.

잠시 후 돈을 쟁취한 한 학생이 지르는 승리의 함성이 들렸다. 샘은 이번에도 돈을 차지한 학생에게 악수를 했다.

"재밌지?"

샘은 학생들을 향해 돌아서며 말했다.

"돈은 실로 대단한 동기를 부여하지."

교탁으로 뛰어나왔던 학생들이 하나둘 제자리로 돌아갔지만, 그들 중 몇몇은 또 있을지도 모르는 기회를 기대하며 그 자리를 떠나지 못하고 있었다. 하지만 샘은 그들이 모두 제자리로 돌아가기를 기다렸다가, 이번에는 아예 교탁 위로 올라섰다. 그러고는 20달러

지폐를 꺼내더니 학생들의 머리 위에서 흔들었다. 학생들은 웃고 소리치며 서로 밀치고, 고개를 젖힌 채 돈을 잡으려고 깡충깡충 뛰었다.

"장난이야, 장난!"

샘이 돈을 도로 주머니에 넣으며 말했다.

"경제학이 뭔지 가르치고 싶지만, 20달러는 좀 아깝군. 어때? 재미있었지? 이래도 경제학이 지루하기만 한 학문이라고 생각하나?"

샘은 책상 위에 서서 학생들을 내려다보며, 자신 있게 말했다.

"자, 여러분! 이 게임이 우리에게 시사하는 바가 뭘까?"

로라가 워즈워스의 시구가 의미하는 게 무엇인지 좀 더 쉽게 표현해 보라고 하자, 킴이 말했다.

"'물질주의가 우리를 병들게 한다.' 입니다."

"훌륭해요. 단 네 마디로 표현하다니, 효율적이군요."

"물론 그렇지요. 하지만 효율적이긴 해도 원래의 표현이 가진 아름다움은 없어요. 제 생각엔 워즈워스가 이 시구에서 '돈'이라는 단어를 뺀 것도 이 같은 이유라고 생각해요."

"자세히 말해 보세요."

"원래의 문장을 읽어 보세요. 그리고 여기에 '돈'을 넣어서 다시 읽어 보세요. 그러면 운율이 느껴지지 않아요. 제 말뜻 이해되세요?"

로라는 킴이 너무 대견해서 안아주고 싶었지만 따뜻하게 웃어주는 정도로 만족해야 했다. 로라는 학생들을 돌아보며 말했다.

"좋아요. 이제 문장의 뒷부분에 대해 이야기해 봅시다. 워즈워스가 말하려는 바가 단순히 물질주의의 폐해일까요? '생의 힘을 소진한다'가 의미하는 바는 뭘까요? 상당히 파괴적으로 들리는데, 그렇지 않나요?'

"5,310억 배럴이라는 석유 매장량과 165억 배럴이라는 연간 소비량은 1970년도를 기준으로 한 거야. 아무것도 변하지 않았다면 석유는 2000년에 고갈되었어야 해. 그런데 실제로는 연간 소비량이 260억 배럴로 늘어났음에도 불구하고, 매장량도 1조 배럴로 늘어났어. 갑자기 40년 동안 더 쓸 수 있는 석유가 생긴 거지."
"어떻게 그런 일이 가능하죠?"
한 학생이 물었다.
"그것은 사람들이 이윤을 추구했기 때문이야. 70년대 말에 석유 가격이 오르자 소비자들은 보다 효율적으로 석유를 소비하게 됐고, 생산자들은 석유가 매장된 장소를 새로 찾게 됐지. 그래서 소비량이 늘어났음에도 매장량이 늘어나는 기현상이 벌어진 거야. 이처럼 개인의 이기심을 무시해선 안 돼. 이 넥타이 보이지? 여기에 그려진 사람은 세상에서 가장 유명한 경제학자 애덤 스미스야. 스미스는 이기심의 힘을 누구보다 잘 알고 있었지."
마침 종소리가 울리자, 샘은 수업을 끝냈다.

로라는 안도감을 느꼈다. 어머니의 말대로 45분은 그렇게 긴 시간이 아니었다. 로라는 〈위대한 유산〉에서 첫 번째 과제를 냈다.
"선생님, 강의계획서에는 디킨스가 쓴 〈위대한 유산〉을 읽기로 돼 있는데 왜 워즈워스를 먼저 다루는 거죠?"

로라는 이 사실을 깨달은 학생이 있다는 것에 기뻐하며 대답했다.

"좋은 질문이에요. 여러분이 〈위대한 유산〉을 읽어보면 그 이유를 알 수 있을 거예요."

그날 오후, 샘이 수업시간에 이상한 게임을 했다는 소문이 학교에 퍼졌다. 로라는 샘 같은 사람은 워즈워스에 대해 어떻게 생각할까 궁금했다. 아마 경제학자들은 그에 대해 들어보지도 않았을 것이다. 퇴근길에 로라는 샘의 교실에 들렀다.

교실이 텅 비어 있어서 로라는 마음 놓고 둘러볼 수 있었다. 로라는 모두가 떠난 빈 교실이 주는 느낌이 좋아서 학창시절에도 도서관보다는 아무도 없는 교실을 찾아가 공부하곤 했다. 샘의 교실 벽에는 죽은 경제학자들의 흑백 초상화가 걸려 있어서 좋은 기분이 싹 가서버렸다. '어쩌면 저렇게 황량할까? 종일 돈 이야기나 하는 경제학이 뭐가 좋을까?'

교실을 나서려는 순간, 구석에 있는 포스터가 눈에 띄었다. 지미 스튜어트가 도나 리드를 안고 있는 It's a wonderful life(멋진 인생)의 포스터였다. 죽은 경제학자들의 흑백 초상화들 사이에 이런 로맨틱한 포스터가 자리 잡고 있으니, 마치 장례식장에서 애교를 떠는 사람을 보는 것처럼 어색했다.

로라는 샘이 올라서서 돈을 뿌렸다는 책상을 보았다. 샘처럼 탐욕을 숭상하는 사람이 인간미를 중시하는 영화의 포스터를 걸어놓다니, 정말 이상한 일이었다.

# 미녀와 ◆ 야수

자동차가 마치 스피드 스케이팅 선수처럼 커브길을 돌고 있다. 쉰 살의 나이가 무색할 정도로 젊어 보이는 남자가 운전을 하고 있었다. 도로 옆으로는 버지니아 소나무 숲이 펼쳐져 있고, 지평선 위로는 태양이 나뭇가지에 가려 보였다 사라졌다 아른거리며 BMW 자동차의 후드를 비추고 있다. 자동차 스피커에서는 프랭크 시나트라의 My Way(마이 웨이)가 큰 소리로 흘러나오고 있어서 약간 정신없이 느껴지기도 했다. 마지막 부분이 되자 남자는 볼륨을 더 크게 하고, 세상살이에 지쳤지만 그래도 굴하지 않으려는 듯한 시나트라의 목소리에 빠져들었다.

이곳은 북쪽으로 30마일쯤 떨어진 워싱턴 D.C. 한 여성이 헬스클럽에서 열심히 계단밟기 운동을 하고 있다. 그녀는 헤드폰으로 인디고 걸즈의 노래를 들으며 생각에 잠겨 있다. 하지만 그렇게 힘든 운동을 하면서 생각을 한다는 게 쉬운 일은 아닌 듯 보인다. 그녀는 빨간색 머리칼이 눈을 가리지 않도록 뒤로 질끈 묶고 있었다. 계속해서 얼굴과 목의 땀을 닦아내며, 속력을 배로 올렸다. 운동이 끝나자 그녀는 샤워를 하고 옷을 갈아입은 후, 출근하는 사람들 틈에 섞여서 뒤퐁 지하철역으로 향했다.

이곳은 버지니아의 어느 한적한 교외. 아까 그 운전자가 '찰스 크라우스, CEO'라고 쓰인 주차 구역으로 차를 몰고 들어간다. 그 빌딩은 전부 크롬과 유리로 되어 있고 코너가 돌출되어, 마치 땅에서 갑자기 솟아올랐거나 망치로 두들겨 맞은 것처럼 들쑥날쑥한 특이한 모양이다. 건물 앞의 머릿돌에는 헬스넷이라는 회사명이 푸른색 금속으로 새겨져 있다.

크라우스는 한 번에 두 계단씩 뛰어올라 인사를 하는 덩치 큰 경비를 뒤로하고 회사의 현관문을 지났다. 사무실로 가는 동안 크라우스는 일찍 출근한 사람들로 붐비는 복도를 보면서 흡족해 했다. 지나치는 사람마다 모두 인사를 건넸지만, 오늘의 스케줄에 골몰하고 있는 크라우스에겐 그 소리가 들리지 않는 듯하다.

저 멀리 워싱턴의 명물인 의사당 돔이 가물거리는 어느 거리의 한 코너, 지하철 에스컬레이터에서 사람들이 끊임없이 총총걸음으로 걸어 나온다. 헬스클럽에서 운동을 하던 그 여자가 인파에 묻혀 잠시 걷다가 워싱턴 정부종합청사 건물의 회색 계단을 올라간다. 보안요원이 방문자의 소지품을 검색하고 있다. 여자는 금속탐지기를 지나서 음침해 보이는 복도로 걸어간다. 코너를 돌자 긴 복도가 나타나고 그 끝에 유리문이 보인다. 거기에는 하얀 스텐실로 '기업활동감시국'이라고 쓰여 있고, 그 바로 밑에는 '국장 에리카 볼드윈'이라고 쓰여 있다.

문 안은 밝고 활기에 넘친다. 인부들이 격리된 공간을 새로 만들기 위해 밝은 색의 칸막이를 설치하는 중이었다. 안내 데스크에 앉은 직원이 여자에게 인사를 건넸다. 여자는 코너에 있는 사무실로 곧장 걸어갔다.

워싱턴의 남쪽, 버지니아의 교외에 자리 잡은 헬스넷의 빌딩 안에서는 찰스 크라우스가 사장실로 들어섰다. 안내 데스크 직원이 "사장님, 안녕하십니까."라며 황급히 인사를 하고는 따뜻한 커피와 서류 더미를 건넨다. 크라우스는 걸음을 멈추지 않은 채 가볍게 웃으면서 서류와 커피를 받아들고 곧장 사무실로 들어간다. 크라우스의 사무실은 강철과 크롬, 검은 대리석과 가죽으로 만들어진 하나의 성역이다. 크라우스가 노트북 컴퓨터를 켜자, 스프레드시트에 복잡한 숫자들이 열을 지어 나타난다. 크라우스는 재빠르게 키보드를 조작하기 시작한다.

에리카 볼드윈이 사무실에 들어섰을 때, 전화기가 계속 울리고 있었다. 에리카는 오늘의 스케줄을 검토하면서, 수화기를 어깨와 턱 사이에 끼운 채 전화를 받았다. 에리카는 책상에 앉으며, 한 손으로 노란 법전을 집어 들었다. 에리카가 깜박 잊고 끄지 않은 헤드폰에서 희미하게 인디고 걸즈의 노래가 흘러나오고 있다.

# 선택과 ♥ 대가

"한 푼만 주세요. 좋은 하루 되세요. 한 푼만 주세요. 좋은 하루 되세요. 한 푼만 주세요. 아이쿠, 감사합니다. 좋은 하루 되세요. 한 푼만 주세요."

우들리 파크 지하철역 입구에 한 남자가 땅바닥에 앉아 있다. 옷은 지저분하고, 머리카락은 오래 감지 않은 듯 착 달라붙어 있다. 해는 이미 졌지만, 워싱턴의 11월은 그리 춥지 않은 편이다. 그럼에도 그 남자는 두꺼운 모직코트를 입고 있었는데, 호주머니에는 비닐봉지와 사람들이 건네 준 잡동사니들이 들어 있는 듯했다. 남자는 사람들에게 '털보 에디'로 불리고 있었다. 왜 그런 이름이 붙여졌는지 아무도 모르거니와, 남자의 이름이 정말 에디인지도 확실치 않았다. 아무튼 우들리 파크 역에 가면 언제나 볼 수 있는 에디는 특유의 공손한 태도로 유명했다.

"한 푼만 주세요."

습관이 되어버린 안부 인사를 건네려던 에디는 금테 안경을 쓴 키가 큰 청년이 앞에 서 있는 걸 보고는 올려다보았다. 샘은 호주 머니에서 75센트를 끄집어냈다.

"안녕하세요, 털보 에디?"

"안녕하세요, 젊은 양반. 하늘을 보니 비가 올 모양이군요."

"네, 그럴 것 같군요. 비 맞지 마세요, 감기 듭니다."

"고마워요, 젊은 양반."

샘은 돈을 건네주고 돌아서다가, 지나가던 한 여자와 부딪쳤다.

"죄송합니다, 괜찮으세요?"

여자는 힐끔 쳐다보고는 그냥 지나치려다가 갑자기 샘을 유심히 보았다.

"혹시 에드워드 고교에서 일하지 않으세요?"

"맞는데요."

"저는 문학을 맡고 있는 로라 실버라고 해요. 교무회의 때 뵌 것 같군요."

로라가 악수를 청하며 말했다.

"저는 경제학을 가르치는 샘 고든이라고 합니다."

로라는 이 사람이 책상 위에 돈을 올려놓고 게임을 했다는 그 사람이구나 싶어서 미소를 지었다.

"돈이 상당히 많으신가 보죠?"

"갑자기 무슨 말씀이신지?"

"돈 주는 걸 워낙 좋아하시는 것 같아서요. 댁이 아이들에게 돈을 줬다는 말을 들었어요. 그리고 이번에는…"

"에디 말입니까? 별로 많이 주지 않았어요. 그냥 몇 푼 주면서 인사나 건넨 것뿐이죠."

"에디가 그 돈을 술이나 마약을 사는 데 낭비하면 어쩌려고 그러세요?"

이 말을 듣고, 샘은 에스컬레이터를 타려다 말고 로라를 돌아보았다.

"그걸 꼭 낭비라고 말할 수 있을지 의문이군요. 저는 오히려 그에게 술이 필요하다고 생각하는데."

로라는 샘의 눈을 쳐다보았다. 분명히 자신을 놀리는 말 같은데, 웃음기가 전혀 없는 진지한 얼굴로 대답을 기다리고 있을 뿐이다. 로라는 동정이라는 구실로 남을 타락시키는 사람과 이야기하고 싶지 않았으나, 샘의 말이 너무 무책임하고 터무니없어서 도저히 그냥 넘어갈 수가 없었다.

"이봐요, 샘. 내 말 기분 나쁘게 생각하지 말고 들어보세요."

"전 어지간한 일로는 기분 나빠하지 않아요. 저와 생각이 다르다고 해서 화를 내지는 않죠."

로라는 땅바닥에 가부좌를 튼 채로 손을 내밀고 앉아 있는 털보 에디를 어깨 너머로 돌아보며 말했다.

"알코올 중독자에게 술을 주는 거나, 마약 중독자에게 코카인을 주는 게 어떻게 그들에게 도움이 된다는 건지 이해할 수가 없군요. 그건 환자의 병을 악화시키는 거나 다름없어요. 오빠인 앤드루는 V-8이라는 영양제를 가방에 넣고 다니다가 걸인이 돈을 구걸하면 돈 대신 그걸 줍니다. 진정으로 그들을 위하는 방법을 알고 있는 거죠."

샘은 로라가 오빠를 매우 자랑스럽게 생각한다는 것을 느낄 수 있었다.

"당신 오빠 직업이 뭐죠?"

"소비자보호위원회 소속 변호사예요."

샘은 소비자보호위원회를 그다지 좋아하지 않았다. 하지만 처음 만난 사람을 괜히 화나게 하느니 그냥 사이좋은 동료로 만드는 게 낫겠다는 생각에 대꾸하지 않았다.

"괜찮은 생각 아닌가요?"

로라가 물었다.

"소비자보호위원회에 다니는 거요?"

샘이 반문했다. 로라는 아직 샘의 생각을 알아채지 못한 듯했다.

"아뇨. V-8 영양제를 가지고 다니는 것 말이에요."

"글쎄요. 거지가 과연 일일 영양섭취량 따위에 관심이 있을지 궁금하군요. 그는 비참한 생활을 잊기 위해 약을 사려고 받은 영양제를 팔려 하겠죠. 만약 그가 성공한다면 당신의 오빠는 그 거지에게 괜한 고생만 보태줄 뿐 영양 상태를 개선하지는 못하는 겁니다. 팔수 없다고 하더라도, 거지는 점심을 그걸로 때우고 자기가 가지고 있던 점심 값으로 코카인이나 술을 사겠죠. 그렇다면 당신의 오빠도 어느 정도 그를 악의 구렁텅이로 몰고 간 셈이 되겠군요."

둘은 천천히 에스컬레이터에 올라섰다. 로라는 잠시 딴 생각을 하고 있었다. 쉬지 않고 움직이는 에스컬레이터를 볼 때마다 예전에 봤던 이탈리아 영화가 생각난다. 그 영화는 아래로 내려가는 계단은 지옥으로 가는 길로, 위로 올라가는 것은 회개의 길로 묘사했다. 샘도 마찬가지로 딴 생각을 했지만, 로라와 방향이 달랐다. 샘은 지하철역을 만들기 위해 쓰인 세금이 얼마인지에 대해 생각하고 있었다.

"저는 자선행위를 할 때, 시혜를 베푸는 사람은 자신이 옳다고 생각하는 곳에 돈을 쓸 권리가 있다고 생각해요."

"맞아요. 그건 당신 돈이니까요. 아니면 당신 오빠 돈이든지. 하지만 돈 대신 V-8 영양제를 주는 사람은 이기적인 방식으로 자선 행위를 하는 겁니다."

로라는 오빠가 이기적인 사람으로 표현되는 것이 약간 언짢았다.

샘이 말했다.

"저는 누군가를 돕고 싶다면, 그 사람 입장에서 생각해야지 내 입장에서 생각해선 안 된다고 봐요. 어떤 사람들은 오토바이를 탈 때 헬멧을 쓰는 문제도 자기 입장에서 생각하더라고요."

"설마 헬멧 의무착용에 관한 법에 반대하시는 건 아니겠죠? 그렇다면 안전벨트 의무착용법에도 반대하시겠군요."

로라는 샘의 반응을 기대하며 소리 내어 웃었다.

"네, 전 둘 다 반대합니다."

"하지만 안전벨트를 하지 않으면 생명이 위험하다고요!"

로라는 약간 화가 나서 말했다.

"저도 물론 생명을 소중히 여깁니다. 하지만 꼭 생명을 유지하는 것만이 생의 유일한 목적은 아니잖아요. 살아서 숨 쉬는 게 유일한 목적이라면, 워싱턴보다 안전한 도시로 가지 왜 여기서 살아요? 차도 위험하니 타면 안 되겠군요. 아이스크림도 위험하고요. 삶의 목적은 그저 안전하게 살아서 숨 쉬는 게 아니라 더욱 풍요로운 인생을 사는 데 있어요."

"그건 당신이 경제학자이기 때문에 그렇게 말하는 거예요."

로라가 샘의 말을 끊었다.

"내가 말하는 풍요로움은 그런 의미가 아니고, 우리를 인간답게 해주는 모든 것을 누린다는 뜻입니다. 안전벨트를 착용하지 않고 편안한 승차감을 즐기고 싶어 하는 사람이나, 에어백을 장착하지 않은 보다 싼 가격의 자동차를 원하는 사람이 있다면, 그들의 권리도 존중되어야 한다고 생각해요."

"그렇지만 그런 사람들은 안전벨트나 에어백이 얼마나 중요한지 깨닫지 못하고 있어요. 자신들은 절대로 사고가 나지 않을 거라고 생각하죠."

"글쎄요…"

샘은 생각에 잠긴 듯한 표정으로 말했다.

"아마 그들도 안전벨트나 에어백이 중요하다는 것쯤은 알고 있을 거예요. 단지 그 비용과 효용에 대해 다르게 평가하는 것뿐이죠. 예전에 만찬파티에 간 적이 있어요. 테이블 맞은편에 병원 응급실에서 일하는 의사가 앉아 있었는데, 그도 당신과 똑같은 논리로 에어백 의무장착을 주장하더군요. 저는 에어백이 상당히 비싸다는 사실을 말해 줬어요. 어떤 사람들에겐 에어백을 장착하는 비용이 안전함에서 얻는 효용보다 클 수 있다는 것도요."

"어떻게 안전이 보장되는 것을 비싸다고 생각할 수 있죠?"

샘이 한숨을 쉬며 말했다.

"휴, 심오한 문제군요. 세상에 공짜 점심은 없는 법입니다. 무엇이든 대가가 필요하죠. 더욱 안전해지기 위해 우린 다른 뭔가를 희생해야 해요. 자동차 안전장치 부착을 의무화하면, 어쩌면 사람들이 아이들을 대학에 보내거나, 음악 레슨을 받게 하는 데 쓸 돈을 안전장치 구입에 써야만 할지도 모르는 거죠."

"하지만 그 아이들이 교통사고로 죽는다면, 그런 건 아무 의미도 없어요."

"좋아요, 자세히 이야기해 봅시다. 에어백을 달아서 아이들이 죽는 경우도 있지만 그냥 그런 건 무시하고, 에어백이 어떠한 경우에도 안전도를 높인다고 가정해 보자고요."

"그러죠."

"그래도 여전히 에어백을 달거나 안전벨트를 착용하는 것만이 아이들을 안전하게 하는 유일한 방법은 아니에요. 드는 비용이 더 적은 방법들도 있어요. 더 천천히 운전하거나, 아예 운전 자체를 덜 한다든지 하는 것 말이죠. 비오는 날에는 운전을 자제할 수도 있고요. 부모들에게 아이의 안전을 위해 특정한 방법을 강요하는 것보다는 선택권을 주는 것이 더 바람직하죠. 아마 당신조차도 세상에서 가장 안전한 차를 운전하고 싶어 하지는 않을걸요."

"그걸 당신이 어떻게 알죠?"

"아마 그럴 겁니다. 안전하다는 게 나쁘다는 말이 아니에요. 안전은 좋은 거죠. 단지 안전이라는 재화가 너무 비쌀 수도 있다는 걸 말하고 싶을 뿐이에요. 이런 식으로 생각해 봐요. 세상에서 가장 안전한 자동차가 뭘까요? 그건 아예 움직이지 않는 자동차겠죠. 일단 움직이는 차는 위험하기 마련이니까요. 하지만 안전을 위한답시고 아예 차를 타지 않는다는 것도 우스운 일이죠."

"기발한 이론이군요. 하지만 사람들이 우리만큼 정보나 지식을 갖고 있는 게 아니라서 잘못된 선택을 하면 어떡하죠? 그들은 생명의 효용과 비용을 잘못 계산할 텐데요."

"이런 경우를 생각해 본 적 있나요? 어떤 사람이 갑자기 튀어나와서 소고기도 먹지 말고 스키도 타지 말고 위험한 지역에서는 살지도 말라고 하고서, '당신은 이게 얼마나 위험한지 몰라. 당신보다 똑똑한 내가 하는 말이니 그냥 그런가 보다 해!' 라고 말한다고 생각해 봐요. 당신은 그런 상황이 되면 '이 사람은 나보다 교육도 많이 받았고, 선한 사람이니 이 사람 말을 들어야지.' 할 것 같아요?"

"그럴 수도 있고 아닐 수도 있죠. 한번 생각해 본다고 손해 볼 건 없으니까요."

"그게 아니죠. 당신에겐 선택권이 없어요. 단지 별 생각 없는 사람들에게 마음 좋은 사람들이 자기 돈 들여서 위험을 알려주는 경우라면 나도 상관 안 해요. 하지만 우리는 지금, 알려주는 정도가 아니라 아예 사람들의 의사와는 상관없이 강요하는 것을 말하는 거예요."

"원치 않으면 에어백이 작동하지 않게 전원을 꺼놓으면 되잖아요."

"그건 법으로 금지되어 있어요. 하지만 논의의 편의를 위해 에어백에 스위치를 달 수 있다고 가정해 봅시다. 당신이 스위치를 꺼놓고 싶어서 행정당국에 편지를 보내서, 가령, 당신 어머니의 키가 150센티미터밖에 되지 않아서 에어백이 켜지면 죽을지도 모른다고 했다고 쳐요. 편지를 받은 관리는 이유가 합당하다고 생각해서, 당신에게 차를 원하는 대로 고쳐도 된다는 허가증을 발급해 줬어요. 정말 현명하죠? 그럼 당신은 스위치를 달아줄 자동차 수리공을 찾아서 그에게 수리를 맡기기 위해 사고가 나서 누가 죽더라도 손해배상을 요구하지 않겠다는 각서를 써줘야겠죠. 그런데 그런 일에 흔쾌히 응할 수리공도 찾기 힘들겠지만, 찾는다고 해도 결국 괜한 500달러만 낭비한 셈이 되는 거예요. 쓰지도 않을 에어백을 달고, 다시 스위치를 달아야 했으니까요."

"일리 있군요."

"어쨌든, 파티에서 만났던 그 의사는 경제학자들이나 그 외의 다른 사람들을 불쌍히 여기듯 잘난 체하며, 응급실에서 일하면서 시속 60마일로 달리다가 사고가 난 사람의 몸이 어떻게 되는지 본다면 생각이 달라질 거라고 하더군요."

"그래서 뭐라고 하셨어요?"

"그 말을 듣고 약간 이성을 잃었던 것 같아요. '이봐요, 의사 양반. 우리도 60마일로 달리다가 사고가 나면 어떻게 되는지 다 알고 있어요. 설마 그게 의사들이나, 교통안전교육장에서 음주운전예방 홍보영화를 본 사람들만 아는 비밀이라고 생각하시는 건 아니겠죠? 저희도 압니다, 의사 선생님, 저희도 다 안다고요. 단지 어떤 사람들은 당신네 의사들과 효용과 비용을 판단하는 기준이 다르기 때문에 안전벨트를 안 매는 것뿐이랍니다.' 이렇게 말했죠."

"그래서 그 의사가 뭐라고 하던가요?"

"한마디도 못하더군요. 제가 아예 말할 기회를 안 줬거든요. 그러곤 당신 차에 에어백이 있냐고 물었어요. 별 생각 없이 물었는데, 정곡을 찌른 셈이었죠. 에어백이 없다고 하더군요. 그가 차를 살 당시에는 크라이슬러와 벤츠에만 에어백이 옵션으로 제공되었는데, 디자인이 맘에 안 들어서 에어백 없는 다른 차를 구입했대요. 한마디로 그 의사는 안전을 버리고 디자인을 선택한 셈이죠. 그래 놓고선 다른 사람에게는 안전만을 최우선으로 해야 한다고 주장하는 걸 보면, 세상엔 이해하기 힘든 사람들이 참 많은 것 같아요."

로라가 재밌다는 듯이 말했다.

"그럼 당신은 절대로 저를 이해하지 못하겠군요. 저는 안전벨트를 꼭 매야 한다고 생각하거든요."

"저도 운전할 때는 항상 안전벨트를 착용해요. 제 효용체계에서는 안전벨트를 착용하는 게 더 이득이니까요."

로라는 대꾸할 말을 잃어버렸다. 샘과 로라의 대화는 점점 지적인 테니스 게임처럼 되어 갔다. 그리고 언제나 서브권은 샘에게 있는 것처럼 느껴졌다. 이윽고, 지하철이 역에 도착하자 로라는 안도감을 느꼈다. 지하철 안은 수많은 사람들로 붐비고 있어서, 샘과 로라는 붙어 있다시피 했다. 지하철이 서서히 출발하자, 두 사람도 가볍게 앞뒤로 흔들리는 것을 느꼈다.

잠시 동안 샘은 안경을 닦으려고 잡고 있던 손잡이를 놓았다. 로라는 샘이 셔츠 자락으로 안경 렌즈를 닦는 모습을 뚫어지게 쳐다보았다. 샘을 보고 있으면 방정식과 분필가루로 가득 찬 칠판이 생각났다. 진지한 샘의 모습을 보니 열정이 되살아나는 것만 같았다. 예일대 기숙사에서 밤늦게까지 철학 논쟁을 벌이던 때로 돌아간 듯한 느낌이었다.

로라가 말을 시작했다.

"그러니까 다시 말해서, 당신은 안전벨트를 매도, 다른 사람에게 안전벨트를 매도록 강요하는 것은 반대한다 이거군요. 그럼 안전벨트를 착용하도록 돕는 게 왜 나쁘다는 거죠?"

"안전벨트착용 의무화에 관한 법 하나로는 별로 해롭지 않을 수도 있죠. 하지만 사람들을 도와준다는 핑계로 이런저런 법을 계속 추가한다면, 사람들이 자기 자신에 대해 갖는 권한과 책임이 점점 줄어들 거예요. 저는 누군가가 나를 대신해서 의사결정을 해주는 것을 좋아하지 않기 때문에, 남들에게도 그런 것들을 강요하고 싶지 않아요."

"당신은 사람들이 종종 실수할 수도 있다는 것을 알면서도 그렇게 속 편한 소리를 하는군요."

"실수할 가능성에 대해서는 크게 걱정하지 않아요. 난 사람들이 당신이 염려하는 것보다 실수를 덜 한다고 생각하거든요. 스스로 선택하고, 그것에 대해 책임을 지는 것이 인생 아니겠어요. 때로는 실수도 하겠지만, 그러면서 배워나가는 거죠. 저희 부모님은 결혼하시고 나서 세인트루이스 시의 경계와 마주하는 미주리 주의 유니버시티 시에 집을 사셨죠. 그 집은 1904년 세계박람회가 개최될 무렵에 지어진 아름다운 주택이었어요. 삐걱거리는 나무바닥과 두 개의 벽난로가 있는 집이었지요. 전 어린 시절을 그 집에서 보냈죠. 하지만, 처음 집을 살 땐 저희 아버지와 집주인이 계약을 맺었음에도 불구하고, 한 가지 문제가 있었대요."

지하철이 역에 멈춰 서자, 승객들 중 반 이상이 내렸다. 로라와 샘은 나란히 자리에 앉을 수 있었다.

"주택의 소유주가 바뀌면 개정된 건축법의 적용을 받아야 했거든요. 그 건물에는 가로로 주택 넓이만큼 긴 베란다가 있었어요. 멋진 베란다였죠. 그런데 그 개정법에 따르면, 지상에서 3피트 이상 높이의 베란다에는 반드시 안전대를 설치해야 했어요. 그 베란다는 4피트 높이에 있어서, 그곳으로 이사를 가려면 안전대를 설치해야 했지요."

"안전대 설치하는 게 그렇게 어려운 일이었나요?"

"예전 집주인은 화가 많이 났었대요. 그는 그 집이 처음 지어질 당시의 모습을 복원하기 위해 집을 수리했던 분이었거든요. 그런데 1904년에 찍은 사진에는 안전대가 없었죠. 저희 아버지도 화를 내셨대요."

"아마도 안전대 따위에 돈을 쓰는 게 싫으셨나 보죠?"

"사실, 저희 아버지는 돈 때문에 그러셨던 게 아니에요. 시에서 안전대 설치를 강요하면 매도인이 설치비용을 부담하는 조건으로 계약을 맺었으니까요. 저희 아버지가 화를 내셨던 건 다른 이유 때문이었어요. 아버지는 약간 위험한 베란다를 원했거든요."

"그 아버지에 그 아들이로군요. 괴상한 성격도 유전되나 봐요?"

샘은 이 말에 가볍게 웃었다.

"칭찬으로 받아들이죠. 어쨌든, 저희 아버지와 집주인은 역사적 가치가 있는 장소에 대하여 건축법 적용 면제를 신청하기 위해 공청회에 출석했죠. 집주인이 역사적 유물은 예전 모습 그대로 보존되어야 한다고 감성적인 호소를 했지만 별 소득이 없었대요. 저희 아버지는 아직 아이들이 없다는 사실을 강조하셨고요. 그러자 시의원이 앞으로 아이가 생길 거라고 반박했다더군요. 제가 이렇게 있는 걸 보면, 시의원의 말이 맞은 셈이죠. 시의원은 나를 비롯한 아버지의 아이들과 그 집에 놀러올 아이들의 안전을 염려했던 거예요."

"당연한 반응이네요."

"물론이죠. 하지만 이에 답한 아버지의 말이, 적어도 제 생각엔 걸작이었어요. 아버진 벌떡 일어나서 이렇게 일장 연설을 하셨대요. '부모가 해야 할 일은 단지 아이들을 외부의 위험으로부터 떼어놓는 게 아니라, 그 위험에 대처하는 방법과 이 세계의 흥미진진함을 가르치는 것입니다.' 아버지는 아이들에게 안전대가 없는 베란다에서 조심하는 법을 가르치고 싶었던 거예요. 물론 갓난아기를 혼자 베란다에 놓아두지는 않겠지만, 조금 머리가 굵어진 아이들에게는 자기 몸은 스스로 책임져야 한다는 것을 가르치려 하신 거죠. 4피트는 이런 것을 배우기에 적당한 높이니까요. 잘못된다 해도 타박상을 입거나, 다리가 부러지거나 하는 정도의…"

"목이 부러질 수도 있어요."

"맞아요. 그런 이유 때문에 그 시의원은 우리 아버지를 살짝 미친 사람으로 취급했나 봐요. 하지만 아버지는 목이 부러지는 일은 정말 흔치 않다는 걸 알고 계셨죠. 그리고 사방에 안전대를 설치한다면 우리의 생활은 그것 때문에 더욱 불행해질 뿐이라고 생각했어요. 아이들에게 위험에 대처하는 법을 가르칠 수 없으니까요. 사실 일곱 살 난 아이들은 가끔 4피트 높이의 베란다에서 아래로 뛰어내리고 싶은 충동에 사로잡히잖아요. 아버지는 '위험과 기쁨은 한 가지에서 자란다.' 고 말하곤 하셨죠."

"멋진 말씀이군요."

"그건 영국 속담에 있는 말이래요. 그리고 아버지께선 맨발로 잔디를 밟는 것도 좋은 일이라고 하셨죠. 뒷마당에 뱀이 살지라도, 현자는 맨발로 잔디를 밟는 법이라고요."

"신발을 신으면 발의 감각이 사라진다."

로라가 잠시 다른 생각에 잠긴 듯 혼잣말로 중얼거렸다.

"뭐라고 하셨어요?"

"별거 아니에요. '신발을 신으면 발의 감각이 사라진다.' 이건 제라드 맨리 홉킨스라는 19세기 시인이 한 말이에요. 물질적 편안함만을 추구하면 진정한 감각이 사라진다는 뜻이죠."

"아버지가 그다지 시를 많이 읽는 분은 아니지만, 아마 그 구절은 좋아하실 것 같네요."

"어쨌든 당신 아버지께서 졌군요."

"네, 그런 셈이죠. 아버지가 잔뜩 화가 나서 집으로 돌아오시는 게 상상이 돼요."

"당신이 그 의사와 만났던 파티에서 돌아올 때와 비슷했을 것 같네요."

"그랬을 거예요. 그 일이 있은 지 일주일 후에 안전대를 설치했대요."

"당신 어머니는 어떻게 생각하셨죠?"

"그때는 아무 말씀도 안 하셨지만, 몇 년이 지나고 나서 얘기하셨다더군요. 그때 아버지가 져서 안전대를 설치했을 때 내심 기뻤다고 말이죠. 위험과 기쁨에 관한 한, 아버지와 어머니는 생각이 약간 달랐던 거예요."

"아마 그 부분에 있어서는 당신과 내 생각도 다를 거예요."

"그렇겠죠. 사람들이 모두 똑같은 생각을 한다면 재미없잖아요."

로라는 샘과 자신 사이에 다른 점이 얼마나 많을지 생각하니 웃음이 나왔다.

"중요한 것은, 어린이들을 위험한 베란다에서 떼어놓는 일에 정부가 나서서는 안 된다는 거죠. 하물며 애도 아닌 어른들을 안전하게 보호한답시고 온 세상에 울타리를 쳐서야 되겠어요? 백 퍼센트

안전한 세상은 재미도 없을 뿐더러, 성인을 어린아이처럼 다루는 것은 인간의 존엄성을 무시하는 일이에요."

"왜 그게 인간의 품위를 떨어뜨린다고 생각하죠?"

"품위를 떨어뜨린다는 게 아니라, 인간적이지 못하다는 거예요."

"하지만, 안전하다는 것과 인간적이지 못하다는 것이 무슨 상관이 있어요?"

"선택은 우리가 인간이기에 할 수 있는 거예요. 인간은 미래를 예측하고, 자기 행위의 비용과 편익을 분석하죠. 누군가의 미래에 있을 위험을 미리 제거한다는 것은 그 사람의 선택권을 무시하는 일일뿐 아니라, 위험을 감수하는 도전행위를 원천적으로 봉쇄하는 일이 됩니다. 그리고 위험이 없는 곳에는 수확도 없는 법이죠. 미성년자는 자신의 행동이 어떤 결과를 가져올지 잘 알지 못하기 때문에 성인들과 다르게 취급됩니다. 그런데 어른들도 미성년자와 똑같이 대한다면, 불확실한 상황에서 의사를 결정하는 인간의 존엄성을 해치는 것이 되죠."

"하지만 헬멧에 관한 법률은 그런 문제가 아니에요."

"왜요?"

"만약 보험에 들지 않은 어떤 얼간이가 고속도로에서 사고를 내서 다친다면, 내가 그 사람의 병원비에 돈을 보태야 하잖아요. 그러니까 내겐 그 사람의 머리가 깨지지 않도록 강요할 권리가 있다고 생각해요."

"그게 바로 헬멧착용 강제가 V-8 영양제를 주는 것과 같은 점이죠. 이게 올바른 비유인지는 잘 모르겠지만, 용돈을 주는 아버지가 가부장적인 권위를 갖는 것과도 같고…"

샘은 마치 답이 전동차의 천장에 씌어 있기라도 한 듯 위를 올려다보며 말을 이었다.

"가부장적이다? 별로 듣기 좋은 말은 아닌 것 같네요."

"잘 모르겠어요. 아마 당신도 아이가 생기면 그렇게 되겠죠."

"그렇지 않길 바랄 뿐이죠. 어쨌든, 보험에 들지 않았거나 병원비를 낼 수 없는 사람에게 의료지원을 한다는 것은 자비로운 일 같네요. 그런 일을 하고서, 왜 그에게 어떻게 살아야 한다는 단서를 붙여서 그 아름다움을 해치려 하는지 이해가 되질 않아요. 왜 그를 있는 그대로 받아들여서 그의 입장에서 도우려 하지 않는 거죠? 물론, 고속도로에서 사고를 당한 사람의 의료비를 보장해야 한다는 법안에 찬성하는 것도 아니지만 말이에요."

"농담하시는 거죠, 지금? 그건 사람들을 위험한 베란다에 방치하는 것과는 다른 문제예요. 어떻게 가난한 이들을 돕는 것을 반대할 수가 있죠? 정말 이기적이고 사악한…"

"사악하다고요?"

샘은 놀라서 반문했다.

"좋아요, 그냥 흉악하다고 해두죠. 어쨌든 당신은 칭기즈칸과 다를 게 없는 사람이에요. 제국을 세우려고 수많은 사람을 짓밟은…"

"드디어 경제학의 세계에 발을 들여놓으셨군요. 가치 있는 모든 것에는 대가가 따르기 마련이죠."

로라는 어이없다는 듯 그를 쳐다보다가 웃고 말았다.

"당신 말이 옳았군요. 정말 여간해선 상처받지 않는 사람이네요."

"나 같은 세계관을 가지고 살려면, 그 정도 모욕에는 익숙해져야죠."

"제가 당신 같은 세계관 속에서 산다면, 지하철에서 얘기하는 건 포기하고 책이나 보겠어요."

"저처럼 생각하면 외롭고, 항상 논쟁에 시달리죠. 하지만 진리 안에서 안식을 얻을 수 있어요."

샘은 로라를 보며 밝게 웃었다. 로라는 샘의 웃음이 의미하는 게 무엇인지 잠시 헷갈렸다. 지금 하는 말이 농담이라는 뜻일까, 아니면 자신의 뻔뻔함을 얼버무리려는 수작일까? 로라는 '농담이란 것은 없다.'고 한 프로이트의 말을 믿기로 했다.

"도대체 당신은 이해할 수 없는 사람이군요. 당신의 자신감은 오만에 가까운 수준이지만, 그렇게 자신의 생각을 강요하는 것 같지도 않아요. 가난한 사람들에게 의료비를 지원하는 일에는 반대하면서도, 거지에게는 돈을 주고… 참, 당신 교실에 걸린 그 영화 포스터는 도대체 뭐죠? 무슨 생각으로 그걸 걸어놓은 거예요?"

"그냥 걸어놓아야 할 자리에 걸어놓은 것뿐이에요. 나중에 또 봅시다."

로라는 더 물어보고 싶었지만, 샘은 이미 지하철에서 내린 후였다.

# 쫓는 자와
# 쫓기는 자

헬스넷의 CEO인 찰스 크라우스는 무표정한 얼굴로 책상에 앉아, 회의적인 눈초리로 검은 대리석 책상 맞은편에 앉아 있는 사나이를 쳐다보았다. 하워드 캔트랠은 자세를 고쳐 앉더니 블레이져 코트의 단추를 만지작거리며 어쩔 줄 몰라 하고 있었다.

"뭐지?"

크라우스가 기다리다 못해 물었다.

"문제가 생겼습니다."

크라우스는 의자에서 일어나 무의식적으로 홍콩에서 제작한 2천 달러짜리 양복 단추를 잠그고 옷깃을 매만졌다. 크라우스는 오른편에 있는 유리벽으로 걸어가서 정원을 바라보았다. 늙고 등이 굽은 정원사가 일본식 정원에 놓여 있는 수석을 공들여 닦고 있었다. 크라우스는 뒤를 돌아보지 않아도 캔트랠이 아직도 안절부절 못하며 떨고 있다는 것을 알 수 있었다.

"이봐, 캔트랠, 자네 연구소장으로 일한 지 얼마나 됐지?"

크라우스는 계속 창밖을 보면서 말했다. 캔트랠은 질문에 대답하기 위해 의자에서 일어났다. 크라우스와 자신이 10야드쯤 떨어져 있는데다, 크라우스가 창밖을 보고 서 있는 상태에서 자신의 근무경력에 대해 이야기하는 것이 달갑지 않았다. 그렇다고 책상을 돌아서 크라우스에게 다가갈 수도 없는 노릇이었다. 그건 너무 저돌적으로 보일 수 있다는 생각에 그냥 의자에 앉았다.

"4년 됐습니다."

크라우스는 돌아서서 책상 앞까지 걸어왔다.

"물론 연구소 일이 바쁘다는 건 알고 있어."

캔트랠은 고개를 끄덕였다.

"연구에 너무 많은 시간을 할애하느라 부하직원들을 관리할 시간이 없나 보지?"

크라우스는 책상을 사이에 두고 캔트랠 쪽으로 몸을 구부렸다. 책상이 상당히 컸음에도, 그의 모습은 거대한 그림자처럼 캔트랠 앞에서 아른거렸다.

"연구소장은 책임이 큰 자리라네. 자네가 할 일은 문제를 해결하는 거야. 내가 할 일은 이 회사를 경영하는 것이고."

"알고 있습니다. 노력하는 중입니다. 저… 저를 믿어주십시오."

캔드랠은 말을 더듬거리다가 자세를 고쳐 앉더니 다시 말했다.

"그래도 이것만은 아셔야 할 것 같아서 말씀드립니다만, 전립선 신약에 대한 임상실험 결과가 별로 좋지 않습니다. 그 결과가 회사 전체에 영향을 미치고 있습니다. 이 제품에 너무 많이 투자했어요. 사업의 잠재적인 하강국면을 대비해야 한다고 생각합니다."

"난 자네 생각엔 관심 없어. 그 따위 생각이나 하라고 자네에게 월급을 주는 게 아냐. 특히 사업전략 같은 데 자네가 관심을 가질 필요는 전혀 없네. 자네는 연구소 운영만 잘하면 돼. 문제가 있으면 해결하게. 문제라면 전에도 얼마든지 있었어. 자네가 해야 할 일이 뭔지는 알고 있겠지? 잘 해낼 거라고 믿네."

크라우스의 책상 위에는 노트북 한 대가 저만치 놓여 있을 뿐 아무것도 없었다. 검고 윤기 없는 노트북이 반질반질 잘 닦인 검은 대리석 책상 위에 비쳤다. 크라우스는 노트북을 책상 가운데에 놓고 덮개를 연 다음 전원을 켰다. 잠시 후, 크라우스는 모니터 위의 숫자에 골몰하고 있었다. 이미 이야기는 끝난 것이다.

"문제없습니다, 믿어주십시오."

캔트랠은 이렇게 말하고 의자에서 일어나 출입문으로 걸어갔다. 캔트랠은 문 앞에서 잠시 멈춰 섰다. 이 방에 들어온 후, 처음으로 안도감을 느꼈다.

"저는 단지 알려드리고 싶었을 뿐입니다. 혹시 잘못되더라도 놀라시지 않게 말입니다. 사장님께서는 놀라는 것을 싫어하니까요."

"무엇이든 잘못되지 않게 하는 것이 자네가 할 일이야. 나는 놀라는 것보다 더 싫어하는 게 있어. 그게 뭔 줄 아나? 바로 실패하는 거야. 지난 분기의 경영실적은 정말 받아들이기 힘든 것이었어. 만약 프로스톨의 약효가 이미 광고된 대로 나오지 않는다면, 우리 주식은 더욱 곤두박질칠 게 뻔해. 기자들 앞에서 그런 일로 자질구레하게 변명하고 싶지 않아. 잘해야 하네, 내 말뜻 알겠나?"

캔트랠은 자신 있다는 듯 살짝 웃어 보이며 밖으로 나갔다. 크라우스는 컴퓨터 화면을 보다가 캔트랠이 나갔는지 보려고 잠시 고개를 들었다. 그러고는 눈을 감은 채, 깊은 한숨을 내쉬며 고개를 흔들었다.

　기업활동감시국에는 회의실이 따로 없기 때문에 월요일 아침 직원회의는 에리카 볼드윈 국장의 사무실에서 열린다. 국장의 책상 너머 공간에는 의자들이 일그러진 원을 그리며 여기저기 흩어져 있다. 어떤 의자는 정부에서 지급한 회색 의자이고, 어떤 것은 오렌지색의 지저분한 천을 깐 의자이고, 다른 하나는 유치원에나 어울릴 듯한 녹색 의자이다.

　이번 월요일 아침 회의에 참석하기 위해, 여직원 다섯 명과 남자 직원 세 명이 사무실로 오고 있었다. 아마도 볼드윈 국장이 나이가 가장 많겠지만, 국장도 겨우 36세였다. 직원들은 모두 비즈니스 캐주얼 차림이고, 국장은 의회출석을 대비해 짙은 남색 정장을 입고 있었다.

　이번 회의는 기업의 부정행위를 적발하기 위해 설치된 OCR(역주: Office of Corporate Responsibility, 기업활동감시국으로 기업의 불법, 부정행위 등을 감시하는 업무를 맡고 있는 가상의 정부기관)의 핫라인인 1-800-CORP-RES에 지난 한 주간 걸려온 전화들을 검토하는 것으로 시작되었다. 역시 오늘도 잡다한 불만 전화들이 대부분이었다. 첫 번째 전화는 자동차 조립라인에서 일하는 사람으로부터 걸려온 것이었다. 한 자동차 모델이 성능테스트에서 회전을 할 때 심각한 불안정성을 보였는데, 회사 측에서 이 테스트 결과를 파기했다는 내용이었다.

　"차량의 안정성에 대해서는 연비나 범퍼 안전성에 기준이 있는 것과 달리 연방정부에서 정해놓은 기준이 없습니다."

　이 제보에 관해 한 직원이 설명했다. 에리카 볼드윈은 이런 전화나 상대하고 있는 자신이 한심해졌다. 다음 전화는 어느 석유 회사의 성추행에 관한 고발이었다.

에리카 볼드윈은 이러한 제보들에 대한 수사를 자원한 직원들에게 배분한 후에 다음 문제들을 검토했다. 대부분은 별 성과 없이 끝날 것이다. 또 몇몇 사건은 관할권이 있는 직업안정위생관리국이나 식품의약품안전청, 연방통상위원회, 또는 고용평등위원회에 이관될 것이다. 그러나 다른 제보들은 OCR의 자체적인 조사 선상에 오를 것이다. OCR은 심증은 가지만, 아직 법적으로 뚜렷한 위법 사실이 포착되지 않은 기업부정 사건들을 조사하고 있었다.

에리카는 마셜 잭슨에게 헬스넷 수사에 관한 최신 자료를 나눠 주라고 했다. 잭슨은 곧장 일어나 자신이 준비해 온 보고서를 꺼냈다. OCR에서 두 명의 흑인 중 한 명인 잭슨은 와튼 MBA과정을 졸업했으며, 하버드 법학대학원을 수석으로 졸업했다. 잭슨은 선천적으로 뛰어난 두뇌에 MBA와 법학대학원 경력까지 가지고 있어서 OCR에 상당한 도움이 되었다. OCR에서 근무한 지 일 년이 채 안되었지만, 이미 헬스넷 수사를 책임질 만큼 능력을 인정받고 있었다.

"헬스넷이 하는 짓을 가만히 보고 있으면 마치 직업적 범죄꾼을 보고 있는 듯한 착각이 듭니다. 그런 사람들은 경범죄에서 살인죄에 걸쳐 죄라는 죄는 다 저지르고 다니죠. 헬스넷도 마찬가지입니다. 국내에서는 생산기지의 해외 이전을 위해 수천 명을 부당해고했습니다. 그리고 그들이 만든 의약품들은 그 안전성에 심각한 우려가 제기되고 있지요. 그뿐만이 아닙니다. 해외에서는 아이들의 노동력을 착취하여 만든 의료기기를 팔아서 막대한 이익을 올리고

있습니다. 또 주사제에 대해서도 터무니없는 가격을 매기고 있어
요."

잭슨은 계속해서 몇몇 증거와 자료를 제시하며 영역별로 세부사
항을 설명했다. 그가 설명을 마치자, 에리카 볼드윈 국장은 직원
들에게 어떻게 수사해야 할 것인지 의견을 물었다. 몇몇 직원은
그 회사에 대해 의회 차원의 청문회를 열어야 한다고 주장했다.
청문회 개최는 곧 OCR이 공식적으로 헬스넷을 기소하겠다는 의
미가 되며, 그렇게 되면 다른 정부기관들도 수사에 착수할 것이
다. 다른 직원들은 좀 더 신중해야 한다는 의견이었다. 무작정 청
문회를 연다고 될 일이 아니며, 적절한 시기를 잡는 것이 중요하
다는 것이다.

에리카 볼드윈 국장은 그들의 의견에 귀를 기울였다. 국장은 입
을 다문 채, 부하직원들이 여러 가지 수사방법을 놓고 벌이는 토론
을 조용히 듣고 있었다. 토론의 열기가 좀 가라앉자 볼드윈 국장이
말문을 열었다.

"청문회는 시기상조라고 생각합니다."

직원들은 놀라움을 금치 못했다. 볼드윈 국장은 공격적인 것으
로 유명한 사람이기 때문이었다.

"그것이 뭔지는 저도 확실히 알 수 없지만 우리는 퍼즐의 한 조
각을 놓치고 있어요. 헬스넷의 혐의사항은 광범위하지만, 지금까
진 눈에 띄게 확실한 범법 사실이 드러난 것이 아니에요. 저는 평
균적인 미국인들 모두가 분노할 만한 혐의를 찾아내고 싶어요. 우
리는 결정적인 범죄 사실을 포착해야 해요. 내 말을 어떻게 생각합
니까?"

직원들은 좀 더 기다리는 데 합의했다. OCR의 직원들은 자신의 생각과 다른 상사의 말에 복종하기도 하지만, 항상 그런 것만은 아니다. 그런데 오늘은 모든 직원들이 에리카 볼드윈 국장의 의견에 동의했다. 회의는 이것으로 끝이 났다. 직원들은 서로 이야기를 나누거나 농담을 주고받으며 사무실을 빠져나갔다. 볼드윈 국장은 마셜 잭슨에게 잠깐 남으라고 말했다.

"마셜, 헬스넷에 대한 보고를 마치고 나서는 별로 말이 없더군. 갑자기 부끄러움을 타기라도 하는 건가?"

마셜은 이 말을 듣고 웃음보를 터트렸다. 마셜 같은 거구의 사나이가 볼드윈 국장에게 핀잔을 듣는 모습은 실로 우스꽝스러운 모습이었다. 에리카는 가끔 마셜이 OCR에서 일하기에 너무 똑똑하기만 한 것은 아닌지 걱정스러웠다. 워싱턴에서 일하려면 지적인 것도 중요하지만 공무원으로서의 숙성 기간이 필요하기 때문이다.

"전 국장님의 직관을 믿습니다. 하지만 더 기다려서 무엇을 얻으려고 하시는지 궁금합니다. 이미 비리사항은 충분히 수집했다고 생각하는데요."

"맞아, 그렇지. 하지만 그건 평범한 비리일 뿐이야. 내가 원하는 건 더욱 충격적인 범죄야. 지금 청문회를 열어서 뭘 어쩌자는 거지? 헬스넷은 약간의 처벌을 받고 풀려날 게 뻔해. 약간 안 좋은 평판이 나고, 기껏해야 식품의약품안전청이나 고용평등위원회에서 수사에 착수하는 정도가 될 거야."

마셜 잭슨은 아무런 말도 하지 않았다. 에리카 볼드윈은 창가로 걸어갔다. 밖에는 녹슨 폐기물 보관용 컨테이너가 보였다.

"알래스카 해안에서 두 번째 석유유출 사고가 터지지 않았다면,

OCR이 여기에 있지도 않았겠지."

볼드윈이 거의 혼잣말을 하듯 말했다.

"하지만, 우리는 정말 아무것도 아니야. 공정거래위원회 빌딩 한 구석에 있는 임시건물에 처박혀 있잖아. 충분한 인력을 지원받는 것도 아니지. 가끔 의회에서 일다운 일을 던져주기도 하지만, 우리가 하는 일의 대부분은 고작해야 다른 기관이 흘린 국물이라도 있는지 쓰레기통을 뒤지고 다니는 거야."

"제가 OCR에서 일하겠다고 마음먹은 이유도, OCR을 제 손으로 번듯한 기관으로 만들어보고 싶었기 때문입니다."

잭슨이 말했다.

"알아, 알아. 나도 그래."

볼드윈은 의욕에 넘치는 표정으로 서성거리며 대답했다.

"나는 OCR의 무한한 잠재력을 믿고 이 일을 맡았어. 우리가 헬스넷과 그 CEO를 잡아넣을 수만 있다면, OCR은 단순히 감시나 하는 기관에서 벗어나 직업안정위생관리국, 식품의약품안전청, 연방통상위원회, 고용평등위원회를 아우르는 중추적인 기구로 발돋움하게 될 거야. 우리가 그들을 총괄해 줘야 해. 계속 그들이 거부한 시시한 사건이나 맡으면서 지낼 수는 없잖아. 잘하면 대통령자문위원회에 출석할 수도 있을 거야. 언젠가는 우리가 재계를 흔들 강력한 힘을 갖게 될 지도 모른다고!"

국장은 창가에서 걸어와 마셜 잭슨 앞에 버티고 섰다. 목소리에 서렸던 날카로움은 사라지고, 어느새 차분한 말투로 돌아왔다.

"당신은 우리 팀에서 아주 중요한 역할을 맡고 있어, 마셜. 기업규제법률에 관한 당신의 지식은 헬스넷 수사에 필수적이야, 알고 있겠지?"

"알고 있습니다."

"당신은 뉴욕 법률회사가 제시했던 연봉의 반도 받지 못하면서 OCR에서 일하고 있어. 하지만 거기서는 나쁜 놈들을 수사해서 감옥으로 보내는 재미는 별로 느낄 수 없을걸. 미리 말해 두는데, 이번 수사는 상당히 어려울 거야. 찰스 크라우스는 만만한 녀석이 아닌데다가, 꼬리를 밝히지 않으려고 온갖 수작을 다 부릴 테니까. 험난한 전투가 되겠지. 하지만 자네는 이 전투의 선봉이란 걸 잊으면 안 돼. 어려운 싸움이 되겠지만 이것만은 약속할 수 있어. 우리는 썩어빠진 재계를 흔들어놓을 강력한 OCR의 창시자가 될 거야."

마셜 잭슨은 국장에게 인사를 한 후 국장실을 나섰다. 잭슨은 수사의 재미를 알기에는 경험이 부족했다. 하지만, 볼드윈 국장 밑에서 일하는 것이 행운이라는 것은 알 수 있었다. 찰스 크라우스가 얼마나 대단한 인물인지는 모르지만 볼드윈 국장을 당해낼 수 있을까? 잭슨은 생각에 잠긴 채 자신의 사무실로 향했다.

# 적절한 보수

로라는 다음날 강의를 준비하면서 12월 오후의 텅 빈 교실에 앉아 있었다. 하지만 하루 종일 강의하느라고 지쳤기 때문에 책상에 앉아 있지만 집중이 되지 않았다. 이럴 때 커피를 한잔 마시는 게 좋을 것 같아서 교사용 휴게실로 향했다. 아무도 없는 복도를 지나 휴게실에 들어섰는데, 샘이 소파에 앉아서 홍차를 마시면서 뭔가를 읽고 있었다. 지하철에서 보고 나서 2주 만에 만난 것이다. 유쾌하게 헤어진 것은 아니지만, 학교에서 만나니 반가운 마음이 들었다. 샘과 이야기를 하고 나면 왠지 머리가 개운해질 것 같기도 했다.

"여기서 뭐하고 있어요?"

로라가 물었다.

"뭐하긴요. 전 이곳 선생인데요."

"댁이 이곳 선생님이란 건 알고 있어요. 퇴근 안 하고 여기서 뭐하고 있냐는 거죠."

"못한 일을 마무리하는 중이에요. 그러는 당신은 집에 안 가고 뭐하세요?"

"내일 아이들에게 내줄 숙제거리를 찾고 있어요. 너무 힘들어서 기분이 우울해질 것만 같아요. 시간이 지나면 괜찮아지겠죠?"

로라는 차갑게 식은 커피를 버리고, 새로 커피를 내렸다.

"물론 시간이 지나면 좋아질 거예요."

"〈위대한 유산〉 읽어 보셨어요?"

"누가 쓴 거죠?"

샘은 멋쩍은 듯이 물었다.

"옛날 옛날에 영국에 살았던 디킨스라는 사람이 지은 거예요. 들어는 보셨나 몰라."

"날 뭘로 보는 거예요. 디킨스, 나도 들어 봤어요."

샘은 뽀로통해져서 대답했다.

"아마 〈두 도시의 이야기〉를 쓴 사람이죠. 고등학교 때 읽어봤어요. 〈위대한 유산〉은 안 읽어 봤지만."

"그걸 읽었다면 아마 당신 인생이 달라졌을 거예요. 지금처럼 경제학에 관련된 분야에서 일하고 있지는 않았을 걸요."

로라가 놀리듯 웃으며 말했다.

"〈위대한 유산〉은 땀 흘려 일하지 않는 사람, 신분이 높은 사람과 힘 있는 사람들을 비판하는 내용을 담고 있죠. 정말 재미있어요. 그리고 그 영화도 재미있는 편이고요. 근데, 내일 내줄 숙제는 어디서 찾지? 아, 정말 큰일이네."

로라는 숙제 이야기에서 풀이 죽는 듯 힘없는 목소리로 말했다.

"이제 이 책에 대한 수업이 거의 끝나 가거든요. 수업을 멋지게 마무리할 숙제를 내줘야 하는데, 도무지 뭘 내야 할지 모르겠어요. 선생님이 이렇게 어려운 직업인지 몰랐어요. 하다보면 좀 쉬워지나요?"

"물론이죠. 저는 2년이 지나니 어느 정도 애들을 통솔할 수 있게 되더군요. 나에게도 지금의 당신처럼 힘든 때가 있었죠. 밤마다 다음날 수업 준비를 하거나 시험 성적을 매기느라 잠도 못 자곤 했어요. 선생이라는 게 사람들이 생각하는 것처럼 그렇게 쉬운 직업은 아니거든요. 특히 제대로 할 마음이 있다면요. 작정하면 매년 똑같은 내용으로 우려먹을 수도 있죠. 학생들이야 모를 테니까요. 하지만, 정작 자신은 고인 물이 썩듯이 점차 정체되겠죠. 제대로 가르치려면 힘든 게 당연한 거예요."

"정말 좋은 직업이군요. 쥐꼬리만 한 월급에 할 일은 넘쳐나고… 선생이란 참 대단한 직업이에요."

"우리가 받는 월급이 적다고 생각하시나 보죠?"

샘은 고개를 약간 기울인 채 궁금하다는 표정으로 말했다.

"그럼 우리가 충분한 보수를 받고 있다고 생각하나요? 당신은 경제학을 가르치니 돈을 긁고 있는지 모르겠지만, 나는 이 나라의 수도에서 고작 26,000달러를 받으며 일하고 있어요. 턱없이 부족한 돈이에요."

"무엇을 기준으로 부족하다고 말씀하시는지는 모르겠지만…"

"자꾸 그렇게 궤변가처럼 굴지 마세요."

"궤변가가 뭐죠?"

"진리를 찾으려고 하기보다는 말이나 생각을 빙빙 돌리면서 즐거움을 느끼는 사람을 일컫는 말이죠. 이건 참고하라고 말씀드리는 건데, 궤변가라는 말은 약간 경멸 섞인 표현이에요."

"아, 그렇군요. 난 정말 무엇을 기준으로 적다는 것인지 몰라서 그런 거였어요. 사람들이 보수가 적다고 말하는 것은 대개 지금보다 더 많은 돈을 받고 싶다는 의미겠죠. 그런 식으로 따지면, 모든 사람들이 쥐꼬리만 한 보수에 시달린다고 봐야 해요. 사실 대부분의 사람들이 그런 식으로 생각하죠. 자기가 가진 것에 만족하며 사는 것이 더 행복할 텐데, 왜 그렇게 자신의 경제적 상황에 불만을 갖는지 이해가 잘 안 돼요."

"그럼 CEO나 운동선수, 영화배우들은 몇 백만 달러씩 버는데 교사들은 기껏 26,000달러를 받는다는 게 화낼 만한 일이 아니란 말이에요?"

"그게 왜 화낼 일인데요?"

로라는 자리를 박차고 일어서서 머리카락을 풀었다가 큼지막한 핀으로 다시 묶었다. 머리를 매만지면서 로라는 나름대로 생각을 정리했다. 그러고는 긴 치마를 펄럭이며 걸어가 샘 앞에 버티고 섰다. 샘은 약간 놀란 표정으로 로라를 올려다보았다. 로라가 불쑥 말했다.

"그게 왜 화낼 일이냐고요? 당신은 어떻게 우리의 다음 세대를 교육하는 일과 마룻바닥에 공이나 튀기는 일을 동등하게 볼 수 있는 거죠?"

"한번 생각해 봐요. 우리는 1년에 30명에서 150명 정도의 학생들을 가르치고 있어요. 하지만 뛰어난 운동선수는 몇 백만의 사람들을 즐겁게 하죠."

"하지만 그런 논리로 시덥잖은 직업과 고결한 직업을 비교할 수 있다고 생각해요?"

"아이들을 가르치는 일이 중요하다는 데에는 동의해요. 그래서 나도 고등학교 선생님이 되는 걸 택한 겁니다."

"돈을 더 많이 버는 농구선수가 되지 않고요?"

로라가 비아냥거리듯 말했다.

샘은 침착하게 말을 이었다.

"저도 다음 세대를 교육하는 일을 숭고한 일이라고 생각했기 때문에 여기서 선생님 노릇을 하는 거예요. 경제학 석사 학위를 가지고 다른 데 가서 일하면 더 많은 돈을 벌 수 있는 데도 말이죠."

"당신의 그런 희생정신은 높이 평가하겠어요. 하지만, 아직 내 말에 대답하지 않았어요. 당신은 시덥잖은 직업과 숭고한 직업을 그렇게 단순하게 비교할 수 있다고 생각해요?"

"뭐가 시덥잖고 뭐가 숭고한데요?"

"우습군요. 당신도 방금 많은 돈을 버는 것보다 고등학교에서 강의하는 것을 더 좋아한다고 말했잖아요."

"그거야 저의 기호일 뿐이죠. 농구선수의 화려한 기술을 단지 시덥잖다고 생각하는 건 당신뿐일 걸요. 다른 사람들에게 그 농구선수는 천재예요. 그럼 당신은 농구선수가 정신과 의사만큼은 돈을 벌어도 된다고 생각하나요? 정신과 의사도 농구선수도 우리의 골치 아픈 문제들을 잊게 해주는 점에서 같으니까요."

샘은 머리 뒤로 깍지를 낀 채 소파에 몸을 기대며 싱긋 웃었다.

"중요한 것은 이 세상은 정말 놀라운 곳이며, 인간의 재능은 다양하다는 것이죠. 또 더 중요한 것은 미국에서 당신이 어떤 직업을 가질 것인가는 전적으로 당신 자유라는 거예요. 태어날 때부터 경세학자나 농구선수, 배관공인 사람은 없어요. 과자 종합선물세트를 상상해 보세요. 그리고 그 세트에는 한정된 숫자의 과자만 넣을 수 있지만, 뭘 얼마만큼 넣을 것인가는 자유로이 선택할 수 있다고 가정해 보자고요. 사탕을 특별히 좋아하는 사람이 있다면, 초콜릿을 빼는 대신 사탕을 더 집어넣겠죠. 직업도 마찬가지예요. 돈을 더 벌고 싶다면, 그만큼 명예나 일하는 재미를 빼야 하는 거죠. 저는 경제학 선생님이 되는 걸 선택했어요. 그게 나에겐 최적의 선택인 셈이죠. 하지만 선생님이 당신에게도 최적인지는 모르겠군요."

"적어도 경제학 선생님이 되지는 않았으니 최악의 선택은 피한 거죠."

잔에 커피를 붓고는 샘의 맞은편 소파에 앉으면서 로라가 말했다. 로라는 치마로 가린 채 소파 위에 다리를 올려놓았다.

"당신이 하는 말을 듣고 있으면 팡글로스 박사가 생각나요."

"누구요?"

"볼테르(역주: Voltaire, 18세기 프랑스의 계몽주의 작가. 민중을 신봉하지 않았으며, 계몽화된 절대군주제를 가장 이상적인 국가형태로 생각했다.)의 〈캉디드〉에 나오는 팡글로스 박사요. 그는 인간은 자유의지로써 스스로 선택하며 살아가기 때문에, 우리가 살고 있는 세상은 모든 경우의 수 가운데 최상의 것이라고 말하죠. 하지만 팡글로스 박사는 볼테르가 자유의지를 풍자하기 위해 만든 캐릭터예요. 볼테르는 개개인이 자유의지에 따라 스스로 선택하며 만들어 놓은 세상이 결코 최적이 아니라는 걸 말하고 싶어 했죠. 가끔 최적의 선택이 아주 끔찍한 것이기도 하거든요. 단지 나와 당신이 자유의지로 선생님이 되었다고 해서 교사가 적은 보수를 받는 현실이 정당화되는 것은 아니에요."

"세상은 보는 눈에 따라 달라져요. 오늘날의 미국 교사들은 인류 역사에서 대부분의 사람들에 비해 높은 삶의 질을 누리고 있어요. 당신이 26,000달러로 누리는 생활수준은 17세기 영국의 귀족들보다 높아요. 그들은 자동차도 컴퓨터도 없었고, 지금처럼 맛있는 음식들을 먹을 수도 없었을 테니까요. 당신은 교사라는 직업이 다른 직업보다 더 높은 내재적 가치를 갖는다고 생각하는데, 가치는 보는 사람마다 달라지는 거예요. 제 눈에 안경이라고나 할까요. 하지만 시장경제시스템에서는 그렇지가 않아요. 이 직업엔 몇 명이 필요하고 저 직업엔 몇 명이 필요하다는 거나, 이 직업을 가진 사람들에겐 보수를 얼마쯤 줘야겠다는 일들을 결정하는 사람이 없죠. 오직 시장이 자체적인 힘으로 그런 것들을 결정해 나갈 뿐이니까요."

"좋은 얘긴 아닌 것 같군요. 다시 말하면, 아무도 관리하는 사람이 없다는 거잖아요, 그렇죠? 그건 모두가 자기 일을 하느라 정신이 없다는 이야기일 테고, 곧 아무도 시스템이 공정하게 돌아가는지 감시하지 않는다는 말이 되는군요."

"맞아요. 하지만 감시하는 사람이 없다는 것은 나쁜 일이 아니라, 오히려 바람직한 일이죠. 시장경제시스템은 권력이 소수의 사람들에게 집중된 제도가 아니라, 여러 사람들에게 분산되어 있는 제도예요. 열대우림지대를 생각해 보세요. 우림지대는 그냥 내버려 두면 별 탈 없이 잘 돌아가죠. 전체의 시스템을 지배하는 규칙 외에 우림을 관리하는 사람은 없어요. 시장경제에서도 관리자가 없기 때문에 권력이 고루 분산되어 있죠. 이러한 제도 하에서는 모든 사람이 부패하지 않는 한 사회도 부패하지 않아요. 만약 모든 사람이 부패했다면, 그 사회는 어떤 제도를 도입하더라도 부패하겠죠. 그런데 중앙집권적인 시스템에서는 최상층부에 있는 사람들이 끊임없이 유혹에 시달리게 마련이죠. 그래서 난 관리자가 없는 경제제도를 더 좋아해요."

"난 당신이 어떻게 CEO나 농구선수가 교사들보다 더 대접받는 사회시스템을 찬양할 수 있는지 모르겠군요."

샘은 자리에서 벌떡 일어나 약간 화가 난 듯 이리저리 걸어 다녔다. 샘과 로라는 대화에 몰두한 나머지, 수위가 휴지통을 비우러 들어온 것도 눈치채지 못했다. 시곗바늘이 5시를 넘기고 있었다.

"그럼 대안을 제시해 보세요."

샘이 긴 팔을 호소하는 듯 뻗으며 말했다.

"우리가 멋대로 교사들의 보수를 인상한다면, 수많은 사람들이 몰려와서 교사가 되겠다고 할 거예요. 그러면 교사자리가 턱없이 부족해질 텐데, 그 많은 사람들 중에서 연봉 십만 달러나 백만 달러짜리 교사를 어떻게 선발할 생각이죠? 제비뽑기를 할 건가요? 그게 아니라면 교사선발에 관한 전권을 가진 공정한 특사를 세워 놓고, 그에게 고액연봉을 받을 최고의 교사를 뽑는 권한을 위임할 건가요? 교사가 되고 싶어 하는 사람들은 교사자리가 부족하다는 것을 알 테니, 자신을 뽑아달라고 그에게 미묘하거나 가시적인 압력을 가하겠지요. 어떻게 그런 사회가 계속 공정할 수 있겠어요?"

"세상엔 좋은 사람도 있어요. 부패는 불가피한 것이 아니에요. 교사선발위원회를 만들면 최고의 교사들을 선발할 수 있을 거예요."

"전 그렇게 생각하지 않아요. 제도가 나쁘면 사람도 나빠지는 법이거든요. 아니면 부패한 사람들이 양심적인 사람들을 밀어내든가요. 경제적 의사결정이 한 곳에 집중되어 있는 세계에서 산다는 것은 상상하기도 힘든 일이에요."

샘이 말을 이었다.

"내 누이는 휴스턴에 살고 있어요. 1980년대 후반, 상당수의 유대계 러시아인들이 미국으로 이민 오던 때에 누이와 매제는 호스트 패밀리로 지원했죠. 호스트 패밀리는 미국으로 이민 온 사람들이 미국 생활에 잘 적응할 수 있도록 차를 사거나 하는 따위의 일들을 도와주는 역할을 하는 거예요. 누이와 매제는 그 러시아인 부부가 처음으로 미국에 온 날 밤에 그들을 데리고 마트에 갔죠. 그렇게 별다른 마트도 아니었어요. 그냥 일반적인 곳이었고, 안에 들어가서 카트를 잡으면 농산물 코너가 나오는 구조였죠. 그런데 거기 들어서자마자 그 불쌍한 러시아인들은 너무나 기뻐하며 환호성을 질렀다는군요. 그렇게 먹을거리가 풍성한 것을 본 적이 없었으니까요. 그들은 구경조차 못 해봤던 과일들을 보고는, 포도랑 오렌지, 배, 멜론 등등을 정신없이 주워 담았대요. 소련에서는 공산당 간부들만 과일을 살 수 있었고, 그게 아니라면 암시장에서 평범한 사람들은 절대로 감당할 수 없는 돈을 치러야 먹을 수 있었거든요. 잠시 뒤에 내 누이는 그들을 데리고 마트의 나머지 장소들을 구경시켰대요. 그런데 그 러시아 여성이 누룩을 사려고 했는데, 그게 보이질 않았나 봐요. 누이는 당황했죠. '이런 풍요의 나라에 누룩 따위가 없다는 것이 말이 되나?' 하면서요. 그래서 누이가 매니저를 불러서 누룩을 요구했더니, 그가 뒤편의 창고에 가서 24봉지가 들어 있는 박스를 하나 내왔대요. 그 러시아 여인은 몇 봉지만 집어 들었고, 매니저는 남은 누룩을 다시 갖다 놨어요. 사실 우리가 보기엔 별일 아니죠. 하지만 그 러시아 여성은 내 누이를 보며 정말 좋아하더래요. 그 이유, 짐작되나요? 그녀는 내 누이가 대단한 거물이어서 매니저가 특별한 손님에게만 팔려고 감춰놓은 상품을 빼왔다고 생각한 거예요, 소련에서 하는 것처럼 말이죠. 누룩이나, 고기, 과일, 또는 직업이나 아파트가 누구를 알고 지내는가, 어떤 당의 당원인가에 따라 분배되는 세상은 정말 상상하기도 싫군요. 끔찍해요."

"하지만 우리의 체제도 그와 다를 바가 없어요. 직업을 얻기 위해서는 사장에게 좋은 인상을 줘야 하니까요."

"틀린 말은 아니군요. 하지만 세상엔 사장님들이 한둘이 아니죠. 자신에게 아첨이나 하는 사람을 뽑거나 뇌물을 제공하는 사람을 선발하는 사장님이 회사를 잘 운영할 리가 없잖아요."

"다시 원점으로 돌아가서, 우리의 경제시스템이 그렇게 완벽하다면, 왜 교사들에게 그 정도의 보수밖에 지급하지 못하는 거죠?"

"당신이 모르고 있는 것은 에드워드 고교의 교사가 되고 싶어 하는 수많은 사람들이 당신이 그만두기만을 기다리고 있다는 겁니다. 즉 쥐꼬리만 한 월급이 누구 탓이냐고 묻는다면, 그건 우리 교사들 탓이란 말입니다. 그 쥐꼬리라도 받으면서 교사로 일하고 싶어 하는 사람들이 엄청나게 많고, 바로 그 때문에 우리의 보수가 적은 거죠. 그래도 뭔가 위안을 찾고 싶다면 이렇게 생각해 보세요. 교사라는 직업이 얼마나 좋으면 서로 하려고 난리들일까 하고 말이에요. 방학 꼬박꼬박 챙겨먹지요, 익숙해지면 매일 3시 반에 퇴근할 수도 있어요. 가르치는 일에 소질만 있다면, 아이들이 당신 때문에 뭔가를 알았다는 듯 고개를 끄덕이는 짜릿한 순간을 맛볼 수도 있지요. 교사의 보수에는 그런 비화폐적인 것도 포함되어 있어요. 그런 것들을 음미해 봐요. 아무도 하고 싶어 하지 않는 일을 프리미엄 받아 가며 일하는 것보다는 낫잖아요."

"나도 교사직을 좋아해요. 하지만 대부분의 교사들은 더 나은 대안이 없기 때문에 쥐꼬리만 한 월급을 그냥 참고 있는 거예요."

"전 그렇게 생각하지 않아요. 그들은 자신이 원하는 일을 추구할 수 있어요. 그들 중 많은 이들이 원한다면 돈을 더 받을 수 있는 다른 직업을 구할 수도 있을걸요."

"하지만 대안이 없는 이들은 턱없이 부족한 보수를 감수하면서 그냥 교사직에 붙어 있어야만 해요. 이런 말하긴 뭐하지만, 그건 잔인한 일이에요."

"잔인하다고요? 잔인하다는 건 고양이를 괴롭히거나 어린이에게서 사탕을 뺏을 때에나 쓰는 말이에요. 하지만, 경제와 관련된 일들이 항상 달콤하지만은 않다는 건 인정해요. 당신이 인생을 항상 달콤한 것으로만 채울 수 있다면 내게도 그 방법을 좀 알려주세요."

"항상 좋을 수는 없을지라도 지금보다 조금 더 나아지는 것도 그렇게 어려운 일인가요?"

"어려운 질문이네요."

샘은 잠시 다른 것을 생각하고 있는 듯했다.

"당신은 내가 잔인하다고 생각하나요?"

샘은 정말 궁금해서 물어보는 것처럼 보였다.

"저는 편견을 갖지 않으려고 노력하고 있어요."

로라가 대답했다.

"지금은 적어도 흉악하게 보이지는 않아요. 하지만 난 여전히 내 월급이 쥐꼬리라고 생각해요."

"그럼 그만두고 MBA를 따든지, 마약을 취급하든지 해야죠. 더 열심히 일해요. 부업을 가지든지, 불평만 하지 말고 구체적인 행동을 해요. 시스템을 탓하는 것은 쉽지만, 결국 문제는 당신에게 달려 있어요. 1달러를 가지고 1달러짜리 빵도 사고, 1달러짜리 치즈도 살 수는 없어요. 둘 중에 하나를 골라야만 하죠. 경제시스템도 마찬가지예요. 돈도 많이 벌고, 가르치는 재미도 얻겠다는 건 1달러로 사고 싶은 걸 다 사겠다는 발상과 같은 거예요. 가끔 숭고함을 가진 최고의 직업은, 사람들이 그 직업을 갖기 위해 치열한 경쟁을 벌이기 때문에 보수가 적어요. 그건 감수해야 해요."

"그럼 운동선수들은 왜 그렇게 많은 돈을 버는 거죠? 그런 명예와 영광은 누구나 원하는 것 아닌가요?"

"그렇죠. 하지만 누구나 마이클 조던처럼 농구를 잘할 수 있는 건 아니에요. 극소수의 뛰어난 운동신경을 가진 사람들만이 그런 선수가 될 수 있죠. 공급이 적으면 연봉은 높을 수밖에 없어요. 그래서 모두가 운동선수가 되고 싶어 하는데도 그들의 연봉이 떨어지지 않는 거죠."

"그럼 CEO들은 뭐죠? 그들이 하는 일이라고 해봐야 직원들 해고하고, 연봉 깎고 그런 것밖에 더 있나요? 그런 건 별다른 기술이 필요하진 않잖아요? 왜 모든 CEO들이 능력에 상관없이 많은 돈을 버는 거죠?"

"제 수업을 듣는 학생들도 처음에는 CEO들은 그저 큰 책상에 앉아서 회사의 돈이나 좀 주무르고, 커피나 마시면서 가끔 전화기 붙잡고 통화나 하는 게 전부라고 생각하더군요. 그런 직업은 추첨으로 뽑는 줄 알았던 거죠. 당첨되면 CEO가 되는 거고, 떨어지면 햄버거 가게 종업원이 된다고 말이에요."

"그럼 그렇지 않다는 건가요?"

"하하. 당신도 내 수업을 좀 들어야겠군요."

샘은 재미있다는 듯 말했다.

"CEO들은 당신이 생각하는 것보다 훨씬 일을 많이 해요. 거대한 기업을 경영하는 것은 쉬운 일이 아니에요. 평범한 CEO가 많은 돈을 받는 것은 벤치에 앉아 있는 NBA선수도 비교적 많은 돈을 받는 것과 같은 이치죠. 우리 눈에는 별것 아닌 것 같지만, 우리 보고 한번 해보라고 하면 그만큼 하기도 힘들 거예요. '바보 같은 놈, 그럴 땐 덩크슛을 했어야지!' 라며 고함을 지르는 사람한테 농구공을 주고 '그렇게 잘하면 네가 한번 해봐.' 라고 하면 덩크슛은커녕 드리블도 제대로 못할 거예요. 하지만 제도가 백퍼센트 완벽하지는 않아요. 어떤 CEO들은 이사회가 무능하기 때문에 많은 돈을 버는 경우도 있죠. 또 어떤 CEO들은 자기 구미에 맞게 재무제표를 조작해서 이사회를 속이기도 하고요. 그리고 많은 CEO들이 고의였건 아니건 실수를 저질러서 직원과 고객들, 주주들에게 손해를 입히는 일도 있어요. 하지만 무책임하거나 무능한 CEO는 살아남기 힘들어요. 시스템이 그 CEO를 벌하기 때문이죠. 비열하고 사악한 CEO는 자신 밑에서 일할 사람을 찾기가 점점 힘들어질 것이고, 또 자신을 CEO로서 고용해 줄 기업을 찾기도 어려워지겠죠. 시장경제는 누가 통제하지 않아도 스스로 옥석을 가려냅니다. 종업원을 고용하고 해고하는 권한을 가진 CEO가 기업을 잘 운영하는 책임을 지는 것이 시장경제의 장점이에요. 이것은 매우 능률적인 방법이죠. 나는 위원회니, 협회니 하는 정부기구에 재량을 주는 것보다 이런 방법이 더 낫다고 봐요. 정부기구에 권한을 주면 또 다른 감시자가 필요해지거든요. 그리고 성과에 대해 비교적 책임을 덜 지는 사람에게 권한을 준다는 것은 매우 위험한 발상이죠."

"나는 정부 관료들을 더 신뢰해요. 우리 가족 중에 공무원이 있어서 약간 편견이 있을 수는 있겠네요."

"이해합니다. 어쨌든 저는 세상일을 있는 그대로 받아들이려고 노력해요. 사람은 환경에 불만을 갖지 않을 때 더 행복해질 수 있거든요. 26,000달러보다 더 벌고 싶다면, 불평은 그만하고 행동에 옮기세요."

"교사가 된지 얼마 안 돼서, 이 일을 그만두어도 좋을지 잘 모르겠어요. 하지만 법학대학원에 진학할 생각은 하고 있어요."

로라는 잠시 말을 멈추었다. 숨을 돌리고 싶기도 했지만, 뭔가 극적인 효과를 노렸던 것도 있었다. 그리고 '내 생각을 격려해 주겠지.' 라며 은근히 샘의 반응을 기대했다.

"별로 권하고 싶지 않군요."

샘은 오래 생각하지도 않고 대답했다.

"왜죠?"

로라는 알 수가 없다는 듯 목소리를 높였다.

"신경 쓰지 말아요. 설명하려면 시간이 많이 필요할 테니까. 그리고 얘기를 했다가는 당신 인생을 망쳐놓을 수도 있어요. 당신은 그 일로 나를 미워하게 될 거구요. 그나저나 난 배가 몹시 고파요.

뭐 먹으러 안 가실래요?"

"내 인생을 망쳐놓을 수도 있는 사람과 밥을 먹으라고요?"

로라는 양 눈썹을 모으며 샘의 오만함에 태연하게 대꾸하려 애썼다.

"전 일하러 가봐야겠어요."

샘은 머쓱해 하며 교실로 돌아가는 로라의 뒷모습을 지켜볼 수밖에 없었다.

'이런 식으로 얘기를 끝내면 안 되는데… 다음엔 말을 좀 더 잘해야겠어.'

샘은 자신에게 온 편지가 있는지 보려고 우편함 쪽으로 향했다. 오늘도 교과서 제작자들로부터 날아온 시답잖은 홍보물들이 쌓여 있다. 그런데 그중에 자신의 이름 옆에 '대외비'라는 붉은 도장이 찍힌 봉투가 있었다. 샘은 무슨 내용인지 궁금해서 바로 개봉하여 읽기 시작했다.

친애하는 고든 씨에게

지난주 당신에 대한 좋지 않은 소문과 관련하여 이사회의 논의가 있었습니다. 우리는 여러 학생들과 이야기를 해본 결과 그 소문이 사실임을 확인했고, 이를 알려드리게 되어 매우 유감스럽게 생각합니다.

교장으로서 저는 이에 대해 이사회의 중역들과 의견을 교환한 바, 당신을 해임조치 하기로 결정했습니다. 교칙에 따라 이번 결정을 추인받기 위해서는 이사회 전원에 의한 표결이 요구되며, 당신은 해명의 기회를 가질 수 있을 것입니다.

이러한 결정과 더불어, 사건과 관련된 모든 세부적 사항은 비공개로 다루어질 것임을 알려드립니다. 이 사실을 공개하는 것은 학교 측에도 당신에게도 도움이 되지 않을 것입니다. 또한 학교는 당신에 대한 법정고발을 하지 않을 것입니다. 아울러, 이사회의 공식 결정에 의해 해임되기 전에, 만약 그것이 당신에게 최선의 이익이라고 판단되신다면, 자진해서 명예퇴직을 하는 방법도 있음을 알려드립니다.

프랭클린 하킨 교장

# 쫓겨나는 사람들

"많은 분들이 알고 있는 바와 같이, 나쁜 소식이 한 가지 있습니다."

조지 서덜랜드는 공장에 붙어 있는 넓은 창고의 의자 위에 올라서서 이렇게 말했다. 수많은 근심 어린 눈들이 조지를 쳐다보고 있다. 몇몇은 넥타이에 정장차림이지만, 여기에 모인 300명 남짓 되는 사람들의 대부분은 작업복을 입고 있었다.

"저는 이 마을에서 태어나, 바로 여기 이 창고에서 자재를 쌓는 일을 첫 직업으로 삼았습니다. 그리고 성인이 된 후로 이곳에서 풀타임 또는 파트타임으로 일하며 대부분의 생애를 살아왔습니다. 개인적으로 이곳에서 은퇴를 맞고 싶었습니다만, 이 공장을 소유한 헬스넷은 이곳을 폐쇄하고 생산공장을 멕시코로 이전하기로 결정했습니다. 다음 달 중으로 이곳의 모든 물품과 자재는 멕시코로 운반되며, 생산라인도 폐쇄될 것입니다."

조지는 잠시 고개를 숙이고 바닥을 보았다. 조지는 평정을 찾기 위해 애를 쓰고 있었다. 선량한 사람들의 얼굴에 떠오르는 고통스러운 표정을 보는 것이 너무 괴로웠기 때문이다. 바닥은 티끌 하나 없이 깨끗하고 모든 것이 보기 좋게 정돈되어 있었다. 조지는 이렇게 성실하고 묵묵하게 일하는 동료들이 새삼 자랑스럽게 느껴졌다.

"우리는 이 회사의 중추였으며, 여기서 일하는 것은 명예롭고 즐거운 일이었습니다. 헬스넷은 작업장 철거 3개월 전에 피고용인에게 통지해야 한다는 법규에 따라, 우리에게 시설 폐쇄를 통지해 왔습니다. 또한 동법에 따라, 이달 말에는 50달러의 상여금이 지급될 것입니다."

이 대목에 이르자, 조지는 목이 메어 와 말을 할 수가 없었다. 사람들은 욕을 하며 아우성을 쳤다. 조지 서덜랜드는 그들이 화를 가라앉히고 조용해지기를 기다렸다.

"화를 내는 게 당연합니다. 저도 화가 나기는 마찬가지입니다. 이건 공정하지도, 옳지도 않은 일이라는 것을 알고 있습니다. 하지만, 지금으로서는 어쩔 수 없는 일입니다. 제가 여러분을 도울 길이 있다면, 주저하지 말고 제 사무실을 찾아주십시오. 그럼 내일 봅시다."

사람들은 웅성거리며 하나둘 집으로 돌아갔다. 조지는 홀로 남아 고교시절부터 보아왔던 이곳을 새삼스레 둘러보았다. 탁 트인 공간과 드높은 천장, 이곳에 있으면 조지는 자유를 느낄 수 있었다. 좁디좁은 자신의 집은 잊어버린 채 행복한 기분도 느꼈다. 어느 것 하나에도 조지의 손때가 묻지 않은 곳이 없었다.

조지는 자신의 미래를 생각해 보려 했지만, 이 공장을 떠난 모습은 상상하기 힘들었다. 조지에게 이곳은 생의 전부였기 때문이다.

조지는 일렬로 정렬되어 있는 지게차를 쳐다봤다. 예전엔 여덟 대 정도 있었는데, 이제는 단 두 대뿐이다. 왠지 모를 향수가 조지를 휘감았다. 조지는 지게차에 올라 시동을 켜고, 너무나 익숙한 작업 루트를 따라 운전해 보았다. 파랗게 페인트가 칠해진 길을 따라 지게차를 몰다가 조지는 어느덧 추억에 젖었다. 조지는 스무 살 생일 날 밤에 동료 운전사와 내기를 했었다. 조지는 자신이 이 길을 눈 감고 제대로 운전하면 돈을 내라고 했다. 조지가 이겼지만, 동료는 돈을 주지 않았다. 속임수가 없고서야 어떻게 눈을 감고 운전을 할 수 있겠느냐며 무효를 주장했던 것이다. 하지만 그런 것은 아무래도 상관없었다. 조지는 이 일을 완벽하게 익혔다는 것이 자랑스러웠으며, 그것으로 족했다.

지게차를 몰면서 조지의 머리는 맑아져 갔다. 거친 엔진소리가 조지가 전한 슬픈 소식의 여운을 몰아내는 것 같았다. 조지는 지게차를 제자리에 세운 다음, 공장에서 나온 후 문을 잠갔다. 주차장은 텅 비었고 더 이상 야간 근무조는 없었다. 그 일은 이미 다른 곳으로 넘겨졌다.

집에서 기다리고 있는 아내와 아이들에게 뭐라고 말해야 할지 생각할 시간이 필요했기 때문에 차를 두고 걸어가는 게 나을 것 같았다. 가족에게 그 이야기를 하는 것은 쉽지 않을 것이다. 하지만 이 마을에 사는 다른 직원들도 가족들에게 슬픈 소식을 전하는 고통스러운 시간을 갖고 있을 것이다. 마을 사람들 대부분은 이 문제에 경제적으로, 심리적으로 대처할 준비가 되어 있지 않을 터였다.

오하이오나 다른 주의 작은 마을들이 모두 그렇듯이, 헬스넷의 생산공장에 경제적으로 크게 의존하고 있는 이 작은 마을도 큰 타격을 받을 것이다. 마을 사람들은 같은 꿈과 희망을 품고 살아가고 있었다. 그리고 오늘 저녁식탁에서 아버지와 어머니들은 아이들에게 힘든 시기가 다가오고 있음을 말해야 한다. 휴가는 미뤄지고, 자전거 사주는 것은 없었던 일이 될 것이다. 치아교정도 나중에 하기로 하고, 새 차를 사는 일은 아예 불가능하다. 차 두 대 중 한 대는 팔아야 한다.

집에 있던 아내와 성장한 자식들은 밖에 나가서 일자리를 알아봐야 할 것이다. 하지만 이곳은 작은 마을이다. 충분한 일자리가 있을 리 없다. 손님이 없으니 많은 가게들이 망할 것이다. 허리띠를 졸라매고, 하나님께 도움을 청해야 하는 시기가 될 것이다. 아주 긴 고통의 시간이 오고 있었다.

조지는 원래 비관적인 사람이 아니었다. 하지만 장래에 이 마을과 가족에게 닥쳐올 일들을 생각하니 더 이상 걸음을 옮길 수가 없었다. 조지는 마을 한가운데에 있는 큰 참나무 밑의 벤치에 앉아 두 손에 얼굴을 파묻었다. 시간이 좀 흐른 후, 메이플 거리 북쪽으로 발걸음을 옮겼다. 도로는 약간 위로 경사져 있다. 세 구역을 걸어가니, 베란다에 켜진 불빛이 보였다. 조지는 자신을 기다리고 있을 가족을 위해 일부러 밝은 웃음을 지으며 힘찬 걸음으로 집에 들어섰다.

찰스 크라우스는 골프도 그 특유의 난폭함과 오만한 자신감으로 쳤다. 차를 운전할 때에도 회사를 운영할 때에도, 그 어떤 일을 하건 그는 이런 식이다. 크라우스는 큼지막한 드라이버로 공을 휘둘렀다. 공은 새파란 하늘로 솟아올랐다가 250야드 정도의 거리에 떨어져 굴러갔다.

"나이스 샷!"

크라우스는 이에 대꾸하지 않고 다음 샷을 생각하고 있었다. 지금 크라우스와 골프를 하고 있는 사람은 헬스넷의 홍보담당 이사롭 블랭큰쉽이다. 티샷을 하려고 클럽을 이리저리 흔들다가 코스의 어려움을 감안해서 드라이버로 모험을 하기보다는 우드가 적격이라 판단했다.

첫 스윙은 언제나 어렵다. 게다가 찰스 크라우스와 골프를 한다는 것은 더욱 부담스러운 일이다. 크라우스와의 골프는 즐기는 것이 아니라 경쟁이 되어버린다. 블랭큰쉽이 정말 이 게임을 이기려는 것은 아니다. 게다가 가능한 일도 아니다. 블랭큰쉽은 크라우스보다 젊지만, 아무리 열심히 해도 대개 3 내지 5타 차이로 지고 만다.

다행스럽게도 이번 스윙은 느낌이 좋았다.

"조금만 옆으로, 조금만 옆으로…"

블랭큰쉽은 고개를 들어 공이 굴러가는 것을 바라보며 중얼거렸다. 정상적인 코스라면 크라우스의 드라이브는 존경할 만했다. 그러나 이번 코스는 그리 호락호락하지 않다. 크라우스는 2년 전 회사의 본부 옆에 이 골프장을 만들었다. 첫 번째 홀 주변에는 소나무 숲이 잔디밭의 바로 오른쪽을 감싸고 있어서, 오비가 나면 찾기가 힘들었다.

블랭큰쉽의 공이 잔디 위에서 한 번 튀더니 숲으로 굴러갔다.

"자네가 팔꿈치를 들어서 그런 거야."

크라우스가 비난하듯이 말했다.

블랭큰쉽은 인정한다는 듯이 재빨리 고개를 끄덕이고는 분노와 절망을 삭이려고 애썼다.

두 사람은 카트에 올랐다. 블랭큰쉽이 운전대를 잡았다. 블랭큰쉽은 즐거운 표정으로 골프를 하고, 카트를 타고 이동하는 막간에 크라우스에게 업무보고를 해야 한다는 게 정말 불편했다. 차라리 크라우스의 사무실에 앉아서 잠깐 욕을 듣다가 나오는 게 낫다. 하지만 크라우스가 골프를 하면서 PR업무에 관해 이야기하는 걸 좋아하니 어쩔 도리가 없었다. 크라우스는 블랭큰쉽이 골프를 한다는 것을 알고 무척 기뻐했다. 크라우스는 PR문제들을 끔찍이 싫어했는데, 골프라도 하면서 이야기하면 그나마 들어줄만 했기 때문이다.

블랭큰쉽은 카트에서 뛰어내려 공이 굴러간 나무 사이로 가서 찾아보는 척하다가 이내 공을 포기했다. 공을 오래 찾고 있으면 크라우스가 화를 낼 것이 뻔했기 때문이다. 크라우스는 버디를 노릴 수 있는 포지션에 있었고, 두 번째 샷을 쳐서 그린에 올려놓고 싶은 모양이었다. 블랭큰쉽은 공을 잃어버린 근처에 새 공을 놓고는 조심스럽게 쳐서 그린에서 약간 떨어진 곳으로 보냈다.

크라우스는 블랭큰쉽의 소심함을 탓하는 듯 고개를 설레설레 젓더니 7번 아이언을 꺼내서 과감하게 휘둘렀다. 공은 완벽한 포물선을 그리다가 홀에서 15피트 거리에 떨어졌다. 크라우스는 블랭큰쉽이 홀을 향해 퍼트하는 시간을 지루하다는 듯 기다렸다. 마침내 크라우스는 버디를 노리며 퍼트를 했고, 공은 홀 주위를 빙글 돌더니 안으로 들어갔다. 크라우스는 만족스러운 듯 웃었다.

블랭큰쉽은 가까스로 홀에 공을 넣어서 3파를 기록했으나, 4번 홀을 끝냈을 때 크라우스는 5타를 앞서고 있었다. 크라우스가 이길

게 뻔한 상황이지만, 여기서 게임을 포기한 듯 느긋하게 굴면 크라우스가 싫어하기 때문에 블랭큰쉽은 열심히 하는 수밖에 없었다. 오늘은 크라우스가 기분이 좋은 듯 보였기 때문에 블랭큰쉽은 용기를 내어 사업 얘기를 꺼냈다.

"사장님, 마탈론에 있는 오하이오 공장에 대해 생각해 보셨습니까?"

5번째 티로 향하며 말문을 열었다.

"물론이지."

크라우스는 카트를 운전하고 있는 블랭큰쉽의 옆모습을 황당하다는 듯이 쳐다보았다. 블랭큰쉽은 뚫어지게 앞만 쳐다보고 있었다.

"그런데 생각할 게 뭐 있겠나. 마탈론의 공장은 노동조합이 있어. 하지만 멕시코로 공장을 옮기면 향후 5년간 2천만 달러의 순이익이 더 생기지. 세금을 제하고도 2천만 달러나 된다고."

"저도 알고 있습니다. 제가 보도자료를 만들었으니까 잘 알고 있죠. 제 말은 좀 더 큰 그림을 그려 보셨냐는 말입니다."

"무슨 큰 그림?"

"이번 공장 이전으로 그 마을은 심각한 타격을 입을 것입니다. 우리 회사가 그 마을의 최대 고용인이었기 때문에, 이번 이전에 대해 부정적인 언론보도가 잇따를 겁니다."

크라우스는 다시 블랭큰쉽을 쳐다보았다.

"그런 보도를 막는 게 자네가 할 일이야. 무슨 대책을 세워놓고 있나?"

"이제까지는 그다지 운이 좋지 않았습니다. 멕시코 공장에 물품을 공급해야 하기 때문에 국내 공장의 수출이 크게 늘어날 것이라고 이야기를 퍼트렸는데, 별로 효과를 거두지 못했습니다.”

“그럼 더 열심히 해봐.”

“네, 당연하지요. 그런데 단지 그 지역에 기부금을 보내는 게 어떻겠느냐고 여쭙고 싶어서요. 선의의 표시로 조금만 보내자는 겁니다. 지역경제도 살리고, 자선단체에도 몇 푼 보내주고 뭐 그런 거죠.”

“조금이라는 게 도대체 얼마쯤인데?”

“잘 모르겠습니다만, 아마 십만 달러쯤이면 충분하지 않을까요? 십만 달러라고 해봐야 재취업 훈련비용보다 적고, 주민 일인당 1달러 정도밖에 안됩니다. 우리가 그 마을에 대해 관심이 있다는 생색도 낼 수 있고…”

“이미 퇴직금으로 십만 달러를 줬잖아. 그럴 필요도 없는데 그만큼 줬으면 됐지 뭘 더 주자는 거야. 기자들 모아놓고 그런 이야기나 해줘. 우리 할 일은 이미 다했어. 자네는 도대체 누구 편인가, 블랭큰쉽?”

블랭큰쉽은 더 이상 아무 말도 하지 않았다. 블랭큰쉽도 그 일에 대해 할 만큼 한 것이다. 그래서 590야드 떨어진 곳의 다음 홀로 자신의 생각을 돌렸다.


에리카 볼드윈의 조지타운 자택에는 크고 푹신한 팔걸이의자 옆에만 불이 켜져 있고, 다른 곳은 모두 깜깜했다. 에리카는 회색 스웨터를 입고 의자에 앉아, 잠자리에 들기 전에 하던 대로 서류를 훑어보고 있었다. 빨간 머리를 대충 묶은 모습과 둥근 독서용 안경이 어우러져 올빼미처럼 보였다. 볼드윈은 보던 서류 더미에서 눈을 들어 시계를 보고는 벌떡 일어나, 11시 뉴스를 보려고 TV를 켰다.

"첫 번째 뉴스는 버지니아에 본사를 둔 헬스넷사에 대한 소식입니다. 오하이오 주 마탈론의 노동자들이 의료재벌 헬스넷으로부터 부당한 대우를 받았다고 주장하고 있다고 합니다. 자세한 소식은 클리블랜드 방송국에 연결해서 알아보겠습니다."

"여기는 클리블랜드입니다. 저는 지금 케이시 서덜랜드와 세 명의 자녀들과 함께하고 있습니다. 남편인 조지는 헬스넷 공장에서 십 년간 매니저로 일했습니다."

"서덜랜드 부인, 헬스넷의 공장 이전 결정이 부인의 삶에 어떤 영향을 미쳤습니까?"

에리카는 인터뷰를 보고 있었다. 케이시 서덜랜드는 맑고 정직한 얼굴을 하고 있어서 말도 더욱 설득력 있게 들렸다. 옆에 서 있는 아이들도 효과가 있었다. 케이시는 기자에게 융자금을 갚지 못하게 되었다고 말했고, 그 뒤로는 한 무리의 노동자들이 헬스넷의 공장 이전 결정을 비난하는 피켓을 들고 서 있었다.

에리카는 헬스넷에 관한 뉴스가 나올 거라는 전화를 받았다. 이 뉴스는 에리카에게 압박을 가해 올 것이 분명했다. 청문회를 열자는 의회의 압력도 커질 것이다. 그렇게 되면 에리카는 헬스넷에 대한 OCR의 공식적인 수사를 시작하지 않을 수 없게 된다. 하지만 헬스넷을 잡아넣을 결정적인 단서가 필요했다. 그때까지 에리카는 적기가 오기를 기다릴 것이다.

북 버지니아의 아파트촌에서는 한 여성이 침대에 누워 긴 금발을 빗어 내리며 TV를 보고 있었다. TV에서는 한 여자가 세 아이들과 함께 서서 융자금에 대한 걱정을 털어놓는 뉴스가 나왔다. 보도가 끝난 후, 앵커가 이렇게 말했다.

"고용인의 무책임한 행위를 알리고 싶으시다면, 기업활동감시국 OCR의 핫라인 1-800-CORP-RES에 전화하십시오. 1-800-CORP-RES입니다."

그 여자는 머리빗을 떨어트리고 번호를 받아 적기 위해 침대에서 뛰쳐나왔다. 그 여자는 이 번호로 전화를 걸기로 마음먹었다.

# 소비자를 ♥ 착취하다

"20달러 40센트입니다, 실버 양."

로라는 겨우 블라우스 네 장을 드라이클리닝하는 게 이렇게 비쌀 수 있다는 것에 어안이 벙벙했다. 1월의 오후, 로라가 실크와 린넨 소재의 옷을 이렇게 많은 돈을 지불하며 세탁해야 하는지 고민하면서 캐피털 세탁소에서 나올 때, 샘은 옷을 맡기려고 허겁지겁 뛰어오고 있었다. 샘은 놀라서 그 자리에 멈췄다.

"어, 로라!"

샘은 시계를 쳐다보며 말했다.

"4시 15분밖에 안 됐는데 벌써 퇴근하셨네요. 축하해요. 내일 수업 준비는 다 하셨나 보죠?"

"아니요. 오늘 저녁에 해야 돼요. 볼일이 있어서 잠깐 나온 거예요. 그런데, 여자 옷 드라이클리닝 비용이 이렇게 비싸다는 게 이해가 안 돼요."

로라는 거의 혼잣말로 말했다.

"조금 이따가 그것에 대해 이야기하죠. 곧 돌아올게요."

캐피털 세탁소가 에드워드 고교에서 가깝기는 하지만, 여기서 샘을 만나다니 놀라운 일이었다. 구김이 많이 간 버튼 달린 면제품은 샘이 자주 입는 옷인 것 같았다. 로라는 샘이 가끔이라도 드라이클리닝을 한다는 것을 알고 다행이라고 생각했다. 샘은 곧 공원 벤치에 앉아 있는 로라에게 다가왔다.

"몇 벌이나 맡겼어요?"

로라가 물었다.

"여덟 벌이요."

로라는 그동안 얼마나 세탁을 안 했으면 한 번에 여덟 벌이나 맡기느냐고 묻고 싶은 것을 꾹 참았다. 아마 여섯 달이나 일 년쯤 되었을 것이다. 대신 이렇게 물었다.

"얼마 들었어요?"

"목요일까지 찾으러 오면, 한 벌 당 1달러 50센트에 해주겠다고 하던데요?"

"나는 블라우스 네 벌밖에 안 맡겼는데 그보다 더 많은 돈을 요구하더군요. 이게 공정하다고 생각하세요?"

"경제학자들은 '공정하다' 는 말을 잘 알지 못해요. 아마 그런 면이 우리의 사회적 이미지를 나쁘게 하고 인기를 떨어뜨리는 거겠죠."

"확실히 그럴 거예요. 아무튼 그게 공정한지 아닌지 말해 보세요."

"대답하기 전에 한 가지만 물을게요. 정말 내 솔직한 견해를 원하는 건가요, 아니면 당신 편을 들어줄 사람을 찾는 건가요?"

로라는 웃음을 지었다.

"다른 사람도 자기와 같이 화를 내주면 상당히 위안이 되죠. 저는 같이 화를 내줄 수는 없지만 기분을 바꿔드릴 수는 있어요."

"말해 보세요."

로라가 재촉했다.

"눈치챘겠지만, 저는 이것은 공정함과는 별 상관없는 문제라고 생각해요. 만약 당신이…"

"당신은 오직 이익에만 관심이 있죠."

샘의 무관심한 듯한 모습에 로라는 자못 화가 났는지 얼굴을 붉히며 말했다.

"그리고 장사치들은 시장이 용인하기만 하면 어떤 가격이라도 매길 수 있겠죠. 그게 당신에겐 공정함의 척도가 될 거고요. 하지만 그건 뒤틀린 척도에 불과해요."

로라는 벤치에 털썩 기대더니 팔짱을 끼었다.

"아직 맘이 그다지 달래지지 않은 것 같군요. 우리 잠시만 휴전합시다. 커피나 한 잔 마실래요?"

샘은 길 맞은편의 카페를 가리키며 말했다.

"생각 좀 해보고요."

로라가 주저하며 말했다.

"제가 살게요."

"아뇨. 제가 살게요. 비싼 드라이클리닝 비용을 내고도, 가끔 카페라떼 정도 대접할 돈은 있어요. 흠, 아마 앞으로는 좀 더 구질구질한 모습으로 다녀야겠군요."

"좋습니다. 학교 당국에 옷 안 빨아 입는다고 고발하지는 않을게요."

"고맙네요. 가죠."

로라는 샘이 학교 당국과 안 좋은 일이라도 있는지 궁금했다. 샘이 당국의 조사를 받고 있다는 말을 들은 적이 있기 때문이다. 어떤 사람은 이번 학년이 끝나면 샘이 학교를 떠날 거라고 말하기도 했다. 이런 소문의 출처는 대개 학생들이었다. 그러나 로라는 이 학교에서 일한 지 얼마 되지 않아서, 그런 소문이 근거가 있는 것인지 판단할 수가 없었다.

아직 시간이 일러서 그런지 카페에는 몇몇 손님들만 여기저기에서 차를 마시며 무언가를 읽고 있었다. 샘과 로라는 뒤편에 있는 카운터로 갔다. 사람이 없어서 줄을 설 필요가 없었다. 로라는 거품 있는 라떼를, 샘은 홍차를 주문했다. 앞쪽의 창가 테이블에 자리를 잡은 후에, 로라는 드라이한 옷들을 빈 의자에 얌전하게 걸어놓았다.

"로라."

"네?"

"당신은 내 말을 완전히 오해하고 있어요. 180도 잘못 이해한 거죠. 내 생각을 듣고 싶다면 모르겠지만 그렇게 계속 화로 부글부글 속을 끓일 거라면 세탁소 얘기 말고, 그냥 학교 내의 역학관계에 관한 이야기나 합시다. 당신이 선택하세요."

로라는 학교 이야기를 하고 싶은 충동을 느꼈다. 샘에 관한 뒷소문이 사실인지 알고 싶었던 것이다. 하지만 로라의 내면에서는 그건 샘을 걱정해 주는 게 아니라 단지 가십거리를 찾는 것뿐이라는 목소리가 들려왔다. 샘은 친한 친구가 되기에는 로라와 너무 다르다.

"가끔 부글거리고 끓어오르면 기분이 좀 나아지기도 하잖아요."

로라는 웃으며 말했다.

"대부분 사람들이 그렇게 분노를 분출하죠. 난 그냥 사람들이 덜 화를 낸다면 더 편한 세상이 될 거라고 생각해요."

"그럴지도 모르죠. 계속해 보세요."

"당신은 세탁소에서 바가지를 썼다고 생각하나 보죠? 결국 세탁소 주인이 탐욕스럽다는 것이겠죠, 맞아요?"

"비꼬는 말처럼 들리는군요."

"어쨌든 대답해 보세요. 그럼 탐욕스러운 장사꾼들로부터 소비자를 보호할 최선의 방법이 뭘까요?"

샘이 물었다.

"우선 여성의 옷에도 남성 것과 똑같은 가격을 매기는 법을 제정할 수 있겠죠."

"그것도 하나의 방법이긴 하지만, 매우 비싼 대가를 지불해야 할 거예요."

"누가 대가를 지불한다는 거죠? 세탁소 주인이 말인가요?"

"아마 아닐 겁니다. 장사하는 사람들은 규제로 인해 생긴 부담을 피하는 데 매우 창의적이죠. 그래서 어떤 식으로든 소비자가 그 대가를 치르게 되는 경우가 대부분이에요. 이런 경우, 세탁업자는 규제법에 의한 손해를 피하기 위해 남성 셔츠의 드라이클리닝 가격을 올리거나, 여성의 셔츠를 맡지 않으려 하겠죠. 그런 규제법을 만들면 결국 소비자를 처벌하는 결과를 낳게 돼요. 그보다는 법률가들을 닦달해서 소비자를 보호할 수 있는 방법을 새로 찾아내도록 하는 게 낫겠죠."

"아주 호소력 있는 말이군요."

로라가 빈정대듯이 말했다.

"탐욕스러운 생산업자를 생각해 보세요."

샘은 로라의 반응을 무시한 채 신이 나서 떠들었다.

"그들은 높은 가격을 매길수록 더 많은 돈을 벌겠죠. 만약 물건을 조잡하게 만들어 원가를 낮출 수 있다면, 더욱 이익을 늘릴 수 있을 거예요. 허름한 물건에 높은 가격을 매기는 것은 이래서 상당히 매혹적이죠."

"아, 이제야 알겠어요. 당신은 업자들이 그렇게 해도 된다고 말하고 싶은 거로군요."

로라는 자신이 전보다 훨씬 흥분하고 있다는 걸 깨달았다. 샘은 이처럼 사람을 화나게 하는 상대였던 것이다.

"네, 맞습니다. 그런데 여기서 한 가지 질문이 있어요. 나도 결국 소비자인데 왜 이런 식으로 말하는 걸까요? 왜 나는 세탁업자의 탐욕을 걱정하지 않는 걸까요?"

로라는 잠시 주저하더니 말했다.

"솔직히 거기에 대해서는 생각해 본 적이 없어요. 어쨌든 당신은 업자들이 그럴 권리가 있다고 보는 모양이지만, 나는 그렇게 생각하지 않아요."

"하지만 왜 나는 소비자들이 착취당하는 이론을 신봉하는 걸까요? 내가 업자들의 앞잡이로 보이나요?"

샘은 조사해 보라는 듯이 활짝 팔을 벌렸다. 로라는 자신도 모르게 웃어버렸다.

"그렇다면 왜 그렇게 이익 추구에 관대한 거죠?"

"왜냐면 그들의 이익 추구가 우리 소비자들에게 이롭기 때문이에요. 잠재적인 이익은 업자들에게 소비자의 입맛을 맞출 동기를 부여해요. 그리고 업계에 경쟁자들이 득실거리는 마당에, 소비자를 착취하려면 망하죠. 저번에 말한 임금과 노동환경의 관계와 같은 거예요. 당신은 모든 고용인이 그들의 피고용인에게 일 년에 1,000달러만 주고, 주당 100시간씩 일을 시키고 싶어 한다고 생각하겠죠.”

“그럼 아니라는 이야기인가요? 그래서 노조와 최저임금제라는 게 필요한 거잖아요.”

“사실상 약 10%의 민간부문 업체만이 노조가 결성되어 있고, 5% 미만의 노동자들만 최저임금을 받으며 일하고 있어요. 그렇다면 85% 정도의 사람들은 어떻게 최저임금보다 수만 불을 더 받으며 일하는 걸까요? 그들은 어떻게 착취당하지 않을 수 있는 거죠?”

“거기에 대해선 생각해 본 적이 없는데, 좋은 질문이네요.”

“50년대 중반부터 노조에 가입된 사람의 비율은 매년 줄어들었어요. 그 시기 동안 임금은 상승하고 주당 근무시간은 줄어들었고, 근무시간 선택제, 재택근무, 사내 탁아시설, 사내 체육관 등등 모든 종류의 혁신이 있었죠. 이익에 굶주린 업자들이 이런 식의 개선을 한 이유가 뭘까요? 바로 경쟁 때문입니다. 숙련된 노동자를 고용하고 싶다면, 경쟁력 있는 임금과 근무여건을 제시해야 하니까요. 당신은 교사에게 26,000달러를 주는 것은 착취라고 하셨죠. 그럼 왜 에드워드 고교는 보수를 더 조금 주지 않고 26,000달러나 주는 걸까요? 그것은 에드워드 고교가 보수를 더 낮추면 좋은 선생님들을 데려올 수 없기 때문이죠. 상품의 가격에도 이와 같은 원리가 적용돼요. 당신이 고객들을 유인하고 싶다면, 생산원가를 약간 웃도는 선에서 가격을 책정해야 해요. 그렇지 않으면 당신의 경쟁자

중 하나가 약간 낮은 가격이나, 약간 더 좋은 품질로 당신의 손님을 빼앗아버릴 테니까요."

"아무래도 그 경쟁이론은 약간 과대평가된 것 같군요. 예전에 세탁업자들에 대한 신문기사를 읽은 적이 있어요. 그들은 높은 가격을 유지하기로 담합한다고 하더군요. 이게 현실 아닌가요?"

"그런 것 같지 않은데요. 가격담합은 일단 법으로 금지되어 있어요. 내가 세탁업자이고, 다른 업자들과 담합해서 소비자를 우롱하기로 결심했다고 칩시다. 나라면 그럴 때 착취할 대상으로 남자 손님을 고르지 여자 손님을 고르진 않을 겁니다. 남성의 셔츠는 여자 블라우스보다 훨씬 더 드라이클리닝을 자주 해야 하거든요. 하지만 이런 걸 차치하고, 여자 옷에 높은 가격이 매겨지는 것이 담합 때문이라고 가정해 봅시다. 담합을 유지하는 건 굉장히 어려운 일입니다. 가담자들은 약속을 깨고 싶은 유혹을 받기 마련이어서, 담합은 보통 깨지게 되어 있어요. 그래서 가격을 낮춰버리거나 소비자들에게 다른 보상을 제시하게 되는 거죠. 석유 카르텔인 OPEC의 경우를 보세요. 담합은 언제나 무너지고, 수요에 대한 공급이 경쟁적으로 이루어져 그 균형점에서 가격이 형성되죠. 그리고 OPEC는 담합으로 치면 그 가담자가 상당히 적은 수라는 것을 잊어서는 안 돼요. 당신 말이 옳다면, 누군가 새로 세탁소를 열고 담합 가담자들보다 낮은 가격에 여자 옷을 드라이클리닝해서, 몰려드는 손님들로 엄청난 이익을 낼 수 있겠지요. 이처럼 담합이 형성되면, 신규 진입에 대한 유인이 상당하기 때문에 담합은 언젠가 깨질 수밖에 없어요."

"그런 걸 알아챌 수만 있다면 그렇겠죠."

"이것은 널리 알려진 사실이에요. 에드워드 고교의 문학 교사인 당신도 알고 있을 정도니까 말 다한 거죠. 경제학자들 사이엔 한 가지 오래된 유머가 있어요. 어느 날 두 경제학자가 길을 가다가 20달러 지폐가 땅에 떨어져 있는 걸 발견했대요. 한 경제학자가 '와, 20달러가 떨어져 있네. 정말 운이 좋군!' 이라고 말하자, 다른 경제학자가 '귀찮게 주울 필요 없네. 만약 저 돈이 저기에 있는 게 진짜라면, 이미 누군가 집어갔지 아직도 있을 턱이 없지 않은가.' 라고 했다는군요."

"경제학 유머들은 썰렁하군요."

"좀 재미없긴 하네요."

샘은 멋쩍은 듯 인정했다.

"하지만 이윤은 그만큼 빨리 누군가 낚아채기 마련이라는 얘기예요. 이윤은 길거리에 떨어진 돈과 같아요. 그리고 그런 기회를 잡는 방법은 소비자들이 원하는 것을 알아내어 가능한 한 저렴하게 제공하는 거겠죠. 그리고 손님들을 계속 붙잡아두고 싶으면 계속해서 가격을 낮추고 질을 높이려는 노력을 게을리하면 안 될 거예요. '보다 싸게, 보다 좋게' 가 기업들의 슬로건이에요. 빨대를 한 번 보세요."

"빨대요?"

"빨아 마시는 빨대 말이에요. 종이 빨대는 정말 품질이 좋죠. 하지만 빨대처럼 사소한 것도 점점 발전하고 있어요. 플라스틱 빨대, 종이 빨대, 색깔 있는 빨대에서 줄무늬 빨대까지. 돈을 조금 더 주면 굴곡이 있는 빨대도 살 수 있죠. 끝에 스푼이 달린 것도 있어요. 연필을 살펴볼까요? 짙은 심, 옅은 심, 색연필, 지우개 달린 연필,

심지어는 여러 가지 색으로 돌려가며 쓸 수 있는 연필도 나와요. 사람들은 우리의 삶을 더 풍요롭게 해줄 방법을 끊임없이 찾고 있어요. 소비자가 원하는 거라면 뭐든지 개발되어 제공되게 마련이죠."

"글쎄요. 그런 건 사소한 것 아닌가요. 솔직히 한 종류의 연필이나 빨대만 있어도 크게 불편한 건 없잖아요."

"우리에게 한 종류의 휴대폰, 한 종류의 암 치료제, 한 종류의 셔츠, 한 종류의 음식만 있어도 된다면… 글쎄요, 당신에게 더 해줄 말이 없어지는군요. 사소하건 대단하건 그에 상관없이 소비자의 욕구를 채우려는 활동을 막을 수는 없어요. 이건 마치 열대우림이 온 사방으로 뻗어나가는 것을 막기 힘든 것과 같은 것이죠. 사실 열대우림에 꼭 10가지 이상의 꽃이 필 필요가 있나요? 또 한 평도 빠짐없이 생물체가 살고 있을 필요가 있나요? 한 평쯤 그냥 비어 있어도 되지 않을까요? 열대우림의 식물들은 햇빛과 수분과 양분을 취하기 위해 경쟁하고 있어요. 시장에서도 같은 일이 벌어지죠. 그리고 시장의 햇빛은 바로 소비자입니다. 업자들은 소비자들의 욕구를 충족시키기 위해 마치 열대우림의 식물들이 벌이는 것과 같은 치열한 경쟁을 벌입니다. 그에 대한 대가가 이윤이고요. 하지만 어딘가에 이윤이 있다는 소문이 들리면 너도나도 뛰어들기 때문에 가격은 점점 떨어져서, 결국 이윤도 정상 수준으로 회귀하죠. 세탁업은 정확히 말하자면 이제 막 발견된 시장은 아니어서 이미 많은 사람들이 뛰어든 상태예요. 여성의 블라우스를 더 낮은 가격에 드라이클리닝해서 이윤을 많이 남길 수 있다면, 제 생각엔 이미 누군가가 그렇게 했을 거예요. 홍차 좋아하세요?"

"네, 좋아해요."

"당신은 카페인이 있건 없건 뜨거운 음료는 딱 한 종류만 있으면 그걸로 좋습니까? 아까 주문하시는 걸 보니 그냥 '커피'로도 만족을 못하시던데. 당신이 주문한 건 그냥 커피도 아니고 '거품이 있는 카페라떼'였어요. 오직 홍차밖에 없는 세상에서 어떻게 살려고 그러세요?"

"그렇긴 하네요. 커피를 더 좋아하는 건 사실이죠."

로라는 웃으며 말했다.

"당신이 '난 이런 커피가 좋은데.'라고 말만 하면, 시장은 즉각 당신에게 그걸 대령하죠."

"그건 약간 중독성이 있어요. 시장이 쏟아내는 다양성의 노예가 되는 거죠."

샘은 미소를 지었다. 이야기를 하는 동안 몇몇 손님이 카페에 들어왔다. 비었던 테이블들이 사람들로 점점 채워지고 있었다. 샘은 창가에 앉을 수 있어서 기분이 좋았다. 거리의 분주함은 카페에서 대화를 나누는 재미를 한층 더해 주었다.

"그런 노예라면 할 만하지 않은가요?"

샘이 말했다.

"하지만 '더 싸게, 더 좋게'가 시장의 목표라면, 왜 물가가 점점 오르는 거죠? 그건 경쟁시스템이 제대로 작동하지 않는다는 증거 아닌가요?"

로라가 되물었다.

"그건 인플레이션 때문이에요. 50년 전이나 100년 전에는 물가가 훨씬 낮긴 했지만 그만큼 소득도 낮았어요. 시장경제가 우리에게 가져다준 혜택을 생각하려면, 먼저 인플레이션 효과를 고려해야 해요."

"그러면 어떻게 달라지는데요?"

"100년 전의 학교 선생님은 일 년에 약 300달러 정도를 받았죠. 그 시대의 여선생님은…"

"어머, 전 거기에 비하면 많이 받는 편이네요."

"대신, 아까 말했듯이 그 시대엔 물가도 지금보다 낮았어요. 계란이 12개에 20센트였죠. 하지만 상대적으로는 요즘의 계란이 더 싼 거예요. 요새는 계란 값이 12개에 1달러고, 당신이 받는 연봉이 26,000달러라는 걸 생각하면 그렇죠. 비교의 범위를 모든 생활물품으로 넓혀보면, 당신의 생활수준은 1900년이나 1950년의 선생님들보다 몇 배는 높은 거예요. 하지만 이렇게 비교하는 것도 한계가 있어요. 여기에는 경제적 이노베이션의 효과가 빠져 있으니까요. 당신은 그때의 사람들은 상상도 못할 재화와 서비스를 향유하고 있어요. 예를 들면 거품이 있는 카페라떼, 자동차, 컴퓨터, 인터넷, 항생제, 놀라운 의학적 발전 등등. 이 모든 변화가 시장경제와 경쟁이 가져다준 선물이죠. 그리고 제가 확신하는 게 한 가지 더 있어요."

"그게 뭔데요?"

"1900년의 여선생님은 블라우스를 드라이클리닝하면서 세탁업자들에게 바가지를 쓰지는 않았을 거란 사실이에요. 자기 옷은 자기가 빨아서 입었을 테니까요."

로라는 웃음을 터뜨렸다.

로라는 창밖을 바라보며 점점 사람들이 붐비는 거리를 구경했다. 몇 시나 됐을까? 하지만 시계를 보고 싶지는 않았다. '그래, 몇

분 더 이야기하는 것은 괜찮을 거야.'로라는 샘과의 대화를 즐기고 있었지만, 아직도 샘의 주장에 무언가 미심쩍은 부분이 있었다.

"좋아요. 그렇다면 경쟁자가 없는 산업은 어떻게 되는 거죠? 물론 독점으로부터 소비자를 보호하는 일에 대해서도 뭔가 의견이 있으시겠죠?"

"독점은 흔치도 않을 뿐더러 부자연스러운 일이죠. 옥수수를 재배하는 농부가 경쟁을 피할 방법이 있을까요? 없죠, 당연히. 비즈니스도 마찬가지예요. 모든 사업에는 경쟁이 있게 마련이죠. 업자들이 느끼지 못하고 있을 때에도 경쟁은 늘 있어요. 코이펠과 에써(Keuffel & Esser)라는 이름을 들어보셨나요?"

"법률회사 이름처럼 들리는군요."

"슬라이드 룰을 만든 사람들이에요."

로라는 어리둥절한 표정을 지었다.

"슬라이드 룰은 우리가 태어나기 전에 이미 사라졌죠."

샘이 설명했다.

"아버지도 하나 가지고 계셨어요. 그것은 숫자를 곱하거나, 제곱근을 구하는 등 여러 가지 계산에 쓰던 초기의 고안품입니다. 코이펠과 에써는 최고의 슬라이드 룰을 만들어서 엄청난 시장점유율을 기록했죠. 1967년에 그들은 과학자와 미래학자들에게 2067년의 세상을 예측하는 연구를 맡겼는데, 그 연구는 불과 5년 후에 일어날 중대한 변화조차 예측하지 못했어요. 즉, 휴대용 계산기의 발명을 전혀 예상치 못했던 거죠. 휴대용 계산기는 슬라이드 룰을 시장에서 영원히 퇴출시켰지요. 이렇게 경쟁은 어디서나 나타날 수 있어요. 마이크로 소프트의 설립자인 빌 게이츠가 잠도 못 자고 일을 하는 것도 이 때문이죠."

"그건 좀 믿기 힘든데요, 샘. 빌 게이츠는 시장을 거의 완벽히 지배하고 있잖아요. 그런데 왜 그가 잠을 못 잔다는 거죠?"

"빌 게이츠가 지금의 소프트웨어 시장을 지배하고 있는 것은 사실이지만, 그는 자신이 계속 연구하고 개발하지 않으면 코이펠과에써처럼 시장에서 사라질 수 있다는 것을 잘 알고 있어요. 경쟁사들이 서로 합병해서 그를 밀어낼 수도 있고, 더 좋은 운영체제가 개발될 수도 있죠. 아니면 컴퓨터보다 더 뛰어난 기계가 개발될 수도 있는 거고요."

"그렇게 되지 않으려면 빌 게이츠가 무얼 해야 하죠?"

"해야 하는 일보다 하지 말아야 할 일을 알아보는 게 더 쉽죠. 일단 어떻게 하면 좀 더 소비자를 착취할 수 있을까를 연구하는 데 많은 시간을 허비해서는 안 될 거예요. 그런 행위는 장래 경쟁자들의 성장을 도울 뿐이니까요."

"모르겠어요, 샘. 당신은 기업 경영을 하얀 유니폼을 입고 영국식 악센트를 쓰는 신사들이 하는 크리켓처럼 묘사하는군요. 경기가 끝나면 양 팀이 경기장으로 나와서 소비자라는 심판을 목말 태우고는 '우리는 영원한 친구' 같은 노래를 부를 것처럼 말이에요. 하지만 제 생각은 좀 달라요. 난 그게 소비자들이 종종 진흙탕으로 내동댕이쳐지는 좀 더 난폭하고 추잡한 럭비게임 같은 거라고 보거든요."

"좋아요. 그럼 약간 기묘하고 상상하기 힘든 일을 생각해 봅시다. 당신이 그 추잡한 세계에서 이리저리 뒹굴고 있다고 해보자고요. 당신은 당신네 회사의 종업원이 친절하기를 바라나요, 아니면 불친절하길 바라나요?"

로라는 자신이 기업을 경영한다는 상상을 하며 입가에 미소를 띠었다.

"리츠칼튼 호텔에 머물러 본 적 있나요?"

샘은 로라가 대답하기 전에 이렇게 물었다.

"부모님이랑 한번 간 적이 있어요. 아틀란타에 있는 것이었죠."

"리츠칼튼의 좌우명이 뭔 줄 아세요?"

로라는 눈을 동그랗게 뜨며 말했다.

"이봐요, 샘. 내가 그걸 어떻게 알겠어요?"

"미안해요. 내가 수업할 때마다 리츠칼튼을 예로 들어서, 다른 사람들도 그 회사의 좌우명을 알 거라고 잠시 착각했나 봐요. 그 호텔의 좌우명은 '최고의 가격, 최고의 이익' 이에요."

"설마요."

"물론 농담이에요. 그건 비밀 좌우명이죠. 자기네들끼리 회의실에 모여서 소비자를 착취할 계획을 짤 때에만 쓰는 구호죠. 리츠칼튼의 대외적인 실제 좌우명은 '신사와 숙녀가 신사 숙녀 여러분을 모십니다.' 예요."

"대단히 우아한 좌우명이군요."

"이건 확실히 꼭 써야 할 비용까지 아껴가며 돈을 벌어야겠다는 뜻의 좌우명은 아니죠. 마침 내 지갑에 다른 예도 하나 있군요."

"당신 지갑에요?"

"전 괴짜잖아요. 하하."

샘은 지갑에서 종이 한 장을 꺼내어 펴면서 말했다.

"이걸 수업 때 쓰거든요. 그래서 이렇게 가지고 다니죠. 이건 세계에서 가장 큰 제약회사 중 하나인 메르크사의 경영자가 오래 전에 한 말이에요. '우리는 약은 환자를 위한 것이라는 사실을 잊지 않을 것입니다. 우리는 약은 사람을 위한 것이라는 사실을 잊지 않을 것입니다. 이윤을 얻기 위한 것이 아닙니다. 우리가 이것을 기억하기만 한다면, 이윤은 저절로 따라올 것입니다. 이를 잘 기억할수록 우리의 이윤은 더욱 컸습니다.' 이상하지 않아요? 이윤에 눈이 빨개질수록 성공하기 힘들다는 게 말이에요. 소위 잘 나가는 월마트나 사우스웨스트 항공, 페덱스나 메르크사 같은 회사들은 양질의 상품과 뛰어난 서비스를 싼 가격에 손님들에게 제공하고 있습니다. 이게 그들의 성공비결이죠. 그리고 그들 때문에 경쟁사들은 더 나은 상품 개발과 더 좋은 서비스 제공을 위해 노력할 수밖에 없어요."

"그럼 당신은 그런 회사의 CEO들이 돈을 버는 일에는 관심이 없다는 건가요?"

"아니죠. 그들도 우리처럼 돈을 좋아하겠죠. 하지만 제 말은 탐욕만이 성공의 열쇠가 아니라는 겁니다. 다른 사람을 생각하는 척하는 탐욕스러운 돼지와 고객을 진심으로 위하는 좋은 사람 중에 누가 고객에게 서비스를 더 잘 할 것 같습니까?"

"그건 좀 불합리하군요, 샘. 우선 좋은 사람은 비즈니스에서 이기기 힘들어요."

"제 말은 요즘 기업의 최상층에 있는 사람들은 점잖고 마음씨 좋은 분들이라는 게 아니에요. 하지만 인간말종 역시 기업의 상층부까지 갈 수는 없어요. 저에게 〈멋진 인생〉의 포스터에 대해 물어봤던 것 기억나요?"

"기억해요. 지하철에서 이야기했었죠."

"알다시피 그 영화에는 상징적인 두 인물이 등장해요. 소비자에게 해를 끼치는 사업상의 결정은 하지 않는 조지 베일리 역의 지미 스튜어트가 나오고, 담보로 잡은 집을 빼앗아 길거리로 나앉는 사람들을 보면서 기쁨을 느끼는 포터 역의 리오넬 배리모어가 나오지요. 영화에서는 조지가 영웅으로 등장하지만, 사실상 그는 별 볼일 없는 사업가에 불과해요."

"그가 뭐가 문제인데요? 너무 사람이 좋아서?"

"아니죠. 이윤을 내야만 계속 사업을 할 수 있다는 것을 깨닫지 못했기 때문에 그는 별 볼일 없는 사업가입니다. 이윤을 못 내면 그 기업은 도산할 테고 그럼 소비자나 종업원을 도울 수 없어요. 포터도 좋은 사업가는 아니죠. 그는 소비자와 종업원을 몰아내는 사악하고 이기적인 사람이에요. 실제 경제세계에서는 포터의 집요함과 조지의 선함을 적절히 배합해야 좋은 사업가가 됩니다. 그리고 내가 이 영화를 볼 때마다 눈물을 펑펑 쏟는다는 사실도 기억해 주세요."

"흐음, 난 경제학 학위를 받으려면 눈물샘을 제거하는 수술을 먼저 받아야 하는 줄 알았는데 아닌가 보네요. 하지만 이사회실이나 시장에서는 선한 마음이 그처럼 중요한 역할을 한다고 생각하지는 않는 것 같던데요."

"아니에요, 중요한 역할을 하고 있어요. 솔직히 말하고, 약속을 지키고, 화를 내지 않고 다른 이들을 대하는 것은 다른 어떤 분야에서보다 비즈니스에서 중요한 미덕이죠. 비즈니스에 관한 베스트셀러들을 읽어 보세요. 거기에 소비자를 우롱하거나 종업원들을 착취하는 방법이 나와 있던가요? 그런 책들은 도덕성과 리더십, 동기부여에 대해 논하고 있어요. 상당수는 종교적 가르침을 비즈니스에 적용시키고 있기도 하고요."

"좀 믿기 어려운 내용이긴 하네요. 하지만 솔직히 고백할 게 있어요. 난 당신과 이렇게 앉아서 이야기를 나눌 수 있어서 기뻐요. 놀랄지는 모르지만, 난 비즈니스에 관한 책을 그다지 많이 읽지 않았거든요."

"문학 선생님들은 대부분 그렇죠. 하지만 그건 곧 비즈니스에 대한 관점을 디킨즈의 소설이나 헐리우드 영화, 또는 TV 쇼에서 얻는다는 말이군요. 그러니 당신이 비즈니스에 대해 생각할라치면, 독한 연기를 뿜어대는 굴뚝만 떠오를 거예요. 아니면 돈 가방에 둘러싸여서 새롭고 신나는 방법으로 소비자를 착취할 궁리에 눈을 빛내며 손바닥을 비벼대는 악덕 사업가가 생각나든지. 대중매체에서는 사업가들이 항상 괴물 같은 모습으로 묘사되죠. 그래야만 팔릴 테니까요. 사람들은 미워할 악덕업주를 필요로 해요. 그들은 그럼으로써 자신이 희생되고 있다는 생각을 하고 싶어 하죠. 하지만 괴물은 사업에서 성공할 수 없어요. 좋은 서비스와 낮은 가격을 제시하는 좀 더 괜찮은 사람들이 오히려 성공하죠. 시장체제의 중심에는 소비자에게 봉사하는 것을 즐기는 보이지 않는 선량한 마음이 존재합니다. 리필 하실래요?"

"고마워요. 이번엔 카페인이 없는 걸로 부탁해요. 가능하다면…"

"물론이죠, 마님."

샘은 일어나서 하인처럼 절을 하며 말했다.

"당신의 충실한 종, 자본주의 대령했습니다."

샘이 리필을 하러 간 동안, 로라는 샘이 전형적인 경제학자일까 하는 의문이 들었다. 경제학자들은 거의 돈에만 관심이 있다고 생각했기 때문이다. 하지만 샘의 세계에서는 돈이 조연에 불과한 것 같았다.

"조심해요, 뜨거우니까."

샘이 자리로 돌아와 로라의 커피를 테이블에 놓으며 말했다.

"좋군요. 커피는 뜨거워야 제맛이죠."

샘은 뜨거운 커피 때문에 일어난 소송에 대해 말하려다가, 입을 다물고 창밖을 바라보았다. 샘은 하루 중 이 시간대를 가장 좋아한다. 햇빛이 사라지고 있지만 아직 완전히 밤이 되지는 않은 시간. 거리의 가로등이 이제 막 불을 밝히기 시작했다. 사람들은 바쁘게 일터에서 집으로 향하고 있었다. 샘은 컵을 감싸 쥐고 로라를 바라보며 미소를 지었다. 로라의 눈에서 이미 화는 사라지고 없었다.

로라가 말을 이었다.

"탐욕이라는 건 아마도 약간 과장된 것인가 보군요. 그렇다면 수업시간에 돈을 떨어뜨리는 게임은 왜 하신 거예요?"

"학생들 몇몇은 그 게임의 목적이 탐욕은 좋은 것이라고 가르치기 위한 데 있다고 생각하는 모양이지만, 그런 건 전혀 아니었어요. 이기심의 힘을 보여주고 싶었다고나 할까요. 만약 어떤 정신 나간 사람이 어디선가 매일 돈을 뿌린다면, 당신은 그 사람이 돈을 어디서 뿌리는지, 또 어떻게 하면 거기에 갈 수 있는지 알아보겠죠. 더 높게 점프하는 법을 연구하거나, 높이 올라갈 수 있도록 무언가를 만들어보기도 할 테고요. 이기심은 좋다, 나쁘다 따질 문제가 아니에요. 그건 삶의 현실이에요. 우리는 투쟁하고, 더 잘하려고 노력하고 분투하죠. 그건 인간의 마음속에 깊이 자리 잡은 본성이니까요. 그리고 시장은 인간의 이기심이 다른 사람들을 위해 도움이 되는 방식으로 발휘되도록 조정합니다. 이것이 국부론의 저자, 애덤 스미스의 가르침이죠. 사람들은 그가 탐욕을 숭상했다고 착각하지만, 그는 단지 이기심의 힘을 말하려고 한 거예요."

샘은 말을 멈추고 생각에 잠겨 천장을 올려다보다가 갑자기 물었다.

"아침으로 무얼 드세요?"

"대개는 구운 빵을 먹는데, 그건 갑자기 왜 물으시죠?"

로라는 갑작스런 화제 전환에 당황하면서 대답했다. 로라는 의아했다. 왜 천장을 올려다봤을까? 뭘 보고 샘은 갑자기 빵 이야기를 하는 걸까?

"그 빵은 어디서 사시죠?"

"우리 집에서 코너 하나만 돌면 조그만 빵 가게가 있어요. 뭘 알고 싶으신 거죠?"

"지금 집에 빵이 좀 있나요?"

샘은 로라의 질문에 대답하지 않은 채 다시 물었다.

"아마 떨어졌을 텐데… 집에 가는 길에 잠깐 들러서 사든지, 내일 아침에라도 사러 가야 할 것 같군요."

"당신이 빵을 사러갈 테니 준비해 두라고 그 빵집에 전화를 해야 할 것 같나요?"

"갑자기 무슨 소리를 하시는 건지 모르겠네요."

로라는 혼란스러워하며 말했다.

"당신이 빵을 사러올 것을 모른다면, 가게에서 빵을 부족하게 만들어놓을 수도 있겠군요."

샘은 얼토당토않은 질문을 던져놓고는 만족스러운 듯 의자에 등을 기댔다.

"무슨 소리예요. 빵집에는 언제나 빵이 충분히 있다고요."

"언제나 빵집에 충분한 빵이 있다는 사실이 놀랍다고 생각해 본 적 없어요?"

샘은 흥분하여 상체를 앞으로 기울이며 말했다.

"당신은 '내일 이 도시의 제빵업자들이 빵을 부족하게 구워놓으면 어떡할까' 라는 걱정을 하며 잠자리에 들어 본 적 있나요? 물론 없겠죠! 하지만 왜죠? 당신은 어떤 날에는 빵을 겨우 하나만 사고, 어떤 날에는 박스로 사고, 어떤 날은 아예 빵집에 들르지도 않아요. 이제 아침도 꼬박꼬박 챙겨먹겠다고 마음먹으면 갑자기 세 박스를 살 수도 있겠죠. 당신의 구입량은 이렇게 변화무쌍하지만, 제빵사들은 거기에 굴하지 않고 꿋꿋하게 충분한 빵을 구워요. 그게 신기하지 않나요? 당신이나 저 같은 구매자들은 예약 따위는 할 필요도 없이, 그냥 가게에 가면 언제나 풍부하게 진열되어 있는 빵을 살 수 있죠. 신기하지 않아요?"

로라는 빵 이야기를 하다가 황홀경에 빠져버린 샘을 보며 키득키득 웃었다.

"빵집 주인은 당신에게 빵을 구워주기 위해 보이지 않는 수많은 사람들과 협력하고 있어요. 농부, 밀가루 제조업자, 트럭 운전사, 그리고 이를 보조하는 수많은 사람들. 아무도 이 과정을 조정하지 않아요. 정부에서 제빵 담당관이란 직책을 신설해서 빵 굽는 사람들이 열심히 일하도록 감시할 필요는 없다는 거죠. 누군가 새벽 3

시 30분에 일어나서 빵을 신선하게 잘 구워놨냐고 전화해 볼 필요도 없어요. 우리처럼 마음 약한 사람들이 이들에게 전화해서 내 빵을 구워야 되니 새벽 일찍 일어나라고 할 수도 없는 노릇이고요. 하지만 당신의 빵이 신선하게 구워져 있는지 자진해서 감시해 주는 자가 있어요. 당신을 너무나도 사랑하는 누군가가 아니고, 자신의 이익을 추구하고자 하는 '이기심'이라는 작자가 이런 일을 해주는 거죠. 사업가는 소비자를 만족시키는 데 성공해야만 살아남을 수 있으니까요."

"그래도 저는 이기심이 아닌 다른 동기에서 저에게 빵을 구워주는 사람이 더 좋아요."

"이기심이라는 게 꼭 냉정하다거나 오로지 자신의 이익만을 추구한다는 뜻은 아니에요. 빵집 주인이 숭고한 목표를 가지고 새벽 3시 30분에 일어날 수도 있잖아요. 재산을 모아서 자선단체에 기부하려 한다든지, 아이의 수술비를 모으기 위해, 혹은 사랑하는 가족에게 좋은 집을 마련해 주기 위해 새벽부터 잠을 설쳐가며 빵을 구울 수도 있지요. 어쩌면 사람들에 대한 사랑과 멋진 대의명분을 위해 그럴지도 모르는 일이죠. 하지만 시장의 가장 효과적인 기능은, 빵집 주인이 당신에게 맛있는 빵을 선사하기 위해 굳이 '당신'에 대한 사랑에 불타지 않아도 된다는 거예요. 이기심과 경쟁이 결합하여 감시하는 존재 하나 없이도 당신에게 훌륭히 봉사하고 있는 거죠. 이러한 모든 과정이 흠 없이 너무 자연스럽게 일어나고 있어서, 우리는 눈치도 챌 수 없는 겁니다."

"앞으론 눈여겨 지켜보죠. 시장기구는 정말 대단하군요. 하지만 흠이 없는 건 아니죠. 불량품도 있고, 위험한 물건도 만들어지잖아요. 실제로 물건은 좋지 않은데, 번지르르한 광고로 소비자들을 현혹하기도 하죠. 물론 당신 말대로 훌륭한 CEO도 있겠죠. 하지만 무자비한 CEO들이 성공해서 번창하는 케이스도 많아요. 시장을 없애버려야 한다는 게 아니에요. 단지 시장을 좀 더 좋은 곳으로 만들고 싶다는 것뿐이죠."

"저는 시장이 완벽하다고 생각해요."

"완벽하다고요? 농담하시는 거죠, 지금?"

"진심입니다. 때로는 완벽한 시스템에서 불완전한 결과가 나오기도 하죠. 전 이 정도의 결함은 용인할 수 있다고 생각해요. 왜냐하면 당신 같은 생각으로 정교한 시스템에 손을 대면 종종 상황이 더 나빠지는 경우가 있거든요. 사람들을 도와주려고 만든 많은 규제들이 오히려 해가 되는 것도 이와 같은 이유 때문이죠. 뭐랄까, 당신 말은 열대우림이 노란 꽃을 충분히 만들지 않고 있다고 하는 것과 같아요. 당신은 인공적으로 노란 꽃들이 더 많이 피어나도록 손을 쓰겠죠. 하지만 당신이 만들도록 강제한 노란 꽃은 허약하거나 색이 선명하지 않을 거예요. 그리고 당신이 원하지 않은 영향들이 보이지 않는 곳에서 나타날 겁니다. 노란 꽃이 많이 핀 대신, 도마뱀이나 개구리, 나비가 살아가는 데 필요한 붉은 꽃이 적게 피어날 수 있겠죠. 난 불완전을 규제하기보다는 그냥 자연스러운 경쟁 체제에 맡겨두고 싶어요."

"나는 규제에 대해 당신보다 낙관적이에요. 우리에겐 시장에게 이로운 것을 선택해서 개선할 수 있는 능력이 있다고 생각해요."

"과연 그럴까요? 인터넷이 발전한 과정을 생각해 봐요. 처음엔 문제도 많았죠. 청소년 유해 사이트 문제라든가, 온라인 거래의 안전성 문제라든가 하는 것들 말이에요. 하지만 문제들이 생기면 사업자들은 그 해결 방법을 찾아내곤 했어요. 그들은 단지 하나의 방법만 찾은 게 아니라, 여러 가지를 찾아내 소비자들이 그중에서 선택할 수 있게 해주었죠. 그런 방법들이 완벽하진 않았어요. 아이들은 여전히 불건전한 사이트에 접속하고 있고, 온라인상에서 신용카드 번호가 유출될 가능성도 여전히 남아 있죠. 하지만 정부에서 개선한답시고 시장에 개입했다면, 지금 같은 인터넷이 세상에 등장할 수 있었을 거라고 생각하시나요? 그냥 내버려두면 알아서 번창합니다."

로라는 한동안 생각에 잠겼다가 말했다.

"열대우림을 좋아하시는군요. 나는 영국식 정원을 좋아해요. 당신은 우림의 거친 모습을 좋아하나 보지만, 나는 약간 다듬은 것을 좋아하죠. 정원이 있는 집을 산다면 당신은 정원사가 있어야겠군요. 아니, 한 명으론 부족할지도 몰라요."

"당신이 유한하고 연약한 존재인 인간을 신처럼 모든 것을 알고 부정에 물들지 않는 정원사로 만들 수 있다면, 그 제안을 받아들이겠어요."

"내 말을 들어봐요."

로라는 말을 멈추고 환하게 웃으며, 상체를 앞으로 내밀고 말했다.

"드라이클리닝 문제를 거의 잊어버릴 뻔했네요. 업자들간의 경쟁이 소비자를 보호한다면, 왜 드라이클리닝을 할 때 여자가 남자보다 더 많은 돈을 지불해야 하는 거죠?"

"짐작일 뿐이지만, 여자의 블라우스를 드라이클리닝하는 비용이 남자 옷보다 더 들어서 그런 것이겠죠."

"어떻게 그럴 수가 있죠? 여자 옷도 남자 옷이랑 같은 데서 세탁할 텐데요?"

"아마도 여자의 블라우스는 세탁하는 데 시간이 더 걸리나 보죠. 여자 옷에는 뭔가가 있잖아요."

"뭔가라는 건 다트를 말하는 건가요? 아르마니?"

"몰라요, 몰라. 패션은 내 분야가 아니에요. 하지만 여성 블라우스를 세탁하는 데 시간이 더 걸린다면, 업자들은 그 비용을 부담하기 위해 비싼 가격을 부를 수밖에 없어요. 그 이유가 무엇이건 간에, 여자 옷을 남자 옷과 같은 돈으로 빨아주는 세탁소가 생긴다면 아마 손해 보는 장사를 각오해야 할 겁니다. 남자 옷 세탁비를 올린다면 보다 싼 가격으로 뛰어드는 경쟁자들을 이겨낼 재간이 없을 것이고, 반대로 여자 옷 요금을 낮춘다면 그 비용을 감당하기 힘들 테니까요."

"믿을 수 없어요."

로라가 말했다.

"좋습니다. 그럼 실제 자료를 모아봅시다."

로라는 당황하며 샘을 바라보았다. 로라는 드라이클리닝한 옷들을 집어 들고, 어디로 가는지도 모른 채 샘을 따라 거리로 나섰다. 해가 진 후여서 기온이 많이 떨어졌다. 로라는 더 두꺼운 스웨터를 입지 않은 것이 후회되었다. 로라는 자신도 모르게 몸을 떨었다. 샘은 재킷을 벗어서 로라의 어깨에 둘러주었다.

"고마워요. 근데 댁은 안 추워요?"

"괜찮아요."

샘은 로라를 안심시키며 말했다.

"그리 멀지 않은 곳이거든요."

그들은 길을 건너 한 구역 위로 올라갔다. 거기엔 캐피털 세탁소가 있었다.

"어떻게 하실 거죠?"

로라가 물었다.

"호랑이를 잡으려면 호랑이 굴로 가야죠."

샘은 입구 위에 있는 벨을 누르며 말했다.

"계세요, 윌리엄스 부인?"

윌리엄스 부인은 샘이 오기 훨씬 전부터 캐피털 세탁소의 카운터에 있었다. 이 세탁소는 윌리엄스 부인의 영토이다. 부인은 회색 머리에 단정히 핀을 꽂은 채 영주와도 같은 당당함을 지니고 앉아 있었다. 부인은 두꺼운 안경 너머로 샘을 응시했다.

"안녕하세요, 고든 씨."

부인은 뭇 손님들에게 그러하듯이 미소를 지으며 인사했다.

"실버 양도 오셨네요."

다소 의아한 목소리였다.

"부인, 부인의 가게에서는 여자 옷과 남자 옷에 다른 액수를 부르더군요. 특별한 이유라도 있으신지요?"

샘이 말했다.

이 말에 윌리엄스 부인은 다소 안도하는 듯했다. 잠시나마 부인은 로라가 세탁한 옷에 불만이 있어서 찾아온 게 아닌가 걱정했던 것이다.

"여자 셔츠는 남자 셔츠보다 작습니다. 그래서 여자 옷은 남자 옷을 드라이클리닝하기 위해 제작된 세탁기에 넣을 수가 없어요.

그 때문에 손으로 직접 세탁하죠. 수작업은 까다롭고 시간이 오래 걸려서 높은 가격을 매기고 있어요. 같은 이유로 어린이용 셔츠에도 높은 가격을 매기고 있답니다. 그런데 그건 왜 물어보시는 거죠?"

"제가 길 건너편에 세탁소를 열어볼까 하거든요."

샘은 윌리엄스 부인에게 윙크를 하며 대답했다.

"어떻게 하면 부인의 가게보다 가격을 낮출 수 있나 작전을 세우는 중이랍니다. 뭔가 뾰족한 수를 내야 할 것 같군요. 시간 내주셔서 감사합니다, 부인."

샘과 로라는 밖으로 나왔다. 샘은 승리를 선언하고 싶었지만 참았다.

로라가 마침내 말문을 열었다.

"좋아요. 당신이 옳고 내가 틀렸군요. 세탁업자들이 여자와 아이들을 착취하여 큰돈을 벌고 있다고 하기는 힘들겠어요."

"그렇게 쉽게 포기하지 마세요. 세탁업자들이 성차별적 가격정책을 감추려고 아이들 옷에도 높은 가격을 물리고 있는지 몰라요. 아마 여자의 블라우스를 세탁하는 데 돈이 많이 들기는 하겠지만, 그렇게 높은 가격을 정당화할 정도는 아닐 거예요. 게다가, 정 할 말이 없으면 드라이클리닝 기계 제작업자가 음모를 꾸며서 작은 사이즈 옷을 위한 기계를 만들지 않는다고 할 수도 있잖아요. 이윤을 남기기엔 세탁할 여자 옷이 충분하지 않겠지만요. 어쨌든 기운을 내세요. 윌리엄스 부인은 나의 소소한 비밀을 많이 알고 있어요. 그녀는 옷의 상태를 통해 내가 식사할 때 음식 흘린다거나 잉크가 새는 싸구려 펜을 산다거나 하는 것들을 알 수 있죠. 이제 내가 자기 고객 중 한 명과 함께 시간을 보낸다는 것을 알았을 거예요. 그녀에겐 흥미롭겠죠. 하지만, 그녀는 셔츠에 왜 그런 식으로 가격이 매겨지는지 진짜 이유를 알고 있지는 못해요. 우리가 경제학에서 말하듯, 그녀의 경우는 단지 하나의 데이터에 불과하니까요. 야외수업을 하면서 생생한 증거들을 수집해 봅시다."

"재미있는 생각이네요."

로라는 샘이 승리를 즐기지 않고 자신의 편을 들어주는 것이 놀랍기도 하고 기쁘기도 했다.

"생활 속의 경제학이군요. 하지만 현장수업이랍시고 제 수업을 세탁소에서 해도 될지는 모르겠네요."

"디킨즈가 노동자의 억압당하는 현실에 대해 글을 쓴 건 없나요?"

"있다고 해도 야외수업은 무리예요."

"그렇겠군요. 그럼 저녁이라도 같이 드실래요?"

로라는 시계를 보더니 고개를 저었다.

"그러고 싶지만, 할 일이 많이 남아서요. 다음에 같이 먹죠. 옷 빌려줘서 고마웠어요."

로라는 재킷을 돌려주며 말했다.

공기가 쌀쌀했지만, 샘은 뒤퐁써클 역에 있는 자기 아파트까지 지하철을 타지 않고 코네티컷 가를 따라 걸어가기로 했다. 충분히 유쾌한 대화이긴 했지만 로라가 자신의 저녁식사 제안을 거절한 이유가 정말 일 때문인지 걱정되었다. 샘은 다음부터는 대화 주제를 경제학 말고 다른 것으로 골라야겠다고 생각했다. 하지만 그게 가능할까?

# 제보자

찰스 크라우스를 만나러 오는 헬스넷의 직원들은 사장실에서 일하는 세 여성을 지칭하는 다양한 이름들을 접하게 된다. 어떤 사람은 그들을 하피(역주: 그리스·로마 신화에 등장하는 잔인한 괴물. 여성의 머리와 몸통에 새의 날개와 다리를 갖고 있다.)라고 부르기도 하고 어떤 사람은 찰리의 천사들(편집자주: 영화 제목. 찰리의 천사들로 불리는 세 명의 여전사형 비밀 요원이 등장한다.)이라고 부르기도 한다. 하지만 크라우스를 만나기 직전에 보게 되는 안내 데스크의 여직원은 모두 같은 이름으로 불렸다. 바로 케르베로스였다. 케르베로스는 그리스 신화에서 지옥의 문턱을 지키는 머리가 세 개 달린 개를 뜻한다.

케르베로스 역을 하는 직원은 수시로 바뀌었고, 직원에 따라 업무 효율성도 편차가 컸다. 케르베로스가 해야 하는 업무는 그리 많지 않지만, 사장실로 걸려오는 모든 전화를 받아서 사장님은 회의 중이니 시간 나실 때 연락 주실 거라고 말하는 것이다. 또 커피를 끓이기도 하고, 이따금 책상 옆에 있는 유리로 된 복사실에서 복사를 하기도 한다. 그리고 크라우스를 만나러 온 손님들이 기다리는 동안 눈요깃감 역할도 담당한다. 사장실에서 일하는 다른 두 여직원은 크라우스의 곁에서 몇 년간 일한 고도로 숙련된 전문비서들이다.

현재 케르베로스는 헤더 하더웨이라는 여성이다. 샌디에이고 출신의 아가씨로 캘리포니아 주 상원의원의 보좌관실에서 하급직원으로 근무했었다. 예전의 케르베로스들처럼 헤더도 키가 크고 금발머리에 건강한 모습이다. 헤더는 크라우스의 사무실 밖에 있는 자신의 책상에 앉아서 어젯밤 TV에서 본 오하이오 여자에 대해 생각하고 있었다. 그 여자 옆에 서 있던 아이들도 뇌리에 떠올랐다. 아이들의 천진난만한 모습이 '모르는 게 약'이란 말을 실감하게 했다. 헤더는 사람들에게 그런 짓을 하는 회사에서 근무한다는 사실에 화가 났다. 뭔가 본때를 보여줄 방법이 없을까? 비서실에서 일하고 있으니 이곳을 그만두기 전에 그런 기회가 있을 법도 한데….

헤더는 인터폰 소리에 몽상에서 빠져나와야 했다.

"네, 사장님."

"하더웨이 양, 마법의 손가락 좀 갖다 주게."

마법의 손가락은 크라우스가 휴대용 문서파쇄기를 일컫는 애칭이었다. 원래 폐기되는 문서들은 헤더가 직접 파쇄했다. 하지만 가끔씩 크라우스는 헤더에게 파쇄기를 가져오라고 해서는 직접 문서를 없앴다. 헤더는 왜 그런 일을 사장이 직접하는지 궁금했다. 그런 일을 좋아서 할 리는 없고, 뭔가 숨기고 있는 게 분명했다.

헤더는 파쇄기를 들고 크라우스의 사무실로 들어갔다. 크라우스의 검은색 책상 위에는 한 더미의 서류들이 검은 바다 한복판의 하얀 섬처럼 단정하게 놓여 있었다. 헤더는 힐끔 시계를 쳐다봤다. 11시가 되어간다. 헤더의 심장이 뛰기 시작했다. 이번이 기회일지도 몰랐다.

"오늘 정말 예뻐 보이는데?"

크라우스는 의자 곁에 파쇄기를 놓는 헤더의 팔에 손을 얹으며 말했다. 사장은 헤더를 보며 미소를 지었다.

헤더는 사장의 손을 치우고, 프론트의 자기 책상으로 돌아왔다. 헤더는 다시 시계를 보았다. 11시가 되기 직전이다. 크라우스는 항상 11시 정각에 담배를 피운다. 담배는 사무실에서 피우지 않고, 밖으로 난 개인용 출입문을 통해 일본식 정원이 있는 앞마당으로 가서 피웠다. 이것은 크라우스의 몇 안 되는 여유로운 시간 중 하나다. 실외 흡연을 하는 이유가 자신의 사무실을 찾아온 사람들에게 간접흡연의 피해를 주고 싶지 않아서는 아니다. 다만 방문자들이 제약회사의 CEO가 순전히 의지가 부족해서 담배를 피운다는 생각을 할까 봐 신경이 쓰여서이다.

11시가 되자, 헤더는 크라우스가 담배를 피우려고 책상에서 일어나 앞마당으로 나가는 소리를 들었다. 전문비서인 마지의 사무실은 크라우스의 사무실 바로 옆에 있어서, 창문을 통해 앞마당이 내다보였다. 헤더는 인터폰으로 마지를 호출했다.

"마지? 저 헤더예요."

"웬일이죠?"

"사장님께서 막 담배를 태우시려고 밖으로 나가셨어요. 그런데…"

"아, 사장님? 저기 계시네."

"제가 복사를 해야 할 게 있는데요, 사석인 일로 복사기를 쓰면 사장님이 싫어하시잖아요. 우리 사장님은 툭 하면 복사실에 들어오셔서 눈을 부라리곤 하시는 거 아시죠? 그래서 말인데, 사장님께서 돌아오시려고 하면 제게 인터폰 좀 넣어 주실래요?"

"알았어요. 걱정하지 마요."

"신세 좀 질게요."

헤더는 숨을 깊이 들이마셨다. 전화기는 울리지 않고, 오기로 한 방문자도 없다. 헤더는 신속하게 책상 뒤에서 나와 크라우스의 사무실로 들어갔다. 앞마당으로 가는 문은 열려 있었다.

헤더는 문서들이 파쇄되지 않은 채 책상 위에 그대로 놓여 있어서 기뻤다. 니코틴의 중독성에 고마워할 일이 생길 거라고는 생각지도 못했다. 헤더는 서류 더미를 한 움큼 집어 들고 복사실로 달려갔다. 다 복사해야 할지, 어떤 페이지가 중요한지 보면서 복사해야 할지 잠시 망설였지만 시간이 별로 없었다. 크라우스는 담배를 절반 이상 피우지 않기 때문에 곧 돌아올 것이다.

어떡해야 하지? 헤더는 긴장한 탓에 몸이 땀으로 젖어드는 것을 느꼈다. '정말 미치겠군. 좋아, 끝까지 가보자. 방해만 하지 마라.' 헤더는 서류 더미를 통째로 복사카트에 올려놓고, 초조한 얼굴로 복사된 종이가 한 장씩 나오는 것을 바라보았다. 시간이 멈춘 것처럼 느껴졌지만 복사는 마침내 끝났다. 복사본을 책상 밑에 있는 핸드백에 서둘러 넣고는 원본을 들고 크라우스의 사무실로 달려갔다. 헤더가 사무실로 들어섰을 때, 인터폰이 울렸다. '마지구나! 그가 오고 있어.'

헤더는 겨우 크라우스의 책상 위에 원본을 놓고는 자기 자리로 가는 문을 통해 나왔다. 크라우스가 헤더에게 인터폰으로 파쇄기를 가져가라고 했을 때, 의심하는 눈치는 전혀 없었다.

헤더는 그날 밤 자신의 집에서 모험을 통해 얻은 수확물을 훑어보았다. 숫자가 긴 열을 이루고 있고, 알 수 없는 용어들이 쓰여 있었다. 헤더는 자신의 도박이 가치 있는 것이었는지 알 수 없었다. 하지만 이 숫자들에 의미가 있다면 누군가는 그 의미를 알아낼 수 있을 것이다. 헤더가 아는 것이라곤, 크라우스가 이 문서들을 스스로 파쇄한 데에는 분명한 이유가 있다는 사실뿐이었다. 그것으로 충분했다. 헤더는 자신이 할 수 있는 일은 다한 것이다.

헤더는 1-800-CALL-OCR로 전화를 걸었다.

"안녕하십니까. 기업활동감시국입니다. 음성 메시지를 남기시려면 삐 소리가 난 후 녹음해 주십시오. 회사나 기관의 이름을 명확히 밝혀 주셔야 하며, 제보하시려는 사건에 대해 가능한 자세히 말씀해 주시기 바랍니다. 인쇄물은 P.O.Box 5273, 워싱턴DC, 20580으로 보내주십시오. 협조해 주셔서 감사합니다."

헤더는 주소를 받아 적은 후 낮에 복사한 서류들을 집어 들고는 하얀 종이 위에 간결한 메모를 붙인 후, 서류 봉투에 집어넣었다. 다음날, 헤더는 아파트 근처의 우체국으로 가서 봉투를 기업활동감시국으로 부쳤다.


이틀 후, 에리카 볼드윈은 책상에 앉아 헤더 하더웨이가 보낸 봉투를 열어보았다. 첨부된 메모에는 '헬스넷의 어떤 이가 이 문서를 파기하려 했음을 알려드립니다. 헬스넷의 친구로부터.'라고 쓰여 있었다.

에리카는 길게 열을 지은 숫자들을 바라보았다. 이게 의미하는 것이 무엇일까? 메모는 이 숫자들에 뭔가 의미가 있다고 암시하고 있을 뿐이다. 여기에 숨겨진 뭔지 모를 의미가 헬스넷 비리수사의 핵심에 들어맞는 마지막 퍼즐 조각이 될 것인가. 에리카는 몇 년 전에 폴 사이먼이 부른 노래가 생각났다. 그다지 인기가 있었던 곡은 아니었지만, 에리카가 즐겨 듣는 노래 중 하나였다.

나는 당신을 헤아릴 수 없을 만큼 사랑할 거예요.
내 말을 믿어도 돼요.
시절이 수상할 때에는
항상 심각한 숫자들이 들려올 거예요.

에리카는 이 노래를 흥얼거리면서, 어질러진 책상을 치우고 서류를 올려놓았다. 그런 후 깔끔하게 열을 이루고 있는 숫자들을 바라보며 영감이 떠오르길 기다렸다.

# ♥ 율리시스

로라가 에드워드 고교의 교무실에 월급봉투를 가지러 들른 것은 이른 3월의 금요일 점심 무렵이었다. 이번 학기도 벌써 중반으로 들어섰다. 지난 한 달은 로라에게 길고 고된 시간이었다. 그래서 주말을 고대하고 있었다. 월급봉투를 담당하는 교장의 비서 루이스 맥카시는 자리에 없었다.

'잠시 자리를 비웁니다.' 루이스가 남긴 메모가 책상에 붙어 있어서 돌아서려는 순간, 로라의 눈에 샘의 이름이 쓰여 있는 두꺼운 서류철이 들어왔다. 샘이 어려움에 처해 있다는 소문을 들은 적이 있어서 서류철을 열어보고 싶은 충동을 강하게 느꼈지만, 생각을 고쳐먹었다. 그때 서류철 옆에 놓인 메모가 보였다. 하지만 거기에 고딕체로 쓰인 '이사회의 결정,' 그리고 '청원의 기회'라는 글자를 읽자마자 자리를 비웠던 비서가 돌아와서 망설일 필요도 없이 교무실을 나왔다.

로라는 교사용 휴게실에서 점심거리인 요구르트와 사과를 옮겨

쉬었다. '청원의 기회'는 왠지 살벌하게 느껴졌다. 샘은 정말 해고될 위기에 있는 것 같았다. 샘이 해고될지도 모른다는 생각이 들자, 자신이 놀랄 정도로 마음이 흔들리는 것을 느꼈다. 샘은 특이하기도 하고 생각이 많이 다르기는 하지만 만나는 것이 즐거웠던 것도 바로 그 이유 때문이었다. 무엇보다도 샘은 좋은 사람 같았다. 샘이 해고될지도 모른다는 것은 도저히 믿기 힘든 일이다. 샘이 할 수 있는 일이 있을까? 청원한다고 해고를 면할 수 있을까?

3월치고는 멋진 날이었기 때문에 로라는 학교 앞마당에서 점심을 먹기로 했다. 학생들과 교사들은 이곳에서 점심을 먹거나 교내 이벤트를 여는 장소로 활용한다. 벽돌로 둥글게 만들어진 안뜰에는 꽃과 작은 나무들이 심어져 있고, 주위에는 벤치도 놓여 있다. 그중 한 벤치에는 샘이 아이스크림을 먹으면서 책을 읽고 있었다.

"옆에 앉아도 돼요?"

로라가 물었다.

"그럼요."

샘은 이렇게 말했지만, 속으로는 적당한 화젯거리를 찾느라 어찌할 바를 몰랐다. 경제학이니 공공정책이니 하는 이야기를 다시 꺼내고 싶지 않은데 생각나는 것이 있을 리 없었다.

"다음 수업이 뭐예요?"

샘은 뭔가 할 말이 떠오르기를 자신에게 바라며 물었다.

"3학년 시 선택과목이요. 대부분 19세기 영국의 시들이죠."

'내가 잘 아는 분야는 아니군.'

샘은 속으로 중얼거렸다. 그래도 어쩔 수 없었다.

"그럼 수업내용은요?"

샘이 다시 물었다.

"테니슨의 〈율리시스〉요. 읽어보셨어요?"

"읽어봤다고 할 수는 없겠군요. 좋은가요?"

"어떨 것 같아요? 물론 당연히 좋죠. 그렇지 않으면 강의계획서에 넣었을 리 없잖아요. 하지만 문학자의 관점에서 본다면, 그냥 좋다고 말할 수는 없어요. 아주 좋다고 해야죠."

"내게 몇 구절 들려줄 수 있어요?"

〈율리시스〉를 읊는다면 다소 드라마틱한 낭송이 될 텐데, 이곳은 로라에게 그리 편안하게 느껴지지 않았다. 로라는 주위를 둘러보았다. 다행히 그들에게 신경을 쓰는 사람은 없는 듯했다. 몇몇 학생들은 저쪽에서 한 학생의 기타 연주를 듣고 있고, 교사들 몇은 멀찍이 놓인 벤치에 앉아 있다. 둘이 나누는 대화가 들릴 만한 거리에는 아무도 없었다. '그럼 한번 해볼까. 설마 샘이 마이크를 숨겨놓고 온 학교에 방송되도록 하겠어?'

"그럼 끝 부분을 읽을게요. 감동적인 부분이죠. 맘에 들면 집에 가서 한번 읽어 보세요."

"좋아요. 시작해 보세요."

"일단 배경지식부터 좀 쌓고요. 율리시스에 대해선 알죠? 오디세우스라고도 하죠. 그는 트로이 전쟁에서 10년간 싸우고, 또 다른 10년간의 전투와 모험을 한 후 마침내 고향으로 돌아왔어요. 하지만 자신이 뭘 보게 될지 두려웠죠. 페넬로페의 정절이 의심되기도 했고요."

"아내인가요?"

"맞아요."

"어떻게 됐죠?"

"걱정 안 해도 돼요. 수많은 남자들이 그녀에게 청혼을 했지만 흔들리지 않았으니까요. 율리시스가 떠나 있는 동안, 그녀의 주변에는 수많은 남자들이 모여들었어요. 하지만 청혼자의 구애에도 그녀는 뜨개질만 했어요. 뜨개질을 끝내면 청혼에 대한 답을 주겠다는 약속을 하고 말이에요. 그러고서 밤이 되면 낮에 뜨개질한 걸 풀어헤쳤어요. 그런 식으로 청혼에 대한 답을 미뤘던 거죠."

"참 대단한 여인이었군요."

"물론이죠. 율리시스가 거지로 변장하고 고향으로 돌아와 보니, 청혼자들이 집 앞에 장사진을 치고는 그녀의 선택을 기다리고 있었죠. 율리시스는 그 무리를 뚫고 들어갈 계획을 세웠고, 성공했죠. 그와 페넬로페는 다시 결합했어요. 그들은 포옹을 하고…"

"행복하게 오래오래 살았다는 얘기군요."

"꼭 그런 것만은 아니에요. 테니슨이 쓰고자 한 것은 그 내용이 아니었어요. 너무 밋밋하잖아요. 테니슨은 율리시스의 마지막 몇 년간에 대해 썼어요. 부인을 만난 기쁨도 가라앉고, 그는 노인이 되었어요. 과연 인생을 잘 살았는지 회의하면서 왕으로서의 일상적인 업무를 하면서 지냈죠. 한때 위대한 전사이자 항해사였던 그가 생이 다해가는 상황에 직면한 거예요. 육체와 정신이 쇠약해지다가 결국 죽음을 맞이해야 하는 상황 말이에요. 테니슨은 이 부분을 시의 배경으로 골랐어요."

"굉장히 우울한 내용이군요."

"그 시의 대부분은 우울한 어조예요. 하지만 결말의 분위기는 달라요. 이 시는 일인칭으로 쓰였기 때문에 율리시스가 화자로 등장합니다. 그는 선원들을 모아서 용기에 찬 마지막 도전을 하려고 해요. 상상도 할 수 없을 만큼 웅장한 항해를 생각하는 거죠. 이미 생의 슬픔에 지쳤을 만한 나이에 또다시 모험을 찾아 떠나는 위대한 항해 말이에요."

"왕년의 위대한 선수가 인생의 황혼기에 월드 시리즈에 대타로 나서는 것과 비슷하군요."

"멋진 비유네요. 수업시간에 써먹어야겠어요."

"하지만 그런 상황에서 왕년의 선수들은 대개 포수에게 파울 아웃을 당하곤 하죠."

"맞아요. 하지만 이것은 한 노인이 미래에 대해 상상하고 있는 이야기라는 것을 알아야 돼요. 그리고 테니슨이 말하려고 했던 것은, 이미 능력이 녹슬어서 사람들이 지켜보는 데서 실패하게 되더라도 괜찮다는 거예요. 정말 중요한 것은 그런 상황에서 성공하느냐 실패하느냐가 아니라, 언제라도 전장에 뛰어들 수 있는 충분한 뱃심을 가지고 있느냐다, 이런 말이죠."

"맘에 드는군요."

샘이 말했다. 하지만 정말 그가 마음에 들어 한 것은 그게 아니었다. 따뜻한 3월에 로라와 야외에 앉아 임금이나 물가가 아닌 다른 것에 대해 이야기하고 있는 것이 좋았던 것이다.

"당신이 알아야 할 게 하나 더 있어요. 율리시스가 하는 말 중에는 행복의 섬이란 것이 등장해요. 그리스 신화에 따르면, 이것은 엘리지엄이라는 곳으로 지옥의 반대 개념이죠. 나쁜 사람은 죽어서 지옥에 가고, 선한 사람은 행복의 섬에 가는 거예요."

"행복의 섬에도 케르베로스가 있나요? 아니면 지옥에만 있는 건가요?"

"케르베로스요? 당신이 케르베로스를 어떻게 알아요?"

"좀 이상하죠? 나도 잘 모르겠네요. 그냥 생각이 났어요. 아버지는 내가 어릴 때 그리스 신화를 읽어 주곤 하셨어요. 머리가 세 개 달린 개라는 것이 뇌리에 박혔나 봐요. 어쨌든 이제 시작해 보세요."

로라는 사람들이 쳐다보지는 않는지 한 번 더 둘러보았다. 그러고는 깊은 호흡을 한 후 낭송을 시작했다.

죽음은 모든 것을 닫아버리도다.
그러나 종말이 오기 전에
무언가 고상한 업적을, 신들과 다투었던 사람들에게
어울릴 일을 이룩할 수 있으리라.
불빛들이 바위에 반짝거리기 시작하는구나.
기나긴 날이 저물고 느린 달이 솟아오르는구나.
심연(深淵)은 많은 목소리로 신음하며 감도는도다.

"테니슨은 바다의 다양한 소리들을 이런 식으로 묘사했어요. 이제 율리시스는 아직 살아 있는 친구들을 위대한 마지막 항해로 초대하죠."

오라, 나의 친구들아.
새로운 세계를 찾기에 너무 늦지는 않았노라.
배를 밀어내라, 줄지어 앉아서
철썩거리는 파도를 가르며 나아가자.

나의 목표는 죽을 때까지, 해지는 곳과 모든 서쪽 별들이

물에 잠기는 곳을 넘어 항해해 나가는 것이노라.

어쩌면 심해(深海)들이 우리를 삼킬지도 모르지.

어쩌면 우리가 행복의 섬에 다다라서

위대한 우리 옛 친구 아킬레스를 만나게 될지도 모르지.


로라는 더 이상 책을 읽는 게 아니었다. 눈을 감은 채, 마음속에서 리듬을 타고 흐르는 시를 기억을 더듬으며 낭송하고 있었다. 샘은 로라의 낭송이 너무나 강렬해서 눈을 돌리고 싶었다. 그러나 샘은 시를 읊고 있는 로라의 순수한 얼굴에서 눈을 뗄 수가 없었다.


비록 잃은 것이 많지만 아직 남은 것도 많도다.

그리고 비록 이제는 지난날 하늘과 땅을 움직였던

그러한 힘을 갖고 있지 못하지만, 지금의 우리는 우리로다.

한결같이 변함없는 영웅적 기백,

세월과 운명에 의해 쇠약해졌지만, 의지는 강하도다.

분투하고 추구하고 발견하고, 또 결코 굴하지 않으리니.


청중들의 환호를 기다리는 심포니의 마지막 가락처럼, 로라의 낭송은 허공을 맴돌고 있었다. 샘은 그 시가 자신의 가슴을 얼마나 가득히 채웠는지 말하고 싶었지만 로라가 걸어놓은 아름다운 마법이 풀릴까 두려웠다. 로라도 그것을 느낄 수 있었다. 로라는 마음이 불편해졌다. 경제학의 세계에서 온 이 이상한 능구렁이를 매혹하려고 한 세기 전에 쓰인 시를 읊고 있다니, 내가 뭘 하고 있

는 걸까?

로라가 놀라서 고개를 흔들며 마침내 입을 열었다.

"약강 오보격이에요."

"뭐라고요?"

샘이 물었다.

"약강 오보격이요. 시의 이런 리듬을 일컫는 용어예요. 이런 리듬은 시에 강한 힘을 부여하죠."

"마지막 두 문장을 다시 들려줄 수 있나요?"

로라는 주저했으나, 어쨌든 다시 시를 읊었다.

"마지막 구절은 훌륭한 신조가 되겠는데요."

"오, 그래요."

로라는 시를 낭독하며 형성된 친근한 분위기에서 둘 사이에 존재하던 긴장감을 해소할 가능성을 엿볼 수 있었다.

"그건 '신사와 숙녀가 신사 숙녀 여러분을 모십니다.' 보다는 조금 더 우아하군요."

로라가 말했다.

"오, 기억하시네요?"

"물론이죠. 잘 듣고 있었어요. 하지만 기억한다는 것과 패배를 시인한다는 것은 다른 문제예요. 난 아직도 고객을 우롱하는 회사는 대가를 치러야 한다고 생각해요."

샘은 그런 회사들은 이미 대가를 치르고 있다고 말하고 싶었다. 우롱당한 손님은 다시 그 가게를 찾지 않을 뿐만 아니라, 주위의 친구들에게도 소문을 퍼트려 다른 사람들도 거기에 가지 않게 만들 것이다. 하지만 샘은 좋은 분위기를 깨고 싶지 않았다. 시에 대한 이야기를 나누고 있다는 게 매우 자랑스러웠고 그런 기분도 망치기 싫었다.

샘은 놀란 척하며 말했다.

"와, 벌써 시간이 이렇게 됐네. 괜히 식사하실 시간만 뺏은 것 같군요. 저는 이만 가봐야겠어요. 멋진 하킨 교장 선생님과 약속이 있거든요. 기업의 사회적 책임에 대해서는 다음 기회에 얘기하죠."

하킨 교장의 이야기를 듣자, 로라는 교장실에서 보았던 샘의 이름이 쓰인 두꺼운 서류철이 생각났다. 샘이 힘든 시간을 보내고 있을 거라는 생각이 들자 로라의 마음속에선 불현듯 동정심이 일었다.

"이봐요, 샘. 주말 계획에 대해 물어보기엔 좀 늦은 감이 없진 않지만, 토요일 저녁에 뭐 하세요? 조지타운의 부모님 댁에서 디너파티를 하거든요. 오실 수 있어요?"

샘의 얼굴이 밝아졌다.

"물론이죠. 그런데 정장을 입어야 하나요?"

로라는 속으로 '우리 식구들하고 정치 얘기를 할 거면 정신병자용 옷을 입고 오는 게 좋을 거예요.'라고 생각했다. 좋아, 이미 초대했는데 어쩌겠어.

"편하실 대로 입으시면 돼요. 약도를 그려서 우편함에 넣어 둘게요."

로라는 속으로 생각했다.

'괜찮을 거야. 무슨 일이야 있겠어? 샘이 기업의 사회적 책임과 정부개입에 대해 논쟁을 벌이긴 하겠지만, 그런다고 별일이야 생기겠어?'

# 살아남은 자의
## 슬픔

　조지 서덜랜드는 눈을 비비며 뜨거운 물이 나오지 않는 모텔 방의 한구석에 놓인 녹슨 세숫대야로 다가갔다. 조지는 멕시코가 싫었다. 지저분한 것도 지겹고, 여기서 맡고 있는 업무도 싫고, 오하이오에 두고 온 아내와 아이들도 무척 보고 싶었다. 조지는 공장 이전 공사를 감독하느라 두 달, 완성된 공장이 탈 없이 잘 돌아가는지 보기 위해 또 두 달간 머물러서, 4개월째 멕시코에서 지내고 있다. 일주일 후에는 이 공장을 새로운 정규 관리자에게 넘겨줄 것이다.

　조지는 어제 입었던 옷을 오늘도 껴입고 밖으로 나가 픽업트럭에 탔다. 자동차도 그만큼이나 또 하루의 고된 일과를 피하고 싶은 듯 시동이 걸리지 않았다. 하지만 조지는 자신의 마음을 달래듯 인내심을 가지고 부드럽게 차의 엔진을 가동시켰다. 오늘 아침에 조지가 가야 할 곳은 마을 외곽에 있는 간이 비행장이다.

　비행장으로 가는 길가 들판엔 양철로 만든 헛간 같은 집들이 어지럽게 흩어져 있었다. 그리고 그 사이로는 염소 한 마리와 닭 두 마리가 반쯤 벌거벗은 아이들과 섞여 여기저기 돌아다녔다. 자동차가 지나가자 도로에까지 나와 놀던 아이들은 길 양편으로 황급히 비켜서서 열심히 손을 흔들었다. 조지도 생긋 웃으며 같이 손을 흔들어 주었다.

조지는 아침에 도착할 예정인 버지니아 본사의 귀빈들을 모시러 가는 길이었다. 이곳에는 정식 공항은 없고, 자가용 비행기를 위한 간이 비행장만이 있을 뿐이다. 조지는 철제 사슬이 둘러진 담 옆에 주차를 한 후 손님들을 기다렸다. 조지는 아무 생각이 없었다. 멕시코의 업무를 하루 빨리 끝내고, 돈을 받아 오하이오로 돌아가고 싶을 뿐이었다. 조지는 아내와 아이들을 생각하면서 저 멀리 펼쳐진 풍경을 바라보며 시간을 때웠다. 30분쯤 지나자, 작은 여객기가 간이 비행장에 착륙했다. 여객기는 시동을 끈 채 얼마간 미끄러져 조지의 트럭 맞은편에 멈췄다. 비행기의 문이 열리고 두 사람이 힘겹게 걸어 나왔다.

첫 번째로 나온 사람은 조지가 생각했던 것보다 훨씬 젊은 남자였다. 35살이 넘어 보이지 않았고 정장을 입고 있었다. 남자를 따라 내린 여성은 서른 살 남짓해 보였고, 굉장한 미인이었다. 여성은 군복 같은 카키색 바지에 하얀 티셔츠를 입고, 그 위에 사진사들이 즐겨 입는 조끼를 걸쳤다. 조지는 그들에게 손을 흔들어 자신이 배웅 나온 사람임을 알렸다. 그들이 조지를 향해 걸어왔다.

"임시 공장관리자인 조지 서덜랜드입니다. 멕시코에 오신 것을 환영합니다."

젊은 남자는 좀 더 세련된 환영식을 기대했는지 약간 주저하는 듯했다.

"안녕하세요."

그 남자는 악수를 하기 위해 손을 내밀며, 체념한 듯 인사했다.

"헬스넷 홍보담당이사 롭 블랭큰쉽입니다. 그리고 이쪽은 사진 사인 앨리스입니다."

'앨리스? 사람을 처음 소개하는데 성을 말하지 않다니, 무례한 거 아닌가?' 조지는 속으로 생각했다. 블랭큰쉽은 멕시코엔 처음 와보는 것 같았다. 값비싼 정장을 걸친 것은 물론이고, 대부분 멕시코 사람들의 한 달 월급은 될 법한 반질거리는 여행용 가죽가방까지 들고 온 것을 보면 말이다.

블랭큰쉽은 고급정장을 입고 지저분한 픽업트럭에 올라타려니 기분이 그다지 유쾌하지 않았다. 앨리스는 처음 보는 풍경에 정신이 팔려 있었다. 앨리스는 커다란 니콘 카메라를 목에 걸고 촬영장비로 가득 찬 가방을 멘 채 트럭에 올라탔다. 버지니아에서 온 두 손님 모두 가방을 무릎 위에 올려놓았다. 블랭큰쉽은 자신의 300달러짜리 가죽가방이 짐칸에서 이리저리 굴러다니는 것을 원치 않았다. 앨리스도 장비가 걱정되어 가방을 짐칸에 놓을 수가 없었다.

"누추한 트럭에 모셔서 죄송하군요. 그래도 이 인근에서는 이만큼 깨끗한 차를 구하기도 힘들어요."

조지가 말했다.

"공장은 어떻게 되어 갑니까?"

블랭큰쉽은 이 구질구질한 트럭에 대해 생각하고 싶지 않았다.

"잘 돼갑니다. 모든 것이 일정에 따라 정상적으로 돌아가고 있습니다. 좋은 사진을 찍을 수 있을 거예요."

"사진은 회사의 연간 보고서에 붙일 겁니다. 공장의 결함들이 모두 제거됐다면, 기자들에게 나눠줄 홍보자료가 필요하기도 하고요."

조지는 얼굴을 찡그렸다. 공장은 처음부터 아무 이상 없이 잘 돌아갔다.

"앨리스는 최고의 프리랜서죠."

블랭큰쉽은 말을 이었다.

"앨리스라면 아무리 보기 싫은 공장이라도 멋진 성당처럼 보이게 사진을 찍을 수 있죠. 우리 회사는 공장이…"

"차를 멈춰요!"

앨리스가 갑자기 소리쳤다.

조지는 끼익 하는 소리를 내며 트럭을 세웠다. 아무것도 없었다. 창가에 앉아 있던 앨리스는 트럭 밖의 햇살 속으로 나갔다. 앨리스는 비행장으로 가는 길에 있던 염소와 아이들과 오두막이 뒤섞여 있는 곳으로 향했다. 아이들이 앨리스 주변에 모여들었다. 염소 한 마리가 아이들이 모인 가운데로 나가려고 애를 쓰고 있었다. 앨리스가 사진을 찍으려 한다는 것을 알자, 아이들은 더욱 활기에 넘쳤다. 앨리스가 아이들을 가라앉히고 사진을 찍는 데는 한참이 걸렸다.

"앨리스 양은 예술가이군요."

블랭큰쉽이 웃었다.

"예술가만이 가난 속에서 아름다움을 찾아낼 수 있죠. 집 없는 아이들인가요?"

"유감스럽지만, 그 아이들은 집이 있습니다."

조지는 인내심을 가지고 대답했다.

"우리 회사의 노동자들 대부분이 여기서 삽니다. 저기 빨래를 내걸고 있는 여자는 우리 회사 감독의 아내입니다."

블랭큰쉽은 한방 맞은 듯 조용해졌다. 조지는 이 아이들의 부모에게 일자리를 빼앗긴 오하이오 사람들에게 미안해 해야 할지, 하루에 12시간씩 일하고도 오하이오의 사람들이 받던 보수의 일부밖에 받지 못하는 이들에게 미안해 해야 할지 알 수 없었다.

"이곳 사람들은 하루에 8달러를 받습니다."

조지는 말을 이었다.

"감독은 10달러를 받지요. 계산해 보면 연봉이 2,000달러쯤 되죠. 애가 여섯 딸린 사람은 융자금조차 감당하기 힘들어요."

"난 비용을 절감하기 위해 공장을 이곳으로 옮긴 것으로 알고 있어요. 이곳 사람들이 어떻게 사는지 전혀 몰랐습니다."

"보시는 것처럼 살아갑니다."

'그리고 그렇게 죽어간다네.' 조지는 이렇게 덧붙이고 싶었다.

두 사람은 지저분한 트럭 안에서 아무 말도 않고 앉아 있었다.

몇 분이 지나자, 앨리스는 놀랍다는 듯 고개를 저으며 차로 돌아왔다.

"저 아이들 얼굴이 너무 아름다워요. 순수하고, 또…"

앨리스는 적절한 말을 찾고 있었다.

"저 애들 따윈 관심 없소, 앨리스."

브랭큰쉽이 앨리스의 말을 가로막으며 말했다.

"필름을 주시오."

"뭐라고요?"

"저 가구들 중 일부는 헬스넷의 피고용인들이오. 그 사진이 불필요한 곳에 사용되게 할 수는 없소. 빨리 필름을 줘요."

앨리스의 어깨가 축 늘어졌다. 앨리스는 카메라를 열어서 필름을 넘겼다. 블랭큰쉽은 필름을 꺼내서 햇빛에 노출시켰다. 세 사람은 공장으로 가는 십 분 동안 아무 말도 하지 않았다.

"이건 마탈론의 공장과 정말 똑같이 생겼군요."

블랭큰쉽은 조지가 주차장에 차를 세우는 사이에 얼핏 공장을 보고 신이 나서 말했다.

"겉보기엔 그렇죠. 안은, 글쎄요, 좀 더 단순한 구조를 하고 있어요."

"무슨 말이죠?"

"오하이오 공장에 있던 안전장치들이 여기엔 없거든요. 안전장치 설치를 강요하는 직업안정위생관리국도 없고요. 여기서는 사고율이 높아진다고 해도 직원들에게 위험수당을 줘야 할 걱정이 없습니다."

서덜랜드는 사실을 기술하듯 객관적으로 말하려고 노력했지만, 마음속으로는 이런 운영방식에 분노를 느끼고 있었다.

블랭큰쉽은 이 말을 듣고 얼굴이 약간 붉어졌으나 아무 말도 하지 않았다. 블랭큰쉽이 자신의 음성메일을 확인하려고 전화기를 찾으러 간 동안, 조지는 앨리스를 데리고 공장의 주 작업장으로 갔다. 앨리스는 생기가 넘치는 작은 새가 날아다니듯 촬영 각도가 좋은 곳을 찾아 이리저리 돌아다녔다. 조지는 앨리스가 가진 열정이 부러웠다. 그리고 조지는 지금 앨리스가 하는 일이 헬스넷에 어떻게 도움이 되는지 알 수 없었다. 그냥 누구나 타협을 하며 살아가는 법이라고 생각할 뿐이었다.

"제가 도와드릴 일이 있으면 말씀하세요. 아까 그 필름은 정말 유감스럽군요."

"괜찮아요. 블랭큰쉽은 바보예요. 저는 카메라 두 대로 사진을 찍어요. 서로 다른 렌즈를 쓰거든요. 그런데 그가 필름을 빼버린 카메라는 그중 하나예요. 내 가방 안에 있는 다른 카메라에는 멋진 사진들이 가득해요. 그는 그걸 모르고 있어요."

"부탁 하나 해도 될까요? 저에게 그 필름 한 판을 보내 주시겠어요?"

조지는 말을 멈추고 지갑을 꺼냈다.

"제 오하이오 집의 주소가 적혀 있는 명함입니다. 보내 주실 수 있겠어요? 그리고 미국으로 돌아가면 어떻게 당신을 만날 수 있는지도 알려 주세요."

"물론이죠. 그런데 아이들과 염소가 찍힌 사진을 좋아하시나 봐요?"

앨리스가 미소를 지으며 말했다.

"네, 좋아하죠. 고맙습니다."

이날 오후는 무척 길게만 느껴졌다. 조지가 블랭큰쉽에게 공장에 대해 이것저것 알려주며 그를 즐겁게 해주려고 애쓰는 동안, 앨리스는 공장 안을 여기저기 살피며 다녔다. 조지는 항상 자신의 권위를 내세우려 애쓰는 블랭큰쉽이 불쌍하게 느껴졌다. 아마도 버지니아에서 누릴 수 없었던 권위를 이곳 멕시코에서 누려보려 하는 것 같았다. 조지는 그다지 신경 쓰지 않았다. 블랭큰쉽 따위는 빨리 사라졌으면 하고 바랄 뿐이었다. 조지는 일주일만 더 버티면 이곳 일을 마치고 미국으로 돌아갈 수 있기 때문이었다.

드디어 조지는 손님들을 데리고 조종사가 기다리고 있는 간이 비행장으로 가 그들을 배웅하고 공장으로 돌아왔다. 태양은 수평선에 반쯤 걸려 있었다. 공장 안은 이미 어둑어둑했지만 불을 켜지 않았다. 조지는 전화기를 들어 오하이오에 있는 아내 케이시에게 전화를 걸어서 버지니아에서 날아온 젊은 이사를 접대하면서 겪은 괴로움을 털어놓았다. 해가 지면서 창문 너머로 보이는 멕시코의 시골마을이 어른거리며 사라져 갔다. 조지는 아이들의 안부를 물었다.

"다들 잘 있어요."

아내의 대답이 뭔가 망설이는 듯 느껴졌다. 조지는 긴장감을 느꼈다.

"무슨 일이야?"

"아무 일도 없어요."

"여보, 왜 이래, 무슨 일인지 말해 봐. 애들한테 무슨 일이 생긴 거야?"

"괜찮다니까요. 단지 애들이 학교생활을 약간 어려워할 뿐이에요. 원래 애들은 그렇잖아요."

"학교에서 무슨 일이 있는 거야?"

"오, 조지. 나도 정확히는 몰라요. 원래 아이들은 그런 식으로 말들을 하잖아요. 학교 애들이…"

"뭐라고 하는데? 여보, 어서 얘기해 봐."

조지는 자신의 노력에도 불구하고 목소리가 커지고 있음을 느꼈다.

"다른 애들이 우리 애들에게 '너희 아버지는 배신자'라고 하나 봐요. 마탈론처럼 노조가 결성된 마을이 어떤지는 당신도 알잖아요."

케이시는 조지가 화를 낼 거라고 생각했으나, 잠잠했다.

"당신 '콰이강의 다리'를 처음 봤을 때 기억나?"

조지가 조용히 말했다.

"그럼요."

케이시는 조지가 무슨 말을 하려고 영화 이야기를 꺼내는지 알 수 없었지만, 화를 내지 않는다는 것이 다행스러웠다.

"나도 기억나. 왜 이 생각이 나는지는 모르겠지만, 자동차 전용 극장에서 봤지 아마."

"이봐요! 누구랑 갔어요?"

"진정해. 그건 내가 11살 때였어. 가족들과 함께 갔었기 때문에 딴 짓 안 하고 영화만 볼 수밖에 없었어."

케이시의 웃음소리가 들렸다.

"콰이강의 다리는 항상 내가 즐겨 보는 영화 중 하나였지."

조지가 앉아 있는 곳은 이제 완전히 어두워졌다. 주위에 내려앉은 어둠이 그들 사이에 놓여 있는 거리의 의식을 지워주었다. 조지는 자신이 멕시코에 있고, 아내는 북서쪽으로 수천 마일 떨어진 곳에 있다는 사실을 거의 잊고 있었다.

"영국군 장교 알렉 기니스는 자신과 부하들을 포로로 잡고 있는 일본군이 다리를 만드는 일에 협력했지. 일본군이 적이라는 것은 알고 있었지만, 그는 그 공사를 통해 부하들의 사기를 살릴 수 있을 거라 생각한 거야. 난 이 멕시코 일을 맡을 때 후회할지도 모른다는 것을 알고 있었어. 하지만 우리 가족을 위해 이 일을 맡았어. 우리는 돈이 필요하잖아. 그래서 나도 이 일을 하면서 바쁘게 지내면 좀 기운이 날 거라고 생각했어. 이건 그리 오랫동안 할 일이 아니었으니까. 하지만 난 내 자신을 속이고 있었을 뿐이야. 영화 끝부분에서 알렉 기니스가 느끼는 기분을 알 것 같아. 난 적을 돕고 있는 거야. 난 더러운 놈이야, 난…"

"오, 여보. 선택의 여지가 없었잖아요. 우리는 갚아야 할 융자금이 있어요. 그리고 먹여 살려야 할 식구들도 있고요. 다른 누구라도 그런 기회를 거절할 수 없었을 거예요. 당신이 공장 문을 닫은 게 아니잖아요. 그리고 우리 마을 직원 중에는 누구도 당신처럼 멕시코에 새로 공장을 지을 수 있는 사람이 없었어요. 회사에서 다른 사람에게 그 일을 넘겨서 우리가 굶주렸다면 당신은 더 괴로워했을 거예요."

"당신 말이 맞다는 건 나도 알아. 하지만 그래도 기분이 안 좋아. 그리고 당신에게 이런 일들을 겪게 해서 미안해. 난 단지 뭔가 항구적인 해결책이 있길 바랄 뿐이야."

"그래요. 당신 마음 알아요."

"편지 온 거 있어?"

"네, 하지만 중요한 건 없어요."

조지는 새로운 일자리를 찾기 위해 잠재적인 고용주들에게 40여 통의 지원서를 보냈다. 하지만 대부분 이력서를 보내줘서 감사하다며, 뭔가 일거리가 생기면 연락하겠다는 간략한 답신을 보내 왔을 뿐이다.

"있으면 당신이 벌써 말했겠지. 그냥 물어보고 싶었어. 미안하구려. 그래 마을은 별일 없소?"

조지가 물었다.

"끔찍해요. 많은 사람들이 직장을 구하지 못하고 있어요. 사람들은 곧 돈이 떨어지기 시작할 거예요. 에드의 전자제품 가게는 지난주에 파산했어요. 앞으로 당분간은 아무도 새 TV를 사려하지 않겠죠. 월마트도 곧 철수할 거래요."

"설마."

"정말이에요. 어제 청과상에서 우연히 수지를 만났는데 잭이 이번 달에 차를 다섯 대도 못 팔았다고 하더군요. 파산 일보직전이래요. 그래도 잭이 그나마 제일 많이 판 거예요. 다른 사람들은 어찌 지내는지 상상이 되겠죠. 마을이 엉망이 돼 가고 있어요, 조지. 모두 너무 힘든 상황이에요."

"이런 일을 막아줄 법이 있어야 하는데, 그런 게 없어. 그러니 우리가 할 수 있는 최선을 다하는 수밖에 없지. 여보, 걱정하지 마. 어떻게든 잘 될 거야. 마을도 그럴 거고."

"여보, 사랑해요."

"나도 사랑해. 나중에 또 전화할게."

조지는 전화기를 내려놓고, 어둠 속에 앉아서 아내와 아이들과 고향 마을에 대해 생각했다. 잠시 후, 조지는 공장 문을 잠갔다. 조지는 벽돌과 모르타르를 사랑한다. 이것마저 죄책감을 느끼고 있었지만, 아내에게 그 말을 하지는 않았다. 조지는 새로 지은 공장과, 고용된 인부들, 그리고 설비들을 보면서 느끼는 자부심이 부끄러웠다. 하지만 그것들은 훌륭하게 보였다. 조지는 마음이 힘들긴 했지만 업무만은 잘 해냈다는 것을 알고 있었다.

트럭으로 향하던 조지는 별이 너무 아름다워 발걸음을 멈추었다. 고향에서는 별이 흐릿하게 보였다. 하지만 이곳에서는 별들이 지평선까지 아름답게 펼쳐졌다. 밤하늘을 가로지르는 은하수를 바라보며, 마음속의 죄의식을 씻어내려면 어떻게 해야 할지 생각했다. 별들은 아무 말 없이 반짝일 뿐이었다. 거기에 답이 있을 리가 없었다. 코요테의 긴 울음소리에 문득 정신이 돌아온 조지는 트럭을 타고 어둠 속을 향해 달렸다.

# 오해와 편견

　가로수 잎이 무성한 조지타운의 거리에 있는 빌딩들은 부와 권력을 예찬하듯 빨간 벽돌로 지어져 있다. 로라 실버의 부모는 이곳의 한 저택에 살고 있다. 샘은 벽돌로 된 현관을 올려다보며, 오늘밤 어떤 일들이 일어날지 궁금해졌다. 샘은 파란 재킷에 카키색 옷을 받쳐 입은 수수한 차림이었다. 와인 애호가들이 즐비한 곳에 와인을 선물로 들고 가는 것은 매우 위험한 전략이기 때문에 샘은 한 다발의 신선한 꽃을 선택했다.

　샘은 저택의 계단을 오르면서 좋지 않은 일이 생길지도 모른다는 강한 예감을 느꼈다. 샘은 로라를 좋아하기 때문에 로라에 대해 잘 알고 있는 것처럼 느껴지기도 했다. 로라는 자신을 위해 테니슨의 시를 암송해 주기도 했다. 하지만 샘은 로라의 가족이나 참석할 손님들에 대해 전혀 모르고 있다는 데 생각이 미치자, 로라에 대해 잘 알지 못한다는 사실을 깨닫게 되었다. 샘은 한숨을 깊게 내쉬었다.

'괜찮을 거야. 가보자.'

벨을 누르자 로라의 아버지가 문을 열고 자신을 소개한 후, 샘을 거실 한쪽에 마련된 바(bar)로 안내했다. 이미 여러 손님이 와 있었고, 파티는 즐거운 시간이 될 것 같았다. 하지만 얼마 지나지 않아 샘은 자신이 그곳에 어울리는 않는다는 것을 알 수 있었다. 워싱턴 사람들은 그들만의 독특한 스타일이 있다. 그것은 이미 성공했거나 곧 성공할 거라는 확신과 우아함이다. 그것은 그들의 걸음걸이나 대화, 그리고 여유 있는 웃음에서 배어 나왔다.

샘은 그런 스타일과 거리가 멀었다. 그러한 스타일은 권력과 영향력 행사에서 생겨나는 것이니 당연한 일이었다. 샘은 그들이 그걸 얻기 위해 대가를 치렀음을 알고 있었다. 하지만 자신이 그다지 우아하지 않은 재킷과 바지 차림에 꽃다발을 들고 어정쩡하게 서서, 와인잔을 들고 느긋하게 웃고 있는 젊은 남자와 여자들의 세련된 모습을 보니 상당히 속이 거북했다.

'다들 지옥에나 가버리라지.'

샘은 이렇게 생각했다. 하지만 로라의 어머니를 만나고 와인을 한잔 마시면 곧 기분이 좋아질 수도 있을 것이다.

주위를 둘러보다가, 샘은 계단 발치에 서 있는 로라를 발견했다. 로라는 검은색 긴 치마에 캐시미어 스웨터를 입고 있었다. 샘은 그 모습을 보고 시나트라의 노래 The Way You Look Tonight(오늘 밤 당신 모습)이 생각났다. 샘은 로라가 이렇게 아름다운지 몰랐다. 로라의 얼굴은 화사하고 생기가 깃들어 있어서 다른 사람들은 모두 밋밋하고 못생긴 것처럼 보였다.

"샘, 왔군요! 어서 제 가족들에게 인사하세요."

로라가 이렇게 말하며 샘의 팔을 붙잡자, 상당히 안심이 되었다. 샘은 오늘 저녁 내내 로라를 옆에 붙잡아 두고 싶은 마음이 들었다.

샘은 소비자보호원에서 일하면서 걸인들의 일일 영양섭취량을 생각하여 V-8 영양제가 든 가방을 들고 다닌다는 로라의 오빠 앤드루와 어머니에게 무사히 소개를 마쳤다.

"아, 샘이라고요. 말씀 많이 들었어요."

로라의 어머니는 샘이 건네는 꽃다발을 받으며 말했다. 샘은 로라의 어머니가 자신에 대하여 이미 들었다는 것에 놀라면서도 한편으로는 기분이 좋았다. 로라가 부모님에게 자기 얘기를 했으리라고는 예상하지 못했다. 로라가 와인을 권하자 샘은 행복한 듯 받았다.

잠시 후에, 모든 사람들이 식당으로 모였다. 테이블 위에는 샹들리에 불빛에 빛나는 크리스털과 도자기, 은제 그릇에 열두 사람의 식사가 준비되어 있었다. 손님의 대부분은 앤드루의 친구들로, 각종 정부기관이나 워싱턴 근처 법률회사에서 일하는 이들이었다. 식탁은 곧 워싱턴에 관한 재미있는 이야기와 가십들로 분위기가 살아났다. 술기운에 대담해진 샘은 그들의 대화에 끼어들기도 했다. 샘은 자신의 유머와 통찰이 그 자리에 있는 사람들에게 잘 통하는 것이 기뻤다.

로라에게 오늘 밤은 더할 나위 없이 좋은 시간이었다. 로라는 하루 종일 샘이 가족이나 앤드루의 친구들과 잘 어울릴 수 있을까를 걱정했다. 그러나 걱정은 괜한 것이었다. 샘은 잘 어울리고 있었다. 그리고 로라도 점점 술기운이 오르기 시작했다. 이제 자신의 근심이 모두 쓸데없었다는 것을 알게 되자, 테이블 끄트머리에서 일어나는 대화에 빠져들 수 있었다.

그릇들이 치워지고 디저트가 나올 때가 되자, 로라는 파티를 즐기고 있는 자신을 발견하고는 무엇을 걱정했는지 우스워졌다. 로라는 앤드루의 친구들과 이야기를 나누고 있는 샘을 쳐다보았다. 정말 멋진 밤이었다.

하지만 오래지 않아 로라의 황홀경은 오빠의 목소리에 깨져 버렸다. 디저트 그릇들이 놓이는 사이 식탁에 잠깐 침묵이 흐를 때였다. 긴 테이블의 중앙에 앉아 있던 앤드루가 침묵 속에서 헛기침을 하더니 맞은편의 샘을 쳐다보며 미소를 지었다.

"이봐요, 샘."

앤드루는 유난히 큰 소리로 말을 꺼냈다. 사람들은 앤드루의 다음 말을 기대하며 대화를 중단했다.

"로라가 말하기를, 당신은 기업에 관한 정부의 규제를 신뢰하지 않는다면서요. 당신이 무제한적인 자본주의를 신봉한다고 들은 적이 있어요."

샘은 자신이 논쟁에 말려드는 때를 알고 있다. 그리고 논쟁에 휘말리는 것을 그다지 싫어하지 않는다. 하지만 테이블 맞은편에 앉은 로라 때문에 대답에 신중해졌다. 로라는 샘이 장난스럽게 고개를 갸웃거리는 것을 봤다. 샘은 주저하고 있었다. 로라는 샘이 질문을 아예 못들은 척하거나, 농담으로 얼버무리거나, 아니면 진짜 자신의 생각이 아닌 다른 것을 말하길 바랐다.

"누가 무제한적인 자본주의를 좋아하겠습니까?"

샘은 짐짓 진심인 듯 물었다. 로라는 다시 숨을 쉴 수 있었다. 역시 샘은 좋은 사람이야. 그리고 오빠에게 걸려들지 않을 만큼 현명한 사람이야.

"무엇보다도,"

샘이 말을 이었다.

"자본주의 하에서는 사람이 사람을 억누르니까요. 하지만 사회주의에서는,"

그는 잠시 멈추었다가 말했다.

"그 반대죠."

몇몇 손님들은 샘의 말을 음미하며 낄낄댔고, 다른 손님들은 앤드루의 반응을 기다렸다.

"이봐요, 샘. 나는 진지하다고요. 사회주의에 대해 이야기하자는 게 아니잖아요. 이윤추구를 넘어선 기업의 의무에 대해 말하는 거예요. 당신은 정말 기업은 이윤만 내면 그만이고, 아무런 사회적 책임도 없다고 생각하나요? 그건 밀턴 프리드먼(Milton Friedman)의 주장이군요, 그렇죠? 하지만 이젠 아무도 그런 네안데르탈인 같은 사람의 말을 믿지 않아요."

샘이 분노를 느끼고 내면에 있던 맹수의 우리를 연 것은 바로 이때였음을 집으로 돌아와 생각을 정리하면서 깨달았다. 밀턴 프리드먼을 네안데르탈인과 연계시킨 말에 도저히 참을 수 없었던 것이다.

"책임이란 말은 상당히 웃기는 것이죠."

샘은 말했다.

"그건 의무라는 의미도 있지만, 한편으로는 뭔가를 빚졌다는 듯한 뉘앙스도 갖고 있어요. 당신이 기업의 책임을 논하면서 말하고 싶은 것은 정확히 뭡니까?"

"그렇게 단어의 의미까지 물고 늘어질 필요는 없어요."

앤드루가 말했다.

"무슨 말인지 이미 아시잖습니까. 그건 근로자들을 잘 대해 주는 거죠. 또 물건을 좀 더 안전하게 만드는 것, 환경을 보존하는 것, 공동체에 대해 신경을 쓰는 것이지요."

"정말 멋진 의견이군요. 하지만 그런 건 의미 없고 진부한 말들일 뿐이죠. 책임감 있는 회사는 근로자를 해고하지 않나요? 항상 건강보험을 제공하나요? 탁아시설, 8주간의 휴가, 높은 임금을 보장합니까? 이윤이 낮거나 손해를 보는 상황에서도?"

"당신은 단지 부정만 하고 있어요."

앤드루가 말했다.

"책임이란 걸 정확히 정의하기는 힘들지요. 하지만 회사가 무책임한 행위를 할 때에는 분명히 문제가 드러나요. 어떤 신발 회사가 아시아 지역에 공장을 차려놓고, 그곳 노동자들을 착취한다는 건 어떻게 생각합니까?"

"그게 왜 무책임한 행위죠?"

샘이 물었다.

앤드루는 어이가 없다는 듯 '쳇' 하고 소리를 내며 말했다.

"그럼 당신은 시간당 30센트에 근로자들을 부려먹는 것도 무책임한 행위가 아니라고 생각하나 보군요."

앤드루는 샘을 쳐다보는 대신, 동의를 구하는 듯 좌중을 둘러보았다.

"그건 다른 것보다는 낫지요."

샘이 말했다.

"뭐보다 낫다는 거요?"

"시간당 30센트도 안 되는 돈을 받으며 일하는 것보다는 낫다고요. 신발 공장을 미국으로 이전하면, 양심의 가책을 느끼지 않고 신발을 살 수는 있겠지요. 하지만 그러면 당신은 불운하고 가난한 이들, 예를 들면, 인도네시아 사람들에게서 일자리를 뺏어온 게 되는 겁니다. 결국 그곳의 실업자들은 다른 직업을 찾아야 할 테고, 그것은 아마도 시간당 30센트도 안 되는 일일 테니까요."

"당신은 문제의 본질을 외면하고 있어요."

앤드루가 말했다.

"그 신발 회사가 인도네시아의 공장을 폐쇄하지 않고 생활이 가능할 정도의 임금을 지불할 수도 있잖습니까."

"인도네시아에서는 시간당 30센트면 살아갈 만해요. 그 사람들은 노예가 아닙니다. 신발 공장에서 총을 겨누며 일하라고 강요하는 게 아니라고요. 그곳에 공장이 지어질 예정이며 일자리가 생길 것이라는 말이 나왔을 때, 그 사람들이 안 된다며 반대한 줄 아세요? 그들은 길에서 춤을 추며 기뻐했고, '착취' 당할 기회를 잡으려고 공장 앞에 줄을 섰어요. 그들이 시간당 30센트를 받는 게 비극이 아니에요. 진정한 비극은 시간당 30센트가 그들에게 주어진 최상의 선택이라는 것입니다. 그 나라 경제의 자본축적량이 적고, 기술과 교육수준이 낮기 때문에 그들이 겨우겨우 살아가는 것일 뿐이죠. 다국적기업이 그들을 착취하기 때문에 못사는 것이 아닙니다."

"그렇군요. 하지만 당신은 여기 미국에서 편안히 살고 있어요. 그런데 시간당 30센트가 살아갈 만한 돈이라고 말하는 건 우스울 정도로 자신만만한 것 아닙니까?"

"좋아요,"

샘은 모욕당한 것을 무시하며 말했다.

"당신이 인도네시아 사람들에게 높은 임금을 주고 싶다면, 그건 누구 돈으로 지급할 건가요? 비싼 가격이라는 형태로 소비자들에게 전가할 건가요, 아니면 투자에 대한 낮은 배당으로 주주들에게 전가할 셈인가요? 혹시 그 신발 회사에서 일하는 미국인들에게 낮은 임금을 줘서 지급하시려고요? 하지만 당신이 진정으로 원하는 것은 그 회사에 의해 제공되는 인도네시아 사람들에 대한 복지제도일 텐데요?"

앤드루는 경멸하는 듯한 웃음을 지었다.

"이봐요, 샘. 그건 희화화에 불과해요."

"난 그렇게 생각하지 않아요."

샘이 대답했다.

"당신은 좋은 일을 하고 싶어 하지만, 그 일을 위해서는 누군가 대가를 지불해야 한다는 사실을 무시하고 있어요. 남의 돈으로 좋은 일을 하는 것은 쉽지요."

"당신은 꼭 회계사처럼 말하는군요. 임금이 올라가면 생산성도 따라서 올라갈 수 있어요. 근로자들은 자신의 일에 보다 큰 자부심을 느낄 것이고요."

앤드루의 이 말에 샘이 받아쳤다.

"당신은 꼭 공상과학 소설가처럼 얘기하는군요. 시장에서 견뎌낼 수 있는 것보다 더 높은 임금을 지급하는 게 회사에 이익이 된다면, 그 회사는 누가 설득하거나 규제하지 않아도 임금을 올릴 겁니다. 그렇게 하는 게 그 회사에 이익이 되니까요. 하지만 그 이상으로 지급하는 임금은 복지수당과 다를 바 없습니다."

"하지만 좀 더 관대해지고, 좀 더 사회에 환원하는 행위가 많아지도록 격려한다고 해가 될 건 없잖습니까? 모두에게 좋은 일이지요."

"아닙니다. 그렇지 않아요."

샘이 대답했다.

"그게 바로 이 모든 개념을 해롭게 하는 요인입니다. 마음씨 좋아 보이는 허울을 쓰고, 실질적으로 일어나는 선택행위를 가리니까요. 세상에 공짜 점심은 없습니다. 누군가는 불가피하게 당신이 조장하는 자비로움에 대한 대가를 치러야 합니다. 그리고 그 역할은 종종 당신이 그토록 걱정하는 노동자들에게 돌아가기도 하지요. 당신 말에 따르자면, 책임감 있는 기업은 의료수당을 지급하고, 직업훈련도 시켜주고, 탁아시설도 제공해야 하죠. 하지만 근로자들은 이런 혜택에 대해 낮은 임금이나 보다 적은 취업기회로 보상해야만 할 겁니다."

"그렇군요."

앤드루는 빈정대듯 말했다.

"기업들이란 참 인정도 많은 거 같네요. 당신 말대로라면, 눈곱만큼이라도 이윤이 떨어질 일은 피하라, 신성한 이윤율은 반드시 지켜져야 한다, 노동비용이 올라가면 근로자들의 등가죽이라도 벗겨서 다시 채워 놓아라, 등등이 기업들의 공통된 모토일 테니까."

"하지만 그것은 회사의 잘못이 아니에요. 만약 어떤 일자리에 혜택을 늘려서 더 매력적으로 만들면, 더 많은 사람들이 그 일을 원하겠죠. 그것이 임금을 떨어뜨리는 핵심요인입니다."

샘은 자신의 감정이 위험수위에 가까워지는 것을 느낄 수 있었지만, 어찌할 도리가 없었다. 그리고 그런 샘의 상태는 앤드루의 감정에도 전이되고 있었다.

"당신은 기업의 탐욕을 정당화하는 데 아주 창의적이군요. 내가 들어 본 것 중에 최고의 이론입니다. 근로자들이 스스로를 착취한다고 주장하다니!"

로라는 샘이 말하고 있는 것이 예전에 얘기한 교사들의 월급과 같은 내용임을 알 수 있었다.

"오빠, 샘이 말하려는 것은,"

로라가 끼어들었다.

"노동에는 수요와 공급이 있다는 것이에요. 노동의 공급이 증가하면, 임금은 떨어진다는 거잖아요."

"언제부터 제2의 에리카 볼드윈이 에인 랜드(역주: Ayn Rand; 소설가인 에인 랜드의 사상은 다음 인터뷰 기사에서 파악할 수 있다. "자선에 관한 나의 견해는 간단합니다. 나는 자선을 중요한 미덕이라고 생각하지도 않고, 자선이 우리의 도덕적 의무라는 주장에 동의하지도 않습니다. 사람들이 도움을 받을 만한 가치가 있고, 당신에게 그럴만한 여력이 있다면 자선도 나쁠 것은 없습니다. 하지만, 자선은 그다지 중요한 문제가 아닙니다. 나는 자선이 중요한 미덕이며, 우리의 도덕적 의무라는 생각에 대항해 싸우고자 할 뿐입니다." -1964년 잡지 인터뷰에서)처럼 생각하게 되었지?"

앤드루는 여동생이 동정심이라고는 도저히 찾아볼 수 없는 테이블 맞은편 경제학자의 말을 앵무새처럼 따라 하자 심히 짜증이 났다.

"언제부터 네가 순수자본주의의 여왕이 되었니?"

로라는 얼굴을 붉히며 말했다.

"난 그저 샘이 하는 말의 이해를 도우려는 것뿐이에요. 거기에 동의한다고 하지는 않았어요."

앤드루는 다시 샘을 향해 말했다.

"당신은 노동자들과 소비자들이 완전한 정보를 제공받고, 모든 것이 부드럽게 조정되는 환상의 세계에서 살고 있군요."

"그리고 당신이 사는 곳에서는,"

샘이 받아쳤다.

"오직 당신만이 완전한 정보를 가지고 있네요. 다른 모든 사람들은 당신의 지혜를 필요로 하고요."

"당신은 그저 당신이 그토록 아끼는 시장기구가 불공정하고 끔찍한 결과를 가져올 수 있다는 걸 인정하지 못하는 거예요. 당신은 아무래도 대학원에서 시장기구와 보이지 않는 손 이론을 받아 삼키느라 너무 오랜 시간을 낭비한 것 같군요. 그런데 그 손은 너무 자주 노동자와 소비자들의 목을 움켜쥐고 있어요. 우리에겐 공공정책에 의해 운영되는 더 자비로운 기업이 필요해요."

"나는 당신처럼 그렇게 오만하지는 않아요."

샘이 말했다.

방안에 감도는 긴장이 더 높은 수준으로 올라갔다. 로라는 이 위험스러운 대화를 끝낼 방법을 찾고 싶었지만, 뾰족한 수가 없었다. 이것은 로라와 샘이 약간 장난스러운 경제학 논쟁을 벌이는 것과는 달랐다. 이 논쟁은 점점 추잡해지고 있었다. 로라는 도움을 청하려고 부모님을 쳐다봤지만, 둘 다 토론에 깊이 빠려 들어서 구원을 청하는 무언의 호소를 눈치챌 수 없었다.

"당신은 시장기구보다 현명한가 보군요."

샘이 말을 계속했다.

"그리고 자기 선택의 결과를 받아들이며 살아야 하는 근로자들보다도 현명한가 봅니다. 당신은 어른들을 어린이처럼 다루려 해요. 당신은 할 수만 있다면 담배도 금지…"

"오, 물론 금지할 겁니다."

"역시 당신은 무엇이 최선인지 잘 알고 있군요. 기업의 사회적 책임이라는 미명하에, 당신은 자선사업을 벌이는 기업을 찬양하고 있어요."

"당신은 그렇지 않은가 보군요? 그게 아니면, 자선이란 말이 당신 취향에는 너무 착하게만 들리나 보죠? 자신이 하는 말이 어떻게 들릴지 가만히 생각을 좀 해보세요. 나는 담배를 금지할 겁니다. 당신은 가난한 자들이 더 가난하게 되도록 자선행위를 금지하려고 하겠군요."

"그것은 더할 나위 없이 잘못된 생각이지만, 논의를 기업행위에만 한정시키도록 합시다. 기업이 자선단체에 기부금을 내놓는다면 그것은 좋은 PR(Public relation)이 되겠죠. 회사의 이름을 알리는 데 도움이 되겠군요. 또 공동체를 더 살기 좋은 곳으로 만들고, 그 회사가 노동자들을 고용하려고 할 때에도 물론 도움이 될 겁니다. 그것은 좋은 일이지요. 하지만 CEO가 음악가들과 친분이 있다고 해서 교향악단에 회사의 돈을 기부하는 건 전혀 다른 문제입니다. 정치적인 압력이나 당신 같은 사람이 제재를 가하겠다고 은근히 위협하는 것이 두려워서 노숙자 보호기관에 기부금을 내놓는 것도 마찬가지고요."

"그것이 뭐가 잘못됐습니까? 당신 말은, 당신이라는 인간은 다른 사람들에게 아무 관심도 없다는 내 주장을 뒷받침할 뿐이에요. 기업이 어떤 이유로든 돈을 내놓겠다는데 문제될 게 뭡니까? 어쨌든 예술이 발달하거나, 노숙자들이 더 나은 대접을 받거나, 청소년의 마약복용이 줄어든다면 좋은 일 아닙니까? 내 목표는 이 세상을 살기 좋은 곳으로 만드는 겁니다."

"하지만 그것은 당신의 돈이 아닙니다."

샘은 자신의 분노를 억누르면서, 분노가 목소리에 배어나지 않도록 노력했다. 하지만 샘은 자신과의 싸움에서 지고 있었다. 술기운과 오가는 모욕, 그리고 샘의 말에 동의하지 않는다는 듯한 다른 사람들의 침묵이 한 데 어우러져, 돌아올 수 없는 선을 넘고 있었다.

"도대체 무슨 말을 하는 겁니까?"

"그것은 회사의 돈이지, 당신의 돈이 아니라고요. 그 돈이 사람들의 생활을 개선한다고 해도, 자선이라는 형태로 주어지는 그 돈은 당신 것이 아니란 말입니다. 그 돈이 이 세상을 더 좋은 곳으로 만든다고 할지라도, 그건 당신이 주고 말고 할 게 아니라고요!"

"그건 궤변일 뿐입니다. 자꾸 사소한 걸 꼬투리 잡지 마십시오. 그 돈은 공동체로부터 나오는 것이지 않습니까. 그러니 그 돈은 공동체에 속한 겁니다. 당연히 공동체는 그 돈이 어떻게 쓰일 것인지에 대해 말할 자격이 있습니다. CEO만 자격이 있는 게 아니지요."

"당신 말은 반은 맞고 반은 틀렸어요."

샘이 받아쳤다.

"그 돈이 CEO 마음대로 쓸 수 있는 게 아니란 건 맞아요. CEO에겐 책임이라는 것이 있으니까요. 하지만 그 책임은 주주에 대한 겁니다. 그들은 위험을 감수하고 자신의 돈을 회사에 투자했어요. 대가를 받을 자격이 있지요. CEO가 개인적인 취향에 따라 호화로운 본사 빌딩을 짓는다면, 그것은 잘못된 일입니다. 하지만 그가 자선단체에 주주들이 맡긴 돈을 줘버린다 해도, 그것 역시 잘못된 일인 건 마찬가지라고요. CEO는 그 돈을 더 능력 있는 근로자들을 고용하거나, 공장을 현대화하거나, 아니면 사업의 장기적인 생존과 수익성에 가장 도움이 되는 곳에 써야 합니다. 그리고 나의 사고체계에서는 시장이 CEO를 규제하고 책임 있는 행동을 하도록 강요합니다. 정치적 영향이나, 엘리트주의적 사회평론가들을 유난히 의식하는 워싱턴 관리들이 규제하는 게 아니고요. 당신은 세상을 살기 좋은 곳으로 만들고 있다고 위안하며 자신의 행위를 정당화하려고 하지요. 당신의 마음속에서, 사람들은 자신의 돈을 현명하게 사용할 줄 모르는 바보들에 불과하니까요. 주주들은 배당금 통지서를 움켜쥔 배불뚝이 갑부들쯤 되겠네요. 그러니 당신이 중요한 일에 더 가치 있게 쓸 수 있는 돈을 그들이 사치스러운 요트나 자동차 따위를 사는 속된 일에 쓰고 있다고 생각하시겠군요. 하지만 당신의 자비로운 계산은 틀렸어요!"

"말 다했소?"

"오빠!"

로라가 애원했다.

"이 자는 악마야."

앤드루는 동생을 보며 말했다. 앤드루는 다시 샘을 쳐다보았다.

"당신은 위험해. 당신은 노동자의 이름으로 기업의 탐욕을 정당화하고 있어. 당신에 비하면 에인 랜드는 사회복지사라고 해도 될 정도야. 찰스 크라우스 같은 놈들을 대변하고, 남의 등이나 쳐먹는 놈들을 위해 애써 논쟁을 벌이다니! 네 놈이야 어떻게 살든 상관없지만, 그 무자비한 세계관으로 내 동생을 오염시키지는 말아줬으면 해. 알겠나?"

테이블에 앉아 있는 모든 사람들이 또 한 번의 설전을 기대하며 샘의 대답을 기다렸다. 샘은 숨을 깊이 마셨다.

"당신은 내 세계관이 어떤지 전혀 몰라."

샘은 로라의 어머니를 돌아보았다.

"실버 부인, 아무래도 저는 이 자리에서 사라지는 것이 나을 듯합니다."

샘은 예의상 나올 법한 붙잡는 말도 듣지 않고 자리에서 일어났다.

"멋진 저녁식사에 초대해 주셔서 감사했습니다."

샘은 잠시 말을 멈추고 테이블에 앉아 있는 사람들을 둘러보았다.

"식사를 망쳐놔서 죄송하군요."

샘은 로라를 쳐다봤지만, 뚫어져라 앞만 볼 뿐 샘과 눈을 맞추려 하지 않았다. 샘은 고개를 빳빳이 세우고는, 되도록 우아하게 퇴장하려고 노력했다.

얼굴을 스치는 밤공기가 차가웠다. '완전히 끝장이 났군.' 샘은 자신이 나온 후 테이블에서 벌어질 대화들을 생각하며 타오르는 분노와 수치심에 몸을 떨며 집으로 향했다. 그 사람들은 아마 웃고 떠들며 자신을 비웃고 있으리라. 로라도 거기에 끼어서 나를 욕하겠지. 그래도 로라를 비난할 생각은 없다. 오늘 일은 자신이 자초

한 것이니까.

집에 돌아왔을 때, 샘은 자기가 한 일에 대해 화를 내며 아파트 안을 서성거렸다. 왜 자제하지 못하고 화를 냈을까? 도대체 무슨 생각을 한 거지? 서른 살이나 먹어서 자기감정을 다스릴 줄 모르다니… 샘은 소파에 누워서 천장을 바라보며 오늘 밤 자신이 했던 말들을 돌이켜보았다. 더 좋게 표현할 수는 없었을까. 앤드루가 그 이야기를 시작할 때부터 적당히 웃으면서 얼버무렸어야 했다. 하지만 샘은 확고한 견해를 갖고 있는 분야에 대해서는 입을 다물고 가만히 있을 수 없는 성향임을 스스로 잘 알고 있었다.

샘의 눈에 테이블 위의 책 더미들이 들어왔다. 어제 구입한 문학 전집으로, 테니슨의 율리시스가 포함되어 있었다. 그 책들을 보니 속이 뒤집혔다. 로라 같은 여자가 좋아해 주길 바라면서 저런 책들을 사다니, 도대체 스스로를 뭘로 생각했던 것일까? 샘은 책을 집어서 방구석에 던져버렸다.

그 충격에 값싼 문고판의 책장들이 뜯겨나갔다. 찢겨진 책을 보고 있으니 화가 풀리기 시작했다. 샘은 자리에 앉아 손바닥으로 얼굴을 감쌌다. 몇 번 숨을 깊이 들이마셨다. 불을 끄고는 시나트라의 In the Wee Small Hours(한밤중에)를 틀었다. 어둠 속에 누워서 이 앨범의 타이틀곡을 들었다. 오늘 밤 계단 발치에서 로라의 미소를 볼 때엔 모든 두려움이 사라졌는데. 난 도대체 왜 그런 바보 같은 짓을 했을까.

샘이 반쯤 잠이 들었을 때 초인종이 울렸다. 샘은 나지막하게 사라지는 마지막 벨소리에 어렴풋이 깨어났다. 반사적으로 시계를 보았다. 새벽 1시였다. 내 마음이 상했을까 봐 달래주려고 로라가 온 걸지도 몰라. 이런 생각이 들자 샘은 갑자기 기운이 솟았다. 샘은 현관으로 뛰어갔다. 로라를 기대하며 문을 열었지만, 아무도 없고 바닥에 봉투가 하나 놓여 있을 뿐이었다. 누가 새벽 1시에 이런 편지를 놓고 간 것일까?

안으로 들어와서 봉투를 뒤집어 보았으나, 앞면에 자신의 이름이 쓰인 것 말고는 아무런 표시도 없었다. 아마 시험을 치르지 않은 학생이 정상을 참작해 달라는 것이겠지.

하지만 다시 생각해 보니 시험을 치르지 않은 학생은 없었다. 봉투 안에는 쪽지가 들어 있었다. '도움이 되길 바랍니다. 당신의 친구로부터.' 이렇게 쓰인 쪽지와 함께 나온 것은 신용카드 영수증과 비밀 메모가 붙은 정부기관용 서류였다. 영수증과 메모에 적힌 이름을 보고 샘은 놀라서 종이를 바닥에 떨어트렸다. 거기에는 유력한 상원의원의 사인이 있었다. 그것은 상원의 국정조사에서 핵심적인 역할을 해서 매일 신문에 오르내리는 상원의원의 이름이었다. 그 의원의 가치관은 샘과 무척이나 달랐다. 하지만 샘은 상원의원의 딸이 자신의 학생 중 하나인 것을 알고 있었기 때문에, 수업시간에 그에 대해 말하는 것을 자제해 왔다.

샘은 다시 쪽지를 주워 자세히 읽어보았다. 샘은 곧 카드 영수증과 메모의 상관관계를 파악할 수 있었다. 이제 그가 해야 할 일이란 앞으로 이걸 어떻게 할지 생각해 보는 것뿐이었다.

# 야수사냥

"물론 이것은 단순한 청문회입니다. 우리는 다른 사람들과 의견을 나누고, 조사해 봐야 할 여러 문제들을 짚어보자는 것입니다. 여러 의문들이 제기되었고, 이런 의문들에 대해서는 철저한 조사와 검증이 이루어져야 합니다. 저는 다시 한 번 이러한 과정이 비공식적인 것임을 강조하고 싶습니다."

래쉬 상원의원은 지역구인 오레곤 주의 강이 구불구불 흐르는 것만큼이나 두서없이 말하는 것으로 유명한 사람이었다. 그는 태초부터 의원직에 있었던 것처럼 느껴질 정도로 오랜 상원의원 경력 소유자였다.

"우리는 우리 경제시스템의 중요하고도 결정적인 면을 검토하기 위해 이 자리에 모였습니다. 우리는 이번 청문회를 헬스넷사에 초점을 두기로 결정을 했습니다. 에, 그러니까, 왜냐하면 여러 가지 이유가 있어섭니다. 우리 상임위원회는 흔히 OCR로 불리는 기업활동감시국의 협조에 감사드리는 바입니다."

래쉬 의원은 노트에서 고개를 들어, 청중석의 가장 앞에 앉아 있는 에리카 볼드윈을 바라보며 마치 아버지와 같은 웃음을 지어 보였다.

"OCR은 우리의 자유시장 시스템에서 중요한 역할을 하고 있습니다. 그들은 시스템의 감시자로서 뭔가가 잘못된 방향으로 나아갈 때 충실하게 알려줍니다. 시내 중심가의 쇼핑몰에서부터 월가에 이르기까지 사회 전반에 걸쳐 흐르는 무절제하고 통제되지 않는 탐욕보다 위험한 것은 없습니다."

에리카 볼드윈은 서류를 읽는 척하고 있었다. 에리카는 본질적으로 래쉬 의원의 견해에 동의하지만, 개인적으로는 그에 대해서 좋게 생각하지 않았다. 래쉬 의원의 발언들은 대부분 카메라를 의식한 것들이며, 깊은 도덕적 견해라곤 찾아볼 수 없는 말들이었다. 에리카는 찰스 크라우스가 첫 번째 증인으로 호명되는 것을 듣고 고개를 들어 연단을 바라보았다.

에리카는 크라우스가 싫었다. 크라우스가 하는 일들 때문에, 또 자신이 한 행동에 죄의식을 느끼지 않는 부도덕함 때문에 너무나 싫었다. 하지만 조심할 필요는 다분했다. 여기서 에리카의 감정과 자아를 폭발시키는 것은 매우 위험한 일이기 때문이었다.

헬스넷에 관한 수사는 이제 매우 두드러진 활동을 보이기 시작했다. 이러한 청문회는 그 과정의 신호탄이 될 것이다. 에리카의 계획대로만 된다면, 크라우스를 잡아넣을 일들이 착착 진행될 것이다. 이제 곧 증인들이 소환될 예정이었다. 하지만 우편으로 받은 익명의 서류에 적힌 숫자들이 의미하는 바를 알아내지 못했다.

래쉬 의원이 첫 번째 질의를 시작했다.

"크라우스 씨, 저는 이번 청문회를 일반적인 질의로 시작하고자 합니다. 21세기에 있어서 기업의 사회적 책임은 어떤 것이라고 생각하십니까?"

크라우스는 대답하기에 앞서 잠시 뜸을 들이더니 어깨 너머로 헬스넷의 법률팀이 앉아 있는 것을 보고는 웃어 보였다. 법률팀 소속 변호사들은 벌써부터 크라우스가 무슨 말을 내뱉을지 걱정하며 안절부절 못하고 있었다. 크라우스의 웃음은 그들을 더욱 불안하고 초조하게 만들었다.

"21세기 기업의 사회적 책임이라…"

크라우스는 혼잣말을 하듯이 말문을 열었다.

"아주 감동적인 말이군요. 그러니까… 21세기의 기업은 그것이 속해 있는 공동체와 일반적인 사회, 그리고 인류 전체에 많은 책임을 지고 있지요. 맘에 드십니까? 아, 우리의 우주에도 책임이 있나요? 잘 모르겠군요. 사실을 말하자면, 저는 하나, 단 하나의 책임만을 가지고 있습니다."

크라우스는 잠시 뜸을 들이다가 말했다.

"그것은 돈을 버는 것이지요."

청중석에서 놀라움의 탄성이 흘러나왔다. 크라우스는 다시 그의 변호사들을 돌아보았다. 크라우스는 변호사들의 애처로운 모습을 보며 일종의 심술궂은 만족감을 느꼈다. 크라우스가 법보다 싫어하는 것이 딱 하나 있다면, 그것은 바로 법률가였다. 법률가들은 크라우스의 많은 계획들을 뒤틀어버리기 때문이었다. 이에 대해 크라우스가 할 수 있는 일이란 가끔 변호사들을 괴롭히며 기쁨을 얻는 것이었다. 설사 그 대상이 자기 변호사라 할지라도 말이다.

캘리포니아의 캐쉬맨 상원의원이 발언권을 얻었다. 캐쉬맨은 OCR 창설에 촉매제 역할을 했다. 래쉬 의원이 위원회의 의장임에도 불구하고, 모든 사람들이 캐쉬맨을 더 중요한 인물로 생각하고 있었다.

"크라우스 씨, 당신은 분명히 당신의 피고용인들과 그들의 공동체에 책임을 지고 있습니다. 당신의 종업원들은 당신의 물건들을 생산하고 있지요. 그들의 공동체는 당신의 종업원들이 잘 살아갈 수 있는 삶의 환경을 조성하고 있고요."

"저는 월급을 주고 있어요, 아닌가요? 가끔은 빌어먹을 정도로 많이 주고 있다고요. 내 이사진들은 그런 관대함을 통해서 제가 여기서 벌어지는 이런 서커스를 피해갈 수 있다고 생각하더군요. 결국 쓸데없는 생각이었지만."

헬스넷 소속 변호사들 사이에서 신음 소리가 들려왔다.

"아무튼, 우리 모두가 공익을 위해 무엇인가 기여하고 있다는 것이 기쁘군요. 그럼 크라우스 씨, 보다 세부적인 논의들을 해봅시다. 귀사는 중국에 생산기지가 있습니까?"

"그렇다고 알고 있습니다."

"그 생산시설에서 일하는 근로자들의 평균 임금은 어느 정도입니까?"

"그것은 회사 내 기밀이므로 공개할 수 없습니다."

"그럼 귀사는 멕시코에 생산기지가 있습니까?"

"멕시코의 시설은 이제 막 가동을 시작했습니다."

"그렇군요. 그 공장의 근로자들에게는 평균적으로 어느 정도의 임금을 지급하고 있습니까?"

"아, 이런. 그것도 기밀입니다."

크라우스는 위원단을 향해 웃으며 어깨를 으쓱했다.

"아마도 당신은 세부적인 사항을 공유하고 싶어 하지 않는 것 같군요, 크라우스 씨."

다음 발언자인 뉴욕 주의 카르멘 상원의원이 말했다.

"하지만 미국 외의 지역에서 당신 회사를 위해 일하는 수많은 근로자들이 시간당 1달러도 되지 않는 돈을 받으며 일한다는 것은 공공연한 사실입니다. 당신은 그렇게 낮은 임금을 주는 것이 공정한 행위라고 생각하십니까?"

"공정이요? 저는 공정하다는 것이 무엇을 의미하는지 모르겠군요."

크라우스는 정말 모른다는 듯이 말했다. 청중석에서 경멸 섞인 야유가 흘러나왔다. 의장이 정숙을 요구했다.

"저는 제 노동자들에게서 아무런 불평도 듣지 못했습니다."

크라우스가 말했다.

"말을 꺼내기가 두려웠던 거겠지요."

카르멘 의원이 다시 말을 시작했다.

"우리는 방금 언급한 낮은 임금 문제뿐만 아니라, 수도 없이 일어난 안전사고에 대해서도 들었습니다."

"저는 간접적인 자료들은 믿지 않습니다, 의원님. 의원님이 편하실 때 한번 저희 생산시설로 모셔가고 싶군요."

에리카는 잠시 듣는 것을 멈추었다. 그저 그런 내용일 뿐이었기 때문에 에리카는 헬스넷 수사에 있어서 앞으로 부딪힐 가능성이 있는 장애물들에 대해 생각해 보았다. 그동안 의원들은 결국 끄떡도 하지 않는 크라우스를 두들겨대는 일에 지쳐버렸다. 그리고 다음 증인을 불러냈다. 에리카는 새로운 증인이 마이크 앞에 자리 잡는 것을 보려고 고개를 들었다. 그의 이름은 조지 서덜랜드이다. 어디선가 본 듯한 얼굴에 에리카는 기억을 더듬어 보았다. 그렇다. 그와 그의 가족이 새로운 불안정한 경제 상황의 상징으로서 타임지에 표지 모델로 실렸었다. 그 기사는 헬스넷에 대한 청문회를 열도록 압박하는 여론 형성에 도움이 되었다.

조지는 증인석에 앉아 마이크를 조정했다. 조지에게서는 크라우스가 보여준 제왕 같은 면모를 찾아볼 수 없었다. 조지는 떨고 있었다. 오하이오 주의 퍼킨스 상원의원이 조지를 진정시키려고 애를 썼다.

"멋진 오하이오 주의 시민이신 조지 서덜랜드 씨를 이 자리에 모시게 되어 정말 기쁩니다. 워싱턴에 오신 것을 환영합니다, 서덜랜드 씨."

"고맙습니다, 퍼킨스 의원님."

"당신은 마탈론에서 오셨죠, 맞습니까?"

"네, 그렇습니다."

"마탈론은 좋은 마을입니다. 좋은 마을이고말고요. 오하이오 주와 우리나라 전체의 여느 작은 마을들과 다름없는 마을입니다. 좋은 사람들과 좋은 가족들이 사는 곳이죠. 그리고 마을 주민들은 열심히 일하고, 또 더 열심히 일하길 원하는 사람들입니다."

퍼킨스 의원은 이제 조지 서덜랜드에게 말하고 있는 것이 아니었다. 청중들에게 연설을 하면서 조지에게 마음을 가라앉히고 긴장을 풀 기회를 주고 있었다. 미국의 작은 마을에 대한 찬양을 몇

분 정도 더 늘어놓은 후, 퍼킨스 의원은 마이크 앞에 앉은 사람에게로 주의를 돌렸다.

"당신은 사진 몇 장을 들고 오신 걸로 알고 있습니다."

"네, 그렇습니다."

퍼킨스 의원이 보좌역에게 지시하자, 보좌역이 종종걸음으로 달려 나와 조지 서덜랜드의 좌측에 세 개의 받침대를 설치했다. 각 받침대에는 코르크판이 달려 있었다. 조지는 그 보좌역에게 큰 마닐라지 봉투를 건넸다. 보좌역은 봉투를 열고 사진을 꺼내 코르크판에 부착했다. 그 사진에는 멕시코의 헬스넷 공장에서 일하는 근로자들과 그 아이들의 얼굴이 담겨 있었다.

그것은 놀라운 장면이었다. 중앙에는 조지 서덜랜드가 전형적인 미국인의 모습을 하고 앉아 있다. 조지는 가진 것 중에서 가장 좋은 옷을 입고 있었다. 단정하게 이발한 머리가 조지의 위엄을 더해 주고 있는데도 불편해 하는 모습이었다. 옆에는 초라한 헛간 같은 집 앞에서 넝마를 뒤집어쓰고 서 있는 아이들이 있었다. 그 한쪽으로는 빨래들이 여기저기 널려 있고, 염소 한 마리가 한 아이의 다리를 핥고 있었다. 그리고 조지의 다른 편에는 화난 표정을 한 윤기 있는 크라우스의 얼굴이 있었다. 이런 풍경의 사진은 주요일간지의 일면에 실리기에 제격이었다.

"이 사진들에 대해서 말씀해 주시겠습니까? 서덜랜드 씨?"

"물론입니다. 제가 멕시코에서 일할 때 이 아이들을 한 주에 서너 번씩 봤습니다. 그들은 저기 뒤에 배경으로 보이는 곳에서 가족들과 함께 살고 있습니다."

"저기 그러니까…"

퍼킨스 상원의원은 사진 속의 집들을 칭할 적절한 표현을 찾으려 했다. 그것들은 집이라고 부르기에 민망한 모습을 하고 있었던 것이다.

"저 주거시설에 들어가 보셨습니까?"

"자주 가봤습니다. 우리 감독 중 한 명이 바로 저곳에 살았거든요."

조지는 이 말을 하면서 자리에서 일어나 그 헛간을 손으로 짚었다.

"그러니까 당신은…"

이제 캐쉬맨 의원이 말했다.

"헬스넷사로부터 월급을 받는 감독 중 한 명이 우리가 보는 저 헛간에 살고 있다는 말씀을 하시는 거죠?"

"유감스럽지만 사실입니다."

"그렇다면 그 임금이라는 게 얼마쯤 됩니까?"

"크라우스 씨의 증언을 고려해 보면, 제가 그에 대해 말하는 것이 적절하지 않은 것 같습니다만, 저 사진을 보시면 그리 많은 돈이 아니라는 것쯤은 아실 수 있으리라 생각합니다."

"당신은 멕시코에서 무슨 일을 했죠, 서덜랜드 씨?"

"저는 헬스넷사를 위해 일했습니다."

"그렇다면 지금은 헬스넷에 고용되어 있지 않다고 받아들여도 되겠군요."

"지금은 누구에게도 고용되어 있지 않습니다. 저는 일자리를 찾고 있는 중입니다."

"오늘의 증언을 위해 어떤 보수를 받은 적이 있습니까?"

"절대로 아닙니다!"

조지는 흥분하여 큰 소리로 대답하다가 문득 말을 멈췄다.

"죄송합니다, 의원님."

조지는 좀 가라앉은 목소리로 말을 이었다.

"저는 제 돈으로 이곳에 왔습니다. 이곳에서 증언하는 것이 옳은 일이라고 생각했기 때문입니다."

"당신의 행동에 깊은 찬사를 보내는 바입니다. 이 사진들은 당신 것입니까?"

"네, 그 사진을 찍은 친구로부터 구한 것입니다."

"정말 인상적인 사진들이군요."

헬스넷 임직원들과 함께 청중석에 앉아 있던 롭 블랭큰쉽은 쉽게 그 사진들을 알아볼 수 있었다. 블랭큰쉽은 그 사진을 보고 무척 마음이 아픈 것처럼 연기했다. 그러기 위해서 마음씨 좋은 사람이 저런 극도의 빈곤을 접한다면 어떤 반응을 보일까 상상해 보기도 했다. 물론 블랭큰쉽은 그 사진을 찍은 사람이 누구인지 너무나 잘 알고 있었다. 하지만 조지가 블랭큰쉽의 입을 다물게 할 협상안을 제시했다. 블랭큰쉽이 크라우스에게 앨리스에 대해 보고하지 않는다는 조건으로, 사진을 뺏으려 한 추잡한 시도를 언론에 공개하지 않기로 약속했던 것이다. 조지는 블랭큰쉽이 사진을 파기하려 했다는 사실이 언론에 알려지면 좋지 않을 것이라고 협박했다. 또한 그 시도가 실패했다는 것을 크라우스가 알게 되면, 크라우스와의 관계도 악화될 것이라고 위협했다. 블랭큰쉽은 조지의 말에 대한 이해가 빨랐다.

이번에는 캐쉬맨 상원의원이 조지에게 공장 폐쇄가 마탈론 마을에 가져온 영향에 대해 이야기해 줄 것을 요청했다. 에리카는 기분이 매우 좋았다. 사진들이 아주 마음에 들었다. 그 사진들은 타임지의 커버스토리처럼 에리카의 명분에 힘을 실어줄 것이다. 이렇게 되면 여론의 압력이 있을 것이다. 청문회에서는 이제 헬스넷에 대한 추잡한 일화들이 소개되고 있었다. 그때 에리카의 핸드폰이 진동했다. 화면을 보니 눈에 익은 지역번호가 찍혀 있었다.

에리카는 청중석에서 일어나 고개를 숙인 채 복도로 나가서 핸드폰을 열었다. 그리고 그 번호로 전화를 걸었다.

"저는 에리카 볼드윈인데, 레빈 박사가 호출하셔서 전화하는 겁니다. 네, 기다리겠습니다."

에리카는 박사가 전화를 받기를 기다리며 초조한 듯 가볍게 발을 굴렀다.

"데이비드, 에리카 볼드윈입니다. 호출 받고 연락드리는 건데요."

에리카는 가끔 고개를 끄덕이면서 박사의 말을 경청했다.

"고마워요, 데이비드. 덕택에 좋은 하루가 될 것 같군요."

에리카는 자리로 돌아오면서, 결정적인 것을 알아냈다고 생각했다. 데이비드가 주는 정보가 조지 서덜랜드의 증언보다 더욱 중요한 것일 줄은 생각도 못했었다. 에리카는 터져 나오려는 웃음을 참으려 애썼다.

♥
# 진정한 삶

이번 학년도 어느새 끝나가는 오월의 어느 날. 로라의 책상은 서류와 책으로 가득 차 어지럽혀져 있었다. 휴가 기간이었으나 점수를 매길 시험지들이 남아 있기 때문이었다. 할 일이 있을 때면 로라는 책상에서 일을 하지 않고, 조용하면서도 마음껏 물건들을 늘어놓고 작업할 수 있는 지하의 빈 교실을 찾곤 했다.

부모님의 집에서 디너파티가 열린 지 이미 한 달이 지났다. 로라는 복도에서 샘을 만날 때면, 무뚝뚝하게 한두 마디 인사를 건네는 것 외에 말을 하지 않았다. 샘은 로라에게 "그날 밤 일은 정말 미안해요. 그렇게 이기려고 하는 게 아니었는데."라는 쪽지와 함께 꽃을 보냈지만 대답은 없었다. 로라는 가끔 샘이 학교 앞마당에서 혼자 점심을 먹는 모습을 보았다. 그럴 때면 샘에게 테니슨의 시를 들려주던 때가 먼 옛날처럼 느껴졌다.

로라가 자리를 잡은 곳은 원래 하나의 공간인데 분리대를 설치하여 두 개로 나눈 교실이었다. 로라가 성적을 매기는 동안, 분리대 너머 교실에서는 수업이 진행되는 중이었다. 로라는 교사용 책상에 앉아 있었기 때문에 분리대에서 멀리 떨어져 있었다. 하지만 논쟁으로 열이 오른 목소리들이 들려왔다. 궁금하기도 하고, 일하기 싫어서 분리대 쪽으로 걸어갔다. 샘의 목소리였다. 그 시간은 샘의 선택과목인 '경제학의 세계'였다. 로라는 수업이 어찌 되어 가는지 들어보려고 벽 가까이 다가갔다.

"공정하지 않다는 것은 알아. 하지만 다시 규칙을 말해 줄 테니 잘 들어봐."

샘이 참을성 있게 말하는 소리가 들려왔다. 규칙이라고? 로라는 곧 샘의 수업이 약간 심상치 않다는 것을 느꼈다. 샘이 또 무슨 일을 벌이나 궁금했다. 하지만 놀랍게도 샘은 학생들과 게임을 하고 있었다.

"규칙은 이거야."

샘이 말을 이었다.

"너희들은 이제부터 독재자가 된 거야. 그리고 독재자로 있는 동안 단 하나의 법만을 통과시킬 수 있어. 하나, 단 하나만 말이야. 그리고 그것은 '법'이어야 하고, 단순히 좋은 의도는 안 돼. 즉, 사람들에게 서로 사랑하라고 공표하겠다거나, 질병을 끝내겠다, 교통사고로 아무도 다치지 않게 하겠다 등은 안 된다는 거지. 그리고 너희는 각자가 선택한 법을 자연의 법칙과 경제학의 법칙에 유념하며 변호해야만 해. 자, 그럼 누구부터 시작할까?"

"저는 모든 학생들이 고등학교를 졸업해야 한다는 법을 만들겠어요."

한 여학생이 말했다.

"왜지?"

샘이 물었다.

"고등학교 중퇴자들이 많은 문제를 일으키기 때문이에요. 그들은 범죄를 저지르기 쉬워요. 그리고 직업을 찾지 못하고 헤매다가 결국 복지시설에 들어가죠."

"그래서 모두가 고등학교에 계속 다녀야 한다는 거로군. 학생들이 말을 잘 듣는지 감시하는 게 어려울 거라는 생각은 안 드니?"

"그렇게 어려울 거라고 생각하지 않아요."

"매일 출석을 체크할 생각이니? 결석생들은 어떻게 처리할 거지?"

그 학생은 가능한 처벌 방법을 생각하느라 잠시 침묵했다.

"학생들이 지각하면 몇 번만에 처벌할 생각이니? 두 번? 세 번?"

"세 번이 적절할 것 같아요."

그 여학생이 대답했다.

"난 잘 모르겠다."

샘이 말했다.

"출석을 체크한 다음에 뒷문으로 빠져나가는 학생들은 어떻게 할 것인지 대책이 없잖아. 하지만, 일단 모두가 교칙을 준수한다고 가정해 보자. 수업을 듣기 싫은데 어쩔 수 없이 교실에 앉아서 수업 분위기를 흐리는 학생들은 어떻게 할 거야? 물론 네가 진정 원하는 것은 모두 수업에 관심을 가져야 한다는 법을 제정하는 것이겠지. 하지만 그건 우리 게임의 규칙에 위배되는 거야. 그러니까 학생들이 수업에 관심을 갖게 만드는 다른 방법을 생각해 봐야겠지. 또 말해 볼 사람?"

"저라면 복지수당을 완전히 폐지하겠어요."

로라는 그 목소리의 주인공이 자신의 고급 시 수업을 듣는 에이미라는 것을 알고 깜짝 놀랐다. 에이미의 아버지는 상원의원으로서, 오래 전부터 복지정책의 확대를 지지해 온 인물이었다. 샘이 그 제안에 어떤 반응을 보일지 궁금했다.

"그럼 복지수당 대상자의 아이들은 어떻게 할 거니? 굶어 죽게 내버려둘 거야?"

샘이 물었다.

에이미는 대답에 앞서 잠시 머뭇거렸다.

"그에 관해선 아이들만을 위한 한시적인 프로그램을 운영하는 것이 좋겠어요."

"그 기간은? 여섯 달? 일 년? 아이들 대신 부모가 돈을 쓰지 않는다는 것을 어떻게 확인할 생각이지?"

샘은 에이미에게 생각할 시간을 주었다. 보이지는 않지만, 그는 이리저리 걷고 있음에 틀림없다.

"오직 아이들만 들어와서 먹을 수 있는 특별 식당을 만들 수도 있겠죠. 부모들이 일자리를 구하는 동안, 그런 식으로 아이들이 굶지 않도록 배려할 수 있잖아요."

"창의적인 생각이구나. 그런데 그 프로그램이 끝나갈 무렵에도 부모들이 일자리를 구하지 못했다면 어떻게 할 거지? 애들이 굶어 죽게 내버려둬야 하나?"

"그건 어려운 문제네요. 하지만 자식들이 먹을 음식이 곧 사라질 것을 안다면, 부모는 필사적으로 일자리를 구하러 다닐 거예요."

"좋은 지적이야. 하지만 위협이 효과적이려면 말뿐이어서는 안

163

돼. 실행에 옮겨야 한다고. 그런데 실행 과정에서 아이들이 굶으면 마음이 편치는 못할 텐데, 어떠냐?"

"민간자선단체들이 아이들을 돌봐줄 거예요."

"그럴지도 모르지. 하지만 경제학엔 민간자선단체들은 정부가 세금을 통해 만들 수 있는 만큼의 돈을 결코 모을 수 없다는 이론이 있지."

"그런 이론이 있어요?"

에이미가 물었다.

로라도 똑같이 놀라고 있었다. 샘이 그런 논거를 제시하리라고는 기대하지 못했기 때문이다.

"응, 있어. 그 이야기는 수업이 끝난 후에 따로 하기로 하지. 어쨌든, 민간자선단체가 그 공백을 채우지 못했을 때 겪을 양심의 가책에 대해 생각해 봐야 할 것 같구나. 다른 완벽한 법안에 대한 아이디어가 있는 사람?"

학생들은 계속 의견을 제시했고, 샘은 그 결함을 집어냈다. 시간이 흐르자, 학생들은 매우 복잡한 법들을 내놓기 시작했다. 로라는 샘이 상당히 매력을 느낄 만한 것을 포함한 모든 법안에 반격을 가하는 데 적잖이 놀랐다. 또한 로라는 활기가 넘치는 수업에 깊은 감명을 받았다.

이것은 흥미를 자극하는 게임이었다. 이 게임은 학생들에게 자신이 생각하기에 가장 심각한 사회적 문제를 고른 다음, 이를 해결할 최선의 방책을 생각하도록 유도했다. 미국이 당면한 가장 시급한 문제가 무엇인지에 대한 진단도 다양했고, 그에 대한 처방도 놀랄 만큼 가지각색이었다. 어떤 학생은 마약복용에 가장 무거운 벌을 내리고 싶어 했다. 다른 학생은 마약을 합법화하길 원했다. 하지만 법안의 내용에 관계없이, 거기에는 모두 결점이 있었다. 로라는 좋은 정책을 만드는 데 따르는 어려움을 깨닫게 하는 것이 이 수업의 목적일 거라고 생각했다.

그런데 놀랍게도 로라는 세상에서 가장 좋은 정책이 아니라, 샘이라는 사람 자체에 대해 생각하고 있는 자신을 발견할 수 있었다. 샘는 매우 좋은 선생님이자 공정한 사람으로 보였다. 분리대 반대쪽에서 아우성이 들려와, 수업을 듣는 데 다시 집중했다.

"좋아, 좋아."

샘이 말하고 있었다.

"너희들은 내가 생각하는 완전한 법을 알고 싶어 하는구나. 그럼 알려주지. 그것은 미국을 가장 크게 변화시켜서 살기 좋은 곳으로 만들 수 있는 방법이야. 그런데, 그게 최선의 법이라고 생각하기는 하지만, 내가 하루 동안 독재자가 되더라도 그걸 통과시키지는 않을 거야. 그 이유를 생각해 보는 것은 여러분의 몫이다."

학생들은 모두 귀를 기울였다.

"내게 단 하나의 법을 제안하라고 한다면,"

샘은 드라마틱한 효과를 노리는 듯 뜸을 들였다.

"나는…"

샘은 주위를 둘러보며 말을 이었다.

"텔레비전을 금지하자고 할 거야."

샘의 말에 모두가 조용해졌다. 로라도 놀라기는 마찬가지였다. 규제 금지나, 최저임금제 폐지, 혹은 그외 경제에 관련된 무언가를 기대했었다. 텔레비전 금지라니 이건 도대체 뭘까?

"텔레비전 시청은 완벽한 시간낭비야. 잘 알려지지 않은 중독증이지. 그건 우리를 인간답게 하는 모든 것을 위협하고 있어. 우리를 이리저리 채널을 돌리며 현실을 피하는 좀비로 만들면서 말이야."

교실의 어떤 학생이 샘의 말을 듣고 낄낄대며 웃었다.

"웃는군. 여러분 중 대다수가 하루에 적어도 한 시간씩 TV를 보지? 두 시간, 아니 세 시간을 보나? 마음만 먹으면 언제든지 TV를 딱 끊고 안 볼 수 있을 거라고 생각해? 만약 그렇게 하면 인생이 좀더 풍요로워질 거라고 생각하나?"

로라는 샘이 팔을 휘두르며 이리저리 걸어다니면서 자신의 논리를 전개하는 모습을 벽을 사이에 두고도 상상할 수 있었다. 로라의 입가에 미소가 떠올랐다. 책상 위에 쌓인 서류 더미들은 안중에도 없었다.

"TV를 금지하면 방구석에 앉아 그 바보상자를 쳐다보던 아이들이 밖으로 나와서 세상을 탐험하고 다닐 거야. 가족들은 저녁을 먹을 때 서로 대화를 나누겠지. 사람들은 다시 독서를 시작할 것이고. TV를 금지하면 이 시대에는 잊혀진 기술이 되어버린 '앉아서 생각하는 법'을 다시 배우게 될 거라, 이 말이야."

"하지만 몇몇 TV 프로그램은 좋은 것도 있어요."

한 학생이 반박했다.

"아하!"

샘은 소리쳤다.

"우리가 방금 논의한 모든 정책들처럼, 모든 것에는 항상 대가가 따르기 마련이지. 하지만 난 그 효용이 대가를 훨씬 능가할 거라고 장담해. 맞아. 좋은 프로그램도 있을 수 있겠지. 하지만 쓰레기 같은 것들이 양질의 프로그램보다 훨씬 많아. 폭력이 난무하고 저질 내용을 내보내는 것들이 말이야."

몇몇 학생이 샘의 구식 연설을 듣고 킥킥거렸다. 로라도 마치 19세기에서 온 사람 같이 TV의 선정성에 분개하는 샘의 사고방식에 웃음이 나왔다.

"또 웃는군."

샘이 말했다.

"하지만 TV는 인간의 품위에 심각한 손상을 입히고 있어. 너희는 그런 게 별것 아니라고 생각하나 보지. 너희 생각이 맞아, 별것이 아니지. 그냥 비극일 뿐이니까. MTV를 보고 나면 여성을 보는 시각이 저속해지지. 또 TV에서 살인하는 장면을 많이 보고 나면, 실제로 일어난 살인을 봐도 타인의 아픔에 동정하는 것이 아니라 그냥 재수 없고 귀찮은 일이 생겼다고 생각하게 돼."

샘은 숨을 돌리려고 말을 멈추었다.

"내가 이 문제에 있어서 약간 감정적일 수도 있어. 어쩌면 너무 감정적일 수도 있지. 경험에서 우러난 말을 하는 거니까. 난 TV 중독에서 회복되는 중이야. 한 손에 리모컨을 쥐고 이리저리 채널을 바꾸면서 얼마나 많은 밤을 잃었는지 깨닫는 순간, 나는 행동에 들어갔어. 우선 나는 TV를 내 아파트에서 가장 불편한 방으로 옮겨버렸어. 그리고 케이블 방송을 해지했지. 마지막으로 TV를 아예 팔아버렸어. 난 자유를 찾은 거야! 이제 중요한 걸 얘기해주지. 난 그 후로 책도 더 많이 읽고, 자원봉사도 더 많이 하고, 친구나 가족들과 더 많은 시간을 함께하고 있지. 하지만 나 자신을 속이지는 않겠어. 아직도 중독증은 남아 있어서, 호텔에 묵게 되면 자신을 억제하는 게 너무 힘들어. 버티다가도 결국은 TV를 켰다 껐다 하면서 시간을 보내지. 그렇다고 해서 이 문제를 해결하는 내 자신의 능력에 대해 환상을 갖고 있지는 않아. 인터넷에 대해서도 생각해볼까? 인터넷은 현실을 기피하게 만드는 또 하나의 유혹이지."

로라는 샘의 솔직한 자기평가에 싱긋 웃었다. 샘은 참 특이한 사람임에 틀림없었다.

"자, 나는 TV가 너희 두뇌에 해롭다고 믿는다. 하지만 너희들, 이건 알아야 돼. 내가 하루 동안 독재자가 된다고 해도 TV를 법으로 금지하지는 않을 거야? 왜 그런 줄 아나?"

학생들이 대답을 하느라 소란이 일었지만 샘은 곧 그들을 진정시켰다.

"너희에게 생각할 짬을 주고 싶지만, 시간상 일단 넘어가도록 하자. 너희와 하고 싶은 게임이 또 하나 있거든. 그 게임을 해보면 내가 왜 TV를 금지하지 않겠다고 하는지 알 수 있을 거야."

로라는 성적 매기는 일은 까맣게 잊고 있었다. 로라는 샘의 말을 한마디도 놓치지 않으려고 귀를 벽에 바짝 댄 채 들었다.

"이 게임은 내가 만든 것이 아니야. 로버트 노지크의 위대한 저술 〈무정부주의, 국가, 그리고 유토피아〉에 나오는 게임이지. 읽어본 사람 있나?"

샘은 말을 멈추었다.

"물론 아무도 없을 거다. 너희는 쓰레기 같은 TV를 보느라 너무 바쁠 테니까."

학생들은 샘의 빈정거림을 듣고 한바탕 웃었다.

"〈무정부주의, 국가, 그리고 유토피아〉에서 노지크는 특이한 기계를 등장시켰지. 우리는 이걸 '꿈꾸는 기계'라고 하자. 이건 제대로 한번 프로그램 해서 센서와 전기봉을 달기만 하면, 너희에게 상상할 수 있는 모든 삶을 체험하게 해주지. 요즘 말로 하자면 가상현실 정도 되겠군. 어떤 꿈이든지 현실이 되는 거야. 기계에 올라타기만 하면, 너희는 대통령도 될 수 있고 세계적으로 이름난 팝가수가 될 수도 있어. 에베레스트 산을 등정할 수도 있고, 암을 정복할 수도 있고, 오스카상을 탈 수도 있고, 일 년에 십억 달러를 벌수도 있어. 실제로는 테이블 위에 가만히 누워 꿈꾸는 기계에 연결된 것이겠지만, 의식세계에서는 하와이에서 윈드서핑을 할 수도 있고, 영화의 주연을 맡아 연기를 할 수도 있고, 십 년 연속 NBA 챔피언 상을 탈 수도 있는 거야. 그리고 그런 경험은 지금 여러분이 쥐고 있는 볼펜이나 여러분 귀에 들리는 내 목소리처럼 아주 생생한 것이지. 이 꿈꾸는 기계에 타보고 싶은 사람 손 들어봐."

로라는 교실에 있는 모든 학생들이 손을 들 거라고 생각했다. 그리고 자신에게 그런 기회가 주어진다면 어떨까 상상했다.

"물론 다들 타보고 싶겠지."

샘이 말을 이었다.

"하지만 이 기계에 대해 아직 말하지 않은 게 하나 있군. 그건 이걸 타고 있는 동안 펼쳐질 상상 속의 삶이 여러분의 실제 삶을 대체하게 될 거란 사실이야. 그 삶이 한번 시작되면 절대로 깨어날수 없어. 오늘 십대의 나이로 기계 방에 들어가서 예수님도 만나고, 노벨 평화상도 타고, 비틀즈를 능가하는 인기도 누려보다가, 그 꿈속에서 늙어 죽는 거야. 부귀와 영화로 가득 찬 빛나는 노후에는 고통 없는 죽음이 찾아오겠지. 그래서 마지막 전기봉까지 떼고 나면, 두뇌는 작동을 멈추고 너희의 시체는 땅에 파묻힐 거야. 기계를 타고 있는 동안 시간은 현실세계에서와 같은 속도로 흘러가. 하지만 실제로 너희가 기계에서 보내는 모든 시간은 불과 5분도 되지 않아. 5분이 지나면 너희를 땅에 묻은 후, 다음 사람을 기계에 태우겠지."

샘은 이쯤에서 말을 잠시 멈추었다.

"손님들, 아직도 이 기계에 타고 싶나?"

샘은 유쾌하게 물었다.

로라는 몸이 부르르 떨리는 것을 느꼈다. 벽 맞은편은 정말 조용했다. 마침내 샘이 말문을 열었다.

"아마 그러지 않을 거야. 왜일까?"

"그것은 현실이 아니잖아요."

누군가가 소리쳤다.

"맞아. 하지만 넌 그게 현실이 아니란 걸 모를 거라니까. 현실처럼 느껴질 거야."

"그래도 그건 속임수에 불과해요."

한 학생이 말했다.

"기계가 준 삶 속에서 암을 정복한다고 해도, 현실의 사람들은 여전히 암으로 죽어가고 있을 테니까요."

"그렇지. 하지만 네가 그걸 왜 신경 쓰는데? 나에게 이렇게 묻는다면, 꿈꾸는 기계가 주는 삶은 삶이 아니기 때문이라고 할 거야. 현실이 아니라서 그렇기도 하겠지만, 그 기계가 삶을 가치 있게 만드는 모든 것을 배제해서 더욱더 그런 거지. 거기엔 분투하고, 추구하고, 발견하는 일이 빠져 있잖아."

로라는 샘이 율리시스의 끝 부분에 나오는 말을 인용하자 크게 기뻤다.

"그리고 삶에서는 실패도 빼놓을 수 없어. 만약 절대로 실패하지 않는다면, 추구하는 매력은 어디에서 찾지? 만약 내가 여러분에게 매년 한 푼도 남김없이 써야 한다는 것 외에는 아무런 조건 없이, 죽을 때까지 매년 십억 달러를 준다면 받을 건가? 이런 일이 생긴다면 여러분은 행복할까?"

"물론 행복하죠."

한 학생이 말했다. 로라는 학생들이 고개를 끄덕이고 있을 거라 상상했다. 하지만 그런 엄청난 공돈이 좋은 것만은 아닐 수도 있으리라 생각했다.

"잠시 동안은 황홀할 만큼 행복하겠지. 첫날을 상상해 봐. 바다가재와 철갑상어알을 아침으로 먹고, 점심은 친구들과 함께 콩코드 기를 타고 파리로 가서 먹고, 저녁은 뉴욕의 호텔 귀빈실에서 먹겠지. 둘째 날에도 바다가재와 철갑상어알로 아침을 먹고, 점심은 파리의 다른 레스토랑에서 먹거나 아니면 좀 색다르게 뉴욕의 가장 뛰어난 요리사를 데려다 만들어 먹을 수도 있겠군. 하루 동안 빌린 구겐하임 박물관에서 여러분이 호스트로서 손님들을 맞이하면, 그 뒤에선 뉴욕 필하모닉 오케스트라가 음악을 들려줄 테지. 그리고 그날 저녁에는 브리트니 스피어스와 함께 해변가의 레스토랑에서 석양을 보며 식사를 할 거야. 뭐, 오케스트라가 아닌 랩 가수들을 초청할 수도 있겠지. 아무튼 정말 즐거운 하루가 되겠군. 놀라운 일주일이 될 테고. 하지만 그 기쁨이 일 년, 십 년 계속될까?"

"열심히 노력하면 되지요."

한 학생이 말했다. 학생들의 웃음소리가 온 교실에 퍼졌다.

"그렇겠지. 그럴듯해. 하지만 십 년 동안 철갑상어알을 먹고 나면, 그게 보리밥처럼 느껴질 거다. 이야기를 하나 해주지."

교실은 또다시 조용해졌다. 샘이 잠시 생각을 정리하고 있는 게 분명하다.

"어떤 사람이 죽었어. 그런데 세상에서 가장 아름다운 송어 떼가 지나가는 둑에 서 있는 자신을 발견한 거야. 하늘은 눈이 부실 정도로 파랗고, 자기 손에는 멋진 낚싯대가 들려져 있어. 앞에는 강물이 흐르고, 송어 떼가 어떤 곳에서는 빠르게 어떤 곳에서는 천천히 이동하고 있었지. 그는 살아 있을 때 항상 낚시할 시간이 더 있으면 얼마나 좋을까 하고 소망했지. 그래서 자신이 천국에 있다는 생각이 들었어. 그는 곤충을 잡아먹으려고 상류의 소용돌이치는 물살 속에서 수면 위로 뛰어오르는 송어를 봤지. 그는 정확한 장소에 절묘하게 낚싯줄을 던졌어. 잠시 후, 거대한 송어가 물가로 끌려나오면서 버둥거리며 사방으로 물을 흩뿌렸지. 송어의 힘과 그 아름다운 빛깔에 그는 환호성을 질렀어. 파닥거리는 송어를 땅 위에 올려놓고 보니, 적어도 12파운드는 나갈 법한 놈이었지. 그리고 그 색은 또 얼마나 선명한지! 그는 잡은 고기를 놓아주고 다시 물가로 나갔어. 곤충을 먹으려고 물고기가 또 뛰어올랐지. 이번에도 그는 낚싯줄을 완벽하게 던졌어. 잡아 올리고 보니, 역시 눈물 날 정도로 멋진 물고기였어. 이건 기적이야. 그는 무릎을 꿇고 하나님께 감사의 기도를 올렸지. 하지만 한 마리, 또 한 마리, 또 한 마리,

수면 위로 뛰어오르고 어김없이 정확하게 그의 낚싯대에 걸려들자, 시간이 흐르면서 그의 의식 한 곳에서 이상한 생각이 떠오르기 시작했어. 그래서 그는 의도적으로 낚싯줄을 형편없이 던져봤어. 하지만 여전히 물고기는 잡혀 올라왔지. 물고기들을 쫓아보려고 소리를 지르며 물을 휘저었지만 소용이 없었어. 그것들은 뭘 어떻게 해도 잡히는 물고기들이었던 거야. 그리고 나서, 그는 자신이 천국에 있는 것이 아니라는 걸 깨달았지."

한 학생이 물었다.

"그 이야기가 TV를 금지하는 것과 무슨 관계가 있죠?"

"난 TV를 금지하는 것이 게임의 규칙에 어긋난다는 말을 하고 싶은 거야. 우리가 여기서 했던 게임의 규칙이 아니라, 좋은 삶을 살기 위한 게임의 규칙에 어긋난다는 거지. 좋은 삶은 현실이야. 거기에는 수많은 좋은 시절과 어려운 시절이 있어. 성공과 실패가 있다는 거지. 계곡에서 힘겹게 빠져나온 사람에게만 정상에서 펼쳐지는 풍경이 아름다운 법이지. 던질 때마다 고기가 낚이는 곳은 천국이 아니야. 십억 달러를 손에 쥐는 일도 지루한 것이지. TV를 금지하는 것은 우리의 삶을 윤택하게 하는 일이 아니야. 그것은 세상을 실제로 바꾸는 것이 아니거든. 즉, 그건 문제를 대충 얼버무려서 마치 문제가 해결된 것처럼 착각하게 만드는 일이라는 얘기다. 이런 착각은 매우 위험한 거야. 여러분은 왜 TV 프로그램이 그토록 저열하다고 생각하나? 그건 사람들이 그런 프로그램을 좋아하기 때문이야. 왜 사람들은 매일 네 시간씩 TV를 보다가 리모컨을 쥔 채로 잠이 들까? 그들의 생활이 공허하기 때문이야. TV를 금지한다고 공허하던 생활이 달라지지는 않지. 만약 그렇다고 해도,

대화를 하지 않는 가족들을 모아놓고 서로 이야기하게 만들 권리가 내게 있을 리 없잖아. 부모들이 아이들과 좀 더 많은 시간을 보내게 만들 그 어떤 권리도 내게는 없어. 그리고 내게 그런 권리가 있다고 치더라도, 성인들을 어린이처럼 다루며 텔레비전이란 사탕을 빼앗는 것이 이 세상을 변화시킬 수 있는 방법이라고 생각할 수는 없지. 내게 TV가 없다는 것을 자랑스럽게 생각하기는 해. 그건 작긴 하지만, 나의 인간적 본성에 대한 하나의 승리지. 그런 것이 인생 아니겠어? 자신을 알아가고 옳은 일을 실행할 방법을 찾아나가는 것 말이야. 정부가 너희를 위해 법으로 선택의 범위를 좁혀서 좋은 게 뭐지? 그것은 인생이 아니야. 만일, 처음에 했던 게임의 법칙을 바꾸고 정부가 나서서 분노와 질투, 탐욕, 부패, 또는 폭력을 없앨 수 있는 세상을 만든다고 해도, 그것은 인생이 아니야. 그런 세상에선 삶이란 게 있을 수 없지."

샘은 말을 멈추었다. 교실은 조용했다.

"수업 끝났다. 내일 보자, 얘들아."

로라는 무척 놀랐다. 그것은 자신이 샘의 연설에 귀를 기울이고 있었다는 사실 때문이 아니라 샘에게 말을 걸고 싶은 마음이 생겼기 때문이었다. 로라는 다음 수업을 빼먹고서라도 샘과 만나서 이야기를 하고 싶었다. 로라는 비로소 샘을 조금이나마 이해할 수 있었다. 샘은 늑대의 탈을 쓴 양이었던 것이다. 로라는 교사 휴게실에서 기다렸다가 예전에 그가 보냈던 꽃에 답하지 않은 것을 사과하기로 마음먹었다.

로라가 분리대 너머 샘의 교실로 통하는 문을 열었을 때, 샘은 학생들에 에워싸여 있었다. 샘의 옆에는 상원의원의 딸인 에이미가 있었다. 샘을 기다리고 있는 듯했다. 에이미는 키가 큰 금발머리 여학생으로 여자배구 팀의 스타이자 교지 편집자이고, 내년에 스탠포드 대학에 갈 예정이다. 저 여자애, 아니 저 여자는 샘에게 많은 문제들을 일으킬지도 모른다. 아니, 어쩌면 이미 일으켰는지도 모른다.

　이런 생각이 처음이 아니긴 하지만, 로라는 샘이 무슨 행동을 했길래 해고의 위기에 처했는지 이해할 수 없었다. 분리대 너머로 들은 45분간의 수업과 그 후 그에게 달려들어 질문하는 학생들을 보니, 샘이 학생들을 생각하게 만드는 선생님이라는 확신이 들었다. 물론, 샘의 교사로서의 자질은 문제될 것이 없었다.

# 말없는 숫자들

"중요한 뉴스가 있습니다."

에리카 볼드윈이 월요일 아침 정기회의 자리에서 말문을 열었다.

헬스넷 수사를 담당하고 있는 마셜 잭슨이 수사 진행과정상의 새로운 사항들을 전체 직원에게 보고하는 동안, 그녀는 입을 다문 채 조용히 듣고 있었다. 그녀가 극적인 것을 좋아하는 스타일은 아니지만, 그 선언은 왠지 모르게 사람들의 이목을 끌었다.

"이 봉투는 2주 전에 이곳에 왔습니다."

에리카의 손에는 가로, 세로 9×12 인치 크기의 마닐라지 봉투가 들려 있었다. 에리카는 봉투에서 한 다발의 서류를 꺼냈다.

"이것은 누군가 저희 우편 사서함에 익명으로 보낸 것입니다. 이 걸 받고 나서, 전 여기 있는 몇몇 사람에게 보여드렸습니다. 발신인이 헬스넷사의 내부인으로 추측된다는 점에서, 우리는 이것이 그 회사와 모종의 관련이 있을 거라고 생각했습니다. 하지만 며칠 전까지는 이 서류가 어떤 식으로 헬스넷과 관련되어 있는지 알 수 없었습니다. 여기엔 아무런 표식도 없이, 단지 긴 열의 숫자들과 문자들만 있었으니까요. 저는 2주 동안 뭔가 단서가 될 만한 것을 알아내기 위해 골몰했습니다. 그리고 이제는 이것이 의미하는 바를 알고 있습니다."

에리카는 말을 잠시 멈추고 커피를 한 모금 마셨다.

"이것은 식품의약품안전청에서 모든 신약에 대해 필수적으로 요구하는 일련의 임상실험 데이터입니다."

"그것을 어떻게 아셨습니까?"

누군가가 질문했다.

"그냥 예감이 들었던 겁니다. 그래서 이것들을 예전에 임상실험에 관련한 자문을 구한 적이 있는 식약청의 레빈에게 보냈습니다. 그는 이 서류들을 보자마자 바로 알아채고, 제가 의회에서 청문회에 참석하고 있을 때 호출을 했습니다. 그의 말로는, 국제 임상실험결과 보고서식이라는 게 있다더군요. 모든 실험의 결과들은 그 서식에 따라 작성되기 때문에, 실험결과 보고서들은 대부분 거의 비슷한 모양새를 하고 있다고 합니다."

"그래서 그게 뭘 의미하는 것입니까?"

마셜 잭슨이 물었다.

"그것이 바로 우리에게 운이 따라줘야 할 부분이죠. 레빈이 말하기를, 그 서류에는 실험결과의 일부만이 있다고 하더군요. 자, 이걸 보세요."

에리카는 서류의 일부를 복사한 종이를 직원들에게 돌렸다.

"가장 왼쪽에 있는 열은 실험번호입니다. 이 열의 숫자들은 1씩

올라갑니다. 첫 페이지를 보면 1583이라는 숫자로 시작하고 있습니다. 다시 말하자면, 그 이전의 결과들이 없다는 것이죠. 다음 60페이지들도 같은 구조로 되어 있습니다. 우리가 가지고 있는 것들은 아마도 보고서의 추가분이었을 것입니다. 운이 없게도, 여기엔 제일 끝의 요약차트가 없습니다."

"그래서 이 종이들이 뭘 뜻하는 겁니까?"

마셜 잭슨이 다시 물었다.

"아직 모릅니다. 다만 누군가 이 기록들을 파기하려 했다면, 뭔가 감추고 있다는 사실 정도는 추정할 수 있어요. 그런데 그게 뭘까요?"

"하지만 여기엔 회사 이름조차 쓰여 있지 않군요. 이것이 헬스넷의 실험결과라는 것을 어떻게 압니까?"

한 직원이 물었다.

"아직 확실한 근거는 없습니다. 그 사항은 레빈이 조사해 줄 것입니다. 상단에 쓰여 있는 숫자들 중 일부가 회사의 코드번호를 의미한다고 하니, 곧 정확한 사실을 알 수 있을 것입니다. 모든 실험은 식약청에 신고하도록 되어 있으니까요."

"우리가 가지고 있는 것은 보고서의 극히 일부일 뿐인데, 여기서 얻어낼 수 있는 게 있기는 있습니까?"

마셜 잭슨이 물었다.

"네, 있습니다."

에리카가 말했다. 그녀의 얼굴에 웃음기가 번지기 시작했다. 그녀는 만족스러운 듯이 의자에 몸을 기댔다.

"그리고 난 그걸 알아낸 것 같습니다."

"처음 뵙는 분이군요."

그냥 한 말이었지만, 책상 뒤에 앉아 있던 여자는 질문으로 받아들였나 보다.

"네, 헤더 양은 그만뒀어요. 새로 사람을 구할 때까지 제가 임시로 일하고 있습니다."

하워드 캔트랠은 뭔가 이야기거리를 찾으려고 했으나, 이미 그녀는 말을 마치고 앉아버렸다. 캔트랠은 멋쩍어 하며 크라우스의 사무실 밖에 있는 작은 대기실로 걸어갔다. 그곳에는 검은 가죽 소파와 가죽 팔걸이의자, 그리고 유리로 된 불규칙한 모양의 커피 테이블이 놓여 있었다. 캔트랠은 테이블 위에 놓여 있는 연차보고서를 집어 들고 흥미로운 것이 있나 찾아보려 했으나, 도무지 그런 것은 눈에 띄지 않았다.

크라우스의 비서가 미소를 지으며 '사장님께서 기다리고 계시다.'고 할 때까지 멍하니 창밖을 보았다. 차라리 몇 시간 동안 연차보고서를 읽는 게 나을 텐데, 그건 선택할 수 있는 사항이 아니다. 캔트랠은 사장의 사무실로 들어가서 잔뜩 긴장하며 크라우스의 책상 맞은편에 앉았다. 크라우스와 대면하는 것은 지난번에 전립선 신약의 문제점을 보고한 이후로는 처음이다. 이번에는 크라우스가 호출하여 이곳에 온 것이다.

"이번 보고서는 훨씬 낫군."

크라우스는 고리로 묶인 서류를 손에 들고 말했다.

"난 자네가 해낼 거라는 걸 알고 있었어."

캔트랠은 크라우스의 말에 아무 대답도 하지 않았다. 단지 빨리 이곳을 나가고 싶을 뿐이었다.

"난 더 이상의 문젯거리를 원치 않아. 더 이상 놀라고 싶지도 않고. 그러니 이젠 좋지 않은 소식이 있어서는 안 돼. 내 말 알겠나?"

"네."

"자네가 보낸 것들은 내가 손을 봤네. 내가 걱정할 필요가 없다고 말했잖나. 이번 결과는 더 그럴듯해 보이는군. 왜? 양심에 찔리나?"

"저에게 양심 따위는 없습니다. 이게 정답이겠죠, 안 그렇습니까?"

캔트랠로선 꽤나 용기를 낸 도전이었다.

"뭐, 비슷하네. 적어도 내게 고개를 뺏뻣이 들고 대꾸할 배짱은 있군그래. 하지만 자네 손은 깨끗해. 내가 처리하겠다고 말했고, 내가 처리했잖은가."

헬스넷 연구소장 하워드 캔트랠은 무표정한 얼굴로 앉아 있다. 그는 일어나서 고래고래 소리를 지르고 싶은 충동을 꾹 참고 있었다. 그저 자신의 인내심에 감사할 따름이다.

크라우스는 캔트랠에게 나가보라는 듯이 손짓을 했다.


에리카가 조지타운에 있는 자신의 아파트로 돌아온 것은 거의 8시가 다 되었을 때였다. 사무실에서 늦게까지 일하다가 집으로 일거리를 가지고 온 그녀는, 곧장 주방으로 가 식탁 위에 서류가방을 올려놓았다. 그녀의 주방은 작지만 편리한 곳이었다. 에리카는 집에 와도 거의 쉬지 않았다. 집안에 있는 책상이 어질러져 있으면, 불가피하게 식탁에 서류를 수북하게 쌓아놓고 일을 하곤 했다. 에리카는 느린 동작으로 이미 식탁 위를 차지하고 있는 메모와 서류들을 한데 모았다. 그리고 오늘 밤에는 작은 식탁보를 깔고 대충 식사를 하는 것마저 생략하고, 가방에서 노트북을 꺼내 방금 치운 자리에 놓고 전원을 켰다.

일을 시작하기 전에, 에리카는 CD 플레이어가 있는 곳으로 가서 폴 사이먼의 Hearts and Bones(영혼과 육신)를 틀었다. 다시 식탁으로 돌아와, 서류가방에서 마닐라지 봉투를 꺼내어 서류 뭉치를 끄집어낸 뒤 숨을 한 번 깊이 들이마셨다. 그러고는 음악의 리듬에 맞춰 몸을 흔들며, 서류의 숫자들을 하나씩 스프레드시트에 쳐 넣었다.

# 스스로 돕는 자 ♥

샘 고든은 늦은 5월의 어느 날, 뒤퐁서클의 벤치에 조용히 앉아 있었다. 샘은 저녁을 먹으러 가는 젊은 연인들과, 조깅하는 사람들, 뭐라고 떠들어대는 걸인들에게는 아무런 관심도 없었다. 커버가 뜯겨나간 책에 담겨 있는 시에 정신이 팔린 채, 눈살을 찌푸리고 집중하고 있을 뿐.

샘은 버스가 지나가는 소리에 정신이 들었다. 시계를 내려다보았다. 7시가 조금 못 된 시각, 로라가 자신의 아파트로 초대한 시간은 7시 30분이었다. 샘은 보고 있던 책을 배낭 앞쪽 주머니에 넣고 코네티컷 가로 향했다.

일전에 수업이 끝난 후, 로라가 다가와서 무척 놀랐다. 더구나 로라가 자신의 아파트에서 함께 저녁식사를 하자고 했을 때는 더 놀라웠다. 로라는 화가 풀렸다고 말하지도 않았고, 그날 밤 일에 대해 사과하려는 노력에 왜 아무 반응이 없었는지 이야기하지도 않았다. 단지 오빠는 안 올 거니까 걱정하지 말라는 것과 룸메이트는 밤새 오지 않을 거라는 말을 농담처럼 건넬 뿐이었다. 단 둘이 있게 되는 것이다.

로라는 코네티컷 동물원에서 몇 구역 떨어진 곳에, 대학친구들과 함께 아파트를 빌려 살고 있었다. 샘은 로라의 집을 쉽게 찾을 수 있었다. 시각은 이제 막 7시 30분을 지나고 있었다. 샘은 심호흡을 한번 하고는 벨을 눌렀다.

로라가 문을 열었다. 로라는 청바지에 티셔츠를 입고 있었다. 샘은 미소를 지으며 서 있는 로라를 보고 너무 기뻐하는 자신에게 놀랐다.

"안녕. 어서 들어오세요."

"안녕. 늦어서 미안해요."

샘은 서둘러 오면서 거칠어진 숨이 아직 진정되지 않는지 약간 헐떡이며 말했다.

"아, 잠깐만요."

샘이 배낭 안을 뒤적였다.

"선물을 준비했어요."

로라는 그가 준비한 CD를 보고는 깔깔대며 웃었다.

"알아요. 좀 우스운 타이틀이긴 하죠. 그리고 프랭크 시나트라는 당신 부모님이나 할아버지 세대가 듣는 노래라고 생각하겠죠. 하지만 나를 믿어 봐요. Songs for Swingin' Lovers(아름다운 연인을 위한 노래들)는 미국 최고의 대중가요라고요."

"고마워요, 샘."

로라는 미소를 지으며 말했다.

"주방으로 오세요. 막 저녁식사 준비를 하려던 참이었어요."

샘은 로라를 따라 주방으로 향했다.

"맥주 드실래요? 오늘 저녁 메뉴는 중화요리예요."

샘은 로라가 건네준 칭타오라는 맥주를 받아들고 주방 한가운데 놓인 의자에 걸터앉았다. 얼음처럼 차가운 그 맥주는 빈속에 마시니 정말 맛이 좋았다.

"내가 도울 일은 없나요?"

"생기면 말할게요."

"로라,"

샘이 말문을 열었다.

"지난 번 파티 때는 정말 미안했어요. 나는…"

"잊어버려요. 지나간 일은 그냥 깨끗하게 잊어버리세요."

로라는 식료품 박스에서 쌀이 든 깡통을 꺼내며 말했다.

"배고프세요?"

"배고파 죽을 것 같아요."

샘이 말했다.

로라는 후라이팬에 쌀 두 컵과 약간의 물을 붓고는, 불을 세게 틀었다.

"저도 죄송하게 생각해요. 부모님 댁에서 그 일이 있은 후 저는 몹시 화가 났었어요. 다시는 당신에게 말을 하지 않으려 했죠. 하지만 그건 유치한 생각이었어요. 당신이 보낸 꽃에 답을 해야 했는데…"

"괜찮아요. 모두 잊어버립시다."

"그래요."

로라는 후라이팬의 쌀을 저은 뒤 뚜껑을 덮어놓고, 타이머를 15

분 후로 맞춰놓았다. 로라는 냉장고에서 닭 가슴살 두 점을 꺼내서 잘게 다진 후 접시에 담고 옥수수가루와 백포도주, 후추를 뿌리고, 젓가락으로 잘 버무렸다.

"형제나 자매가 있나요, 샘?"

"휴스턴에 누이가 한 명 있죠. 그녀는 노동자들의 멋진 친구인 엑손 모빌사에서 일하고 있어요."

"휴스턴에는 환경을 오염시키는 회사가 하나 있는데, 이름이 똑같네요. 둘이 같은 회사인가요?"

로라가 윙크하며 물었다.

"모르겠어요. 내가 아는 엑손 모빌사는 세계의 원유를 찾아내서, 땅 위로 뽑아 올리고 정제하여 사람들에게 파는 데 많은 돈을 쓰고 있어요. 사람들은 그 석유 덕분에 직장으로 출근하고, 해변으로 놀러도 가고, 친구와 가족을 만나러 다니기도 하죠. 그런데 그 회사는 가끔 석유 유출 사고를 내기도 해요. 아시겠지만, 공짜 점심은 없는 법이지요."

"그렇다고 하더군요. 누이는 거기서 무슨 일을 하죠?"

"엔지니어예요."

"누나예요, 동생이에요?"

"누나죠."

"그럼 당신의 누나는 기업에서 엔지니어로 일하고 있군요. 당신도 기업계를 사랑하는 것 같고요. 그런데 왜 거기에 뛰어들어 돈을 벌려고 하지 않죠?"

"'얻고 쓰느라, 우린 생의 힘을 소진한다.' 라는 구절을 들은 적이 있어요. 그래서 저는 교사직을 하고 있습니다."

"그건 누구한테 들었어요?"

로라가 놀라며 물었다.

"제가 읽고 있는 시집에 나오는 구절입니다. 〈영국시문의 이해〉라는 책이죠."

로라는 맥주를 홀짝거리다가, 더욱 놀라서 고개를 들고 샘을 쳐다봤다.

"나 자신을 좀 문명에 길들여 볼까 해서요. 다음에는 오페라에도 관심을 가져보려 합니다. 그 후엔 보다 대단한 것으로 눈길을 돌려볼까 하고 있어요. 현대미술에도 관심을 가져보고, 뉴욕타임스도 구독하고. 뉴요커지(紙)도 볼지 누가 압니까. 꿈은 자유니까요, 안 그래요? 하하. 사실은 한 학생이 당신이 인용한 워즈워스의 시구에 대해 물어봤어요. 하지만 제가 지금 그 책을 '읽고 있는 중' 이란 것도 말해두고 싶군요. 또 사실을 말씀드리자면, 교사가 되어 착취당하는 특권을 누려보고 싶었기 때문에 기업에서 고액연봉을 받는 일은 포기한지 오래됐습니다."

"재밌네요."

로라는 하던 일을 멈추고 앞치마에 손을 닦았다.

"마늘 껍질 벗길 수 있어요?"

"하려면 할 수 있겠죠. 어려운 일인가요?"

"요령을 모르는 사람에겐 어렵겠죠. 보세요."

로라는 샘에게 칼의 옆 날로 마늘의 뿌리부분을 으깨서 쉽게 껍질을 까는 법을 보여주었다. 샘은 마늘을 까기 시작했다. 로라는 부추를 저몄다. 샘은 깐 마늘을 건네주고는 로라가 한 손으로 칼끝을 도마 위에 고정시키고, 다른 한 손으로 칼자루를 왔다 갔다 놀려 마늘을 잘게 다지는 모습을 신기한 듯 바라보았다. 로라는 큰 칼로 브로콜리를 꼭지부분에서 작은 꽃이 촘촘히 난 부분까지 잘게 썰고 당근 네 개를 집어들었다. 껍질을 벗긴 후, 능숙한 칼질로 당근을 얇게 썰었다. 당근들은 마치 반투명한 오렌지색 동전처럼 보였다. 당근을 다 썰더니, 로라는 식품 저장통에서 여러 가지 병과 단지들을 끄집어냈다. 타이머가 다되었는지 띵 하는 소리가 나자, 로라는 쌀을 올려 두었던 가스불을 끄고 뜸을 들였다.

"이건 뭐죠?"

샘은 카운터에 놓인, 이상한 손잡이와 자루가 여기저기 붙어 있는 크롬으로 된 기계를 쳐다보며 물었다.

"그건 '라 파보니(La Pavoni)' 예요. 이탈리아에서 만든 것에 버금가는 에스프레소를 만들어내는 기계죠. 아름답지 않아요?"

"네, 차 애호가들은 멀리서 보기만 해도 사려고 마음먹을 것 같군요."

"저게 얼마짜리인지 알면 안 그럴 걸요. 난 작년에 집을 떠나 이탈리아와 이스라엘에 갔었어요. 그런데 부모님께서 내가 집에 돌아오면 저걸 사주신다고 하시잖아요."

로라는 웃으며 말했다.

"그래서 돌아왔죠."

"하하. 재밌군요."

로라는 크고 검댕이 많이 묻은 중국요리용 팬을 스토브 위에 올려놓고 불을 최대한으로 올렸다. 로라는 허리에 손을 얹고, 샘을 쳐다보며 말했다.

"며칠 전에 제 수업계획에 차질이 생겨서 빈 교실에서 작업을 한

적이 있었어요. 그런데 분리대 너머 교실에서 누군가 수업을 하고 있더군요. 수업 분위기가 정말 활기찼어요. 수많은 의견이 오고 갔지요. 학생들은 매우 흥분해서 서로 자신의 의견을 납득시키려고 논쟁을 벌이고 있더군요. 나는 분리대에 바짝 다가갔어요. 점점 그 토론에 빨려들고 있었던 거죠. 그런데, 그 선생의 목소리가 왠지 낯설지가 않더군요. 하지만 딱히 누군지 집어내기는 힘들었죠. 그런데 그때 그 사람이 낚시꾼에 관한 이야기를 하더군요.”

“아~.”

“그 이야기는 이미 잘 알고 계실 테니 안 할게요. 하지만 인상적인 이야기였어요. 그 교실에 있던 학생들이 오랫동안 기억할 것 같은 이야기였지요. 난 그 수업이 철학 수업일 거라고 생각했어요. 하지만 그것은 철학 교사 스탠리의 목소리가 아니었어요. 그런데 그 수업이 돈은 그렇게 중요한 것이 아니라는 이야기로 끝나더군요. 그럼 심리학 교사인 엘렌일 거라고 생각했죠. 하지만 그건 분명히 남자의 목소리였어요. 남자 목소리였다는 말 했던가요? 아무튼, 수업이 끝나자 나는 복도로 나가봤어요. 그게 누구의 수업이었을 거 같아요?”

“누구였는데요?”

로라는 짐짓 무심한 척했다. 샘의 질문을 무시한 채 후라이팬에 약간의 기름을 붓고는 기름이 뜨거워지기를 기다렸다.

“샘 고든이었어요.”

로라가 마침내 이름을 말했다.

“믿을 수 있어요? 그건 샘 고든의 수업이었다고요. 사실 전 그리 놀라지 않았어요. 하지만 내가 이해할 수 없는 점이 있더군요. 그건 수업 중에 그가 복지국가를 옹호하는 말을 했다는 거예요. 어떻게 샘 고든 같은 철저한 자유방임주의자이자, 경쟁에서 뒤쳐진 자들을 과감히 버릴 수 있는 사람이 복지국가를 옹호하는 강의를 했을까요? 그리고 수업이 끝날 무렵에는, 아마도 경제학자일 것이 분명한 그 선생이 학생들에게, 돈은 그렇게 중요한 것이 아니라고 말하더군요. 난 그 남자를 이해할 수가 없었어요. 도대체 샘 고든은 어떤 사람이죠?"

샘은 웃으며 맥주를 홀짝거렸다.

"샘 고든은 소스가 듬뿍 뿌려진 파스타를 아주 많이 먹는 사람이죠. 그리고 오늘 밤 운이 좋은 남자예요."

"그렇겠죠. 하지만 그는 정말 복지정책에 동의하나요?"

"마음에 안 드는 답을 한다고 해서, 요리하는 걸 그만두진 않겠죠?"

"아마도요."

"사실, 난 정부의 복지정책에 그다지 찬성하는 편은 아니에요."

"그럴 줄 알았어요."

로라는 팔을 휙 올리며 기분 나쁜 척 말했다.

"요리 그만둘래요."

"안 돼요."

샘은 겁먹은 체하며 소리쳤다.

"애덤 스미스가 그려진 내 넥타이를 태워버리겠어요. 매일 밤 디킨즈의 소설도 읽을게요. 또 매일 아침 프랭클린 루스벨트의 기념공원에 앉아 뉴딜 정책으로 빛나던 화려한 시절을 기념하며 눈물을 흘릴 테니 요리는 계속해 주세요."

"좋아요. 난 요리를 계속할 테니, 식사를 하면서 당신 생각을 들려주세요."

후라이팬의 기름이 뜨거워지자, 로라는 고기를 휘젓다가 후라이팬에서 들어냈다. 로라는 기름을 다시 가열하고, 팬에 마늘과 말린 고추를 집어넣었다. 마늘이 뜨거운 기름 속에서 지글거리자, 코를 쏘는 매운 냄새가 퍼졌다. 그때 브로콜리와 당근을 넣었다. 몇 분 후에 식초와 백포도주, 간장, 고춧가루를 넣고, 마지막으로 닭고기를 집어넣었다. 로라가 요리를 하는 내내, 샘은 주걱으로 후라이팬의 내용물을 이리저리 능숙하게 뒤집는 것을 보며 감탄했다. 율리시스를 암송할 때보다 더 감동한 것은 아니지만, 그에 못지않게 놀라운 모습이었다.

샘과 로라는 식탁으로 갔다. 로라는 조명을 어둡게 하고, 촛불 두 개를 켠 후에 음식을 내왔다. 샘은 배가 고파 죽을 지경이었다. 젓가락을 들고 음식에 달려들고 싶은 것을 겨우 참고 있었다. 샘은 로라가 식사를 시작하기를 기다렸다.

"건배."

로라가 맥주를 들고 말했다.

"건배."

샘이 답했다.

술을 마시려다 말고 로라가 "잠깐만요." 하고는 일어섰다.

"금방 올게요."

로라는 거실로 가서 시나트라의 You Make Me Feel So Young(당신은 나를 아이처럼 느끼게 해)을 틀었다.

"정말 뭐라고 말해야 할지 모르겠군요."

로라가 다시 자리에 앉자 샘이 말했다.

"음식, 아니면 음악? 뭐에 감동한 거예요?"

"이렇게 같이 있는 거요. 음식과 음악은 그저 양념일 뿐이죠."

그들은 학교에 대해, 또 사춘기 학생들을 다루는 어려움에 대해 대화를 나누었다. 로라는 샘의 그릇에 음식을 더 덜어주고 나서, 자신의 그릇도 채웠다.

"이제 말해 보세요. 복지정책이 뭐가 잘못된 거죠?"

샘은 로라의 눈을 바라보았다. 로라는 웃으며 대답을 기다리고 있었다. 예전의 저녁, 한 카페에서 테이블 너머로 보았던 호기심과 생기로 가득 찬 로라의 표정이 다시 떠오르고 있었다. 샘은 질문에 대답하지 않고, 주제를 돌려 중화요리나 오페라, 이탈리아의 전원 풍경에 대해 이야기하고 싶었다. 샘은 난생 처음으로 스스로가 다른 사람의 생각에 신경을 쓰고 있다는 것을 깨달았다. 샘은 잠시 머뭇거렸다. '내 생각을 말하면 날 도깨비로 볼 게 분명한데 어떡하지?' 샘이 어떤 식으로 말해야 할지 고민하고 있다니, 실로 놀라운 일이었다.

"당신 생각을 먼저 말해 봐요."

샘이 용기를 내어 말했다. 방어적인 전략이 더 좋을 것 같았다.

"복지정책에 대한 당신의 의견을 듣고 싶어요."

"내 견해는 간단해요. 난 굶고 있는 사람들을 보면 음식을 주고 싶어져요. 노숙자들을 보면 그들에게 집을 갖게 해주고 싶죠. 또 아파하는 사람들을 보면 치료해 주고 싶고요."

"내 생각은 좀 복잡해요. 나에 대해 아시잖아요. 사람들이 굶어 죽는 모습을 보고 싶어 한다는 거. 그 얘기했어요? 옛날에 지하철에서 어떤 사람과 이야기를 한 적이 있는데, 그녀는 나보고 극악무도하다고…"

"'사악하다'고 했어요?"

"맞아요, '사악하다'고 했죠. 하지만 빈자(貧者)들에 대한 의료혜택의 무상공급을 반대한다는 게 그들에 대한 의료혜택에 반대한다는 뜻은 아니에요. 푸드스탬프제(역주: 미국에서 시행 중인 이 제도는 3인 가족 기준 월소득 1,585달러 이하 저소득층에게 식품만을 살 수 있는 쿠폰이나 카드를 제공하는 것이다. 이 제도는 저소득층의 식생활 안정을 도모하고 농산물 소비확대를 통해 농가 파산을 막자는 취지에서 1930년대 대공황 당시 처음 도입됐으며, 1964년 법으로 제정되었다.)에 반대한다고 굶주림에 찬성한다는 것도 아니고요."

"나한테 별 차이가 없는 것처럼 들리는데요."

"나는 이 문제를 해결하는 데 정부가 나서는 것에 반대하는 겁니다. 그렇다고 이기심의 미덕을 믿는 것도 아니에요. 또 자본주의의 혹독한 논리가 세상의 모든 불완전함에 대한 답이라거나, 언제 어느 시점에서든 모든 사람의 생활수준을 향상시킨다고도 생각하지 않지요. 그저 나는 정부의 도움 없이 빈곤을 퇴치하고 싶은 거예요."

"그럼 당신은 푸드스탬프 제도가 없어지면, 부유하고 유명한 사람들이 갑자기 선량해져서 모두 빈민촌으로 달려가 그들에게 저녁이라도 사줄 거라고 생각하나요?"

"그런 사람은 별로 없겠죠. 하지만 가난한 사람들에게 먹을 것을 제공하는 자선단체나, 음식 조달 이상의 일을 하는 단체에 돈을 기부하는 사람들은 있겠죠. 마이모니데스라는 이름 들어보셨어요?"

"아니요."

"그는 13세기의 유대인 철학자예요. 유대인 학자 중에 가장 마음에 드는 사람이지요. 마이모니데스는 자선이 행해질 때, 그것은 주는 자와 받는 자 모두에게 영향을 미친다고 했어요. 그리고 두 가지 영향 모두에 대해 우려했죠. 그는 주는 사람은 순수한 마음으로 주고, 받는 사람은 위엄을 지키며 받기를 원했어요. 그는 유대인의 율법에 따르면, 시혜자가 준 선물이나 대부금(貸付金), 기타 다른 유형의 도움은 수혜자가 스스로 살아갈 수 있도록 할 때 최고의 자선이 된다고 말했죠."

"굶주리는 자에게 물고기를 주면 한 끼 배를 채우지만, 물고기 낚는 법을 가르치면 평생 배고프지 않으리라."

"맞아요. 마이모니데스는 시혜자의 순수성과 수혜자의 위엄을 유지하는 방법으로서, 양자 모두의 익명성을 보장하는 데 매우 깊은 관심을 가졌죠. 가장 나쁜 형태의 자선은 주는 사람이나 받는 사람이 서로의 정체를 알면서 못마땅하게 주고받는 거예요. 마이모니데스는 자신이 누구의 도움을 받고 있는지 수혜자가 아는 것도 자존심 상하는 일이지만, 자신이 누구를 돕고 있는지 시혜자가 아는 것도 그 자신의 정신건강에 좋지 않다고 생각했던 것 같아요. 난 마이모니데스로부터 세 가지를 배웠습니다. 첫 번째, 수혜자가 스스로 독립할 수 있도록 하는 것이 목표가 되어야 한다는 것. 두 번째, 수혜자의 자존심을 지켜주는 일을 잊어서는 안 된다는 것. 그리고 세 번째는 우리가 종종 간과하는 건데, 시혜자의 영혼을 지켜주는 일도 중요하다는 것이죠. 아예 아무것도 주지 않는 것보다는 어떤 식으로든 주는 게 낫겠지요. 하지만 기왕에 줄 거라면 기쁜 마음으로 주는 게 더 낫지 않을까요? 이상적인 자선이란 누가 주라고 하기 전에 주는 것이고, 누군가를 자기에게 종속시킨다는 생각보다는 마음에서 우러나오는 동정심을 갖고 베푸는 것이겠죠. 마이모니데스가 주는 사람과 받는 사람의 익명성을 보장하자고 주장한 것도 이런 이유일 거예요. 그래서 거지에게 저녁을 사주는 것도 좋은 일이지만, 최선은 그가 스스로 독립하도록 돕는 것입니다. 나는 민간자선단체들이 푸드스탬프 제도를 따라 하기를 바라지 않습니다. 어려운 사람들이 스스로 도울 수 있도록 돕는 방법을 찾아내길 바라지요."

"하지만 그들이 스스로를 돕기 위해 필요로 하는 것은 결국 돈 아닌가요? 항상 당신은 누군가에게 좋은 것이 무엇인지는 그 당사자가 가장 잘 안다고 주장했잖아요. 왜 그들에게 돈을 주고 스스로 필요로 하는 것을 알아내도록 하지 않나요? 그들이 자선단체를 운영하는 사람보다 더 잘 알 텐데."

"돈이 없는 사람에게는 돈이 해결책이라고 생각하기 쉽죠. 하지만 마이모니데스라면 그 사람을 독립하게 만드는 데 필요한 모든 것이 해결책이 되어야 한다고 주장할 겁니다. 알콜중독자의 경우에는 술을 끊는 것이 돈보다 중요할 거예요. 단순히 운이 나빴을 뿐이라면, 그에겐 정말 돈이 해결책이겠죠. 하지만 그것도 그가 재기하는 데 필요한 비교적 짧은 시간에만 국한된 이야기예요. 또 기술이 부족해서 가난한 사람이 있다면, 그가 교육받을 수 있도록 돕는 게 중요할 겁니다. 가상의 자선단체 두 개를 상상해 봅시다. 하나는 애크미재단으로 이름을 지어보죠. 애크미의 좌우명은 '하나면 충분해'입니다. 또 다른 하나는 고객제일재단이고, 좌우명은 '모든 사람은 특별해'라고 합시다. 수혜자의 수입이 적은 경우, 애크미재단에서는 왜 그런지 물어보지 않아요. 그들은 그냥 돈을 줄 뿐입니다. 하지만 고객제일재단에서는 모든 사람이 다른 방식으로 대접받아요. 그들은 수혜자에 대해 자세히 알아봅니다. 그리고 그에게 맞는 도움을 궁리해 봅니다. 당신이라면 어떤 재단에 기부하겠어요?"

"당연히 고객제일재단에 기부하겠죠."

"하지만 그건 불가능해요. 그런 재단은 존재하지 않거든요. 그러나 애크미재단은 이미 존재하지요. 애크미재단의 진짜 이름은 보건복지부입니다. 정부가 운영하는 복지 프로그램은 정말 유연하지 못해요. 아마도 법적인 이유 때문에 그렇겠죠. 정부관리가 각각의 상황에 맞게 푸드스탬프나 돈을 나눠줄 방법은 없습니다. 결과적으로, 현재로서는 애크미재단이 고통을 제거하는 최선의 방안이 되는 셈이에요. 하지만 이건 수혜자들의 독립성을 제고하는 데는 별 도움이 안 되는 방법이죠."

"그럼 당신은 왜 털보 에디에게 돈을 주었죠?"

"단지 1달러만 주니까요. 1달러를 주면서 그의 자립을 도울 수 있는 방법은 없어요. 내가 그에게 돈을 주는 것은 그의 절망적인 느낌을 조금이나마 달래려고 그러는 거예요. 술이나 한잔 사서 마시라고 동정을 베푸는 거죠. 그것은 단지 제스처에 불과해요. 하지만 정부의 구호행위가 없는 세상의 민간단체는 음식을 나눠주는 것 이상의 일을 할 거예요. 털보 에디를 도울 방법을 알고 있는 민간단체가 존재한다면, 나는 그의 삶을 변화시키기 위해 1달러보다 더 많은 돈을 지불할 용의가 있어요. 진정한 변화를 위해 내 돈과 다른 이들의 돈을 결합시킬 수 있는 그런 단체가 있다면 말이에요."

"하지만 당신이 에디의 삶을 가장 극적으로 변화시키길 원한다면, 돈이 그 열쇠가 되지 않을까요? 오토바이를 타는 사람의 의료 비용을 지원할 용의가 있는데 오토바이를 헬멧 없이 타게 하면 어떠냐면서요. 이것도 같은 경우잖아요. 당신이 털보 에디를 도우려 한다면, 왜 금액이 문제가 되죠? 그의 관점에서 그를 도와야 한다면서요. 돈을 주세요. 그가 주정뱅이로 남고 싶어 하면 그렇게 지내도록 내버려둬요. 그가 자신의 삶을 바꾸고 싶어 한다면, 자신의 선택으로도 그렇게 할 수 있잖아요?"

"나는 고통의 문제에 있어서는 관대한 게 좋다고 생각하지만, 그것도 한계가 있어요. 나는 누군가가 가난하게 된 이유에 관계없이 그에게 안락한 생활을 보장해 주고 싶지는 않아요. 즉, 각각이 처한 상황에 따라 다른 종류의 도움을 주고 싶다는 얘기예요. 나는 단지 운이 나빠서 가난해진 사람에겐 잠시나마 마음을 달랠 수 있도록 아무 조건 없이 돈을 줄 용의가 있어요. 하지만 가난한 사람에게 최소한의 생활을 보장해 주려다가, 그가 일도 하지 않고 놀고 지내도록 만들어서는 안 되잖아요. 정부는 그런 일은 꽤 잘 하더군요. 진실로 자립할 수 있는 기회를 제공하기 위해서는 고객제일재단 같은 것을 시도해야 합니다."

"고객제일재단 같은 것이 그렇게 좋은 아이디어라면, 왜 그런 자선단체가 존재하지 않는 거죠?"

"고객제일재단이 기부금을 모으려면 당신에게 두 번 돈을 내도록 설득해야 하는데, 그게 쉽지가 않거든요. 당신은 이미 세금을 통해 푸드스탬프나 임차료 보조 프로그램, 의료지원비에 쓰일 돈을 냈잖아요. 아무리 가난한 사람들을 위해서라지만 추가로 또 돈을 낼 수 있겠어요? 정부는 자선사업에 관해 근본적으로 독점을 행사하고 있어요. 정부가 빈곤에 맞서 싸우는 일을 중단한다면, 고객제일재단이 번창할 기회를 갖게 되겠죠. 그리고 그 재단은 획일적이고 유일한 단체가 아닐 겁니다. 수많은 자선단체들이 생겨나서 활동할 것이고, 이는 기부자나 가난한 자 모두에게 선택의 기회가 넓어지는 것을 의미해요. 또한 더 빠른 혁신을 의미하기도 하지요. 어떤 재단은 가난한 사람들에게 그냥 돈을 주면서 기부자들을 끌어모으기 위해 유사단체들과 경쟁할 것이고, 또 다른 재단은 원조에 대해 조건을 붙이고 기부금 유치경쟁에 나서겠지요. 어쨌든 최고의 자선단체는 원조금을 내는 자와 받는 자 모두의 요구를 가장 잘 충족시키는 단체일 것입니다. 또 우리는 현정부 주도하의 시스템에서는 볼 수 없는 다양함을 접할 수 있을 거예요. 어떤 자선단체는 어려움에 처한 사람에게 기술을 가르칠 선생님을 붙여주고, 어떤 단체는 한시적 지원을 제공할 수도 있으니까요. 어떤 새로운 방안이 개발될지는 아무도 모르는 거죠."

"나는 그런 시스템이 충분한 돈을 모을 수 있을지 걱정스럽군요. 대부분의 사람들은 이기적이기 때문에 가난한 사람들을 위해 돈을 모으려면 세금을 매기는 수밖에 없다고 생각해요. 나라면 부유한 사람들이 지갑을 열 때까지 무작정 기다리고 있지만은 않을 거예요. 어떤 사람들은 복지에 관련된 세금을 게으르고 가난한 사람들을 위해 자기 돈을 쓰는 거라며 싫어하죠. 그리고 당신 말은 그런 생각을 가진 부자들을 옹호하는 앞잡이처럼 들려요."

"세상에! 나는 그 누구의 앞잡이도 아니에요."

"그럼 야바위꾼이라고 해두죠. 당신은 단순히 세금 내기가 싫어서 복지정책에 반대하는 부자들을 위한 주장을 하고 있으니까요. 정말 순전히 이기적인 사람과 똑같은 방식으로 세상을 보고 있다면, 한번쯤은 자기 사고방식의 진실성에 대해 스스로 의심을 하지 않나요?"

"거기에 대해선 생각해 본 적이 없는데요. 꽤 당황스러운 말이네요."

"그럼 내가 식탁을 치울 동안, 잠깐 고민해 보세요."

"도와드릴게요. 그게 상처받은 마음을 달래는 데 더 나을 것 같네요."

샘은 마치 입에 불이라도 난 것 같았다. 샘의 미각은 매운맛에 익숙하지 않았다. 샘은 로라가 이야기를 계속하기 위해 산딸기 주스를 거실로 가지고 나가는 모습을 보자 기뻤다. 로라는 음악소리를 약간 줄였다.

샘은 로라와 소파에 자리를 잡으며 말했다.

"당신 말이 맞을지도 모르죠. 나는 본의 아니게 이기적인 자들과 한편이 되었으니까요. 사람들이 나를 가끔 인정머리 없는 인간으로 생각하는 것도 아마 이 때문일 거예요. 그들은 내가 세금제도를 통해 돈을 뜯어내려 하지 않으니까, 가난한 사람을 돕는 것에 반대한다고 생각하는 모양이더군요. 난 가난한 이들을 돕는 일에 찬성합니다. 사람들이 굶주리는 것을 원하지 않아요. 단지 사람들에게 돈을 내놓으라고 강요하는 것이 옳지 않다고 생각할 뿐이에요. 그들이 이기적인 사람들이라고 해서 그런 행위가 정당화되지는 않아요. 좀 더 나은 세상을 만들고 싶다면 국세청을 동원해서 세금을 내라고 강요하는 것보다는, 이기적인 사람들의 가슴에 동정심이 싹트도록 유도하는 게 더 바람직하지 않을까요? 더구나, 일방적인 강요로 돈을 거두면 이타적인 사람들이 자발적으로 좋은 일을 함으로써 얻는 만족감을 빼앗는 결과가 생길 수도 있어요. 그건 사람의 영혼을 메마르게 하는 행위예요. 인간에게는 자신이 가진 것을 지키려는 강한 욕망이 있죠. 하지만 그러한 욕망을 억제하고 함께 나누는 것이 우리를 인간답게 하는 핵심적인 부분이에요. 민간자선단체가 복지정책을 주도하는 세상에서는 그런 감정을 표출할 수 있는 길이 열려 있어요. 반면, 정부가 나서서 가난한 자들을 돌보려는 세상은 우리의 동정심을 메마르게 할 뿐이죠."

"좋은 생각이네요. 하지만 사람들 대부분이 동정심이 그리 많지 않다면, 그들이 회개할 때까지 가난한 이들의 고통을 방치할 건가요? 에이미에게는 만약 정부의 복지프로그램이 모두 없어진다면, 자선단체들은 정부가 현재 지출하는 만큼의 금액을 모금할 수 없을 거라고 말했잖아요?"

"아, 에이미 말인가요?"

샘은 눈을 굴리며 말했다.

"그 애는 나보다 더 시장경제를 좋아하더군요. 마치 교황보다도 더 독실한 가톨릭 신자 같아요."

로라는 샘이 자신을 교황에 비유하는 것을 듣고 웃음이 나왔다.

"내가 보기에도 그 애가 자유시장경제를 너무 좋아하는 것 아닌가 걱정될 정도죠."

샘은 말을 이었다.

"속마음은 어떨지 모르지만, 말하는 것만 봐서는 그렇더군요. 그래서 그 아이와 말할 때는 다른 각도로 생각해 볼 기회를 주기 위해 평소의 내 생각과 약간 다른 입장에서 이야기해요. 당신이 내 말을 들은 것도 그런 때였을 거예요."

샘은 시나트라가 듣기 좋은 목소리로 I've Got You Under My Skin(그대는 내 마음속에 있어요)을 부르는 것을 들으며 잠시 말을 멈추었다. 그는 '이 바보야, 아직도 모르겠니? 너는 절대로 이길 수 없어.'라는 노래가사를 따라 불렀다. 그리고 샘은 잠시 동안, 자신이 가난한 사람들에 대한 정책을 놓고 로라와 논쟁을 벌이고 있는 이유에 대해 생각해 보았다. 로라에게 자기도 결국 좋은 사람이라는 것을 알리기 위해 이렇게 애를 쓰고 있다니!

"샘?"

"아, 미안해요. 어디까지 이야기했죠?"

"민간자선단체는 세금제도 하에서 모을 수 있는 정도의 금액을 모을 수 없다는 이론 얘길 하고 있었어요."

"아, 그랬죠. 복지정책을 없애버리면 아마도 가난한 사람들에게 돌아갈 돈이 더 적어질 겁니다. 대부분의 사람들이 이타적이라고 해도 그럴 거예요."

"그건 왜죠?"

"남이 기부금을 낼 거라는 것을 알면, 사람들이 돈을 더 적게 내거나, 아예 안 낼지도 모르기 때문이에요. 돈을 강제로 징수할 수 있는 세금제도 하에서보다는 총금액이 많이 모자라기 쉽겠죠. 세금으로 가난한 이들을 돕는다는 것의 장점은 바로 이것, 많은 돈을 모을 수 있다는 거예요. 단점은 약자에 대한 지원이 정부에 의한 독점체제가 되는 것이겠죠."

"그럼 이렇게 하면 되잖아요. 돈은 세금제도로 모으고, 쓰는 것은 민간단체에 맡기는 거예요."

"그렇게 하면 지금의 제도보다는 더 나을 수 있겠군요. 하지만, 기부하는 사람들에게서 자발성을 빼앗는 결과도 생기겠죠. 또한 그렇게 모은 돈을 어떤 단체에 줄 것인지 결정하는 과정에서 정치적인 갈등이 일어날 수도 있을 거예요. 나라면 그러기보다는 조금 돈을 덜 모을지라도 처음부터 끝까지 민간에 맡기겠어요."

"하지만 조금 덜 모으는 걸로 끝나는 게 아니라, 아예 한 푼도 못 모을 수도 있어요. 사람들은 이미 자신이 선택한 단체에 기부금을 내고 있잖아요. 정부에서 세금을 거두어 가난한 자들에게 나눠주는 것을 중단한다면, 그 과정에서 새로 생겨나는 자선단체들은 어디에서 기부금을 모으라는 말인가요?"

"정부가 복지사업에서 퇴장한다면, 푸드스탬프를 받는 사람들이나 기타 모든 프로그램이 어려움을 겪게 되겠지요. 그러면, 상냥한 사람들이 그들을 도우려고 발 벗고 나설 겁니다. 교육을 예로 들어 보죠. 저소득층 거주지역의 공립학교시스템은 실패작이라고 할 수 있어요. 완전한 실패작이죠. 그러자 사람들은 공립학교에 다니는 저소득층의 학생들에게 사립학교에서 좋은 교육을 받을 기회를 주기 위해 장학금을 모으기 시작했어요."

"지금 바우처 프로그램(역주: Voucher Program, 열악한 학교에 다니는 학생들, 특히 불우한 환경의 학생들에게 1인당 교육비 범위 내에서 일정금액을 지원하고, 해당 학생이 원하는 학교에 등록할 수 있도록 하는 제도. 이념적으로 보수경향인 시장경제 신봉자들은 학부모에게 학교 선택권을 준 것에 대해 찬성하고 있고, 개혁성향의 진보주의자들은 이 프로그램이 오히려 공교육을 훼손할 우려가 있다며 반대하는 입장을 보이고 있다.)에 대해 말씀하시는 건가요?"

"그래요. 민간 바우처에 대해 생각해 보세요. 아이들을 돕는 그 바우처들은 세금이 아니라 사람들의 주머니에서 나오는 돈이에요. 결과적으로 민간 바우처들은 정치적인 압력이나, 종교적인 문제(역주: 오하이오 주 클리블랜드 시 연방 판사는 공공재정에서 나온 바우처로 일부 학생들의 가톨릭계 학교 교육을 지원하는 것은 종교와 국가를 분리한 헌법에 위배된다며 지원 중지 명령을 내렸다. 4,000여명의 학생들과 51개의 관련 학원이 개학을 앞두고 큰 혼란을 겪자 이 명령은 취소됐지만, 이 일로 미국의 전 교육계가 바우처 제도의 허용 여부와 효과를 놓고 들끓었다.), 또는 주 정부의 관심사에 상관없이 지원계획을 세울 수 있어요. 예를 들면, 그들이 사립학교 등록금의 절반을 지원하고 있다는 것을 말할 수 있겠죠."

"왜 절반만 지원하는 거죠?"

"학부모들이 적어도 등록금의 절반을 내게 하면, 그들에게서 좀 더 책임 있는 행동을 유도할 수 있기 때문이죠. 난 공립학교의 수준이 낮은 이유가 그들은 고객을 위해 경쟁할 필요가 없기 때문이 아닌가 생각했어요. 하지만 지금 생각해 보면, 그것은 문제의 일부분에 지나지 않는다는 것을 알 수 있어요. 아이들을 공립학교에 보내는 학부모에게도 문제가 있었던 거죠. 그들은 아이들의 학비를 한 푼도 낼 필요가 없어요. 사람들은 자기 주머니에서 직접 돈이 나가는 일이 아니면, 그에 대해 별 관심을 갖지 않아요. 그러니 학부모들에게 반 정도는 돈을 내라고 하는 것은 좋은 생각이라고 봐요. 만약 이런 바우처 기금이 세금에 의해 운영된다면, 항상 기금을 늘리라는 정치적 압력이 있을 수밖에 없을 거예요. 부자가 선량해질 수 있느냐고 물으셨죠. 실제로 정말 부유한 테드 포스트만과 존 월튼은 1억 달러를 바우처 기금으로 기부했어요. 그리고 나처럼 그들보다 덜 부유한 수많은 사람들이 바우처 프로그램을 위해 돈을 냈죠. 저소득층 거주지역의 공립학교 실상에 매우 실망한 수많은 사람들이, 이미 공립학교 지원을 위한 명목으로 세금을 냈음에도 불구하고 많은 돈을 흔쾌히 투척했어요. 아마도 마이모니데스가 이 장학기금의 존재를 안다면 정말 좋아하겠죠. 빈곤 가정 아이들의 교육 환경을 개선하는 것보다 빈곤 퇴치에 더 좋은 방법은 없을 테니까요."

"좋은 예를 들었군요. 하지만 민간자선단체들이 당신이 생각하는 것처럼 창의적인 방법으로 가난한 이들을 지원할 거라고는 생각하지 않아요."

"창의성 문제에 관해서는 정부 관리들보다 무능한 사람들이 또 있을까요. 현재 시행되는 제도로 가다가는 완전히 망하고 말걸요. 복지제도이건, 공립학교이건 우린 우리 아이들 세대를 망쳐놨어요. 뭔가 다른 걸 시도해야 할 때예요."

"당신이 생각하는 해법은 이미 써본 거 아닌가요? 그것은 이미 과거의 것이 되었고, 완전한 실패였어요. 대공황 시기에 정부가 개입한 것도 그런 자유방임정책이 가져온 실패 때문이잖아요?"

"그것은 잘못된 생각이에요. 그 당시의 지방정부들은 대공황 이전부터 경제에 개입했어요. 그때에도 가난한 이들을 돕는 민간단체들이 번창했었지요. 하지만 대공황이 일어나면서 중앙정부가 민간지원 명목으로 천문학적인 돈을 퍼부으면서 사정이 달라졌어요. 결과적으로 정부는 민간자선단체들을 모두 몰아냈지요. 1930년대의 민간단체들은 한 푼도 기부받지 못하고 결국 빠른 속도로 파산하고 말았지요."

"그건 사람들이 기부금을 낼 여력이 없어서 그랬겠죠. 대공황의 여파로 부자들이 돈을 많이 잃었을 테니까요."

"그럴지도 모르죠. 하지만 지금은 1930년대보다 상황이 나아요. 민간이 자율적으로 문제를 해결할 수 있는 여건이 더 좋아졌다고요. 우리 세대는 그때보다 훨씬 부유하거든요. 오늘날 미국에서는 천억 달러가 넘는 돈이 민간단체에 흘러가고 있어요."

"그렇게 많은 돈이 민간단체로 들어갔는데도 이 모양인 이유가 뭐죠? 민간단체가 뭔가를 시도하려고 해도 돈이 모자라서 못한다고 하셨죠? 천억 달러라면 뭔가 좋은 방법을 내놓기에 충분한 돈 아닌가요?"

"그 돈 중에서 가난한 사람들에게 가는 돈은 극히 일부분에 지나지 않아요. 그 대신에 종교단체나 복지, 예술, 교육분야에 대부분의 돈이 들어가고 있죠."

"종교단체들이 그 돈으로 가난한 이들을 돕는 데 쓰는 것 아니에요?"

"조금은 그렇겠죠. 하지만 종교단체로 들어가는 대부분의 돈은 건물을 짓거나 종교활동을 하는 데 쓰이고 있어요. 그리고 어떤 교회가 미혼모를 돕는 데 교회 기금을 사용한다면, 기부자들은 이미 그 명목으로 세금을 냈는데 또 왜 거기다 돈을 쓰냐고 하겠지요. 하지만 요즘 진정으로 가난한 이들을 돕는 자선단체들은 정부의 프로그램이 커버하지 못한 틈새에 끼어 있는 사람들에게 초점을 맞춥니다. 걸인들 중에서도 주소지가 없거나, 배급을 받지 못하거나, 혹은 서류를 작성하고 정부 관리와 마주앉아 이야기할 정신적 여력이 없는 사람들에게 관심을 갖는 것이죠. 그러니까 가난한 자들에 대한 정부차원의 지원이 없어지면, 창의적으로 가난에 대항해 싸우는 민간자선단체들은 바우처 프로그램이 실질적인 변화를 일으키는 잠재력을 가졌던 것과 같이 충분히 번창할 수 있을 겁니다. 하지만, 진실을 알고 싶으세요?"

"나는 항상 진실을 알고 싶어요, 샘."

"내 말이 틀릴 수도 있어요. 즉, 민간단체들이 효과적이지 못할 수도 있다는 얘기예요. 그들이라고 해도 가난한 이들이 구호 프로그램에 의해 의존적으로 변해가는 것을 막을 뾰족한 방법은 없을 테니까요. 정부정책의 결과와 별로 다를 게 없는 거죠. 게다가, 정부와는 달리 강제로 돈을 징수할 수도 없으니 운영도 별로 뛰어나지 못하고 돈도 모자라서, 그야말로 나쁜 상황을 연출할 가능성이 농후해요."

"오, 이런 놀라운 일이! 이런 말은 녹음해야 하는데. 샘 고든 씨의 세계관에서 드디어 애매모호한 것이 발견되었군요. 놀라워라. 이걸 당신 생각에 그다지 확신이 없다는 말로 받아들여도 되겠지요?"

"어느 정도는 그래요. 하지만 가난을 해결하는 완벽한 해법이란 존재하지 않는 법이에요. 절망적인 상황은 피할 수 있겠지만요. 가난을 아예 몰아내려면 돈보다 더한 게 있어야 해요. 시간이 흘러서 자본주의가 자체적인 힘으로 가난을 몰아내주기를 바라는 수밖에요."

"하지만 자본주의는 우리가 그토록 해결하길 원하는 가난을 만들어낸 장본인이에요. 당신도 자본주의가 분배의 문제를 해결할 수 없다는 것을 인정했잖아요."

"당신이 지향하는 바가 완전히 평등한 세상이라면, 그 말이 맞아요. 그런 세상을 이루려면, 전체주의 정부를 수립하고 그에 협조하지 않는 사람들을 모조리 강제수용소에 넣어야겠죠. 하지만 그렇게 했던 소비에트의 공산주의도 가진 자와 가지지 못한 자들 간에 심각하고 도저히 극복할 수 없는 빈부의 벽을 쌓고 말았지요. 당 간부들은 왕처럼 화려하게 지내고, 보통 사람들은 조그마한 아파트라도 얻어보려고 길거리에서 몇 년을 기다리며 살았죠. 역설적으로 자본주의는 가난을 퇴치하는 데 있어서 미증유(未曾有)의 성공을 거두었고요."

"여기서 몇 마일만 나가면 정말 비참하게 살고 있는 사람들이 천지예요. 그들을 보고도 가난이 퇴치됐다고 말할 수 있나요?"

"그건 당신이 현재, 이 시점만을 보기 때문에 그런 거죠. 전 세대에 걸쳐서 다시 살펴보세요. 통시적(通時的)인 시각이 필요하다고요. 제 할아버지를 예로 들어보죠. 할아버지는 가계를 돕기 위해 12살 때 학교를 그만둬야 했어요. 공식적으로 받은 교육은 그것이 전부죠. 가족을 위해 뼈 빠지게 일했지만, 대공황이 일어나자 사업은 망했어요. 그는 자존심을 버리고 침대용 시트와 램프, 리놀륨을 차 뒤에 싣고서 테네시 주의 멤피스에서 가난한 사람들 사이를 돌며 행상 노릇을 했죠. 그는 죽을 때까지 그 일에서 벗어나지 못했어요. 고단한 하루가 매일 지속되었지만 수입은 적었고, 그의 정신적인 능력은 구석에 묻어둔 채 썩혀야만 했죠. 침대시트를 파는 일에서 그가 무슨 의미를 찾을 수 있었겠어요? 그는 매일 차 안에 갇힌 생활을 하면서 밤이면 셰익스피어를 읽으며 버텨냈어요. 그러면서 여름에는 뜨거운 더위를 견디고 겨울에는 손끝을 에는 추위와 싸우며, 돈을 내려하지 않는 손님들과 부대끼고, 무엇보다도 자신은 더 중요한 일을 하기 위해 태어났는데 이런 일이나 하고 살아야 한다는 법이 도대체 어디에 있는지 알려고 애를 썼죠."

"정말 그 시절의 미국은 비극적이었죠."

"우리 할아버지는 그것을 비극이라고 생각하시진 않을 걸요."

"아직 살아계세요?"

"아뇨, 몇 년 전에 돌아가셨어요. 살아계셨다면 아마 그러셨을 거라는 거예요. 20세기 초의 미국에는 우리 할아버지 같은 사람들이 수백만도 넘게 있었어요. 어떤 이들은 광산에서, 어떤 이들은 직조공장에서, 또 어떤 이들은 새로 지어진 조립라인에서 일했죠. 그 사람들은, 그때는 대부분 남자들이었겠지만, 매일 10시간에서 12시간씩 일주일에 6일을, 어떤 때는 7일씩 일하며 지냈어요."

"사회제도가 그들을 삼켰다가 뱉었다가 했던 거죠."

"물론 그런 식으로 보기가 쉽죠. 하지만 제도가 그들을 위해 뭘 할 수 있었을까요? 이들의 고통을 없앨 대안이 있었나요? 물론 경제적 부담을 덜도록 돈을 좀 줄 수도 있었겠죠. 하지만 그 돈도 땅에서 솟아나는 게 아니에요. 노동시간을 줄이고 더 나은 작업환경을 법으로 규정할 수도 있었다고요? 하지만 그에 따라 급여가 줄어들고, 일자리가 줄어들고, 생산성이 떨어지는 것을 감수해야만 했을걸요. 극단적으로, 만일 모든 경제적 어려움을 덜어주기 위해 그들을 모두 보호했다면, 고통을 아예 없앨 수도 있었겠죠. 하지만 그와 동시에 지난 세기 동안 미국이 이룩한 놀라운 경제성장도 싹이 잘렸을 거예요. 우리 할아버지가 허리띠를 졸라매며 저축했기 때문에 나의 아버지는 대학에 진학할 수 있었고, 할아버지처럼 고되고 괴로운 일을 하지 않고도 살아갈 수 있게 된 겁니다. 그의 손자인 나는 좀 더 잘 살고 있죠. 왜 그런지 아세요? 경제적 제도가 우리 할아버지 같은 이들을 안전한 알 속에 넣어 주는 걸 거부했기 때문이에요. 물론 희생도 있었지만, 그에 따른 보답도 분명히 있습니다. 나의 할아버지, 그리고 그와 동시대를 사신 분들의 희생이 있었기에 오늘날의 우리가 있는 걸 아셔야 해요. 그들의 희생이 없었다면, 이만큼 풍요로운 미국은 상상할 수 없을 거예요. 할아버지의 인생이 당시에는 경제제도의 희생물처럼 보였겠지만, 시간이 흐르면서 그의 괴로운 삶도 새로운 의미를 더해 가고 있습니다."

"하지만 지금 우리가 아무리 잘 산다고 해도, 당신 할아버지께서 비참한 삶을 살았다는 사실은 변하지 않아요."

"그는 가족을 먹여 살렸고, 아이들에게 성공할 수 있는 기회를 마련해 주었어요. 그의 삶에는 절망적인 순간들이 있었죠. 하지만 오늘날의 풍요로움을 해치지 않고 그의 비참한 삶을 개선할 대안이 있나요? 나는 없다고 생각해요. 나는 우리 할아버지의 삶도 괜찮게 마무리되었다고 봐요. 그분은 오래오래 사셔서 자식과 손자가 그의 삶에서는 상상할 수 없던 방식으로 교육받고, 또 성공하는 모습을 보실 수 있었어요. 그분이 우리 아버지와 나, 그리고 그분의 모든 후손이 좋은 환경에서 살아가는 모습을 저승에서 보신다면, 자신의 삶도 나름대로 의미 있었다고 생각하실 거라고 믿고 싶어요."

"당신은 비참한 이야기도 왠지 감동적으로 만드는 묘한 재주가 있군요."

"자본주의는 불가피하게 투쟁을 요구하지만, 그 가운데에는 사람들의 삶을 변화시키는 보이지 않는 심장이 뛰고 있어요. 전체적인 관점에서 조망해 보면, 자본주의에 대해 다른 시각을 갖게 될 거예요."

"거기까지는 모르겠군요. 당신은 이기적인 자들의 앞잡이가 아니라고 했죠. 하지만 당신의 말을 듣고 있으면 '고통은 고귀한 것이니 가난한 자들이여, 잘 좀 참아다오.' 하는 식으로만 들려요."

"나는 할아버지가 겪으신 하루하루의 고통을 낭만적으로 그리고 싶지는 않아요. 그것이 축복으로 가득 찬 삶이었다고 말하고 싶지도 않고요. 실제로 그렇지 않았으니까. 난 그저 할아버지가 겪은 고된 시간들이 좀 더 열심히 노력하도록 할아버지와 아버지를 자극했다고 믿어요. 하지만 단순히 고통받는 것과 비참한 가난의 나락에 빠진 것이 같다고 보지는 않아요. 캘커타의 거지와 미국의 가난한 사람 사이에는 엄청난 차이가 있어요. 캘커타의 거지는 자신의 신분을 상승시킬 수단이 없지만, 미국의 가난한 사람은 출세할 가능성이 있으니까요. 미국의 비밀은 바로 이것이죠. 고되게 일한 사람이 자식에게 좋은 교육을 제공하여, 자식 세대는 보다 높은 지위로 올라갈 수 있다는 것 말이에요."

"자본주의는 장기적으로는 성공적인 이념이 될 수 있겠지만, 지금 우리에게 중요한 것은 단기적인 문제들이에요. 자본주의가 너무 큰 불평등을 낳고 있다고 생각하지는 않나요?"

"무슨 말을 하시는지 모르겠군요."

"알면서 모르는 척하지 마세요. 부자는 더 부유해지고, 가난한 자는 더 가난해지는 것에 대해 말하고 있잖아요."

"사람들은 흔히 그렇게 말하죠."

"그게 사실이라고 생각하지 않아요?"

"모르겠어요. 사람들이 불평등을 측정하기 위해 사용하는 숫자들에는 문제점이 많죠. 연구자의 주관을 개입시킬 여지가 많아요. 내가 아는 것은, 불평등이 그 자체로서 나쁘다고 생각된다면 교육제도를 개선해야 한다는 거예요. 다시 말해, 가난한 가정의 아이들이 더 나은 교육을 받도록 해주는 것이 우리가 할 수 있는 최선의 방법이라는 거죠. 그것이야말로 실질적이면서도 지속적인 효과를 볼 수 있는 가장 좋은 방법이에요. 내가 바우처 프로그램에 돈을 기부하는 것도 그 때문이고요."

"그럼 교육을 받지 않는 사람들이나 근면한 노동관을 갖지 않은 이들은 어떡하죠? 인종차별주의는요? 모두가 성공할 수는 없는 거예요. 그런 사람들은 굶어 죽도록 내버려둘 건가요?"

로라는 샘이 흥분해서 소파에서 벌떡 일어나 말을 쏟아내는 것을 보고 놀랐다.

"내버려둘 거냐고요? 나는 사람들이 굶는 것은 보고 싶지 않아요. 의료혜택이 없어서 죽는 모습도 보고 싶지 않아요. 자선에 대해 찬성한다고 말했잖아요. 정부에서 푸드스탬프제를 운영하지 않는다면, 사람들이 굶어 죽지 않도록 돈을 낼 용의가 있어요. 정부에서 의료프로그램을 운영하지 않으면, 그 비용을 감당할 수 없는 사람들을 위해 기부금을 낼 거라고요. 당신이라면 안 그러겠어요?"

"물론 저도 기부하겠죠. 단지 내가 걱정하는 것은 우리처럼 생각하는 사람들이 얼마 안 된다는 거예요."

"아니에요. 우리 같은 사람은 수없이 많아요. 그리고 그런 시도는 사람들이 경제적 불안정에 대처할 수 있도록 자신을 훈련시키는 사회로 귀결될 거예요. 자신의 두 발로 설 수 있는 기회를 더 많이 부여하는 사회 말이죠. 불가능할지도 모르지만, 그럴지라도 그런 사회가 우리의 목표가 되어야 하는 것은 틀림없어요. 너무 처참한 상황에 처하지 않게 돕는 것은 좋지만, 사람들을 의존성이라는 큰 알 속에 보호의 명목 하에 가둬두는 것은 좋지 않다고 생각해요. 삶은 투쟁이에요. 삶은 성취하는 것이죠. 넘어지고, 다시 일어서는 것이 우리의 삶이에요."

샘은 문득 말을 멈추고 물었다.

"〈율리시스〉의 마지막 부분이 뭐였죠?"

"분투하고, 추구하고, 발견하는 것."

"바로 그거예요. 완전한 인간이 되는 길이란 바로 그런 거예요."

로라는 놀라워하며 고개를 저었다.

"당신은 이상주의자로군요, 그렇죠?"

"그건 모르겠어요. 하지만 제가 한 점의 의심도 없이 확신하고 있는 것이 있다면, 그것은 당신이 아주 요리를 잘한다는 겁니다."

이미 늦은 시각이었다. 샘은 이제 집에 가야 할 시간이고, 둘 다 자야 할 시간이다. 로라가 말렸지만 샘은 설거지를 했다. 샘은 다시 한 번 로라의 요리를 칭찬한 후, 저녁식사에 초대해 준 것에 대해 감사의 마음을 전했다. 그리고 나서 배낭을 메고 현관에 서서 로라를 돌아보았다.

"목요일 저녁에 약속 있으세요? 같이 저녁식사 하실래요?"

"어쩌죠, 샘. 선약이 있어요."

로라의 표정에 실망감이 스치는 것을 알 수 있었다. 로라는 잠시 망설이다가 말했다.

"저기요, 그날 우리 집에 놀러오세요. 친구들이 몇 명 오기로 되어 있거든요. 저, 그 애들하고 있으려면 상당한 인내심이 필요하다는 것을 알아두셔야 할 거예요. 하지만 그래도 오세요."

"디너파티인가요? 내가 디너파티엔 잘 안 맞는 걸 아실 텐데, 두렵지 않으세요?"

"음식이 나오기는 하겠지만, 먹는 게 주요 이벤트는 아니에요. 오시면 깜짝 놀랄걸요. 하지만 재미있을 테니 걱정하실 필요는 없어요."

샘은 로라가 무슨 생각을 하는지 의아했다. 제인 오스틴에 대한 토론인가? 아니면 칼 마르크스? 그의 인내심을 시험할 만한 화젯거리는 얼마든지 있었다.

"몇 시까지 오면 됩니까? 아무래도 신경안정제를 준비해야 할 것 같군요."

로라는 그의 말에 웃으며 대답했다.

"8시 30분까지 오세요."

그러고는 잠시 주저하다가 말했다.

"샘, 뭐 하나 물어봐도 될까요?"

"뭐든지 물어보세요."

샘은 로라의 표정이 부드러워지는 것을 보았다. 샘은 로라가 목요일 저녁모임 참석 문제나 시에 대한 견해 따위보다 더 개인적인 문제를 물어보려 한다는 것을 알 수 있었다.

"당신 해고됐나요?"

이 말에 샘은 무척 놀라서 뭐라고 대답해야 할지 몰랐다.

"미안해요. 물론 내가 상관할 일이 아니란 건 알지만, 학교에서 그런 소문을 들었거든요."

"네, 해고됐습니다."

샘은 마침내 조용한 목소리로 말문을 열었다.

"어쨌든, 지금으로선 해고된 셈입니다. 반론의 기회가 있고, 또 그를 위한 일정이 잡혀 있기는 하지만, 솔직히 말하자면 반론을 할지 안 할지도 결정하지 못한 상태예요."

"샘…"

"걱정하지 말아요."

샘은 밖으로 나서며 말했다.

"복잡한 사생활 때문도 아니고, 마약 때문도 아니고, 뭐 그런 희한한 일로 해고되는 건 아니니까요. 이상한 눈으로 보지는 마세요. 당신은 내 편이라고 믿고 있습니다."

샘은 로라가 자신의 말을 믿는지 표정을 살피며 말했다.

"상황이 끝나면 모든 걸 말씀드리죠. 약속할게요."

"모두 잘 될 거예요. 희망을 가지세요."

로라는 가능한 한 밝은 목소리로 말하려 노력했다.

샘은 로라의 생각처럼 되지 않을 것임을 알고 있었지만, 로라의 눈 속에 깃든 신뢰와 샘의 마음을 위로하는 모습에 마음이 설레었다. 샘은 충동적으로 로라를 꼭 끌어안았다. 로라는 고개를 들어 샘을 쳐다보았다. 로라의 키스는 샘이 상상할 수 없을 만큼 부드러웠다.

# 돌아선 자

에리카 볼드윈은 거의 자정이 가까웠는데도 아직 식탁에 앉아 있다. 컴퓨터가 계속 윙윙 소리를 내며 돌아가고 있다. 에리카는 퇴근길에 중국 식당에서 사온 닭튀김을 한 점 먹고 나서, 한숨을 내쉬고는 식탁에서 일어났다. 모든 것이 지금부터 할 작업에 의해 결판이 날 것이다. 서두를 필요는 없다. 에리카는 천천히 차를 한 잔 끓여 마셨다. 그리고 나서 식탁으로 돌아와 숨을 한 번 깊이 들이마셨다. '자, 이제부터 해보는 거야.' 에리카는 컴퓨터 자판의 키를 몇 개 치고서 의자에 몸을 맡긴 채 기다렸다. 스프레드시트의 숫자들이 에리카가 입력한 명령어에 따라 이리저리 춤을 추었다.

에리카는 다른 일련의 키들을 입력하고 다시 기다리다가 당황했는지 눈썹을 모으고 화면을 바라본다. 다시 똑같은 키들을 입력하고 기다렸다. 에리카는 조바심을 내며 화면의 숫자들이 요동치는 모습을 바라보았다. 그러나 똑같은 숫자들이 다시 나오자, 놀라움과 절망에 싸인 채 의자에 몸을 기대었다. 에리카는 자리에서 일어나 이리저리 걸어 다녔다. 그러다 발걸음이 느려지는가 싶더니 주저하듯이 자리에 멈춰 섰다. 무슨 생각이 들었는지, 눈을 감고 큰 소리로 웃음을 터트렸다. 마셜 잭슨을 부를까 했지만, 시간이 너무 늦었다. 아침 일찍 전화하는 게 나을 듯하다.

"안녕하십니까. 식품의약품안전청 데이비드 레빈의 사무실입니다. 지금은 전화를 받을 수 없으니, 삐 소리가 난 후 메시지를 남겨주시면 확인하는 즉시 연락드리겠습니다."

"레빈 박사님, 저 에리카 볼드윈입니다. 지금은 화요일 오전 8시가 좀 못 된 시간이군요. 일과를 시작하시기 전에 뵈었으면 합니다. 나중에 다시 연락드리겠습니다."

에리카는 전화기를 내려놓고 대충이나마 책상을 치워보려고 했다. 거의 매일 그런 식이지만, 치운다고 해봐야 책상 위의 서류들을 모아서 더 높이 쌓아놓을 뿐이었다. 직원들이 일과를 시작하기 위해 사무실에 들어서자, 에리카는 9시에 회의가 있을 것이라고 말했다.

회의는 약간 들뜬 분위기에서 시작되었다. 에리카는 여느 때처럼 자기 자리에 앉아서, 무릎 위에 올려놓은 서류들에 온통 정신이 팔려 있었다. 모두들 소곤소곤 이야기를 나누면서 회의가 시작되기를 고대했다. 마침내, 에리카는 고개를 들어 사무실에 모인 직원들을 쳐다봤다.

"저는 어젯밤 이것들을 집으로 가져갔습니다."

에리카는 숫자들로 가득 찬 서류 뭉치를 들어 보이며 말했다.

"이것들은 예전에 우리에게 보내진 그 신약에 대한 데이터입니다. 저는 식약청의 레빈 박사가 말해준 정보를 토대로 어젯밤에 이 서류들과 씨름을 했습니다."

에리카는 말을 멈추고 몇 장의 종이를 회람시켰다.

"이 서류들은 전형적인 형식을 따르고 있습니다."

에리카는 말을 이었다.

"첫 번째 열은 실험번호들을 나타내고 있어요. 두 번째 열은 A 또는 B, 둘 중에 하나가 쓰여 있습니다. 레빈 박사의 말에 따르면, A나 B는 처리집단이나 통제집단을 지칭하는 것입니다. 따라서 A 그룹은 신약 주사제를 투여한 집단이고, B집단은 아무 효능이 없는 위약을 투여한 집단일 가능성이 높습니다. 그리고 나면 두 개의 열이 남습니다. 이들 중 첫째 열은 처리 전의 데이터이고, 두 번째 열은 처리 후의 데이터입니다."

"그래서 그게 뭘 의미하는 거죠?"

누군가가 물었다.

"아직 무엇을 의미한다고 단정지을 수는 없습니다. 그런데 최근 월가에서 주식브로커로 일하는 친구에게 들은 바로는, 헬스넷의 몇몇 항암 치료제가 임상실험 단계에 있다는 소문이 돌고 있다더군요. 그 소문이 사실이라면, 이 약제는 암을 치료하기 위해 개발된 것이라고 볼 수 있겠죠. 그렇다면 첫 번째 열은 약물처리를 하기 전의 종양 크기를 밀리미터 단위로 나타낸 것이고, 두 번째 열은 처리 후의 크기라고 볼 수 있습니다. 통상적으로, 실험보고서의 끝 부분에는 약제의 효능을 상세히 기술하는 추록이 붙어 있습니다. 이 경우 추록에는, 약제가 종양에 어떤 영향을 미쳤는지 보여주기 위해 처리 전후 종양 크기의 평균값을 기록하게 되어 있지요. 그리고 이러한 차이가 우연에 의해 발생한 것인지, 아니면 약제의 효능을 입증할 만큼 체계적인 차이를 보이는 것인지 구분할 수 있는 통계적 결과들도 쓰여 있을 겁니다."

"그런데 우리에겐 그 부분이 없잖습니까."

마셜 잭슨이 말했다.

"그렇죠. 하지만 우리에겐 그것이 아니더라도 충분한 정보가 있습니다. 우린 그 약제가 효능이 있는지 없는지 알려주는 60여 쪽에 걸친 정보를 가지고 있어요. 만약 누군가가 여기에 쓰인 A와 B 데이터를 스프레드시트에 모두 입력할 수 있다면, 그것만으로도 충분한 정보 가치가 있습니다."

직원들은 국장이 뭔가를 알아냈다는 것을 눈치채고 웅성거리며 그녀의 말을 재촉했다.

"진정들 하세요. 저는 지난밤에 이 데이터들을 모두 입력했습니다. 보고서에는 대략 2,000개의 실험결과가 실려 있더군요. A와 B가 각각 1,000개씩 있었습니다. 통계적인 유의성을 획득하기에 충분한 숫자라고 할 수 있겠죠. 저는 우선 B그룹을 먼저 입력했습니다. 투여제의 효과가 없는 것으로 나오더군요. 처리 전의 평균값과 처리 후의 평균값이 같았습니다."

"정확히 일치했다는 말입니까?"

누군가가 물었다.

"아니요. 정확히 같지는 않습니다. 그런 건 거의 불가능한 일이겠죠. 하지만 소수점 셋째 자리까지 두 개의 평균값이 일치했습니다. 그리고 이 정도의 실험값 차이는 통계적으로 무의미합니다. 이 말은 곧, 이것이 두 개의 집단을 비교할 때 종종 발견할 수 있는 우연에 의한 차이일 가능성이 압도적으로 높다는 뜻이죠."

"그런 것들을 도대체 어떻게 아셨습니까?"

마셜 잭슨이 웃으며 에리카에게 물었다.

"여러 가지 차별(差別)에 관한 사건들을 맡다보면, 어쩔 수 없이 통계지식을 배우게 됩니다. 어쨌든, 저는 B가 위약일 것이라고 생각했습니다. 그리고 A그룹의 실험결과들을 모두 입력한 후 통계값을 살펴봤지요. 이것은 위약이 아닌 실제 주사제로 처리된 그룹으로 생각됐습니다. 그런데 A그룹의 두 개의 평균을 비교해 보니 믿을 수 없는 결과가 나오더군요. 처음엔 제가 키보드 조작을 잘못했거나, 아니면 처리 전과 처리 후의 결과를 혼동해서 입력했을 거라고 생각했습니다. 그래서 다시 한 번 해봤죠. 그래도 같은 결과가 나오더군요. 약제의 처리 후 그룹이 처리 전 그룹보다 숫자가 컸어요. 이 말은 곧, 이 약제가 악성 종양을 더욱 악화시킨다는 이야기가 됩니다. 이제 여러분도 제가 왜 놀랐는지 아시겠지요. 한편으로 저는 이 서류들이 어떻게 우리 손에 들어왔는지 생각해 봤습니다. 이 서류들은 누군가 이것들을 파기하기를 원한다는 메모와 함께 보내졌습니다. 만약 여러분이 항암제를 연구하고 있는데, 실험을 해봤더니 약이 오히려 병을 악화시킨다는 결과가 나온다면, 그 증거물을 없애고 싶은 충동을 느끼겠지요. 특히 헬스넷 같은 회사 분위기에서는 더욱 그럴 겁니다."

"그럼 국장님은 헬스넷에서 그 약제가 위험하다는 것을 알면서도 계속 생산하려고 한다는 겁니까? 그건 말도 안 돼요."

한 직원이 말했다.

"우리 같은 사람들이 보기엔 말이 안 되지만, 헬스넷사의 입장에서는 다를 수 있어요. 최근 헬스넷사의 주가동향을 살펴보세요. 지난달 주가가 15%나 올랐어요. 월가 친구 말에 의하면, 주가가 오르는 건 그 회사가 임상실험을 하고 있는 약제에 대해 투자자들이 낙관적인 전망을 하기 때문이라더군요. 그런데 만약 그 약이 실패작이어서 시장에 출시되지 않는다면, 헬스넷의 주가는 폭락할 것이 뻔합니다. 이런 사태를 피해야 하는 누군가는 뭔가 손을 쓰지 않으면 안 되겠죠. 실험결과를 파쇄하고 조작하는 것 따위의 일을 하더라도 말입니다."

"국장님 말씀이 옳을 수도 있지만, 아직까지 그건 단순한 추측에 불과합니다."

마셜 잭슨이 말했다.

"맞아요. 하지만 저는 오늘 오후에 레빈 박사에게 다시 전화할 생각입니다. 그는 이 실험결과를 보인 약제가 정말 헬스넷의 것인지 확인해 줄 겁니다. 어쩌면 그는 이미 헬스넷사로부터 실험결과가 낙관적이라는 견해를 담은 위조된 자료를 제출받았는지도 모르죠. 어쨌든, 우리는 이번 기회에 헬스넷을 박살내고 덤으로 크라우스까지 잡아들일 수 있을 거예요."

사무실은 온통 흥분한 직원들의 웅성거림으로 가득 찼다. 수년간의 노력과 끈질긴 수사, 그리고 사건을 종결지을 마지막 한 방에 대한 기다림이 이로써 끝날 수 있는 것이다.

잠시 후, 직원들은 흥분을 가라앉히고 모두 자기 책상으로 돌아갔다. 에리카는 전화기가 놓인 곳으로 가서 레빈에게 다시 전화를 걸었다. 레빈이 전화를 받자, 에리카는 기쁨으로 온몸에 전율을 느꼈다.

"레빈 박사입니다."

"데이비드, 에리카 볼드윈이에요. 어제 이야기했던 임상실험 결과에 대해 좀 더 자세한 이야기를 하고 싶어서 전화했어요."

"그렇군요."

레빈의 목소리는 왠지 자신이 없고 주저하는 듯했다.

"전에 저희가 입수한, 식별할 수 없는 코드가 적힌 서류를 보내 드렸죠."

"그거요? 네, 기억합니다."

레빈의 목소리는 왠지 모를 조심스러움이 사라지지 않고 있다. 무슨 일이 있었던 걸까? 에리카가 레빈을 알고 지낸 지 십 년이 지 났지만 이런 일은 없었다.

"그 회사 코드가 헬스넷이라는 걸 확인해 주셨죠?"

"네, 헬스넷의 코드로 보이긴 하더군요."

"정말 잘 됐군요. 잘 들어보세요. 제가 그 숫자들을 분석해 봤는 데, 정말 믿기 힘든 결과를 얻었어요. 그 분석결과를 보내드릴 테 니 당신도 곧 보실 수 있을 거예요. 하지만 그 전에 한 가지 부탁드 릴 게 있어요."

"뭔데요?"

"의회에서 이 서류들에 대해 증언해 줬으면 해요. 이것들은 헬스 넷을 잡을 수 있는 결정적인 증거가 될 거예요. 당신이 도와준다면 일이 더 쉬워질 거고요."

"유감스럽지만, 그럴 수 없어요."

에리카는 한 방 얻어맞은 듯했다. 하지만 내색하지 않고 말했다.

"제 말을 오해하셨나 본데, 헬스넷의 실험이 종결되기 전까지는 당신이 그 결과를 공식적으로 언급할 수 없다는 걸 잘 알고 있어 요. 전 저희가 익명으로 받은 이 서류에 대해서만 증언해 달라는 거예요. 이제 제가 보여드릴 서류 말입니다. 이 서류가 의미하는 바를 확인해 주시고, 그에 대해 가장 일반적인 용어로 설명해 주시는 걸로 족해요."

"유감스럽지만, 그것도 불가능할 것 같군요."

레빈의 목소리에서는 왠지 모를 딱딱함과 초조함이 배어 나왔다. 그것은 오히려 적대적인 목소리보다 더 사람을 놀라게 하는 뭔가가 있었다. '이 사람이 내가 알던 레빈 박사란 말인가. 약제의 효능에 관한 실험결과에 대해 의학적인 의문을 제기하는 증언을 하기에 그는 충분한 위치에 있는데.'

에리카는 더 이상 참을 수가 없었다.

"데이비드, 무슨 일 있어요?"

레빈은 조용히 말했다.

"아니요. 저는 단지 그런 추잡한 일에 관여하고 싶지 않을 뿐이에요. 제 생각에, 당신이 가지고 있는 서류는 헬스넷의 경쟁사에서 조작한 것이 아닌가 합니다. 그 서류의 출처에 대해 알게 되면 연락주십시오. 그럼."

"하지만, 데이비드…"

레빈이 이미 전화를 끊은 후였다. 에리카는 여러 가지 가능성에 대해 생각해 보았다. 물론 데이비드의 말이 옳다. 헬스넷에 악의를 가진 누군가가 그 서류를 위조해서 보냈을 수도 있다. 하지만 레빈의 목소리에는 조심스러움과 그 이상의 석연치 않은 구석이 있었다. 서류의 출처를 알아낸다고 해도 그가 의회에서 증언하지는 않을 거라는 강한 예감이 들었다. 레빈이 단순히 증언을 거부하는 것이라면 그리 대단한 일은 아니다. 레빈이 아니어도, 좀 더 지위는 낮지만 이에 대해 증언할 수 있는 사람은 얼마든지 있다. 하지만 묵과할 수 없는 것은 레빈의 목소리에 배어 있는 수상한 느낌과, 둘의 관계가 갑자기 차갑게 변했다는 사실이었다.

누군가 레빈에게 영향을 준 것이 분명하다. 그것만이 레빈의 태도가 돌변한 유일한 해답일 것이다. 헬스넷의 누군가가 당근을 제시했든지, 아니면 채찍을 들이댔을 게 분명하다. 아니면, 크라우스의 손아귀에 있는 상원의원이 레빈의 연구비용을 삭감하겠다고 위협했을 수도 있다. 또 어쩌면 그 자신이 크라우스를 위해 더러운 일을 했을 수도 있다. 만약 레빈이 헬스넷에 수사과정에 대해 알려줬거나, 넌지시 암시했을 수도 있지 않은가. 아니다. 누군가 레빈의 연구소에 대해 정밀조사에 착수하겠다고 위협했을지도 모른다. 식약청의 어떤 직원이라도 이 익명의 서류에 대해 증언한다면, 식약청 전체에 대한 조사에 들어가겠다는 압력이 행사됐을 수도 있는 것이다.

하지만 이런 일이 가능하다면, 헬스넷의 누군가가 서류 유출에 대해 알고 있어야 한다. 그리고 서류가 공개되었을 때의 파장에 대해서도 알고 있어야 할 것이다. 레빈의 연구소에서 일하는 누군가가 헬스넷과 접촉한 게 분명하다. 그렇다면 이 서류를 유출시킨 그 익명의 제보자는 지금 위험에 처해 있는 것이다. 그렇다면 그가 누구든 이 위험을 알려야만 한다.

에리카는 수화기를 들고, 마셜에게 전화해서 서류의 출처를 파악하는 방법에 대해 의논하려 했지만, 수화기를 내려놓으며 생각에 잠겼다.

만약 첩자가 레빈의 연구소가 아니라 바로 이곳, OCR에 있다면? 아니야, 그럴 리가 없어. 에리카는 그렇게 믿고 싶었다. 하지만 이 세상에는 믿을 수 없는 일이 수없이 일어난다는 것을 에리카는 알고 있었다. OCR의 국장으로 지내면서, 올곧은 인간도 돈에 대한 욕망에 사로잡히면 배신행위를 저지를 수 있다는 것을 보았다. 무슨 일이 있더라도 에리카는 결코 놀라지 않을 것이다. 직속부하가 기밀을 누설했다 하더라도 놀랄 것이 없었다. 심지어는 심복인 마셜 잭슨도 첩자일 수 있다. 그럴 수도 있다. 물론 그럴 수도 있지. 하지만, 설마 마셜이 그랬을까? 에리카는 오늘 회의를 떠올려보았다. 마셜에게서 다른 낌새를 느끼지는 못했다. 마셜이 에리카에게 통계지식들은 도대체 어디서 배운 거냐고 묻기는 했다. 하지만 그것은 단순히 놀리려고 한 말이지, 이의제기를 한다거나 안티를 걸기 위한 말이 아니었다. 그 외에 다른 질문들도 했었지. 하지만 그것도 토론을 활발히 만들기 위해 이런저런 관점을 제시하는 역할을 맡은 것에 불과했다. 마치 악마의 법률가가 사람들 사이에 논쟁을 일으키려고 하는 것처럼. 악마의 법률가라. 순간 뭔가 오싹한 것이 에리카를 섬뜩하게 했다. 에리카는 자신의 생각을 비밀로 한 채 혼자 움직여야만 한다고 생각했다. 빨리 서류의 출처를 찾아내야만 한다. 누군가가 목숨의 위협을 받고 있다. 출처를 추적하여 익명의 제보자에게 위험을 알려줄 방법이 없을까?

하지만 에리카가 제보자의 신원을 알아낼 방법은 없었다. 이 점이 바로 익명이라는 것에 대해 제보자가 누릴 수 있는 장점이자, 감수해야 하는 위험이기도 하다. 에리카가 이런 고민으로 초조해하고 있을 때, 헤더 하더웨이는 자전거를 타고 조지타운의 운하 옆으로 난 도로를 따라 달리고 있었다.

헤더 하더웨이는 이제 자유로운 몸이었다. 헬스넷을 그만두고 아무런 걱정 없이 지내면서, 다른 직업을 구하는 일은 생각해 보지 않았다. 운하 옆의 도로를 자전거로 달리는 것은 상당한 운동이다. 이번 주에만 벌써 세 번째 이 길을 달리고 있다. 답답한 도시에 비하면 교외의 풍경은 푸르고 신선했다. 이곳은 헤더가 미래에 대한 희망을 키우기에 더 없이 좋은 곳이었다.

운하를 따라 펼쳐진 길은 무척 평화로워 보였다. 근처에는 집이나 빌딩도 없다. 저 멀리 농장만이 몇 개 보일 뿐이다. 도로에도 아무도 없는 듯했다. 그러나 헤더가 주의만 좀 기울였다면, 저 멀리 하늘과 맞닿은 지평선에 자동차 한 대가 어른거리는 것을 볼 수 있었을 것이다. 공기는 너무도 상쾌했고, 산들바람은 헤더의 금발머리를 찰랑이게 했다. 어쩌면 헤더는 워싱턴에 머물렀어야 했는지도 모른다. 이렇게 인적이 드문 곳에서는 무슨 일이 일어날지 모르는 것이다.

붉은 날개를 한 찌르레기가 운하 건너편의 울타리에 내려앉았다. 자동차는 점점 다가오고 있었다. 특별히 빨리 달리는 것은 아니었다. 그럴 필요도 없었다. 이곳은 헤더가 숨을 곳도 없을 뿐더러, 헤더의 마음은 버지니아의 아름다운 풍경과 앞으로 펼쳐질 미래에 대한 공상으로 가득 차 있었기 때문이다. 어느 순간 자동차는 차선을 벗어나 헤더가 달리고 있는 자전거 도로로 뛰어들었다. 그 때가 되어서야 헤더는 자동차가 자신을 덮친다는 것을 알 수 있었으나, 때는 이미 늦었다.

# 순응과 역행

샘은 악몽을 꾸었다. 꿈속에서 샘은 대학시절로 돌아가 문학 강의실에 앉아 있었다. 벌거벗고 있는 것도 아니고, 시험 시간에 졸고 있는 것도 아니었다. 하지만 그래도 악몽이었다. 샘은 에인 랜드와 찰스 디킨스의 소설에 대한 강의를 듣고 있었다. 강의 도중에 샘은 왜 자본주의가 가난한 이들에게 좋은지에 대해 발표를 했다. 그런데 샘이 한 마디 할 때마다, 교실의 누군가가 말을 가로막고 냉정한 사람이라고 비난했다. 너는 괴물이자 야수이며, 이기적인 자들의 앞잡이에 불과하다고 말했다. 샘은 이성을 잃고 욕을 퍼붓고 말았다. 샘은 분노에 사로잡힌 채, 강사에게 도움을 청하는 눈길을 보냈다. 한데 놀랍게도 그 강사는 로라였다. 로라는 샘을 보려하지 않았다. 샘이 말하는 동안 천천히 고개를 흔들면서 커다란 학생 평가록에 뭔가를 쓰고 있을 뿐이었다.

샘은 흠칫 놀라 꿈에서 깼다. 아침이었다. 단지 꿈일 뿐이지만 샘에게 그것은, 오늘 밤 로라 집에 갔을 때 또 뭔가 일이 터질 거라는 불길한 암시처럼 느껴졌다. 로라는 오늘 모임에 관해 어떤 계획을 가지고 있는 걸까. 아무래도 불안감을 떨칠 수 없었다.

'누군가에게 조언을 청하고 힘을 내는 것도 좋겠지. 아직 이른 시간이지만 엘렌 누나라면 해가 늦게 뜨는 휴스턴에 산다고 해도 깨어 있을 거야.'

"누나? 나 샘이에요. 잠을 깨운 건 아니겠죠?"

"아냐. 아래층에서 애들과 아침식사를 준비하던 중이었어. 잘 지내지?"

"네, 근데 지난번에 말한 그 문학 선생 기억나요?"

"그럼. 너랑 말다툼했다던 그 여선생 말이지?"

"네, 맞아요. 순전히 내 생각인데, 관계에 좀 진전이 있는 것 같아요."

"그래? 그녀가 존 밀턴 대신 밀턴 프리드먼을 읽기라도 하니?"

"아뇨, 그런 건 아니고 남녀관계에 관한 진전 말이에요. 약간은 날 좋아하는 것 같긴 한데 잘 모르겠어요."

"사귄 지는 얼마나 됐는데?"

"글쎄, 우리가 지금 사귀는 건지도 확실치 않아요. 학교에서 마주치면 이런저런 논쟁을 벌이고, 가끔 저녁식사를 같이 하면서 좀 더 심층적인 논쟁을 하곤 하죠."

"흠. 좋은데, 뭐."

"사실은 나도 그녀하고 이것저것 논쟁하는 게 좋아요. 그녀도 좋아하는 것 같고. 요즘은 논쟁은 좀 줄고, 대신 그 뭐랄까… 대화라고 할 만한 걸 하고 있죠. 굳이 말하자면 그렇다는 거예요. 평생 자신하고 이야기하던 나로서는 대화와 논쟁을 구분하는 게 쉬운 일은 아니지만 말이죠. 하지만 며칠 전에는 키스를 하기도 했어요."

"그런데 뭐가 문제야? 다 잘돼가는 것 같은데?"

"물론 그녀하고는 잘돼가죠. 하지만 그녀의 가족과는 그다지 사이가 좋지 않아요. 이미 고성이 오간 적도 있어요. 오늘은 그녀가 계획한 친구들 모임에 초대받았는데, 오늘도 망칠까 봐 걱정돼요."

"내가 생각해도 그럴 가능성이 커. 잠깐 끊지 말고 기다려."

수화기 너머에서 음식을 가지고 티격태격하던 5살 조카와 3살 질녀를 야단치는 엘렌의 목소리가 들려왔다.

"아, 미안."

아이들이 조용해지자 엘렌이 다시 전화기를 들었다.

"어디까지 말했지?"

"오늘 망칠 가능성이 크다는 것까지요. 나도 조금 있으면 31살인데, 이젠 나와 의견이 다르다고 해서 소리를 지르는 유치한 짓은 그만둬야 할 것 같아요. 그런 걸 억누르는 비결 좀 가르쳐줘요."

엘렌이 재미있다는 듯 웃었다.

"그건 나도 몰라. 네가 착각하는 것 같은데, 난 엔지니어야. 항상 다른 엔지니어들이랑 다니고, 우린 정치에 관해서는 별로 얘기하지 않아."

"오늘 만날 로라의 친구들이 엔지니어라고 치고, 뭐 조언 같은 거 없어요?"

"글쎄, 내가 직업 세계에서 배운 게 있다면, 열정은 높게 평가받지만 분노나 선동은 그렇지 못하다는 거야. 너도 사람들과 친하게 지내고 그들에게 영향도 끼치고 그러고 싶지 않니? 그렇지?"

"그렇죠."

"그렇다면 다음에 또 네 혈압이 올라가는 일이 생기거든, 상대방이 네 반응을 어떤 식으로 받아들일지 먼저 생각해 봐. 네가 아무리 열변을 토해도 그들은 감동하지 않아. 그렇다고 네 생각을 진지하게 받아들이지도 않지. 단지 네게 좀 문제가 있다고 생각할 뿐이야. 그리고 어쩌면 그런 그들의 생각이 맞는지도 모르고."

"누나도 내게 문제가 있다고 생각하는 거예요?"

"너는 그렇게 생각하지 않니?"

엘렌은 놀리는 게 재미있다는 듯이 말했다.

"그럴지도 모르죠. 하지만 그건 내가 평생 사람들과 다른 정치의식을 가지고, 그들의 독선에 맞서면서 살아왔기 때문이에요."

"그럼 그렇게 자기연민에 빠지지 말고, 그걸 즐겨봐. 오직 죽은 물고기만이 물결을 따라 흘러가는 거야. 시류를 거슬러 싸우는 것을 즐겨보라구. 화를 내면 건강에 안 좋아. 그리고 누가 아니? 그 여자와 잘될지."

"고마워요. 조카들은 잘 지내죠?"

"맥스하고 레베카 말이니? 이 녀석들은 언제나처럼 완벽해. 적어도 내 눈에는 말이지."

샘은 도움이 필요할 때 기댈 수 있는 누나가 있다는 게 얼마나 큰 행운인지 새삼 깨달았다.

"이건 어때?"

엘렌이 말을 이었다.

"몇 년 정도 아이 돌보는 일을 해보는 거야. 성질 죽이는 연습으로는 아장거리는 애들 몇 명 키우는 것보다 좋은 게 없거든."

"성질 죽이는 건 차근차근 하는 게 나을 것 같군요. 맥스한테 삼

촌하고 통화할 건지 물어봐 주세요.”

샘은 하루 종일 어떻게 하면 자신의 열정을 조절해서 분노가 아닌 즐거움으로 표현할 수 있을지 궁리했다. 결국 그는 좀 더 차분하게 이야기해야 사람들이 자신의 생각을 받아들일 수 있을 것이라는 결론을 내렸다. 그에게 그렇게 차분히 이야기한다는 게 쉬운 일은 아니겠지만, 해볼 만한 가치는 있는 것 같았다. 잘 될지는 모르겠지만.

샘은 다시 코네티컷 가에 있는 로라의 아파트를 찾았다. 이번에는 친구 6명과 룸메이트들도 함께였다. 모두 로라의 예일대 동창생들이었다. 그들은 거실에서 먹고 마시며 여기저기 흩어져 있었다. 로라가 그들에게 샘을 소개했고, 샘은 웃으며 그들과 이야기를 나누었다. 먹고 마시면서 즐거운 시간을 보냈다. 도대체 샘의 인내심을 시험할 일이 뭐란 말인가? 이성을 잃을까 봐 걱정한 것은 기우에 불과한 듯했다. 누군가 이상한 시를 네댓 시간 큰 소리로 읊은 후에 시험을 치르겠다고 들지도 모르지만, 그런 정도의 인내심 테스트라면 화내지 않고 얼마든지 견뎌낼 수 있을 것이다.

그때 누군가가 소리쳤다.

“벌써 9시야!”

그러자 모두 달려가더니 거실에 있는 TV 앞에 모여 앉았다. 아마도 오늘 밤의 핵심 이벤트는 TV 프로그램인가 보군. 샘은 웃음이 터지려는 걸 꾹 참았다. 놀랄 일이란 게 겨우 TV 시청이었어. 한두 시간 TV 보는 일쯤이야 가뿐하지. 아마도 예전에 자신이 한 TV의 악영향에 대한 일장연설을 듣고 로라가 과민반응한 것이리라.

방안은 쥐 죽은 듯이 조용해졌다. 샘은 이미 근심 걱정이 다 사라졌다. TV 보는 일은 그냥 조용히 앉아서 입 다물고 있으면 되는 것이다.

하지만 그것도 샘의 생각처럼 쉬운 일이 아니었다. 프로그램 중간에 광고 시간이 되자, 로라는 친구들에게 샘은 TV가 없어서 극의 줄거리를 전혀 모른다고 설명했다. 한 친구가 샘에게 개략적인 줄거리를 얘기해 주었다. 주연을 맡은 마이클 더글러스는 전형적인 악질 사업가로 등장하고 있었다. 항상 긴장을 늦추지 않는 무자비하고 이기적인 사업가의 전형이었다. 광고가 끝나고 프로그램이 다시 시작되자, 상황은 더욱 악화되었다. 왜 대중들은 사업가라고 하면 저렇게 악마적인 이미지를 떠올리는 걸까? 아무래도 월마트의 저렴한 가격과 사우스웨스트 항공의 최상의 서비스를 주제로 한 드라마가 시청자의 눈길을 끌기는 힘들겠지. 하지만 TV나 영화에 등장하는 재계의 리더들은 왜 항상 소비자를 착취하거나, 부인을 속이며 바람을 피우거나, 아니면 돈이라면 수단과 방법을 가리지 않은 사람으로 묘사되는 걸까?

로라의 친구들은 그 드라마에 나오는 문제들에 대해 경제학자는 어떻게 생각하는지 매우 궁금해 했다. 샘은 현실적인 경제학적 분석은 접어둔 채, 일반적인 이야기만 언급하려 했다. 속으로는 진실을 말하고 싶은 마음이 굴뚝같았지만, 누나의 조언을 떠올리며 마음을 진정시키려고 애썼다. '진정하자, 진정해.' 샘은 반대의견을 가진 사람들 앞에서 냉정함을 유지할 수 있는 방법을 찾느라 머리를 쥐어짜야만 했다. 한 가지 아이디어가 뇌리를 스쳤다. '나도 그들과 똑같이 생각하는 체하면 되는 거야!' 샘은 아무렇지도 않은 듯 사업가들의 탐욕에 대해, 착취당하기 쉬운 소비자들에 대해, 그리고 정부의 개입이 왜 필요한지에 대해 이야기했다.

프로그램이 끝나자, 로라의 친구들은 샘을 돌아보며 최종적인 결론을 내려주기를 고대했다. 샘은 연극을 계속했다. 샘은 마이클 더글러스가 뛰어난 연기를 보여줬다고 평가했다. 그가 맡은 극중 인물의 캐릭터는 사업계에서 전형적인 것이라고 말했다. 거기선 이기기 위해서는 뭐든 하는 법이라고. 그리고 더글러스를 법정으로 데려가는 콧대 높은 정부관리들에 대해서는, 우리 사회에는 저런 훌륭한 사람들이 더 많아야 한다고 말해 주었다. 자본주의가 성공하기 위해서는 정부의 관리감독이 절실하다고 설명했다. 그렇지 않으면 자본주의는 자체적인 모순에 의해 붕괴하고 말 것이라고 했다. 로라의 친구들은 새롭고, 회개한 샘의 모습을 좋아하는 눈치였다. 그들은 샘의 참모습을 알 수 없었다. 다행히도, 아무도 샘이 연기를 하고 있을 뿐이라는 사실을 눈치 채는 사람은 없었다. 누구도 샘의 분석을 비웃거나 적대감을 보이지 않았다. 단지 샘이 말한 모든 것에 동의하는 듯 고개를 끄덕이고 있을 뿐이었다.

손님들이 모두 떠나고 룸메이트들도 각자의 침실로 들어가자, 샘은 로라에게서 쏟아질 칭찬을 들뜬 마음으로 기다리고 있었다. 하지만 파티로 인해 여기저기 흩어져 있는 것들을 치우고 난 후에도, 로라는 아무 말도 하지 않았다.

"오늘 나 어땠어요?"

샘은 단 둘이 있게 되자 로라에게 넌지시 물어보았다.

"어땠냐고요? 태어나서 오늘처럼 당황스럽기는 처음이었어요."

"당황스러웠다고요? 난 당신을 당황하게 만들지 않으려고 내가 할 수 있는 것은 다 했는데, 당황스러웠다고요? 난 큰소리 한번 안

냈고, 아무도 자리를 박차고 나가지도 않았어요. 모두가 즐거웠다고요. 왜 당황했다는 건지 이해가 안 되는군요."

"당신은 내 친구들을 속였어요. 거짓말을 했다고요. 당신은 자신의 생각을 그대로 말하지 않았어요!"

"난 죽은 물고기가 어떤 기분인지 알고 싶었어요."

"그게 무슨 소리예요?"

"죽은 물고기 말이에요. 내가 누나에게서 들은 말콤 머거리지의 비유예요. 오직 죽은 물고기만이 물살에 실려 다닌다는 것이죠. 난 한 번도 물살을 타본 적이 없어요. 언제나 그 흐름을 거스르기만 했죠. 내가 진짜 내 생각을 드러냈으면 어땠을 것 같아요? 논쟁을 위해 평상시의 나를 드러냈다면 어떤 일이 벌어졌겠냐고요. 자신이 제조한 상품으로 소비자들을 위험에 빠뜨리고, 정부 관리를 매수하며, 돈을 벌기 위해선 무슨 일이든 하는 사업가가 등장하는 프로그램을 본 사람들을 앉혀놓고 내가 무슨 수로 자본주의를 옹호할 수 있겠어요? 민간에 있으면 고액의 연봉을 받을 수 있는데 경제정의 실현을 위해 박봉을 감수하며 공직에 몸담고, 인디고 걸즈의 음악에 맞춰 조깅하고, 하이힐을 신고 일하는 매력적이면서도 성인군자 같은 주인공을 보고 반한 사람들 앞에서 어떻게 정부의 규제를 비판할 수 있겠느냔 말이에요!"

샘은 이마를 찡그리며 생각에 잠겼다.

"에리카 역할을 맡은 게 데미 무어인가요?"

"아니요. 니콜 키드만이에요."

로라가 조용한 목소리로 대답했다. 로라는 화가 약간 가라앉은 듯 조용했다. 샘이 이렇게 변한 이유가 뭘까?

"좀 오버한 거 아니에요, 샘? 그건 그냥 드라마일 뿐이에요."

"무슨 말을 하는지 모르겠군요."

"모르는 척하지 말아요. 무슨 말 하는지 알잖아요. 그건 진짜가 아니에요. 뭐랄까… 그건 단지 오락을 위한 프로일 뿐이잖아요."

"그래요? 그냥 TV 드라마일 뿐이라고요? 좋아요. 그럼 다른 TV 프로그램을 상상해 봅시다. 이를테면, '붕괴된 교실'이라는 제목의 드라마가 있다고 치자고요. 그 프로는 부유한 교외의 공립학교가 무대고 잭 니콜슨이 고약한 영어 선생으로 등장해요. 그는 수업 준비 따위는 거의 안 하고, 문학은 끔찍이 싫어하며, 문법에 어긋나는 표현도 많이 써요. 강의 노트는 20년 된 것을 아직도 쓰고 있고, 가끔 술 냄새를 풍기며 수업에 들어오기도 해요. 그는 친근감의 표현이라는 핑계로 학생들을 여기저기 만지작거리고, 그가 줄 수 있는 위치나 성적을 원하는 문제 학생들과 동침하기도 하죠. 그는 성행위 요구에 응하지 않으면 앙심을 품고 낮은 점수를 주기도 하지만, 가격만 맞으면 학점을 팔기도 해요. 그래도 그가 교원조합의 대표이기 때문에 아무도 그를 함부로 대할 수 없어요. 이뿐만 아니라 이 인간은 자기가 좀 더 고되게 일해야 할 것 같은 학교 개혁안이라도 제안되면, 그걸 무산시키려고 방해하고 결국 폐기되게 만들죠. 또 그는 럭비팀의 코치도 맡고 있어요. 해병대 출신이어서 그런지는 몰라도, 학생들이 잘못하면 말이나 행동으로 폭력을 가하기도 하죠. 그래도 학생들은 대학에 진학하려면…"

샘은 말을 멈추었다.

"왜 웃고 있는 거죠?"

"당신이 하는 말은 웃기는 코미디 같은데요. 아마도, 모르긴 하지만 잭 니콜슨처럼 심각한 캐릭터보다는 짐 캐리가 더 어울릴 것 같네요."

"아니죠. 이것은 학생들의 삶을 망쳐놓는 야비한 인간을 현실적으로 묘사하는 아주 진지한 프로라고요. 손에 땀을 쥐게 하는 드라마죠. 사람들은 아주 좋아할 거예요. 이 프로 때문에 일정을 조정하기도 하고, 사정이 생기면 녹화해서라도 보겠죠. 최종회에 가면, 한 학생이 만약 자기가 하버드에 진학하는 데 협조하지 않으면 지방신문에 그의 비리를 모두 폭로하겠다고 협박하는 장면도 나와요. 그래서 니콜슨은 그 학생을 간단히 살해하고 묻어버리죠. 이 프로를 여러 학부모들과 함께 보고 있다고 생각해 봐요. 처음에는 좀 말이 안 되긴 하지만, 당신도 방금 웃었던 것처럼 그들과 함께 재미있게 웃으면서 그 프로를 시청하겠죠. 하지만 누군가가 이 프로를 보고서 정말 술 먹고 수업하러 오는 선생이 있냐고 물어본다면 어떻게 하겠어요? 네, 물론 당신은 정직한 사람이니 동료 선생 중에 밤늦게까지 술을 먹거나, 아니면 해도 지기 전에 술을 마셔대는 사람이 있기는 있다고 말을 하겠죠. 그건 영어 선생들끼리만 알고 있고, 또 당신은 외면하고 싶은 현실이지만, 그런 선생이 실재하는 것은 사실이에요. 당신의 솔직한 대답을 듣고 누군가가 한술 더 떠서 묻겠죠. 그럼 부적절한 관계로 인해 해고된 선생이 있냐고 말이에요. 이 학교에서 일한 지 일 년이 채 안 됐으니 잘 모르겠지만, 그래도 당신이 오기 전에 일하던 맨스필드에 관한 이야기는 들어보셨겠죠? 그런 이야기는 쉽게 잊히는 게 아니니까요. 그는 에드워드 고교에서 4년 전에 쫓겨났고, 사건은 그와 여학생 부모의 합의로 끝났죠. 대화는 이런 식으로 쭉 진행될 거예요. 나쁜 짓을 한 사람들은 꼭 하나씩 있게 마련이니까요."

"하지만…"

"하지만 당신이 말하려는 대로, 이 모든 추악함을 한 캐릭터에 담는 것은 공정하지 못한 일이겠죠. 그런 사람은 존재하지 않아요."

"음, 그래요."

로라가 말했다.

"그게 제가 하려던 말이에요."

"어쨌든 당신이 화를 내거나 풀이 죽으면, 같이 TV를 보던 사람들은 저것은 허구이며 단지 재미를 위한 TV 프로일 뿐이라고 하겠죠. 사람들은 당신이, 뭐라고 표현해야 할까, 약간 과장된 선생의 모습에 과민반응한다고 생각할 거예요. 너무 심각하게 받아들이지 말라고 말하겠죠. 하지만 당신은 그럴 수밖에 없을 거예요. 일선에서 성실히 근무하는 선생님들에 대한 존경심을 시청률을 높이기 위해 깎아내리는 그런 프로를 보고 담담하게 반응하는 건 어려운 일이니까요. 파티 같은 데에 가보면 우리 직업에 대해 그다지 좋지 않은 농담을 하는 것을 심심치 않게 들을 수 있어요. 그리고 그 말을 듣고 짜증을 내거나 절망하는 듯한 기색을 보이면, 당신 친구들은 그제야 놀란 듯이 그건 그냥 농담일 뿐이라고 말하죠."

"미안하지만 샘, 난 아직도 그런 정도는 웃어넘길 수 있는 일이라고 생각해요. 그냥 시간을 때우는 방법일 뿐이라고요."

"그럴지도 모르죠. 오늘 우리가 봤던 프로에 대해 이야기해 볼까요? 그 프로 이름이 뭐죠?"

"미녀와 야수예요."

"참 은근히 미묘한 제목이군요. 혹시 예전의 에피소드에서 그 야수가 근로자들을 어떻게 다루는지 나온 적 있나요? 아마 성인군자처럼 나오지는 않았겠죠."

"물론 아니죠."

로라가 샘의 말을 인정했다.

"지난번 방송에서 그는 오하이오의 공장을 폐쇄하고, 멕시코에 열악한 근무환경을 갖춘 공장을 지으라는 결정을 내렸어요. 멕시코 생산기지는 보수도 터무니없어요. 크라우스는 수백만 달러를 버는 데 반해, 멕시코 노동자들은 시간당 1달러 정도의 돈을 받고 일하는 것으로 나와요. 나중에 그는 자신의 회사가 개발한 약제의 효능이 부정적인 것을 알면서도 그걸 시장에 출시하기로 결정해요. 소비자들을 위험에 빠트린 거죠."

"혹시 전직 비서를 해친 것도 그로스인가 뭔가 하는 사람인가요?"

"그런 것 같더군요. 헤더 하더웨이는 지금 의식불명이죠. 그녀는 깨어날 거예요. 아닐 수도 있고요. 아직 크라우스가 하더웨이 살해 기도의 배후에 있는지 확실히는 알 수 없어요. 이번 프로는 1부 최종회였으니, 2부가 시작되면 알 수 있겠죠. 그리고, 그로스가 아니라 크라우스예요. 어쨌든 살인은 약간 과장된 이야기라는 걸 인정해요."

"그럼 나머지 것들은요? 소비자를 기만하고 노동자를 착취하는 기업의 모습과 크라우스처럼 재수 없고 비열한 인격의 등장인물은 봐줄 만한 건가요? 이런 것들이 미국 기업계의 대표적인 면모인 양 등장하고 있어요. 당신은 이걸 보고 속 시원하다고 생각하겠지요. 이 프로가 당신의 기업계에 대한 견해와 정부의 선량함에 대한 판단이 옳은 것이었다고 확인해 줬으니까요. 이런 것을 보며 당신은 소비자는 희생양이고 노동자는 제물로 취급받고 있다고 생각하며 희열을 느끼겠죠."

로라는 마음속으로 샘의 말에도 한편으로는 일리가 있다고 생각했다. 로라는 그 프로를 매우 좋아했고, 에리카 볼드윈을 존경하고 있었다.

"물론 CEO들은 테레사 수녀보다는 동정심이 적어요."

샘이 말을 이었다.

"또한 순수한 자본주의가 모든 시민들을 기쁘게 한다고 생각하지도 않아요. 세상에는 찰스 크라우스 같은 인물들도 있겠죠. 소비자를 기만하는 마케팅 전략도 분명 존재하겠고, 노동자들 중에는 힘든 나날을 보내는 사람도 있을 거예요. 시장경제가 이끌어낸 결과가 완전하다고 믿지도 않아요. 하지만 사람들은, 오늘 여기에 편안하게 앉아서 TV를 보며 시장경제를 불신하고 경멸하던 그 사람들은, 정부의 규제가 꼭 필요한 경쟁을 짓밟고 있다는 것을 알까요? 정부의 규제 때문에 시작조차 할 수 없었던, 그리고 보이지 않는 곳에서 사라져간 건전한 활동들에 대해서 알고 있을까요? 많은 생명을 구할 수 있는 의료기기들이 식약청의 기준 때문에 생산되지 못하거나, 아예 개발조차 되지 못할 수도 있다는 것을 생각해 보았을까요? 그들은 책임보험 비용 때문에 건설되지 못하는 운동장이나 아이스링크가 전혀 아쉽지 않을까요? 또 에리카 볼드윈 같은 사람들이 현실에서는 TV에서만큼 도덕적이지 못해서, 세상을 좀 더 좋은 곳으로 만드는 일보다 자기가 가진 권한에 더 신경을 쓸 수도 있다는 가능성에 대해선 생각해 봤을까요? 자, 내가 오늘

나의 견해에 동의하지 않을 뿐더러, 아예 나와 같은 견해가 존재하는지조차 모르는 사람들과 함께 지극히 편향된 TV 프로그램을 보면서 기분이 어땠을 것 같아요? 여기 모였던 당신 친구들은 점잖은 사람이 크라우스처럼 나쁜 놈이 번창하는 시스템을 옹호할 수 있다는 것은 상상도 못하겠지요. 그들은 속으로 세상 모든 CEO들은 크라우스 같은 악당들이기 때문에, 경제적 정의를 지키기 위해서는 끊임없이 그들의 활동을 감시해야 한다고 생각할 거예요. 나 같은 사람, 세상에 경쟁이 존재하기에 오히려 탐욕이 견제될 수 있다고 믿는 나 같은 사람은, 그때 했던 말이 뭐였죠? 아, 맞아! 크라우스 같은 놈들의 앞잡이에 불과하다고 하겠죠. 결국 나나 크라우스나 똑같은 사람이라고 하면서 말이에요. 물론 난 아이들이 굶어 죽거나 노동자들이 박해받는 것을 보고 고소해 하는 놈이니까요."

"알았어요, 샘. 무슨 말인지 알았다고요. 그럼 조지 서덜랜드는 어때요?"

"멕시코 공장 이전 때문에 실직한 사람 말인가요?"

"네, 그 남자요. 물론 TV 프로이긴 하지만, 실제로도 조지 서덜랜드 같은 사람들은 존재하고 있어요. 직업을 잃은 가장들 말이에요."

"현실에서 조지 서덜랜드 같은 사람들을 보면 정말 마음이 아프죠. 정말이에요."

샘의 목소리는 조용해졌다. 빈정거림과 분노의 목소리는 사라졌다.

"그렇다면 당신은 어떻게 크라우스 같은 사람들이 그와 같은 사람들의 삶을 무참히 짓밟도록 내버려 두자고 말하는 거예요?"

"당신의 논리는 전제 자체가 틀렸어요."

샘은 조용히 말했다.

"당신은 마치 CEO들이 기뻐하며 공장을 폐쇄하는 것처럼 말하잖아요. AT&T의 CEO가 4만 명의 종업원을 해고했을 때, 사람들은 모두 그를 탐욕스럽다며 비난했었죠. 하지만 정리해고의 진정한 이유는 MCI와 스프린트사의 기술혁신 때문이었어요. 이 두 회사의 성공이 AT&T로 하여금 더욱 효율적인 조직을 갖추도록 강제한 것이죠. 새로운 라이벌이 AT&T에 도전하지 못하도록 법으로 규제한다면, AT&T가 굳이 노동자들을 해고하지 않아도 되겠죠. 하지만 AT&T의 경쟁사들이 AT&T가 서비스를 개선하고 가격을 낮출 수밖에 없도록 하는 게 현실이에요."

"소비자들은 직업이 있다면 그런 서비스 개선이나 가격인하 혜택을 누릴 수 있겠죠. 대신 노동자들은 손해를 봐야 하잖아요."

"종종 노동자들은 직업을 잃고 고통의 시간을 보내기도 해요. 하지만 AT&T의 나머지 종업원 25만 명은 일자리를 지켰다는 것을 잊어서는 안 돼요. 정리해고의 고통이 없었다면, AT&T는 결코 살아남을 수 없었을 겁니다. 그리고 MCI와 스프린트사에는 10만 명의 종업원들이 있어요. 그들도 잊어서는 안 됩니다. 이 두 회사가 기술혁신에 성공해서 AT&T는 4만 명을 해고해야 했지만, 이들 회사에 있는 사람들은 일자리를 유지할 수 있었어요. 만약 사람들에게 세상을 변화시키려는 동기를 갖게 하려면, 그들의 노력에 대해 보상해 주어야 해요. 그리고 불행하게도, 그건 경쟁의 부정적인 측면도 용인해야 한다는 것을 의미하죠."

"당신은 수많은 사람들의 삶을 송두리째 망가뜨리는, 소위 인원 감축을 그냥 '부정적'이라고 표현하는군요. 이 땅의 CEO들이 거친 사업계의 바다를 헤쳐 나가는 씩씩한 선장이라도 되는 것처럼 요. 전체 선원들을 살리기 위해 눈물을 머금고 몇몇 선원들을 희생 시키는 선장 말이에요. 하지만 단순히 무능하기만 한 선장도 있어 요. 그냥 재미로, 혹은 추가적인 이윤을 위해 사람들을 자르는 선 장도 있고요."

"알아요. 그걸 부정하지는 않겠습니다. 대부분은 가슴 아파하며 정리해고를 단행한다고 생각하긴 하지만, 여기에 대해선 일단 접 어두죠. 나는 텔레비전에서처럼, 단순히 수익률을 높이기 위해 미 국의 공장을 냉정하게 폐쇄하는 CEO가 실재한다고 해도 그의 편 을 들 테니까요."

"세상에, 농담이겠죠?"

"아니에요, 내 말 잘 들어봐요. 크라우스는 오하이오에 있는 공 장을 폐쇄하고 멕시코로 이전하면 비용을 아낄 수 있다는 것을 깨 달았어요. 그런 일은 TV에서만 일어나는 게 아닙니다. 실제로도 일어나죠. 한번 크라우스의 입장이 되어 생각해 보세요. 이제 당신 은 한 주요 다국적기업의 CEO예요. 가령, 당신이 미국과 전 세계 에 15만 명의 종업원을 거느리고 있다고 해봅시다. 또한 당신 회사 의 주식을 가진 주주들은 수천 명이 넘어요. 그들 중 많은 사람들 은 이미 은퇴했거나 앞으로 은퇴할 예정이어서, 당신 회사의 수익 으로 생계를 꾸려갈 것입니다. 이제, 당신은 공장을 멕시코로 옮기 면 회사의 돈을 절감할 수 있다는 말을 들었습니다. 물론 그렇게 하면 오하이오의 근로자들이 타격을 입을 것이라는 것도 알고 있 죠. 선택하세요. 공장을 옮기시겠어요, 아니면 그냥 거기 두시겠어 요?"

"오하이오에 그냥 두겠어요. 돈 몇 푼 더 벌려고 마탈론 마을을 박살낼 수는 없잖아요."

"확신해요?"

"물론 확신하죠. 오하이오의 마을을 박살낼 뿐 아니라, 멕시코인 들을 착취하기까지 해야 한다면 더욱더 그래요."

"그렇다면 멕시코에는 아무 공장도 세우지 않는 게 낫겠군요?"

"아니죠. 그렇게 해도 멕시코인들에게 득이 안 된다는 것은 알아 요. 하지만 만약 내가 멕시코에 공장을 차린다면, 적어도 그들이 적절한 임금을 받을 수 있도록 하겠어요."

"그렇군요. 그럼 그 적절한 임금이라는 게 얼마 정도라고 생각하 세요?"

샘이 물었다.

"모르겠어요, 시간당 5달러면 적당할까? 그리고 멕시코에도 미 국의 공장과 같은 안전시설을 갖추도록 할 거예요."

"그래요, 그럼 시간당 5달러라고 해봅시다. 거기에다 안전비용 까지 더했는데, 그곳 노동자들의 생산성이 이윤을 내기에 충분하 지 않다면 어떻게 하겠어요? 그렇게 되면 다른 곳에서 생긴 이윤을 끌어다가 멕시코인들을 보조하겠습니까?"

"아마 그렇게 하지는 않겠죠. 하지만 어쨌든 그런 것은 중요하지 않아요. 난 우선 그 오하이오의 공장은 그대로 둘 거예요."

"내 생각에 멕시코인들에겐 그것이 중요한 문제일 것 같은데요. 그들의 임금은 미국 다국적기업의 '착취자들' 덕분에 꾸준히 상승 했어요. 물론 미국의 기준으로 보자면 그들은 가난하지만, 분명 좋 은 방향으로 나가고 있지요. 하지만 당신은 멕시코인들보다 오하이오에 있는 사람들을 더 걱정해 주고 있…"

"샘, 내 말을 왜곡하지 말아요."

"아, 미안해요. 좀 왜곡시킨 것 같긴 하군요. 그럼, 어쨌든 미국에만 초점을 맞춰 봅시다. 당신은 돈 몇 푼에 한 마을을 파괴할 수는 없다고 말했던 것 같은데, 맞아요?"

"비슷해요."

"그럼, 몇 푼이 아니고 조금 더 큰 이윤은 어때요? 여전히 결정하기 쉬운가요, 아니면 좀 어려워지나요? 이 정도면 나도 마을을 박살내겠다 싶은 적정선이 있어요, 아니면 공장을 영원히 그 마을에 둬야 한다고 생각하는 거예요? 아시다시피, 소련은 어떤 공장도 폐쇄하지 않았죠. 그런 정책이 관리자들과 노동자들의 의욕에 어떤 영향을 미쳤을지 생각해 보세요. 노동자들의 천국이었던 소련에서 즐겨 쓰던 표현을 아세요? '우리는 일하는 척하고, 그들은 봉급을 주는 척하지.'였어요. 러시아에서는 아직도 이윤을 내지 못하는 많은 공장들이 폐쇄되지 않고 운영되면서 경제를 갉아먹고 있어요. 그래도 오하이오의 공장을 영원히 그곳에 둘 건가요?"

"그것은 대답할 수 없는 질문이에요. 당신은 그저…"

"대답할 수 없는 질문이라고요?"

샘이 말을 잘랐다.

"당신은 지금 CEO이고, 매일 그런 질문들에 답해야 해요. 어떤 결정을 내릴 거예요?"

"모르겠어요. 난 그저 때로는 사람을 위해 이익을 희생해야 한다고 생각할 뿐이에요."

"좋은 말이네요. 하지만 불운하게도, 당신의 경쟁자들은 당신과 같은 소위 균형 있는 가치관을 가지고 있지 못해요. 그들은 공장을 보다 싸고 경쟁력 있는 곳으로 옮길 겁니다. 근로자들을 내쫓아야 한다고 해도 새로운 기술을 받아들일 거예요. 어떤 사업부문이 비대해지면 인원감축도 할 테고요. 그들은 제조와 마케팅에서 당신을 앞서갈 겁니다. 좀 냉정하게 들리겠지만, 당신의 경쟁자들은 자신이 가진 기술을 최대한 활용할 수 있는 창의적이고 능동적인 사원들을 많이 거느리고 있죠. 그들은 당신보다 더 잘하고 있어요. 그러한 노력 덕에, 그들은 가격을 인하하여 소비자들에게 만족을 주겠죠. 더 높은 임금으로 더 많은 노동자들을 고용하고, 새로운 인재들을 발굴하고, 또 당신 회사에서 능력 있는 사원들을 스카우트 할 거예요. 어쨌든 당신의 회사, 음…, '(주)동정심'이라고 이름 지어 볼까요? 어쨌든 (주)동정심은 이윤을 충분히 내고 있어서, 이윤을 높일 기회를 한 번, 그리고 또 한 번 흘려버렸어요. 당신은 그렇게 탐욕스럽게 굴지 않아도 되니까요. 하지만, 이제 경쟁사에서 (주)동정심보다 낮은 가격을 제시하며 고객들을 빼앗아 가고 있어요. 당신도 그 가격에 대응해야만 하겠죠. 선택의 여지가 없어요. 처음에는 이윤이 조금 줄어든 정도겠지요. 하지만 점점 이윤율은 마이너스가 될 테고, 결국 손해를 보면서 계속 굴러간다고 합시다. 그럼 (주)동정심은 파산하겠군요. 이제 종업원들은 새 직장을 찾아 헤매야 할 테고, 당신에게 노후를 걸었던 주주들은 생계를 꾸리기가 어려워지겠지요. 그런 상황이 되면 종업원들과 주주들에게 뭐라고 말할 건가요? 이제 그들을 돌봐줄 사람은 누구죠? 당신? 아니면 당신 경쟁자들?"

"당신은 속임수를 쓰고 있어요. 당신은 내 논리가 빈약해 보이게 하려고 일부러 가장 나쁜 시나리오를 골랐다고요. 당신은…"

"그렇다면 그 TV 프로의 작가들에 대해서도 똑같이 말할 수 있어요. 그들은 내 논리에 대해서 가장 나쁜 시나리오를 고른 거예요. 공장을 폐쇄하고 미국 밖으로 옮기지 않아도 되고, 정리해고 따위는 하지 않아도 되는 성공한 자본가들도 무수히 많아요. 하지만 그런 건 일단 잊어버립시다. 나에게 당신이 생각하는 가장 좋은 시나리오를 말해 보세요."

"난 그냥 약간 낮은 이윤을 받아들이겠어요. 내 공장을 복지단체처럼 운영하고 싶지는 않지만, 그렇게 돈 몇 푼에 연연하고 싶지도 않아요."

"재미있는 생각이군요. 당신이 그 사업체의 주주라면 그래도 되겠죠. 거기에서 나오는 이윤도 전부 당신 것이니까요. 그 이윤을 다시 재투자해도 되고, 실업을 하고 처절하게 직업을 찾아 헤매는 당신의 이웃을 위해 추가적인 증원이 꼭 필요하지 않아도 일자리 하나쯤 마련해줘도 되고요. 당신 자유예요. 혹시 아론 포이에르슈타인이라는 사람 알아요?"

"아니요. 그게 누군데요?"

"그는 몰든 밀즈의 소유주이자 경영자였죠. 몰든 밀즈는 양털 재킷의 소재로 많이 쓰이고 있는 폴라텍이라는 소재를 개발하여 생산한 회사예요. 한번은 매사추세츠 공장에 불이 나서 모든 게 깡그리 타버린 일이 있었죠. 그러자 포이에르슈타인은 놀고 있는 공장 노동자 1,200명에게 3달간의 임금과 4달간의 의료수당을 지급했어요. 여기엔 천만 달러가 넘는 돈이 들었지요. 그러고는 그들 대부분에게 새로운 최첨단 공장을 지을 때까지 새 일자리를 구해 주었죠. 나는 이 이야기를 아주 좋아해요. 포이에르슈타인의 행위는 고귀하고 관대한 것이었어요. 그는 이 일로 종업원들의 충성심을 얻어냈으니 남는 장사였다고도 볼 수 있겠죠. 하지만 그가 보상을 바라고 그 일을 했다거나, 충성심이 그 천만 달러를 보상할 수 있다고는 생각하지 않아요. 그는 종교인이었기 때문에 그 일이 옳다고 믿었던 것이죠."

"훌륭한 이야기로군요. 사회적 책임을 다하는 기업이란 바로 그런 회사예요."

"하지만 그가 쓴 돈은 그의 것이었다는 사실을 잊어서는 안 돼요. 회사 이윤이 당신 돈이라면, 그걸 자선단체에 줘버려도 아무도 뭐라고 하지 않아요. 회사가 당신 소유라면 노동자에게 시장 메커니즘이 결정한 것보다 많은 돈을 줘도 되겠죠. 그들을 더 효율적인 노동자로 만들기 위해서가 아니라, 그냥 그들이 행복해 하는 모습을 보면서 당신도 기쁨을 느끼려고 그렇게 해도 상관없어요. 그건 당신 돈이니까요. 하지만 궁극적으로 그런 식으로 회사를 운영하다가는 상당한 어려움에 직면할 거예요. 세상은 불확실하고 예측할 수 없는 곳이에요. 무자비한 CEO조차도 경쟁적인 시장 환경이 변하면 회사의 수익률이 마이너스로 떨어지는 상황을 맞아요. 그렇게 되면 당신의 회사는 도산할 겁니다. 이윤이라는 것은 기업 전체를 가동시키는 연료로 보아야 해요. 이윤이 없다면 모든 것이 산산조각 날 거예요. 일자리, 임금, 연금, 기부금, 이 모든 것이 한 순간에 날아가는 겁니다. 이것들을 다 가능하게 해주는 게 이윤이고, 이윤이 없으면 모든 게 불가능해지니까요. 당신이 시베리아에 살아서 충분한 장작 확보에 생존이 달려 있다고 생각해 보세요. 어느 정도 장작이 있다면 '충분하다'는 생각이 들겠어요? 비축량이 줄어드는 위험을 감수해 가며 그걸로 예술작품을 만들겠다는 생각 같은 걸 할까요?"

"하지만, 샘. 다른 집에 장작이 없다면, 당신은 가지고 있는 장작을 나눠주지 않겠어요? 설마 그걸 전부 자기 자신을 위해 창고에 쌓아둘 거예요? 왜 이기적으로 행동하는 것만이 유일한 길이라고 생각하는 거죠?"

"이것은 이기심과는 전혀 상관없는 문제예요. 수천 명의 사람들이 장작을 많이 구해서 겨울을 나게 해달라고 누군가를 고용했는데, 그가 그 장작을 여기저기 나눠준다면 그게 옳은 행위인가요? 아니죠. 비도덕적이라고까지 할 수 있어요. 내가 주어진 일을 하고서 보수로 받은 장작을 좀 나눠주고 싶은 생각은 있어요. 일단 내가 모아들인 장작을 나에게 의지하고 있는 사람들에게 다 나눠준 후에, 주변에 어려운 사람들이 있으면 조금씩 주자고 설득할 생각도 있고요. 하지만, 날 고용한 사람들의 장작을 다른 사람에게 주는 것은 게으름 부리면서 일하지 않는 것과 똑같이 무책임한 행위예요. 그런 행위는 기업 전체를 위험에 빠트릴 수 있으니까요."

"모르겠어요. 다른 사람이 겨울을 날 수 있도록 장작을 나눠주는 게 비도덕적인 행위로 보이지는 않는군요."

"그럼 당신이 소유한 장작을 줘요. 이웃들에게 좀 더 자비로운 사람이 되자고 권해도 되고요. 하지만 우리가 한 기업의 CEO에 대해서 이야기할 때에는, 그는 재산의 관리인일 뿐 소유자가 아니라는 걸 명심해야 해요. 이윤은 재산 관리인의 것이 아니에요. 그리고 그가 할 일은 기업 전체의 건전화를 위해 이윤을 분배하는 것이죠. 기업이 경영을 잘해서 큰 이윤을 내면, 분노에 찬 비난이 일어요. 그렇게 비난하는 사람들은 항상 이윤을 남긴 것이 경영을 잘해서가 아니라, 사람들을 착취했기 때문이라고 생각해요. 경쟁자들은 법무부에 가서 징징거리면서 독점금지법을 요구하겠죠. 소비자들은 가격을 낮추라고 요구하고, 노동자들은 임금을 높여달라고 아우성을 칠 거예요. 그 회사는 돈을 많이 버니까 그렇게 해도 버틸 수 있다는 거죠. 그것이 그렇게 요구하는 진정한 이유입니다. '넌 돈이 많잖아. 나도 좀 줘.' 뭐 이런 거죠. 나는 한 번만 기업의 이윤을 옹호하러 나온 대변인이 이렇게 말하는 것을 들어봤으면 좋겠어요. '우리는 소비자들이 우리의 싸고 우수한 상품을 너무도 좋아해서 이렇게 돈을 많이 벌고 있습니다. 우리는 다른 경쟁사들이 좀 더 분발하도록 유도하고 있으며, 소비자들이 우리 상품에 만족감을 느끼는 한 우리 곁에 머물기를 바랍니다. 만약 우리가 하는 일 중에 마음에 안 드는 것이 있다면, 가령 공장의 위치라든지, 근로자들에게 주는 임금, 상품에 매기는 가격이 마음에 안 드신다면, 여러분이 경쟁사를 차려서 우리를 능가하십시오. 우리의 상품을 애용해 주고 이만큼의 이윤을 남길 수 있게 해준 소비자들께 감사합니다. 우리는 이 이윤을 앞으로의 품질 향상을 위한 연구, 개발비로, 또 위험을 감수하고 우리 회사에 투자한 투자자의 배당금으로 쓸 것입니다.'"

"결국 이윤만이 중요하다 이거로군요?"

"그래요. 하지만 아직도 이윤을 무자비함이나 잔인함과 동일시하고 있다면, 이제까지 내 생각을 보여주기 위해 노력한 것이 모두 시간낭비였다는 말이 되겠죠. 무자비해서는 사업을 잘할 수 없어요. 찰스 크라우스를 생각해 봐요. 무자비하게 굴어서 헬스넷의 이 윤이 올라갔나요? 크라우스는 아마 살인이나 살인미수혐의로 감옥에 가겠죠. 그러면 헬스넷의 주가는 상당히 떨어지겠군요. 왜 항상 TV에 나오는 CEO들은 누군가를 살해하는 거죠? 나는 아직까지 실제로 살인을 저지르는 CEO를 본 적이 없어요. 그러고도 다 무사히 빠져나가는 건지 몰라도."

"너무 빈정대지 말아요, 샘."

"그리고 크라우스는 식약청에 대해 범죄성 기만행각을 벌이더군요. 당신 친구가 얘기해 준 것에 따르면, 예전 회에서 크라우스가 그의 회사를 위험에 빠트릴 임상실험결과 보고서들을 파쇄했다죠. 하지만 당신은 약효가 없거나 해로운 약제를 팔아서 이윤이 날 거라고 생각하세요?"

"단기적으로는 이윤이 상승하지 않을까요?"

"아주 단기적으로는 그렇겠죠. 하지만 헬스넷이 실재하는 회사라면 완전히 망할 수도 있어요. 실험결과 조작이나 효과가 없거나 해로운 약품을 판매하는 것은 자살행위나 다름없으니까요. 사람들은 헬스넷이 믿을 수 없는 회사라는 것을 알자마자, 그들이 만들어내는 다른 모든 상품들에 대한 구매도 딱 끊을 거예요. 그럼 그 회사 주가는 곤두박질칠 거고요."

"좋아요, 무자비하다는 것이 꼭 이윤을 높여주는 것은 아니군요."

"아니죠. 이윤을 높이려면 다른 게 필요해요. 양질의 서비스는 이윤을 남기는 첩경이죠. 저렴한 가격도 그렇고요. 근로자들을 잘 대우하는 것도 이윤을 남기는 데 도움이 되죠."

"그런데 그런 것들이 조지 서덜랜드에게 위안이 될지 모르겠군요. 그가 무자비한 CEO 때문에 해고되었건, 조직 전체를 구하려고 눈물을 머금은 재산 관리인에 의해 해고되었건, 그가 일자리를 잃었다는 사실은 변하지 않아요. 그를 만난다면 뭐라고 말해 줄 건가요?"

"그와 대면하고 싶지는 않아요. 마음이 아프니까요. 크라우스는 과장된 인물이라고 생각하지만, 고난과 역경을 헤쳐 나가야만 하는 수많은 서덜랜드들은 실제로 이 세상에 존재해요. 오래전에 당신한테 완벽한 시스템조차도 불완전한 결과를 가져올 수 있다고 인정했던 거 기억나죠? 만약 내 앞에 서덜랜드가 있다면, 감히 그 앞에서 이윤추구의 미학에 대한 강의를 늘어놓지는 않을 거예요. 회사의 다른 십만 명의 노동자들을 위해 당신이 해고되어야 한다고 말하지도 않을 것이고요. 난 그렇게 잔인하거나 어리석은 사람이 아니에요. 하지만 그에게 뭔가 얘기해야 한다면, 그 사람 자신도 모든 공장이 언제나 영원히 같은 자리에서 돌아가는 세상에서 살고 싶진 않을 거란 점을 일깨워주겠어요."

"그런 걸 다 납득시키려면 정말 시간이 오래 걸리겠네요."

"대화가 그리 오래 지속되진 않을 거예요. 그런 사람들을 몇몇 만난 적이 있거든요. 그런 사람들 대부분은 화가 나 있고, 경제학에는 별 관심이 없더군요. 그들을 비난하지는 않아요. 또 그들은 단지 일자리를 다시 돌려받는 것만을 원했어요. 이것도 이해합니다. 하지만 그들이 내 말에 귀를 기울인다면, 난 그들의 아이들에 대해 이야기하겠어요. 극중에서 서덜랜드도 아이가 있나요?"

"있어요. 그의 아내가 TV 인터뷰를 할 때 옆에 아이들이 서 있었어요."

"상당히 자극적인 장면이었겠군요. 그럼 그의 아이들에게 어떤 일이 일어날지에 대해 얘기해 보죠. 조지는 분명 아이들이 걱정될 테니까요. 만약 공장이 그대로 거기에 있다면, 그들은 고등학교를 마치자마자 자기네들의 아버지가 그랬던 것처럼 그 공장으로 직행하겠죠."

"그게 뭐가 나쁜가요?"

"나쁜 건 없죠. 그런데 나는 항상 수업시간에 아이들에게 부모님의 직업을 너희도 갖고 싶냐고 물어봐요. 대부분의 학생들은 아니라고 대답하더군요. 서덜랜드의 아이들도 별반 다르지 않을 거라고 생각해요. 어쨌든, 공장이 사라지면, 아이들은 대학에 갈 것이고…"

"돈이 없는데 어떻게 대학에 가요? 아버지가 직장을 잃었잖아요."

"아마도 장학금이나 융자금을 받지 못하면 스탠퍼드 같은 등록금 비싼 대학에는 못 가겠죠. 오하이오 주립대학이나 지역 전문대학에 가기가 쉬울 거예요. 아무튼, 공장이 사라지면 아이들은 다른 종류의 지식과 기술을 배워야만 할 겁니다. 하지만 이게 다가 아니에요. 그 공장이 정부의 규제로 보호받아 계속 거기에 있다고 하더라도, 서덜랜드의 아이들은 항상 다른 직업을 선택할 수 있어요. 중요한 것은 공장이 문을 닫았기 때문에 그 아이들이 선택할 수 있는 대안이 더 나을 수 있다는 거죠. 미국의 공장이 문을 닫거나 멕시코로 이전되었기 때문에, 이제 매인 곳이 없는 자본과 창의성이 새로운 분야와 직업, 새로운 기회를 열 테니까요. 우리는 공장이 문을 닫아서 겪는 고통은 보지만, 그런 고난이 새로운 기회로 연결

되는 고리라는 사실은 못 보고 있어요."

로라는 조용히 앉아서 샘의 말을 듣고 있었다. 샘은 로라에게 자신의 생각을 전달하려고, 이리저리 걸어 다니면서 연신 팔을 흔들며 웅변을 늘어놓았다.

"백년 전에는 미국 노동자의 40%가 넘는 인원이 농장에서 일했어요. 하지만 지금은 3%도 되지 않아요. 금세기 초를 배경으로 한 TV드라마에서, 농장의 생산성을 높이는 기술이 개선되어 안타깝게도 거기서 일하던 아이들이 쫓겨났다고 해봅시다. 그 애들과 오늘날 그 후손은 그런 일이 생겼던 게 별로 달갑지 않겠죠. 하지만 우리가 동정심에서 농장환경의 변화를 저지했다고 했다면, 지금 우리의 삶이 어떨지 생각해 보세요. 지난 50년간 제조업체에서도 그와 똑같은 일들이 일어났어요. 제조업은 컴퓨터, 정보통신, 무선통신, 그리고 수많은 미국의 뛰어난 산업들로 대체되어 왔죠. 만약 1950년대부터 제조공장의 폐쇄를 전면 금지하고 그 일자리들을 그대로 보존했다면, 지금 우리가 얼마나 빈곤한 생활을 하고 있겠어요? 우리가 지금의 아이들에게 너희가 가질 직업 대부분이 공장에서 하는 일이라고 한다면, 그들은 과연 어떻게 생각할까요? 모든 것을 현재 그대로 유지해야 한다는 법안 같은 것을 만들었다면, 제조업이 아닌 그 외의 수많은 직업과 기회들은 이 세상에 나타나지도 못했을 겁니다."

"하지만 진보라는 이름으로 마탈론 마을을 박살내도 된다는 것인가요?"

"진보의 이름이 아니에요. 기회라는 이름이죠. 다음 세대의 아이들에게 그들이 가진 능력을 한껏 발휘할 수 있는 기회를 주자는 거예요. 부자로 만들어 주는 게 목적은 아니지만, 그 과정에서 부수적으로 부유해지기도 하겠죠. 아무튼 그건 그 아이들에게 자신의 인생을 스스로 선택해서 만들어갈 수 있는 기회를 주기 위해서라고요. 마탈론이나 다른 작은 마을이 입는 피해는 그 과정에서 생기는 부정적인 면만을 보여주는 거예요. 그 마을이 가난해진 것은 그곳 아이들이 보다 나은 다른 기회를 찾아 마을을 떠났기 때문이라는 사실도 잊어서는 안 돼요. 그 공장 이전에 따른 이해득실을 계산하려 한다면, 마을을 떠나 세상의 새로운 기회들을 누리고 있는 아이들의 행복도 계산에 넣어야 할 것입니다. 〈멋진 인생〉을 떠올려 보세요. 조지 베일리가 태어나지 않은 베드포드 폴에 어떤 일이 일어났는지 기억하세요?"

"물론이죠. 그곳은 수많은 네온사인이 현란하게 빛나는 너저분하고 소름끼치는 마을이 되었죠."

"맞아요. 그곳은 포터빌이라고 불렸어요. 카프라의 시각으로는 그것이 전원의 아름다움을 지닌 베드포드 폴에 일어날 수 있는 최악의 일이었던 것이죠. 사실 미국에는 더 이상 베드포드 폴 같은 곳이 많이 남아 있지 않아요. 그렇지만 그런 마을들이 포터 같은 악질적인 은행가에 의해 파괴된 것은 아니거든요. 베드포드 폴은 오히려 큰 도시에서 꿈을 찾으려고 그곳을 떠난 조지 베일리 같은 사람들이 파괴했다고 말하는 게 맞겠죠."

"나와 당신이 다른 점이 뭔 줄 알아요, 샘?"

"어떤 것부터 말씀드릴까요?"

"참으세요, 내가 말할 테니. 우리의 차이는, 당신은 승자들에게 관심을 기울이고 나는 패자들에게 관심을 갖는다는 거예요. 당신

252

은 재능을 가지고 태어난 자들이 그 재능을 발휘할 기회를 갖도록 해주려 하죠. 하지만 모두가 그런 재능이 있는 것은 아니에요. 나는 패자도 함께 살아갈 수 있는 세상을 원해요."

"로라, 나도 그래요. 나도 그렇다고요."

샘은 거의 애원조로 말을 이었다.

"하지만 난 승자와 패자의 이분법적 사고를 받아들일 수가 없군요. 세상은 평등한 곳이 아니에요. 어떤 사람들은 다른 이들보다 더 뛰어난 재능을 가지고 태어나요. 어쩌면, 내가 자본주의가 재능 있는 사람들에게 성공할 기회를 부여하는 방식을 너무 낭만화하고 있는지도 모르죠. 하지만 재능 있는 사람들이 덜 뛰어난 사람들을 제물로 삼으면서 번창하는 건 아니에요. 자본주의는 재능 있는 사람들이 그 재능을 다른 사람들과 함께 나누게 해요. 월마트를 시작한 샘 월튼을 생각해 봐요. 그에게는 남다른 재능이 많았죠. 세상을 변화시키려는 열정, 작은 것을 볼 줄 아는 주의력, 딱딱하지 않은 독특한 회사 분위기를 형성하는 능력. 게다가 그는 작은 마을이나 시골에도 또 하나의 소매점이 들어설 여지가 있다는 것을 간파해냈어요. 그리고 이건 종종 잊어버리는 건데, 가격을 낮게 유지하고, 또 지속적으로 더 저렴화하는 기술의 힘을 잘 안다는 점도 그가 뛰어난 이유죠. 그는 그러한 재능을 발휘했기에 억만장자가 될 수 있었어요. 하지만 그 억만 달러의 돈이 어디서 나왔을까요?"

"소비자들의 호주머니에서 나왔겠죠."

"맞아요. 하지만 그가 돈을 벌었다고 해서 소비자들이 그만큼 잃었다고 생각하면 오산이에요. 역설적으로, 그의 이익은 소비자들의 이익이기도 하죠. 샘 월튼은 사람들을 월마트 매장으로 끌어들이고 계속 고객으로 유치하기 위해 다른 곳보다 더 나은 거래를 제공해야만 했어요. 그는 다른 소매점보다 더 낮은 가격에 물건을 팔았죠. 사람들은 옷이나 종이, 치약 따위를 사는 데 쓰던 돈을 샘 월튼 덕분에 아낄 수 있었어요. 그리고 그 돈을 자녀 양육이나 휴가, 혹은 의료보험 납부나 노후 대비를 위해 쓸 수 있었죠. 그러자 그의 경쟁자들은 살아남기 위해 월마트의 가격인하 노하우를 배워서 가격을 낮출 수밖에 없었어요. 그러니까 결국 샘 월튼이 발휘한 재능의 득을 본 건 그의 고객들뿐만이 아니에요."

"하지만 월마트의 다른 경쟁자들 몇몇은 시장에서 사라져야만 했어요."

로라가 반박했다.

"월마트 때문에 작은 도시의 소규모 소매상들이 문을 닫았잖아요. 베드포드 폴 같은 마을들이 예전보다 적어진 이유 중 하나는 월마트의 등장이라고요."

"그건 사실이죠. 하지만 내가 관심을 갖는 것은 마을이 아니라 마을 사람들이에요. 누가 그 소규모 소매업자들을 시장에서 몰아낸 거죠? 쉽게 월마트 탓이라고들 말하지만, 월마트는 사람들에게 자신의 고객이 되라고 강요할 수도 없고 강요하지도 않았어요. 소도시 사람들이 마을 중심부에 자리 잡고 있는 고풍스러운 작은 가게보다는, 마을 외곽에 자리 잡은 못생긴 박스처럼 생긴 월마트를 더 선호한 겁니다. 샘 월튼을 부유하게 만든 건 사람들의 이러한 선호경향이에요. 그와 동시에 샘 월튼은 전에 누릴 수 없었던 저렴한 가격을 제시하여 소비자들을 좀 더 부유하게 만들어 주었죠. 그는 누군가에게서 돈을 뺏은 게 아니에요. 그래서 사람들이 성공한 자본가나 기업은 사회에 뭔가를 돌려줘야 한다고 할 때면 화가 나요. 내가 그런 말을 싫어하는 이유도 바로 이거라구요."

"전 당신이 민간 차원의 자선행위를 좋아한다고 생각했는데요, 샘."

"좋아해요. 그리고 부유한 자들이 자기 재산을 나눠주는 건 정말 훌륭한 일이에요. 뭔가를 주는 것 자체는 하나도 나쁠 게 없죠. 하지만 단순히 '주는 것'이 아니고 '돌려주는 것'에 대한 얘기가 나오면 슬슬 짜증이 나기 시작해요. 그 말에는 그들의 재산은 사회로부터 훔쳐온 것이기에 반드시 반환해야 한다는 의미가 내포되어 있거든요. 예전에 당신 오빠랑 이야기하면서 화가 났던 것도 그 때문이에요. 샘 월튼은 해적이나 약탈자가 아니에요. 그는 미국의 국부를 증진시켰다고요. 단순히 부를 자기 쪽으로 끌어모으기만 한 것이 아니란 말입니다. 그리고 샘 월튼에게서 이득을 본 수많은 소비자들은 5번가(역주: Fifth Avenue, 고급 가게와 백화점으로 유명한 뉴욕의 거리.)나 로데오거리(역주: Rodeo Drive, 캘리포니아 비버리힐즈의 유명한 거리. 부유한 여행객이나 영화배우들에게 인기 있는 곳이다.)에서 쇼핑하는 사람들이 아니에요. 좀 더 싼 가격을 찾아 그의 가게로 몰려든, 우리가 일상에서 흔히 볼 수 있는 평범한 사람들이죠. 지금 승자와 패자 얘기를 하는 게 잘못되었다는 것도 이런 이유 때문이에요. 이건 승자와 패자 중 어느 한편을 선택해야 하는 상황이 아니에요. 동정심과 무자비함을 놓고 선택하는 것도 아니고요. 우린 변화 없는 세상과 역동적으로 움직이는 세상, 둘 중의 하나를 택해야 하는 겁니다. 그냥 지금 상태에 만족하고 살아가도록 하는 세상과 지금보다 나은 것을 추구하도록 하는 세상 중에서 고르는 거예요. 나는 내가 살고 싶어 하는 세상이 어떤 것인지 알고 있기 때문에 이런 생각을 가지고 사는 거고요."

샘은 이제 녹초가 되어 자리에 앉았다. 로라는 깊이 생각에 잠겨 있었다.

"그렇다면 그런 이야기를 내 친구들에게 해주지 그랬어요?"

로라는 마침내 이렇게 말했다.

"당신이 자기 자신을 감춘 채 연기하는 모습을 보는 게 얼마나 힘들었는지 모를 거예요."

"나라고 그게 쉬웠겠어요? 이봐요, 로라. 우리가 알고 지낸 지도 벌써 6개월이나 됐잖아요. 당신 친구들을 속인 건 정말 미안하게 생각해요. 하지만 그건 우리 관계를 망치려고 한 게 아니라, 좋은 사이를 유지하고 싶었기 때문이에요. 아무리 열심히 해도, 30초만에 그들에게 내가 찰스 크라우스와 다른 사람이라는 것을 납득시킬 수는 없어요. 아니, 한 시간 동안 열변을 토해도 안 될 걸요. 내 견해가 보다 살기 좋은 세상을 만드는 것일 수도 있다는 설명은 둘째치고, 그런 오해에 대한 해명도 채 못했을 거예요. 내가 무슨 말을 하겠어요? 부모님 집의 베란다? 지옥에 떨어진 낚시꾼 얘기? 경쟁이 가진 힘? 내 생각을 그들에게 이해시키려면 60분이 아니라 6개월이 필요하다고요."

"그건 모르겠네요, 샘. 정말 6개월이면 충분하다고 생각하세요?"

샘은 잠시 당황한 표정을 짓더니 이내 웃기 시작했다. 좀 전까지의 모든 긴장이 탁 풀리는 것 같았다. 샘은 소파에서 내려와 바닥에 팔다리를 늘어뜨리고 널브러졌다.

"졌어요, 졌어."

샘은 여전히 웃고 있었다.

"차라리 날 죽여요."

로라는 스타킹 신은 발가락으로 샘의 배를 쿡쿡 찔러댔다.

"일어나요, 이 게으름뱅이."

샘은 로라를 올려다보았다. 로라는 발을 샘의 배에 올려놓은 채, 샘을 보며 웃고 있었다. 형용할 수 없는 기쁨이 샘의 몸을 휘감았다. 샘은 이 여자와 사랑에 빠지고 있었다. 이런 상황에서 남자는 뭘 해야 하는 걸까? 잘 모르긴 하지만, 아마도 자신의 배 위에서 놀고 있는 로라의 발은 무언의 초대가 아닐까? 샘은 로라의 발을 살짝 당겼다. 로라는 반항하는 척했지만 여전히 낄낄대고 있었다. 마침내 로라도 바닥으로 내려와 샘 옆에 누웠다. 샘은 팔꿈치를 짚고 상반신을 일으켜 로라에게 다가가 입을 맞췄다. 그리고 다시 좀 더 긴 키스를 나누었다.

"고마워요."

샘이 말했다.

"뭐가요?"

"모든 것이."

로라는 미소를 짓더니 숨을 크게 쉬고 몸을 일으켰다.

"미안해요, 샘. 하지만 이제 당신을 쫓아내야겠어요. 시간이 늦은데다가, 저처럼 일하는 여성들은 피부미용을 위해서라도 일찍 자야 되거든요."

"알았어요, 알았어. 나도 내일 수업이 있다고요."

샘은 밤거리로 나섰다. 차가운 공기가 몸을 식혀주었다. 샘은 록

크릭 공원의 다리 위에서 발걸음을 멈춘 채 시원한 바람을 만끽했다. 창백한 노란빛의 보름달이 나무 위에 걸려 있었다. 내면에서 기쁨과 슬픔이 뒤섞인 감정이 퍼져나갔다. 샘은 계속 로라를 생각하고 있었다. 하지만 내일이 마지막 수업이며, 알 수 없는 미래를 맞게 될 것이라는 사실이 샘의 마음을 짓눌러왔다.

　로라는 침대에서 잠을 청하려 애쓰고 있었다. 단지 시간이 늦었기 때문에 샘을 내보낸 것은 아니었다. 로라는 자신이 샘과의 로맨스를 받아들일 준비가 됐는지 확신이 서지 않았다. 둘은 너무 다른 데다 샘은 곧 에드워드 고교를 떠날지도 모르고, 또 무엇보다 자신의 감정을 확실히 알 수 없다는 점이 마음에 걸렸다. 하지만 샘이 떠나는 걸 원치 않는다는 것만은 확실했다. 로라는 샘의 청원이 어떻게 되어 가는지 알아야만 했다. 샘은 정말 해고되는 걸까? 한번 싸워보지도 않고? 로라는 자신이 아는 샘은 그렇게 곱게 물러날 사람이 아니라고 생각했다.

# 마지막 수업

'경제학의 세계'를 수강하는 학생들은 샘을 기다리며 작은 목소리로 수군거리고 있었다. 고급선택과목의 마지막 시간은 대개 떠들썩하기 마련이다. 하지만 이 시간, 샘을 기다리는 학생들의 분위기는 잠잠하기만 했다. 학생들 모두 샘이 에드워드 고교를 떠날 거라는 소문을 들은 까닭이다. 마지막 수업을 위해 교실에 들어선 샘은 그답지 않게 초췌한 모습이었다. 잠을 설친 듯했고, 평상시와 비교했을 때 움직임이 전체적으로 느려진 것 같았다. 샘은 깊게 숨을 내쉬고 힘을 내보려 했다.

"오늘은 정부의 규제에 관한 마지막 강의로서, 환경규제에 대해 이야기하겠다. 여러분이 아는 공공정책에 관한 내 견해에 비추어 볼 때, 내가 규제에 찬성할 것 같은가, 반대할 것 같은가?"

"반대요!"

학생들이 합창하듯 대답했다.

샘은 칠판을 보고 서 있다가, 몸을 휙 돌려 아이들을 쳐다보며 말했다.

"바로 그거야!"

내면에서 차오르는 놀랍고도 기쁜 뭔가가 샘의 기운을 북돋았다.

"사람들이 서로 물건을 사거나 팔 때,"

샘이 말을 이었다.

"거래는 자발적으로 이루어진다. 양쪽 모두 이익을 얻는 경우가 아니라면, 다른 곳에 가서 거래를 하겠지. 그런데 누군가가 강이나 대기에 오염물질을 배출하면, 사람들은 원하지 않아도 오염된 물을 마셔야 되고 더러운 공기로 숨을 쉬어야 돼. 그건 공기나 물을 훔치는 것과 다름없어. 자, 이런 일을 막을 좋은 환경정책은 사람들이 서로 자발적으로 거래를 할 수 있도록 해주는 거야. 그렇게 할 수 있다면, 인간의 이기심을 거스르기보다는 바로 그걸 이용해서 환경을 되살리는 방안이 나오게 되지. 혹시 유럽인들이 어떻게 호주로 이주했는지 아는 사람 있나?"

"배를 타고 갔어요."

뒤에서 누군가 대답했다.

"음, 물론 헤엄쳐서 가지는 않았겠지. 고맙다, 제이슨. 그들은 배를 타고 갔어. 그런데 흥미로운 점은 많은 사람들이 죄수로서 호주로 이송되었다는 점이야. 18세기와 19세기에, 영국은 수많은 기결수(既決囚)들을 호주로 실어 보냈지. 물론 호화 여객선에 태워 보낸 게 아니었고, 또 호주까지의 뱃길도 험했어. 어떤 때는 항해 도중에 30퍼센트가 넘는 인원이 죽기도 했지. 이것은 영국 국민에게 충격을 주었어. 죄의식 때문인지 인간애 때문인지는 모르겠지만, 영국인들은 항해 중에 발생하는 사망률을 낮추고 싶어 했어. 자, 너희라면 어떤 방법을 쓰겠니?"

학생들이 손을 들었다. 한 학생은 더 충실한 영양공급을 해야 한다고 주장했다. 다른 학생은 더 나은 의료지원을 주장했다. 또 다른 학생은 배에 태우는 죄수들의 인원을 줄여야 한다고 주장했다.

"좋아, 하지만 죄수들을 더 잘 먹이거나, 배에 덜 태우거나, 의료지원을 늘리면 비용이 상승할 거야. 그런데, 그런 배의 선장들은 그다지 인정이 넘치는 사람들이 아니라는 것쯤은 쉽게 상상할 수 있겠지? 사실, 일부 선장들이 죄수들 몫의 식량을 빼돌려 죄수들을 굶겨 죽이고, 호주에 도착했을 때 그 식량을 팔아서 돈을 챙기는 경우도 있었어. 정말 비인간적인 놈들이지? 이런 놈들이 죄수들 사망률을 낮추겠다고, 너희들이 제안한 방식을 반기고 따를 거라곤 기대하기 힘들어. 식량을 더 주거나 약을 더 주면, 옳다구나 하고 감춰뒀다가 팔아먹을 새 뻔하다고. 그렇다면 이제 대안을 생각해 봐야겠지. 그럼, 그 선장들에게 좀 더 인간적으로 행동하라고 강요하는 건 어떨까? 음식이나 의료품에 최소기준을 설정해서 법으로 뒷받침하는 거야. 이 법안을 〈맞고 할래, 그냥 할래?〉라고 이름 지어보자. 이런 방법이 통할까? 브리트니가 대답해 봐."

"그냥 통하진 않을 거 같아요. 아마 그 법이 지켜지는지 감시하기 위해 배에 정부관리를 파견해야만 할걸요."

"그리고 그 관리가 뇌물을 받는지, 혹 선장에게 협박이라도 당하지는 않는지 확인할 필요도 있겠지."

샘이 덧붙였다.

"그래서 법률적인 해결은 이론적으로는 가능하지만, 실제로는 별 효과가 없어. 경제학자라면 어떤 방법을 추천할 것 같나? 내가 중요한 단서 하나를 알려주지 않았구나. 초기에 정부는 선장들에게 배에 태우는 죄수 한 명당 얼마라는 식으로 대가를 지급했어. 식품과 의약품을 위한 충분한 돈을 주었지. 그런데, 누군가가 마침내 좋은 아이디어를 냈어. 영국 해안에서 배에 타는 죄수들의 숫자를 세는 대신, 호주 해안에 도착해서 살아서 내리는 숫자를 세서 보수를 지급하자고 한 거지."

샘은 말을 멈추고, 학생들에게 내용을 음미할 시간을 주었다.

"정말 간단하면서도 명석하고 효율적인 방법 아니겠어? 이건 〈너도 좋고, 나도 좋고〉 해결책이라고 불러보자. 이것은 누가 따로 선장을 감시할 필요 없이 선장 스스로 자신을 감시하게 만드는 방법이라 할 수 있지. 정부에서는 배에 감시하는 인원을 따로 둘 필요 없이, 선장에게 그가 한 일에 대한 성과보수만 주면 되는 거야. 그럼 정부는 죄수들을 무사히 호주로 보내기 위해 식량이나 의료품이 얼마나 필요한지 계산할 필요가 없고, 이건 배의 사정을 잘 아는 선장이 대신 하겠지. 괜찮은 방법 같지 않아? 하지만 이게 끝이 아니야. 이 〈너도 좋고, 나도 좋고〉 방식을 쓰면, 선장들은 죄수를 호주까지 무사히 살려놓을 새롭고도 더 나은, 그러면서도 더 저렴한 방법들을 개발할 동기를 갖게 되지. 그래, 죄수들에게 좀 더 넓은 공간을 내줘보자. 그러면 적게 태워도 호주에 도착했을 때 살아 있는 숫자는 전보다 더 많을 테니까. 어쩌면 항해 중에 걸리는 병을 억제하는 신약이 있을지도 몰라. 또 어쩌면 특정 식품이 생존율을 높이는 데 도움이 될 수도 있지. 이렇게, 죄수들이 살아서 호주에 가는 것이 선장의 이익과 연결되면, 선장은 죄수들을 살리기 위해 이 궁리 저 궁리를 해보며 최선을 다할 거야. 그러면 죄수들의 생존율 개선에 대해서는 선장들이 가장 뛰어난 지식을 갖게 되겠지. 다른 누구보다도 말이야."

"그런데 그게 환경하고 무슨 관계가 있는 거예요?"

누군가가 물었다.

"많은 환경규제법안은 〈맞고 할래, 그냥 할래?〉와 같은 방식이지. 한 가지 예를 들어볼까? 정부는 기업이 배출하는 대기오염을 줄이는 최선의 방법을 찾도록 그들에게 동기를 부여하는 대신, 자체적으로 최선을 결정하고 시행했지. 좀 전에 얘기한 그 선장들의 경우와 마찬가지로, 일선의 기업들은 오염을 줄이는 일에 관해 정부보다 더 많은 정보를 가지고 있게 마련이야. 그런데 정부는 발전소가 이산화황을 줄일 수 있는 집진기(集塵機)라는 장치를 설치하도록 의무화했어. 하지만 집진기는 그리 싼 제품이 아니거든. 그걸 달려면 1억 달러도 넘는 돈이 들었어. 여기까지 괜찮다고 쳐. 나중에 집진기를 설치하는 비용은 대부분 전기 사용자들에게 전가되었지. 여기까지도 좋다 이거야. 왜냐하면 사람들이 공기를 오염시키는 전력소비 자체를 줄이게 되었으니까. 하지만, 집진기 설치가 굴뚝에서 나오는 오염물질을 줄이는 최상의 방법이었을까? 그 당시에는 그랬을지도 모르지. 하지만 그것은 선장들에게 죄수의 생존율을 높이는 제일 좋은 방법에 대한 설교를 하는 것과 같았어. 또설사 정부의 규제 방식이 최선이었다 하더라도, 거기엔 기업들의 노력을 이끌어낼 인센티브가 없었지. 결국, 정부는 이산화황 배출을 통제하기 위해 극단적인 〈너도 좋고, 나도 좋고〉 법안을 상정했지. 이산화황을 배출하고 싶으면 각 톤마다 정부의 허가를 받아야한다고 발표한 거야."

"그 허가장은 몇 장이나 발행되었나요?"

"좋은 질문이야. 각각의 발전소들은 예전에 배출하던 양의 일부에 해당하는 허가장만을 받았어. 다들 난리가 났지. 이산화황을 덜 배출할 방법을 찾아내야만 했거든. 그 방법을 못 찾으면, 허가량 이하로 배출량을 줄인 다른 발전소에서 허가장을 사와야만 했지. 〈너도 좋고, 나도 좋고〉 법은 보이지 않는 방식으로 배출량을 줄인 발전소에는 보상금을 주고, 줄이지 못한 업체에는 벌금을 매긴 셈이 된 거야. 그런 인센티브가 제시되자, 이산화황의 배출량은 상당히 줄어들었어. 당연한 일이지. 이제 발전소들은 공기를 맑게 할 방법을 끊임없이 연구해야 하는 숙제를 갖게 된 거야. 물론 이런 결과에도 모두가 흡족해 했던 건 아니었어. 어떤 환경단체들은 대단한 제도라고 생각한 반면에, 다른 단체들은 오염의 권리를 구입할 수 있다는 발상에 도덕적인 이유로 반대했지. 몇몇 환경운동가들은 오염이라는 것이 경제활동의 불가피한 비용이 아니라 절대로 있어서는 안 될 죄악이라고 생각하거든."

샘은 말을 멈추고 창밖을 바라보았다. 잠시 동안 샘의 머릿속에 상념이 떠오른 듯했다. 샘은 다시 수업으로 주의를 돌렸다.

"너희들 중에 닭이 멸종할까 봐 걱정하는 사람 있니?"

학생들은 그가 무슨 소리를 하는지 의아해하며 웃어댔다.

"그래, 제이슨이 말해 봐."

"저는 닭도 피스타치오와 같다고 생각합니다. 석유가 고갈되지 않듯이, 닭도 멸종하지 않을 것입니다."

"그럴듯한 말이야, 제이슨. 거기에 적용되는 경제 원리는 다르긴 하지만. 아무튼 피스타치오 방을 기억하는 사람이 있다니 기분이 좋군. 미국에 현재 몇 마리의 닭이 있는지 알고 있나? 좋아, 그건 나도 몰라. 하지만 십억 마리는 넘을 거야. 제이슨의 결론은 옳아. 닭은 멸종되지 않을 거야. 하지만 그 이유가 뭘까? 야생매는 지금 멸종 위기에 처해 있지. 닭은 그렇게 많은데, 야생매는 사라지는 이유가 뭘까? 소는 그렇게 많은데, 고래는 사라지는 이유가 뭘까? 답은 간단해. 야생매나 고래는, 닭이나 소와 달리 울타리 안에 가둬놓고 소유할 수 없기 때문이야. 여기서 중요한 점은, 닭이나 소는 사람들이 소유하고 기르고 돌봐야 할 이유가 있다는 거지. 이렇게 누군가에 의해 소유되지 않는 자원은 남용되게 마련이야. 공기, 바다, 그리고 거기에서 헤엄치는 고래도. 여러분도 잘 알겠지만 난 정부의 규제에 대해 회의적이다. 경제는 자율적으로 규제되기 때문이지. 그 자율규제의 중심에는 사유재산이 자리 잡고 있어. 우린 자신의 돈을 쓰는 데 매우 신중하지. 하지만 친구들의 돈에는 덜 신중할 것이고, 모르는 사람의 돈은 훨씬 부주의하게 사용할 거야. 왜냐? 위험과 보상 때문이지. 우리가 자신의 돈을 쓸 때에는, 거기에 수반되는 위험과 보상도 우리의 것이 되기 때문에 그렇다는 거야. 하지만 소유권이 명확하게 규정되어 있지 않으면, 시장이 제공하는 인센티브는 사라지고 정부의 규제는 더욱 강제성을 띠게 된다. 자, 그렇다면 고래를 닭처럼 다루는 방법이 있을까?"

샘은 말을 멈추고 천장을 올려다봤다. 학생들은 그가 뭔가 설명하기 위해 질문을 던진 것을 알고 그 답을 제시해 주길 기다렸다.

"불가능해 보이겠지만,"

샘이 말을 이었다.

"짐바브웨에서는 마을 단위로 코끼리들을 소유할 수 있는 방법을 찾아냈어. 닭을 소유하는 방식과 같은 건 아니야. 정부에서 지역 주민들에게 관광객으로부터 코끼리 관람료를 받을 수 있는 권리를 준 것이니까. 그 지역 사람들은 사냥꾼에게도 코끼리를 사냥하는 데 돈을 물릴 수 있는 권리를 갖게 됐지. 그들은…"

"역겨운 이야기네요."

한 학생이 중얼거렸다.

"뭐가? 코끼리를 죽이는 거, 아니면 코끼리를 죽이도록 장려하는 거?"

"둘 다요. 사람들에게 코끼리를 죽이도록 장려하는 게 코끼리에게 무슨 도움이 되죠?"

"닭의 경우를 봐. 사람들이 닭고기 먹는 것을 좋아하기 때문에, 농부들은 닭을 키우고 보살피는 데 동기를 갖게 되지. 이건 역설적인 이야기야. 너희들은 사람들이 닭고기를 먹으면 닭의 숫자가 줄어들 거라고 생각하겠지. 너희가 무슨 말을 하고 싶은지 알고 있다. 코끼리를 죽이도록 장려하는 것은 분명 역겹게 느껴질 거야. 나도 코끼리를 매우 좋아해. 아름다운 동물이거든. 그런데 코끼리를 죽일 수 있는 권리를 돈으로 산다는 게 허용되어야 할까? 끔찍한 생각인 것 같지? 하지만 마을 주민들이 죽은 코끼리 대신 살아 있는 코끼리에서 이익을 얻는다면 이야기는 달라지지. 그들은 코끼리들이 더 많아지기를 바랄 거야. 그러면 관광객이나 사냥꾼에게서 좀 더 많은 돈을 벌어들일 수 있으니까. 그러면 코끼리가 살아갈 수 있는 땅을 더 많이 제공하게 되겠지. 그리고 밀렵을 막기 위해 경찰과 협조할 거야."

그 학생이 다시 물었다.

"밀렵이나 사냥이나 그게 그거 아닌가요? 둘 다 코끼리가 죽기는 마찬가지잖아요."

"하지만 코끼리의 전체적인 숫자는 각각의 경우에 따라 크게 달라져. 밀렵꾼은 코끼리가 눈에 띄는 족족 다 잡아 죽이겠지. 하지만, 마을 사람들에게 특정 지역의 코끼리에 대한 권리가 있다면, 그들은 모든 코끼리가 다 죽기를 바라지는 않을 거야. 그건 단기적으로는 득이 돼도, 장기적으로는 해가 되는 일이니까. 짐바브웨에서 코끼리 소유권 제도가 시작된 것은 1970년대 중반이었어. 그리고 아프리카 전체에서 밀렵으로 코끼리의 숫자가 반으로 줄어드는 동안, 짐바브웨에서는 사냥이 허용되었음에도 불구하고 오히려 그 숫자가 늘어났지. 거의 굶어 죽어가던 마을 사람들은 코끼리를 이용해 번 돈으로 학교도 세우고 보건소도 지을 수 있었어. 그렇다고 모두가 이 방법을 좋아하는 것은 아니야. 어느 환경운동단체는 사냥이 비도덕적이라는 이유로 짐바브웨의 코끼리 정책에 반대하고 있어. 그럴지도 모르지만, 이건 보는 시각에 따라 다르겠지. 하지만 결과적으로 지금 짐바브웨에는 훨씬 많은 코끼리들이 살고 있어."

샘은 말을 멈추고 시계를 들여다봤다.

"시간이 얼마 남지 않았구나. 이야기를 하나만 더 하고, 이번 학기 수업을 마칠까 한다. 몇 년 전 여름에 나는 친구 몇 명과 함께 몬타나 주 쪽의 옐로우스톤 공원으로 하이킹을 간 적이 있었지. 우리는 올드 페이스풀(역주: Old Faithful, 옐로우스톤 국립공원의 유명한 간헐천. 한 시간에 대략 한 번씩 150피트 높이로 물을 뿜어 올린다.)에서 멀리 떨어진 인적이 드문 곳으로 올라갔어. 섭씨 15도 정도의 기온에 하늘에는 구름도 별로 없고, 저 멀리에는 눈 덮인 봉우리들이 아른거리는 완벽한 날이었지. 살아 있다는 게 감사할 정도로 아름다운 날이었어. 우리는 어린 소나무들이 자라는 곳을 지나, 드디어 계곡이 내려다보이는 정상에 도착했다. 강이 굽이치며 흐르고 있고, 그 강 너머에는 아랫부분에서 봉우리로 갈수록 뾰족해지는 웅장한 산이 있고, 저 멀리 지평선에는 그런 산들이 수없이 늘어서 있었어. 정말 장엄한 광경이었지."

샘은 멋진 풍경을 회상하려 잠시 멈췄다가 말을 이었다.

"그런데 앞쪽에서 뭔가가 움직이는 소리가 들렸어. 그건 한 떼의, 한 열 마리쯤 돼 보이는 고라니들이 소나무 숲 속에서 풀을 뜯는 소리였지. 고라니들도 우리만큼이나 놀라는 것 같았어. 하지만 우리를 잠시 쳐다보더니 종종거리며 가버리더군. 우리는 고라니들이 나무 사이로 사라져 보이지 않을 때까지, 그 멋진 동물들을 경탄하며 바라보았어. 그놈들을 보고 나니 온종일 약간 다른 흥취를 느낄 수 있었지. 우리는 단지 멋진 경관 속에 있는 게 아니라, 정말 야생의 세계에 와 있던 거였어. 그냥 우리 생각일 뿐이었는지도 모르지만 말야."

샘은 이제 이리저리 걸어 다녔다. 학생들은 그가 무슨 말을 하려는지 의아해 했다.

"난 여행에서 돌아온 후에, 옐로우스톤 공원에서의 그 경험을 전체적으로 조망할 수 있는 책을 읽었어. 1900년대의 연방정부는 옐로우스톤의 늑대들을 없애려고 노력을 했더군. 인근의 목장 주인들은 늑대들이 공원 밖으로 나와 자기 가축들을 죽일 일이 없어지니 좋아했지. 그리고 공원을 찾은 관광객들은 못되고 광폭한 늑대가 튀어나와서 자신과 아이들을 덮칠지도 모른다는 근심을 하지 않게 되었어. 1930년대가 되자, 늑대들은 사라졌어. 그렇게 늑대가 사라지니까 고라니들의 숫자가 불어났지. 계속해서 말이야. 공원 관리인들은 좋아했다더군. 그리고 그 공원을 방문한 관광객들은 실제로 뛰어다니는 야생동물들과 마주칠 기회가 많아졌지. 내가 그랬던 것처럼 말이야."

샘은 말을 멈추고, 적절한 표현을 찾으려 잠시 생각에 잠겼다가 말을 시작했다.

"복잡한 시스템에 손을 대서 뭔가를 수정하게 되면, 우리가 예측할 수 없는 일이 일어나게 되지. 그런 결과 중 한 가지는 명백하게 드러났어. 고라니가 많아지면서, 풀도 더 많이 뜯어먹게 됐거든. 고라니들은 냇가의 채소부터 물가에서 자라나는 덤불, 관목, 작은 나무들, 미루나무, 버드나무까지 먹어치웠지. 그리고 옐로우스톤 공원의 늑대들을 죽임으로써 나타난 예기치 못한 결과 중 하나는, 바로 비버의 숫자가 줄어들었다는 거야. 비버들도 버드나무와 미루나무를 먹고 살거든. 여기에 아이러니가 있는 거지. 늑대들은 비버도 잡아먹기 때문에, 우린 늑대들을 제거하는 게 비버에게도 좋은 일이라고 생각하기 쉬워. 하지만 결과는 정반대였어."

샘은 고개를 흔들었다.

"1995년, 정부는 마침내 옐로우스톤 공원에 늑대들을 풀어놓았지. 그 일로 미국인들은 진정한 야생에 대해 좀 더 잘 이해하게 됐을 거야. 지금은 거기에 120마리의 늑대들이 살고 있지. 하지만 늑대들이 현재 공원 내 고라니들의 숫자를 감소시킨다고 해도, 비버들에겐 너무 늦었어. 비버들이 다시 살게 하려면 그곳에 방대한 서식지를 만든 후에, 인공적으로 풀어놓는 수밖에 없어."

샘은 학생들이 내용을 깊이 음미할 수 있도록 잠시 말을 멈추었다.

"수업 첫 날에, 너희에게 피스타치오를 기억하라고 말했지. 나는 문제를 해결하는 데 성과보수제가 얼마나 도움이 되는지 알려주고 싶었어. 이제 마지막 수업인 오늘은, 너희들에게 고라니들을 잊지 말라고 말하고 싶다. 성과보수제에 손을 댈 경우에는 보이지 않는 것들에 주의를 기울여야만 해. 의도가 좋을지라도 복잡한 시스템에서 실타래처럼 꼬여 있는 인센티브들을 간과한다면, 우리는 엄청난 실수를 저지르게 되지. 그 대가는 옐로우스톤 비버들의 생태계에 재앙을 내리고, 귀중한 야생의 세계를 거대한 고라니 농장으로 만들어버릴 만큼 커. 하물며 경제정책이라는 것은 동물이 아닌 사람들의 삶을 다루는 것이야. 수많은 경제정책들이 그저 의도하지 않은 결과 정도가 아니라, 큰 타격을 주는 심각한 결과를 가져오지. 그리고 경제정책에서 파생되는 부정적인 영향은 쉽게 눈에 띄지 않는 경우가 종종 있어. 내가 그날 고라니들을 보고 기뻐할 때, 사라진 비버들에게는 생각이 미치지 않았던 것처럼 말이야. 많은 경제적 규제정책도 그런 식이지. 정부에서 만든 정책이, 정작 정부가 도움을 주려 한 바로 그 사람들에게 피해를 주는 경우도 있는 거야. 그러니까 뭔가를 개선하고 있다고 착각하게 만드는 정책이 아닌, 정말 도움이 될 정책을 세우는 것이 중요한 거지. 너희가 좋은 경제학자가 되려 한다면, 언제나 보이지 않는 것들을 보려고 노력해야 한다."

샘은 말을 멈추고 시계를 보았다. 이제 몇 분 남지 않았다.

"이쯤에서 이번 학기 수업을 마치기로 하지. 시간이 지나면, 여러분은 여기서 배운 많은 것들을 잊어버릴 거야. 나도 잘 알고 있다."

몇몇 학생이 킥킥 웃었다.

"난 진지하게 말하는 거야. 인간의 두뇌는 원래 그렇게 생겨먹었으니까. 하지만 너희가 잊어버리지 않았으면 하는 것들이 몇 개 있어. 우리는 시장이 가진 힘, 즉 우리의 이기심을 경쟁을 통해 사회의 이익으로 승화시키는 힘에 대해 많은 이야기를 나누었지. 대부분의 사람들은 시장에 대해 이야기할 때, 주로 물질적인 면에 대해 많이 언급한다. 자본주의는 우리를 부유하게 해준다고 말이야. 하지만 내가 여러분에게 꼭 기억해 주기를 바라는 것은 돈이 전부가 아니라는 거야. 경제학을 전공한 사람이 이런 말을 한다는 게 우습게 들릴지도 모르겠군. 하지만 경제학은 돈을 다루는 학문이 아니야. 그것은 너희에게 만족감을 주는 방법을 연구하는 학문이야. 개인적인 차원에서 이야기한다면, 월급의 많고 적음이 직업에 관한 가장 중요한 문제가 아닐 수도 있다는 것이지. 물론 같은 조건의 두 가지 일 중에선 돈을 많이 받는 일이 좋겠지. 하지만 두 가지 다른 직업의 조건이 완전히 일치하기는 어려워. 돈 못지않게 중요한 것은 그 직업이 뭔가를 배우고 성장할 수 있는 기회를 제공하는가, 어떤 종류의 성취감을 제공하는가, 그리고 그 성취감을 통해 만족감을 느낄 수 있는가, 하는 것이야. 전체적인 입장에서 볼 때에도 마찬가지지."

샘은 걸음을 멈추고, 학생들을 마주보며 책상에 걸터앉았다. 학생들이 자신이 한 이야기의 중요성을 실감케 하기 위해 잠시 동안 말없이 기다렸다가 말했다.

"자본주의는 우리를 부유하게 만들어준다. 하지만 그런 이유로 내가 자본주의를 좋아하는 것은 아니야. 정부가 아니라 자체적인 경쟁에 의해 규제되는 시장기구는, 우리 각자에게 우리가 원하는 방향으로 세상을 변화시킬 수 있는 기회를 제공해. 어떤 이들에게 그것은 단지 평범하게 살면서 가족들을 먹여 살리는 일이겠지. 또 어떤 이들에게는, 아무도 상상하지 못한 새로운 상품을 개발해서 사람들의 삶을 변화시키는 일이 될 수도 있을 거야. 하지만 그것이 무엇이건 간에 돈은 거의 부차적인 것이야. 살아가면서 겪게 되는 일들을 우리 스스로 결정해 나가면서, 진정 자유로운 인간으로서의 삶을 느끼게 해주는 것이야말로 시장이 가진 힘이지. 어떤 사람들은 이런 삶을 성공과 실패 사이에서 외줄타기를 하며 고독한 투쟁을 벌이는 인생이라고 생각하기도 해. 하지만 고독해야 할 이유는 전혀 없어. 개개인이 자신의 일을 선택하는 것이 꼭 혼자서 살아간다는 의미는 아니야. 자유로운 시장체제가 사랑과 자비, 공동체 의식을 배제한다고 생각하면 오산이야. 그 안에선, 그 모든 것들이 우리 개개인이 얽어놓는 공동체적 네트워크에 의해 자발적으로 창조될 뿐이지."

샘은 말을 멈추고, 잠시 이리저리 걸었다.

"마지막으로,"

샘이 말했다.

"난 여러분이 다른 사람들의 선택을 존중하는 것이 얼마나 중요한지를 배웠기 바란다. 내가 아무리 너희들에 대해 잘 알고 싶어도, 너희들에 대해선 자신이 가장 잘 알아. 그렇기 때문에 너희의 행동이 남에게 피해를 주지 않는 한, 너희가 좋다고 생각하는 대로 삶을 이끌어갈 권리가 너희에게 있다고 나는 믿는다. 그리고 같은 맥락에서 여러분이 나보다 더 나은 방법을 안다고 생각할 때에도 여러분 역시 내 선택을 존중해 주었으면 해. 바로 이것, 다른 사람에게서 아이가 아닌 어른으로 대접받을 권리가 인간성의 근본원리라고 생각한다. 여러분은 십대로서 어른이 되기 전에 여러 가지를 배우는 마지막 기로에 서 있다. 여러분이 머지않아 갖게 될 자유를 마음껏 즐기기 바란다. 그리고 그 자유를 현명하게 사용하는 것을 잊지 말도록."

샘은 말을 멈추고 창가로 걸어갔다. 날씨가 좋을 때라 학생들이 앉아서 이야기하는 교정이 내다보였다. 자신과 로라가 〈율리시스〉를 논하던 그 교정이었다. 처음 두 사람이 앉았던 벤치를 보는 것 같았지만, 시선은 먼 곳을 응시하고 있었다.

"경제학은 세상을 보는 방법이다."

샘은 학생들을 돌아보며 말을 이었다.

"경제학은 끊임없이 '공짜 점심은 없다.'는 걸 가르쳐준다. 어떤 길을 선택한다는 것은 곧, 선택하지 않은 다른 길을 가지 않는다는 것을 의미해. 후회할 수도 있겠지. 하지만 선택할 수 있다는 것은 좋은 거야. 나는 공짜 점심이 없는 세상에서 산다는 것에 감사한다. 결과와 대가가 없는 세상이란 의미 있는 선택이 없는 세상이지. 책임이 없는 삶은 어른으로서의 삶이 아니야. 그것은 동물이나 어린아이나, 로봇의 삶이지."

샘은 다시 말을 멈추고 책상 위에 앉아 학생들을 쳐다보았다. 좋은 아이들이었다. 샘은 이 학생들을 가르치는 것이 좋았다.

"나는 최근에 나의 삶과 이곳 에드워드 고교에서의 생활에 관한 몇 가지 선택을 했다."

이번 학년이 끝났음을 알리는 종소리가 울렸다. 그러나 아무도

움직이지 않았다.

"너희에게 일이 어떻게 되어가는지 알려줄까 한다. 난 에드워드 고교를 떠날 예정이다. 그 이유에 대해 추측이 많았겠지. 하지만 내가 떠나는 이유는 원칙에 관한 의견이 맞지 않기 때문이란다. 더 이상은 말해 줄 수 없구나. 그래도 내가 이곳에서, 교사로서 가르치는 것을 사랑했다는 것만은 말할 수 있다."

마침내 감정이 북받쳐서 목소리가 흔들리려 하자, 마음을 가라앉히려고 잠시 말을 끊었다.

"너희가 그리울 거다."

샘은 학생들의 얼굴을 바라보며 말했다. 그러고는 고개를 숙인 채 교탁을 정돈하기 시작했다. 학생들은 말없이 앉아 있었다. 그들에겐 물어보고 싶은 것이 수없이 많았지만, 지금은 때가 아니라는 것이 샘의 얼굴에 분명히 드러나 있었다. 학생들이 일어나지 않고 조용히 앉아 있는 것에 놀란 듯, 샘은 고개를 들었다.

"가도 좋아."

샘은 미소를 지으며 말했다. 학생들은 조용히 교실을 빠져나갔다.

"에이미,"

샘이 말했다.

"잠시 남아줄 수 있겠지?"

모두가 떠난 후에 에이미가 앞자리에 와서 앉자, 샘은 책상 모서리에 걸터앉았다.

"몇 달 전에 누군가가 내게 선물을 주고 사라졌더구나. 그 사람이 좋은 의도로 줬다는 것은 알고 있다만, 그것은 내가 받을 수 없는 선물이었어. 돌려주는 데 시간이 너무 오래 걸려서 미안하다."

샘은 봉투 하나를 꺼냈다.

"선생님을 곤란하게 할 의도는 없었어요."

에이미가 봉투를 받으며 말했다.

"우리 아버지가 선생님을 학교에서 떠나게 하는 일에 관여했다는 걸 알고 있어요. 저는 이 영수증들이 아버지를 곤란하게 만들거라고 생각했어요. 그래서 선생님이 우리 아버지에 대항해 싸우는 데 이것들이 도움이 될 줄 알았어요."

에이미는 금방이라도 눈물을 흘릴 것 같은 얼굴을 하고 있었다.

"나도 그렇게 생각한다. 하지만 그 영수증들은 내 것이 아니야. 미안하구나."

"하지만 왜 싸우시지 않는 거죠?"

에이미는 울고 있었다.

"이건 내가 이길 수 없기도 하고, 이기고 싶지도 않은 싸움이기 때문이야. 그렇지만 진정한 싸움, 그러니까 사람들의 생각과 맞서 싸우는 건 영원히 계속할 거야. 그리고 네가 나이가 들어서 이런저런 것들을 읽고 좀 더 생각이 성숙해졌을 때에도, 여전히 내 편에서 있기를 바란다. 너는 아주 똑똑한 학생이야. 너에게 거는 기대가 크다. 계속 연락하며 지내자, 그래 주겠지? 내가 새로 있을 곳이 정해지면 주소를 알려주마."

에이미는 자신을 추스르며 말했다.

"좋아요. 여러 가지로 정말 고마웠습니다."

에이미가 자리를 뜨고 나자 샘은 교실을 서성거렸다. 책상에 앉은 채로 발을 올려놓고 머리 뒤로 깍지를 낀 채 좋았던 시간들을 회상했다. 그리고 한참 후, 천천히 책상을 정리했다.

# 만남과 ♥ 이별

"'나는 인간의 생각에 대한 어떤 억압에도 끝까지 싸울 것을 신께 맹세합니다.' 또 하나의 멋진 좌우명이에요. 그렇지 않아요?"

샘과 로라는 제퍼슨 기념관에서 몇백 야드 떨어진 타이달 베이슨(역주: Tidal Basin, 제퍼슨 기념관에서 링컨 기념관에 이르는 길로, 벚꽃으로 유명하다.)으로 소풍을 나왔다. 둘은 그곳 벤치에 앉아 점심을 먹고 있었다. 벤치에서는 저 멀리 기념관이 보였다. 왼쪽으로는 워싱턴 기념관의 오벨리스크가 자리 잡고 있고, 좀 더 왼쪽에는 나뭇가지 사이로 백악관의 옆모습이 보였다. 때는 이른 유월. 샘과 로라는 이날 아침, 학생들의 성적을 제출했다. 돌아오는 일요일에는 졸업식이 예정되어 있다.

"제퍼슨의 세계관을 그리 나쁘지 않게 요약한 것 같군요."

샘이 말했다.

"그건 어디에서 나온 말이에요?"

"나도 잘 몰라요. 저기 비석에 조각되어 있잖아요."

샘이 기념관을 가리키며 말했다.

"자세히 보지 않으면 안 보여요. 돔의 안쪽 높은 곳에 새겨져 있죠. 난 이곳을 좋아해요."

샘은 벤치에 몸을 기댄 채, 강물을 바라보며 말했다.

"그것 참 놀라운 일이군요, 샘. 우리는 지금 정부권력의 심장부에 앉아서 정부관리들에게는 종교적인 의미마저 갖는 기념물들을 바라보고 있어요. 난 당신이 정부의 힘에 대해 상당히 회의적인 것으로 알고 있었는데요."

"맞아요. 하지만 나는 미국을 사랑해요. 미국은 여전히 가능성이 있는 곳이고, 자기가 되고 싶은 바를 꿈꾸기에 가장 좋은 곳이죠. 그리고 그것은, 개인의 자유에 대한 존중이 큰 힘을 발휘한다는 확신이 수많은 미국인들의 가슴속에 깊이 새겨져 있기 때문에 가능해요. 인간의 정신을 마음껏 날아오르게 하는 자유의 힘에 대한 확신 말이에요. 그리고 저기 국회의사당 건물이 보이나요?"

샘은 한 곳을 가리키며 말했다.

"대부분의 해악이 시작되고 끝나는 곳이 바로 저기죠. 의사당이 더 멀리 있어서 그렇겠지만, 이곳에서 보면 마치 제퍼슨 기념관이 의사당 너머로 버티고 서 있는 것처럼 보여요. 난 저걸 보면 기분이 좋아져요."

샘은 잠시 멈췄다가 말했다.

"이리 와 봐요. 보여주고 싶은 게 있어요."

샘과 로라는 타이달 베이슨을 따라 난 길로 20보 정도를 걸었다.

"보세요."

샘이 제퍼슨 기념관을 가리키며 말했다. 로라가 서 있는 곳에서는, 기념관의 기둥들 사이로 실물보다 큰 제퍼슨 동상이 하늘을 배경 삼아 서 있는 모습이 보였다.

"마치 제퍼슨이 워싱턴 시를 굽어보고 있는 것 같아요."

샘이 말했다.

"나는 저 모습도 좋아해요. 제퍼슨은 미국인의 의식 속에 자유의 소중함을 심어놓는 데 일조했죠. 그것이 바로 아메리칸 드림이에요. 부를 추구하는 것이 아닌, 개개인이 원하는 행복을 추구하는 이상 말이에요. 난 그런 생각 때문에 이곳이 좋아요."

"전 여기 와보기는 처음이네요. 멋진 곳이로군요."

로라는 강가에 드리워진 벗나무 가지들을 둘러보았다. 머리 위에 드리워진 가지들은 두 사람을 감싸는 듯한 모습을 하고 있었다.

"벚꽃이 피어나면 정말 근사하겠어요."

"꽃이 피면 정말 아름답지만, 나는 지금 이대로가 더 좋아요. 꽃이 피면 관광객들로 너무 붐비거든요."

둘은 벤치로 돌아가서 아름다운 경치를 즐기며 음식을 먹었다. 샘이 침묵을 깨고 말문을 열었다.

"이제 모든 것을 얘기할게요."

샘은 로라의 얼굴을 돌아보며 말했다.

"에드워드 고교를 떠나는 이유에 대해서 말씀드리죠. 원래는 아무에게도 이야기해서는 안 되지만, 당신은 그 '아무도'의 범주에 들어가지 않으니 얘기할게요. 난 소문을 좋아하지 않으니, 듣고 당신만 알고 있길 바랄게요. 뭐 시시한 이야기예요. 생각하면 아직도 화가 나려 하지만, 이미 마음을 비웠어요."

"알겠어요. 누구에게도 말하지 않을게요."

"고마워요. 그럼 말씀드리죠. 에이미 헌트라고 알아요?"

"당연히 알죠. 무지 똑똑하고, 배구도 잘하고, 아버지는 상원의원이고, 멋진 금발머리를 하고 있고…"

로라는 갑자기 말을 멈추었다.

샘은 로라의 얼굴에서 근심 어린 표정을 읽을 수 있었다.

"걱정 안 해도 돼요. 에이미가 문제는 아니니까. 아무튼 직접적으로는 아니에요. 문제는 오랫동안 상원의원을 지낸 그 애의 아버지, 헌트 의원이라고 할 수 있지요. 그는 학교 이사회의 임원이에요. 학교에 기부금도 많이 내고 사람들이 주목하는 존재죠. 힘 있는 사람이에요. 그런데 내가 아는 바로는, 그가 나를 해고하라고 학교에 압력을 넣은 것 같아요."

"왜요?"

"나도 확실히는 모르지만, 거의 정확히 추측할 수는 있어요. 그는 내가 자신의 딸에게 가르치는 바를 좋아하지 않는 것 같아요. 그녀는 그 뭐랄까, 정확한 표현을 찾기 힘든데…"

"자유시장주의자?"

"바로 그거예요. 고전적 자유주의자라고 불리지요. 중앙에서 권한을 가지고 통제하며 계획을 세우는 것이 아니라, 개개인이 자유로이 결정하는 것을 숭상하는 사람이죠. 중앙에서 계획하고 개입하려 하는 가부장적인 아버지와는 달라요. 당신도 그에 대해 알잖아요."

"난 그를 좋아해요. 아니, 적어도 예전에는 좋아했죠. 왜 그게 그의 소행이라고 생각하는 거죠?"

"학교 당국에서는 내 수업 내용에 대한 불만이 들어와서 '조사'

를 진행했어요. 그들은 내 수업을 듣는 학생들 중 상당수를 인터뷰
했고, 이때 질문 내용은 소위 불균형을 파악하는 데 모아졌어요.
물론 학생들은 내가 정부의 규제에 대해 회의적이라고 언급했겠지
요. 하지만 당신도 알다시피, 그것만이 내가 가르치는 전부가 아니
잖아요. 나는 학생들에게 생각하는 법을 가르치려고 노력했어요.
하지만 내가 정부에 대해 회의적인 시각을 가진 것은 사실이고, 그
들은 그런 면을 주시한 것 같아요. 조사의 결론은, 내가 특정한 이
념을 아이들에게 주입시키고 있다는 거였더군요."

"우습군요, 샘."

"내 추측이 우습다는 건가요, 아니면 해고사유가 우습다는 건가
요?"

"해고사유 말이에요. 모든 교사들은 수업시간에 자신의 철학을
전달하게 마련이에요. 나도 워즈워스나 디킨스를 가르칠 때 그런
걸요. 정치학이나 역사학을 가르치는 모든 선생님들도 그렇고요."

"그렇죠. 하지만 나는 괘씸죄에 걸린 것 같아요. 전부는 아니더
라도 대부분의 이사들은 나와 다른 철학을 가지고 있거든요. 그들
에게 나는 배신자이자 이단자예요. 그리고 내가 하지 말았어야 할
농담을 몇 번 했거든요. 난 사람들을 도와주려고 만든 법이 오히려
해가 되는 경우가 있다는 생각에 그런 법들을 비꼬아서 말했어요.
그냥 입 다물고 있었어야 하는 건데. 그 말들이 돌고 돌아서 높은
분들 귀에 들어간 거죠."

"그들에 대항해서 싸울 거죠, 그렇죠? 결정에 항의할 거죠?"

"아니요, 그냥 학교를 떠날 거예요. 졸업식에 참석해서 학생들에
게 작별인사를 하고, 다른 직업을 구할 거예요."

"샘!"

로라는 큰 소리로 말했다.

"이건 불공평해요. 당신은 싸워야만 한다고요!"

"나도 몇 달간 생각해 봤어요. 그리고 대항할 수 있는 기회가 두 번 있었는데, 결국 하지 않기로 결정했어요. 첫 번째 기회는 좀 우스운 것이었죠. 어느 날 밤늦은 시각에, 실은 당신 부모님 댁에서 한바탕 난리를 벌인 그날 밤에, 누군가가 내 현관에 발신인 이름이 없는 봉투를 놓고 갔더군요. 그러니까 익명의 봉투였어요. 하지만 보나마나 에이미가 보낸 것이 분명했죠. 거기에는 그 애 아버지의 식사비, 호텔 영수증 따위의 신용카드 영수증들이 들어 있었거든요. 내 추측에는 그 애 아버지가 바람을 피우고 있거나, 아니면 더 심각한 경우, 담배회사 로비스트와 어울리고 있는 것 같더군요."

"흥미진진하네요."

"그렇죠. 하지만 이 일에 대해 아무에게도 말하지 않겠다고 약속한 것 잊어서는 안 돼요."

"알았어요."

"그 애는 나 같은 생각을 가진 사람을 처음 만나서 그랬는지, 아니면 얼굴조차 보기 힘들거나 자기 어머니를 속인 채 바람을 피우는 아버지에 대한 반항심에서 그랬는지는 모르겠지만, 내 수업 내용을 마치 하얀 종이가 먹물을 흡수하듯 빨아들이더군요. 그 이유가 뭔지는 아무도 모르겠죠. 어쨌든, 모든 것이 엉망진창이에요. 하지만 그래도 남의 약점을 미끼로 협박하는 건 내 스타일이 아니에요. 사소한 신변상의 문제로 도난된 남의 물건을 사용하는 것이 정당화될 수는 없잖아요."

"그게 어떻게 사소한 신변상의 문제죠? 이건 정의의 차원에서 다룰 문제예요."

"난 그렇게 거창하게 생각하지는 않아요. 그 영수증들은 에이미에게 돌려줬어요."

"좋아요. 거기까지는 잘한 일이에요. 괜히 문제가 복잡해질 수도 있으니까요. 하지만 왜 항의를 안 하겠다는 거죠?"

"그럴 생각도 많이 했어요. 이사진이 참석하는 공청회가 열리기로 되어 있었거든요. 밤마다 침대에 누우면, 그들을 모아놓고 지적인 자유의 힘을 연설하는 내 모습을 상상하곤 했죠. 하지만 결국 공청회를 취소하기로 했어요."

"지적 자유를 보장하는 것은 학교가 갖춰야 할 가장 중요한 사항이에요. 당신이 선례를 남길 수도 있었어요. 당신 직업을 지킬 수도 있었다고요."

"나도 동의합니다. 하지만 멋진 연설을 늘어놓는 게 공청회의 목적이 아니잖아요. 이기는 게 목적이죠. 난 내가 이길 수 없다는 것을 잘 알고 있어요. 그런 일은 영화에서나 일어나죠. 헌트 상원의원이 내 연설을 듣고 눈물을 닦으며 '난 거짓된 인생을 살았어. 부디 에드워드에 남아주게.'라고 말하는 일 따위는 일어나지 않아요."

"하지만 당신이 생각하는 바를 진술할 수 있는 기회는 있었잖아요. 왜 그런 기회를 차버린 거죠?"

"내가 그 상황에서 이성을 잃지 않을 거라는 확신이 없었어요. 당신 오빠한테 소리를 지르는 것과, 이사진과 헌트 의원 앞에서 소리를 지르는 것은 다른 문제예요. 난 별 소득도 없이 나 자신을 바보로 만들게 되지는 않을까 두려웠어요.”

“아직 다른 방법이 있어요. 법원에 고소하세요.”

“무엇으로 고소하란 말인가요?”

“이건 차별적인 처분이라고 주장하면 되잖아요.”

“경제학자들이 차별금지법으로 보호된다는 말은 처음 듣는군요.”

“하지만 유대인은 보호돼요. 당신은 유대인이고요, 맞죠?”

“그래요.”

“유대인이라는 이유로 해고되었다고 주장하면 되잖아요.”

“하지만 그건 거짓이에요.”

“그런 건 모를 일이에요. 진짜 이유가 무엇인지는 당신도 몰라요. 어쩌면 유대인이라는 이유 때문일 수도 있어요.”

“별로 그럴 것 같지는 않군요. 어쨌든, 난 그 법을 믿지 않아요.”

“무슨 말이에요?”

“차별금지법은 소용없는 짓이라고요. 삶에는 차별이 있을 수밖에 없어요.”

“샘!”

“내가 말하는 것은 그런 나쁜 의미가 아니에요. 물론 나쁜 것들도 어쩔 수 없이 포함되기는 하지만. 우리는 친구를 고를 때에도 차별을 해요. 살 곳을 정할 때에도 차별을 하죠. 차별은 곧 선택을 의미해요. 이것은 고르고, 저것은 거부하는 것이죠. 에드워드 고교는 날 거부했어요. 난 그것을 받아들여야 하고요.”

“하지만 그들이 당신을 거부한 이유는 공정하지 못해요.”

“그건 중요하지 않아요. 난 그들에게 그럴 권리가 있다고 생각해요.”

"그건 왜죠, 도대체?"

"학교 경영에 대해서는 정부나 배심원, 행정처분심사위원회보다 그들이 더 잘 아니까요."

"하지만 이번 경우에는 그들이 틀렸잖아요. 당신은 좋은 선생님이에요."

"나도 그렇게 생각해요. 하지만 그들 생각은 달라요. 나라고 기분 좋지는 않아요. 나도 화가 난다고요. 나에 대한 비난 중 한 가지는 내 수업이 친기업적이라는 것이었어요. 정말 사람 미치게 만들죠. 난…"

"그렇지만 당신이 친기업적인 것은 사실이잖아요."

"아니에요! 난 친자본주의일 뿐이에요."

"그게 무슨 차이가 있죠?"

"큰 차이가 있어요. 난 기업이 우리의 삶에 기여하는 바를 높이 평가해요. 그리고 혁신을 자극하는 이윤의 역할도 높이 평가하고요. 하지만 이윤은 시장에 의해 규제되고 있어요. 그렇지 않다면, 이윤이 좋은 것이라고 말할 수 있는 이유는 아무것도 없어요."

"무슨 말인지 모르겠군요. 당신은 예전에 수익성이야말로 가장 중요한 것이라고 말하지 않았나요?"

"물론 기업은 사회적 명분을 좇기보다 이윤을 내기 위해 노력해야 한다고 믿고 있어요. 그런 노력이 새롭고 저렴한 상품을 만들어서 우리의 삶을 보다 풍요하게 만드니까요. 그런 노력이 기업으로 하여금 소비자들에게 봉사하게 하고, 근로자들을 더 잘 대우하게 하니까요. 하지만 그렇다고 해서 제너럴 모터스가 잘 된다는 게 우리나라가 잘 된다는 것을 의미하지는 않아요. 난 규제정책이 기업의 이윤에 영향을 미치기 때문에 좋거나 나쁘다는 게 아니라고요. 최저임금제에 대한 뉴스는 항상 최저임금이 높아지면 노동자들에게 도움이 되니까 좋지만, 기업에게는 부담이 된다는 식이죠. 하지만 경제학자들이 최저임금제에 반대하는 것은 기업 부담 때문이 아니에요. 그들은 최저임금제가 비숙련 노동자들을 직장에서 내몰 것이기 때문에 반대하는 거라고요. 경제학자들이 작업장 안전규제에 반대하는 것도 기업의 이윤을 보호하기 위해서가 아니죠. 모든 근로자에게 동일한 수준의 안전수칙을 강제하는 것은 마치 모든 운전자에게 에어백을 사용하라고 하는 것과 같기 때문에 반대하는 거예요. 어떤 근로자들에게는 그 안전수칙을 지켜서 얻는 효용보다 비용이 더 클 수도 있거든요. 난 최저임금제에 반대해요. 또 이런 이유로 작업장의 안전에 관한 규제에도 반대해요. 난 관세와 수출입물량 할당제가 몇몇 미국 기업에 도움이 된다고 해도, 그것에도 반대해요. 난 기업에 대한 보조금 역시 반대하지만, 적절히 구성되기만 한다면 환경규제에는 찬성해요. 난…"

"샘, 알았으니 좀 진정하세요."

"미안해요. 나는 자본주의를 사랑해요. 난 자본주의를 사랑하기 때문에, 나의 분노가 사람들의 선택의 자유를 침해해서는 안 된다는 것을 깨달았어요. 내가 기업의 앞잡이로 취급받아서 화가 났건, 직업을 잃어서 화가 났건 말이에요. 물론 마음을 가라앉히고 분노를 배제하는 데에는 많은 시간이 걸렸어요. 하지만 그러고 나니까, 그들에게 그렇게 결정할 수 있는 권리가 있다는 것을 깨닫게 되었어요. 그리고 난 그것이 공정하다고 생각해요."

샘은 말을 멈추었다. 워싱턴 기념관이 아른거리는 강물 위로 한

쌍의 물오리가 평온하게 헤엄치고 있었다.

"난 경제학자들은 '공정'이라는 개념에 약하다고 생각했는데요."

로라가 말했다.

"네, 그래요. 대부분의 사람들이 말하는 공정함에 대해서는 약하겠죠. 사람들에게 공정함이란 '같다'는 것을 의미하니까요. 그런 정의에 따르자면, 내가 가지지 못한 것을 당신이 가지고 있으면 그것은 공정하지 못한 것이겠군요. 내가 얻는 데 실패한 직업을 당신이 가지고 있으면, 그것도 공정하지 않고요. 당신이 나보다 돈을 많이 벌면 그것도 공정하지 않을 테죠. 나는 공정함에 관한 이런 종류의 어떤 정의에도 동의하지 않아요. 하지만 내가 이렇게 생각하는 건 경제학과는 상관없어요. 이것은 철학적인 문제죠. 내가 정의하는 공정함이란 '규칙을 지키는 것'이에요. 보스턴 셀틱스 팀은 8년 연속으로 NBA에서 우승했어요. 어떤 사람들은 다 같이 돌아가면서 우승해야지 왜 너희만 우승하냐면서 공정하지 못하다고 말하겠죠. 하지만 나는 그들이 규칙을 지키며 경기에 임했다면 공정하다고 생각해요."

"하지만 그것은 스포츠잖아요. 우리는 당신의 인생에 대해 이야기하고 있어요."

"나는 에드워드 고교와 계약을 맺었어요. 그건 그 사람들이 계약에 의해 나를 해고할 수 있다는 걸 의미해요. 또 그들은 명문고에서 일하는 특권에 대해 나에게 소정의 금액을 지불하고 있죠. 계약서에 명시된 대로 말이에요. 그리고 바로 그 계약에 의해, 나는 원한다면 학교를 떠날 권리를 가지고 있어요. 난 이 정도면 공평한 것 같군요. 한번 에드워드 고교에 고용되었으니 이 자리는 내 것이라고 생각하는 건 우스운 일이에요. 그들은 나를 원하지 않으면 내보낼 권리가 있으니까요."

"하지만 그들이라는 게 누구를 말하는 거죠? 이 학교에는 나도 있고 학생들도 있고, 당신이 남아주길 원하는 이사들도 분명히 있을 거라고요."

"맞아요. 하지만 학교의 일에는 책임을 맡고 있는 사람이 있게 마련이에요. 이사진과 교장이 그런 사람들이죠. 정부가 만일 내게 학교의 자유로운 선택권을 막을 권리를 줘서 내가 그런 일련의 과정에 간섭하게 되면, 다른 사람들도 자신의 이익을 위해 학교의 선택권을 침해할 거예요."

"난 당신보다 좀 더 실용주의예요, 샘. 난 이 사회에 존재하는 차별이 줄어들기만 한다면, 시스템에 개입할 용의가 있어요."

"당신은 인종차별주의자인가요?"

"아니길 바랄게요."

"여성에 대한 편견이 있나요?"

"당연히 아니죠."

"그렇다면 만약 정부가 당신더러 쇼핑을 할 때 무조건 지출액의 15%는 소수인종이 소유한 점포에서 쓰라고 하거나, 50%는 여성이 소유한 점포에서 쓰라고 한다면 어떨 거라고 생각하세요? 그럼 공정한가요? 물론 당신은 자신이 인종차별주의자나 성차별주의자가 아니라는 것을 입증하기 위해, 방대한 영수증 더미를 쌓아둬야 할 거예요."

로라는 잠시 생각에 잠겼다. 비행기 한 대가 굉음을 일으키며 이룩을 준비하고 있었다. 로라는 소음이 가라앉기를 기다렸다.

"그럼 귀찮아지겠죠."

로라가 대답했다.

"모든 영수증 다발을 모아놓고 싶지는 않아요. 짜증나는 일이니까요. 화도 날 테고요. 그리고 차별금지법 때문에 들러야 하는 가게들이 쇼핑하는 사람에게 가장 이로운 점포라고 할 수도 없는 일이죠. 무슨 말인지 알겠어요. 하지만 쇼핑하는 거랑 피부색 때문에 직업을 구하는 데 어려움을 겪는 것은 다른 일 아닌가요?"

"나는 당신이 원하는 곳에서 쇼핑할 수 있는 권리를 가져야 하듯이, 고용주들도 그들이 원하는 사람을 고용할 수 있는 권리를 가져야 한다고 생각해요. 그 기업이 당신 개인 것이라면 모든 종업원을 흑인이나 여성으로 뽑을 권리도 있어요. 그들이 가장 뛰어난 종업원이 되리라고 생각해서건, 그들이 과거에 겪었던 차별에 동정심을 느껴서건 간에 말이에요. 하지만 나는 정부가 당신이 소비자로서, 또 고용주로서 돈을 쓰는 데 특정한 방식을 강요할 권리는 없다고 생각해요."

"무슨 말인지 알겠어요. 하지만 그래도 고용 문제는 다르잖아요."

"그럼 당신은 고용주가 원하지도 않는데 단지 성별과 피부색 때문에 당신을 고용한 곳에서 일하고 싶을까요? 난 에드워드 고교가 날 원하지도 않는데, 거기에서 일하려고 기를 써야 하는 거예요? 이유가 무엇이든 상관없어요. 왜 내가 그곳에 머무르기 위해 법의 힘까지 동원해야 하는 거죠?"

"당신이 다른 직업을 찾을 수 없는 상황이라면 다르게 느꼈을 거예요. 또, 혹 부양해야 할 자식이 있다면 말이죠."

"그럴지도 모르죠. 그런 상황이라면 에드워드 고교를 용감하게 박차고 나가기가 좀 힘들겠죠. 하지만 난 일자리를 구할 수 있다고 생각해요. 거기가 아니라도 학교는 많으니까요. 내 철학을 환영하는 학교도 있을 거고요. 그런 학교에서 내가 일하고 싶어 하는가는 별개의 문제겠지만요. 정말 에드워드 고교가 반유대주의거나 인종차별주의라면, 어딘가에는 유대인이나 흑인이 환영받는 곳도 있겠죠. 내가 어느 특정한 곳의 특정한 자리에서 일하고 싶다고 해서, 내게 그곳에서 일할 권리가 주어지는 것은 아니에요. 내가 원하는 곳에서 일하려고 법의 힘을 동원한다면, 선택에 대한 결과를 받아들이는 '책임'의 본질을 파괴하는 것이 됩니다."

"그럴지도 모르지만, 당신처럼 유대인이라거나 자본주의를 옹호한다는 것이 직업을 구하는 데 그리 큰 장애가 된다고는 생각하지 않아요. 피부색이나 성별과는 비교도 안 되죠. 당신이 인종차별이나 성차별의 희생자가 된다고 해도 그렇게 말할 수 있을지 의문이군요."

"아마 그렇게 말하기는 힘들겠죠. 어떤 경우에는 여성이나 흑인으로서 일한다는 것이 더 어려울 수 있다는 데 동의해요. 어쨌든 에드워드 고교는 수없이 많은 사립학교나 공립학교와 경쟁하고 있어요. 만약 그 학교의 행정부가 편견을 가져서 시종일관 형편없는 교사들을 고용하면, 점점 교습의 질이 떨어져서 학생들을 모으는 데 어려움을 겪게 될 거예요. 나는 시스템이 이런 식으로 우수함을 위한 노력을 강제하길 바라고 있어요."

"하지만 에드워드 고교는 이 도시에서 제일가는 사립학교예요.

명성이 자자하다고요. 그들이 대가를 치르는 데 몇 년이 걸릴지 몰라요. 당신은 에드워드 고교가 부정의한 일을 하고도 그동안 무사하도록 내버려둘 건가요?"

"난 그게 부정의라고 생각하지 않아요. 그리고 교장이나 이사진이 좋다고 생각하는 방향으로 경영할 자유가 있기에, 에드워드 고교가 이 도시 최고의 학교가 될 수 있었다고 생각해요. 그런 그들의 방식을 간섭하고 싶지 않군요. 그리고 만약 그것이 정의롭지 않다고 해도, 그것은 인간의 복잡한 마음에 가려 있는 일이기 때문에 법원이나 사법제도를 통해 해결할 문제가 아닙니다. 부모님 친구분 중에 이혼한 분이 계신가요?"

"물론이죠."

로라는 그게 이 대화와 무슨 관련이 있는지 의아해하며 대답했다.

"저희 어머니께서는 '사람의 마음에는 이성으로 이해할 수 없는 부분이 존재한다.'고 말하곤 하셨죠. 부부가 이혼을 하면, 사람들은 누구의 잘못 때문인지 따지려고 해요. 하지만 그처럼 우스운 논쟁도 없을 거예요. 그건 당사자인 남편과 아내가 격화된 감정이 가라앉은 후에 곰곰이 생각해 봐도 알 수 없는 일이니까요. 이혼은 수천 번의 잘못된 행동들이 모여서 생긴 결과물입니다. 아내가 바람을 피웠으니 그녀의 잘못이라고요? 그렇습니다. 하지만 남편이 아내를 몰아간 것은 아닐까요? 역시 그렇습니다. 그리고 남편이 그녀를 몰아세운 건, 그녀의 무뚝뚝하고 불친절한 성격에 대한 불만 때문이 아닐까요? 네, 맞아요. 그렇다면, 그가 무례하고 불쾌하고 이기적이고 그녀를 학대하기 때문에 그녀가 무뚝뚝하고 불친절해진 것은 아닐까요? 맞습니다. 하지만 바람을 피운 사람은 아내입니다, 그렇죠? 네, 물론이죠. 그럼 누구의 잘못인가요? 글쎄요. 이렇게 평생을 바쳐서 조사한다고 해도, 당신은 그것이 정말 누구의 잘못이었는지 알 수 없을 거예요."

"하지만 이혼과 차별이 무슨 상관이 있죠?"

"차별도 이혼처럼 인간의 마음이나 인간 상호 간의 미묘한 관계를 다루는 문제라는 거예요. 우리는 살인이 무엇인지 잘 알고 있습니다. 누군가가 죽었다는 것도 확실히 인지할 수 있는 일입니다. 그러므로 누군가를 살인혐의로 고발하는 경우, 비록 살인을 입증하기는 어렵다고 해도, 당신은 적어도 입증하려는 것이 무엇인지는 잘 알고 있습니다. 하지만 차별도 그럴까요?"

"이봐요, 샘. 차별도 딱 보기만 해도 알 수 있어요."

"극단적인 케이스에서는 그렇겠죠. 하지만 그렇게 무 자르듯 단정할 수 없는 애매모호한 케이스도 있는 법이에요. 일단 규제가 생기면, 인종차별주적 고용주만 위험에 처하는 것이 아닙니다. 차별이라는 것이 항상 관찰 가능하거나 눈에 잘 띄는 것이 아니기 때문에, 모든 고용주들이 위험에 처하게 되는 것이죠. 극단적인 경우를 배제하면 보통 차별은 애매합니다. 이것은 우리가 특정 케이스가 차별인지 아닌지 알기 위해서는, 사람의 마음속을 들여다보기 위해 소송의 당사자로부터 산더미 같은 자료를 제출받아서 조사해야 한다는 것을 의미합니다. 한번 인간의 마음을 법의 심판대상으로 삼으면, 죄 없는 사람도 처벌하는 경우가 생기게 되죠. 본질적으로 사람의 마음을 규제하는 법을 만들면, 성자라도 초조해집니다. 당연히 선량한 마음씨를 가진 행정담당자나 고용주들도 소송에 휘말

리기 싫어서 사람을 고용하는 데 매우 조심스러워질 거예요. 구직
자가 차별법의 보호를 받는 여성이나 소수인종, 장애인인 경우엔
더욱 그렇겠죠. 그 이유는 간단해요. 그런 사람을 해고하는 데 드
는 비용이 지금보다 높아지니까요."

"성자는 법을 두려워할 필요가 없어요."

"아니에요. 장담할 수 없지요. 어떤 사람이 편견을 가지고 있는
지 없는지 판정해 주는 기계가 있는 것도 아니니까요. 이건 곧 누
군가를 해고한 것이 편견 때문이 아니었다고 증명할 수 있는 방법
이 없다는 뜻이에요. 불편부당한 외부인이 어떤 사건의 진짜 원인
이 차별인지 아닌지 가려내기는 힘들어요. 어떤 케이스에 대해서
도 법원에서는 차별이라고 결론 내릴 수 있습니다. 내 경우를 보세
요. 당신도 5분 전에 내가 해고된 것은 반유대주의 때문이라고 주
장할 수 있다고 했잖아요? 내 경우야말로 차별금지법이 잘못되었
음을 보여주는 완벽한 예입니다. 내가 해고된 것은 누구의 잘못일
까요? 내가 일을 더 잘할 수는 없었을까요? 내가 가끔 욕설을 늘어
놓지는 않았을까요? 나와 다른 정치관을 가진 사람에게 부적절한
방법으로 나의 세계관을 강요하진 않았을까요? 무엇보다도, 나는
교사로서가 아니라 학교의 일반 직원으로서는 정말 별 볼일 없었
어요. 회의에도 늦고, 성적표 제출시한도 못 맞추고. 일일이 셀 수
도 없을 정도죠. 또는 어쩌면 학교의 잘못인지도 몰라요. 학교당국
이 자유시장주의를 옹호하는 경제학자를 싫어할 수도 있겠죠. 그
것도 아니라면, 물론 그럴 가능성은 없어 보이지만, 그들이 반유대
주의자들이라서 나를 해고했을지도 모르죠. 복도에 나치의 표식이
걸려 있지는 않지만, 내가 욤키푸르(역주: 유대인의 속죄의 날로 단식을 한다.)

때문에 수업을 취소해야 했을 때, 교장의 얼굴에서 봤던 것은 불쾌한 표정이 아니었을까요? 학교 식당에 유대인이 즐겨 먹는 호밀빵이 별로 없는 것은 어떤가요? 그것은 미묘한 문화적 차별을 보여주는 것일까요, 아니면 그냥 경비를 절감시키려는 의도였을까요?"

"실없는 소리하지 말아요."

"맞아요, 쓸데없는 얘기죠. 하지만 내 말의 요지는, 나를 해고한 진정한 이유를 알아내서 그것이 공정했는지 그렇지 않았는지 밝히는 데에는 평생이 걸릴 수도 있다는 거예요. 이봐요, 로라. 나는 경제학자이고 당신은 법률가예요. 문자 그대로 하는 말은 아니고, 당신은 법률가의 눈으로 세계를 본다는 말이에요. 우리는 세상을 보는 관점이 달라요."

"그런 것 같아요."

"나는 부정의를 당신과 다른 관점에서 보고 있어요. 내가 오래전에 당신이 법률대학원에 가지 않았으면 좋겠다고 말한 것도 이런 이유 때문이에요. 내가 지금 법률가의 관점을 잘못 생각하고 있는 거라면 용서하세요. 하지만 당신은 행동주의자예요. 문제를 보면 곧 시정하죠. 그리고 그 방법은 관련된 법을 만드는 거예요. 하지만 법을 통한 규제는 너무 무딘 칼과 같다고 할 수 있어요. 그것은 잘못된 일을 시정하지도 못하고, 오히려 온갖 다른 형태의 잘못된 일들을 더 만들어낼 뿐이죠."

"그 말에는 동의해요. 하지만 부정행위에 대항하기 위해서 나는 모험을 할 용의가 있어요. 나는 글쎄 뭐랄까, 소극적인 사람보다는 적극적인 행동주의자가 되겠어요."

"하지만 불쾌한 일들이 모두 법에 어긋나는 것은 아닙니다. 무례함은 사람을 극도로 불쾌하게 하지만 법에 어긋나지는 않아요. 적어도 아직은 그렇죠. 만약 무례함을 불법으로 만들면, 그것은 확실히 줄어들겠죠. 하지만 사람들은 소송당하는 것이 두려워서 움츠러들 것이고, 인간관계에서 얻어지는 수없이 많은 장점들도 함께 줄어들 거예요. 무례함을 불법으로 규정하면, 누군가가 정말 무례했는지 확신할 수도 없는 상태에서 법과 법원을 우리의 사적영역에까지 끌어들이는 결과를 낳을 것입니다. 코카인을 파는 것은 불법이죠. 하지만 그것을 불법으로 간주하고 있다고 해서 코카인 사용량이 줄어든 것도 아닙니다. 오히려 코카인은 더욱 매력적인 것이 되었고, 코카인 거래에서 생기는 이윤만 높아졌어요. 그냥 합법으로 남겨놓고, 사용자나 판매자가 사람들한테 욕을 많이 먹도록 만들면 어때요? 뭔가가 비난할 만한 일이라고 판단되면, 그 행위를 줄이거나 단념시킬 다른 방법을 찾아볼 수도 있는 거라고요. 나는 당신이 생각하는 것처럼 소극적인 게 아닙니다. 나도 불의를 보고 못 본 체하는 것을 좋아하지 않아요."

"그럼 내가 뭘 해야 하는지 말해 보세요. 나는 이 세상을 좀 더 좋은 곳으로 만들고 싶어요. 나는 뭔가 하기를 원한다고요. 대의를 위해 싸우고, 사람들을 도와주고 싶고요. 그래서 법률대학원에 가려는 거예요. 난 그저 뒷짐만 지고 저절로 교정되기를 기다리고 싶지 않아요. 난 세상을 돕는 일에 일조하고 싶어요."

"세상을 더 살기 좋은 곳으로 만드는 방법은 정치적인 과정이나 법을 사용하는 것 말고도 얼마든지 있어요. 기업을 세워서 차별받고 있다고 생각하는 사람들을 고용할 수도 있겠죠. 양로원에서 노인들에게 신문을 읽어줄 수도 있고요. 학대받는 여성을 돌보는 곳에서 자원봉사를 하거나, 수학을 잘 못하는 아이들에게 가정교사 노릇을 할 수도 있어요. 사람들의 삶을 더 윤택하게 하는 상품이나 서비스를 개발할 수도 있겠네요. 이 모든 것들이 이 세상을 좀 더 좋은 곳으로 만드는 데 도움이 돼요. 당신이 자진해서 행동하면 어려운 사람을 한 사람씩 도와줄 수 있다고요. 난 법을 통해 세상을 더 좋은 곳으로 만들 수 있다고 생각하지 않아요. 도와주려고 애를 쓰면 쓸수록 해만 끼칠 가능성이 크죠. 그리고 법으로 강요하면 보다 효과적으로 그 일을 할 수 있었던 사적인 행위들이 저해됩니다. 우리는 사회적인 압력을 통해 쓰레기를 무단으로 투기하는 사람들이 함부로 그러지 못하도록 했어요. 또 담배를 사회적으로 용인될 수 없는 것으로 만들었죠. 서로 사랑하라고 강요하기보다, 피부색이 아니라 인품을 통해 사람을 보라고 가르치거나 격려할 수 있어요. 그렇게만 된다면, 세상은 이론상으로만 좋아지는 것이 아니라 실제적으로 더 좋은 곳이 될 거예요."

"또다시 원점으로 돌아왔군요. 나는 상태가 좋아질 때까지 기다리고 싶지 않아요. 나는 당신처럼 참을성이 강하지 않다고요."

"나는 당신처럼 강압이 편하지가 않아요. 당신도 내 수업을 들었죠. 난 사람들이 TV를 덜 본다면 세상이 좀 더 좋아질 거라고 생각해요. 하지만 TV를 금지한다고 해서 이 세상이 좋아지지는 않는 것처럼, 차별을 금지한다고 해서 지금보다 상태가 나아질 거라고도 생각하지도 않아요. 난 설사 편견을 만들어내는 유전자를 발견하여 제거할 수 있다 하더라도 이 세상이 더 좋아질 거라는 확신은 못 하겠어요. 증오를 낳는 유전자를 제거해도 마찬가지일 거예요. 나는 우리의 본성을 이기는 것에 삶의 의미가 있다고 생각해요. 법을 제정한다고 우리의 본성이 바뀌지는 않아요. 그건 단지 우리에게 우리가 세상을 고쳤다고 착각하게 만들 뿐이죠. 여성을 고용하라고 강요한다고 해서 성차별주의자들이 덜 차별적이 되지는 않잖아요."

"아니에요. 그럴 수도 있어요. 법이 생기면 사람들이 자신의 가치관을 바꿀 수도 있죠. 법이 사람들을 교육하는 효과를 가져올 수 있으니까요. 성차별주의자들도 여성의 능력에 대한 편견에서 깨어날 기회를 갖게 될지도 모르죠. 법을 통해 편견을 조금이나마 제거할 수 있을지도 몰라요."

"그래요. 사람의 본성에 어긋나는 쪽으로 강요해서 좋은 결과가 생길 수도 있겠죠. 그리고 끔찍한 결과가 생길 수도 있고요. 그런 법이 사람들을 분노하게 만들어서 편견을 더욱 심화시킬 수 있잖아요. 또 그런 법에 의해 보호받는 사람들은 자신을 희생자라고 여기게 될 거예요. 그럼 그 사람들은 자기 스스로의 힘으로 발전하려는 동기를 잃게 될지도 몰라요. 그리고 그런 법은 우리가 그토록 도우려고 애쓰는 사람들이 고용되는 비용을 올려놓을지도 모른다고요."

"역시 원점으로 돌아왔군요, 샘. 우리는 세상을 보는 눈이 달라요."

"맞기도 하고, 아니기도 해요. 우리가 세상을 다른 눈으로 본다는 것은 사실이지만, 원점으로 돌아온 건 아니잖아요. 나는 작년 가을에 지하철에서 논쟁을 벌이던 때와 똑같지는 않기를 바라고 있어요. 맞아요, 내가 법률대학원에 갈 마음을 먹게 된 것도 아니고, 당신이 자유시장주의자가 된 것도 아니죠. 하지만 당신은 지금 적어도 이야기는 하려고 하잖아요. 난 논쟁에서 이기려는 것이 아니에요. 난 단지 세상을 고치는 방법은 한 가지만 있는 것이 아니라는 것을 알려주고 싶을 뿐이에요."

로라는 샘의 손을 잡고 미소를 지었다.

"우리 좀 걸어볼까요?"

로라가 말했다.

샘과 로라는 타이달 베이슨에서 제퍼슨 기념관까지 난 길을 따라 산책을 했다. 둘은 제퍼슨의 웅장한 동상을 보고 감탄했으며 벽에 새겨진 모든 문구들을 읽었다. 미국 전역과 전 세계에서 온 관광객들이 여기저기 둘러보는 모습을 지그시 바라보기도 했다. 그러고는 밖으로 나와서 강물과 마주한 계단에 걸터앉았다.

"여기도 경치가 나쁘지 않네요."

로라가 감탄하며 말했다.

"의사당 건물은 보이지 않지만, 대신에 링컨 기념관이 보여요."

둘은 조용히 경치를 감상했다. 손을 잡고 있지는 않았지만, 샘은 직접 만지지 않아도 로라를 느낄 수 있었다. 옆에 로라가 있다는 사실만으로도 기뻤다. 샘은 침묵의 시간을 굳이 깨고 싶지 않았다. 마침내 로라가 말문을 열었다.

"해고에 관한 일을 들려줘서 고마워요. 나도 고백할 게 있어요. 난 당신이 물살을 거스르는 물고기처럼 사는 게 좋아 보여요. 그렇지만 이번 일만큼은 흐름에 순응하고 다른 사람들처럼 일자리를 지켜내길 원했어요. 단지 당신에게 머무를 자격이 있다고 생각하기 때문만은 아니에요. 내년에 에드워드 고교에 당신이 없다면, 난 정말 당신이 그리울 거예요. 학교를 떠나더라도 이 도시에 머물 거라고 말해 줄 수는 없나요?"

"나도 그러고 싶어요. 이제 가장 견해가 엇갈리는 문제에 대해서도 조용한 목소리로 이야기할 수 있는 능력을 습득했으니, 새로운 영역의 대화로 가보고 싶군요. 시나, 중국요리나, 로마 교외의 언덕에 대해 이야기할 수도 있었는데. 언제 다시 만날 수 있을까요?"

로라가 샘을 보고 미소를 지었다.

"토요일 밤에 학교에서 풍자극을 할 거예요. 난 지도교사라서 꼭 가야 해요. 그때 오실 수 있죠? 당신을 데려가겠다고 학생들과 약속했거든요."

# ♥ 떠나는 사람

에드워드 고교의 3학년생들은 매년, 1년 동안의 최고 학년 기간을 풍자하는 작품을 써서 공연을 했다. 학교의 중앙 강당에서 열리는 그 공연은, 어딘가에서 모방한 멜로디와 우스꽝스럽게 바꾼 가사로 이루어진 노래가 곁들여진 몇 개의 풍자극들로 구성되었다. 풍자의 대상은 물론 그들을 가르친 선생들과 학교 행정당국이었다. 워싱턴 D.C.에 위치하고 있어서인지, 학생들은 가끔 그해의 정치적인 이슈를 조명하기도 했다. 공연은 비디오로 녹화되어서, 졸업생들은 앨범 외에 또 하나의 추억거리를 간직할 수 있었다.

공연은 항상 일요일 졸업식에 앞서 토요일 밤에 열렸다. 해마다 교사들 중 한 명이 이 공연의 지도교사를 맡았다. 지도교사가 하는 주된 일은 잔인하거나 저열한 내용이 담기지 않도록 막는 것이었다. 이 일을 맡는 교사는 음악이나 연극에 대한 이해가 뛰어나야 했다. 그래서 이 임무는 종종 문학 교사들 중 가장 젊은 사람에게 맡겨졌고, 이번 해의 지도교사는 로라였다.

로라는 공연을 맡은 학생들보다 불과 몇 살 정도 나이가 많을 뿐이었다. 그래서인지 로라는 학생들과 아주 가깝게 일할 수 있었다. 비록 음악적인 재능은 별로 없었지만, 로라는 학생들과 피드백을 주고받거나 비평을 하면서 극의 내용을 다듬어 주었다.

샘과 로라가 도착했을 때 강당에는 이미 공연을 보기 위해 온 학생들과 학부형들이 빽빽이 들어차 있었다. 교사들이나 행정을 담당하는 이들은 뒤에 서서, 공연 중에 약간 기분 나쁜 내용이 나오더라도 웃어넘기는 것이 전통이었다. 대부분의 교사들은 풍자극 중 자신이 언급되거나, 자신의 수업 스타일이나 액센트가 모사(模寫)되는 것을 영광스럽게 생각했다. 이날 밤은 대개 모두에게 즐거운 시간이었다.

하지만 샘과 로라는 공연이 시작되기를 기다리며 초조해 했다. 로라가 극중에 논쟁이 될 만한 내용은 없다고 말해 줬음에도, 샘은 자신이 처한 상황이 공연에서 언급될까 봐 신경을 쓰지 않을 수 없었다. 로라는 공연이 아무 사고 없이 끝나기를 바랐다.

첫 번째 노래는 작년의 정치적 스캔들을 다룬 메들리였고, 관객들은 이에 웃음과 환호로 답했다. 대부분의 관객들은 이런저런 형태로 워싱턴 정치계에 관련되어 있었다. 샘은 굉장히 즐거워했으며, 로라는 공연이 잘 돼 가자 너무나 기뻤다. 그 후로도 여러 교사들의 강의 스타일을 흉내 내는 풍자극이 몇 개 이어졌다.

공연은 정말 훌륭했다. 에드워드 고교에는 재능이 뛰어난 학생들이 많았다. 마지막 연극은 올해 학교의 주요 사건들에 대한 노래로 끝이 났다. 노래가 끝나자 환호가 이어졌다. 공연 내내 사회를 보았던 에이미 헌트가 마이크로 다가가, 기쁨에 찬 목소리로 로라

실버에게 무대 위로 올라오라고 외쳤다. 환호가 이어지는 가운데, 에이미는 로라에게 장미꽃 한 다발을 선사했다. 관객들의 박수에 응답하고 있던 배우들도 그것을 바라보며 환호성을 질렀다. 샘은 학생들이 로라에게 보내는 애정의 표현을 보고 기쁨을 느끼면서 강당의 뒤편에 서 있었다.

그때 에이미가 손을 들어 청중들을 조용히 시켰다.

"저희는 앙코르곡을 부르고 싶습니다. 여러분도 이미 눈치채셨겠지만, 오늘 밤의 노래들은 대부분 라디오에서 흘러나오는 최신곡들을 패러디한 것입니다. 하지만 이번 건 좀 오래된 노래가 원곡이죠. 이 노래는 영화 〈오즈의 마법사〉에 나오는 허수아비의 주제곡, 〈나에게도 머리가 있다면〉을 저희 식으로 부른 것입니다. 저희는 이 곡을 가르침을 행하는 마법사에게 바치고자 합니다. 그는 생각할 줄 모르던 저희 3학년생들에게, 오즈의 허수아비가 그랬던 것처럼 저희도 스스로 생각할 수 있다는 걸 가르쳐주었습니다. 그가 에드워드 고교를 떠나는 지금, 저희는 이 노래로써 감사와 안녕의 인사를 대신하겠습니다."

모든 배우들이 무대의 앞으로 나왔다. 로라는 어쩔 줄 몰라 하며 옆으로 비켜섰다. 에이미를 붙잡고 어떻게 된 거냐고 물어보고 싶지만, 모양새가 좋지 않을 것 같아서 그럴 수도 없었다. 로라의 손이 떨리고 있었다. 샘도 뱃속이 뒤집히는 것 같았다. 음악이 시작되자 배우들은 노래를 불렀다.

옛날 옛날에 한 선생님이 살았어요.

경제학자 같기도 하고 설교자 같기도 했죠.

그의 수업은 긴장의 연속이었지만

그가 떠난다니 우리는 슬퍼요.

그리고 우리는 양쪽 두뇌로 슬퍼하고 있어요.

어떤 이는 그를 아틸라(역주: 기원전 약 400년경에 살았던 훈족의 왕. 서양인들은

그를 잔혹한 동양의 폭군으로 생각하는 경향이 있다.)에 비유하지만

그들의 주장은 조금도 사실이 아니에요.

그가 파스타를 좋아하긴 하지만

그렇다고 무솔리니 같은 교사는 아니에요.

그의 견해는 과격하지 않으니까요.


음악은 뭔가를 그리워하는 듯한 간주 부분으로 바뀌었다.


그는 우리를 생각하게 만들고 싶어했어요.

그는 학교가 해야 할 일을 알고 있었어요.

그런데 학교는 그를 낭떠러지로 몰아세우고

문밖으로 걷어차버리네요.


음악은 다시 주 멜로디로 돌아왔다.


이제 우리는 샘 고든에게 경의를 표합니다.

샘 고든은 경제학의 마이클 조던.

이사진은 정신이 나갔어요.

우리가 그를 얼마나 사랑하는지 안다면

결코 그를 쫓아내지 않을 텐데.

그들에게도 머리가 있었다면 얼마나 좋았을까.

청중석에 있던 학생들은 미친 듯이 환호했다. 학부모와 손님들은 영문을 모르고 어리둥절한 모습이었다. 격노한 하킨 교장이 거칠게 청중들 사이를 헤치며 무대로 뛰어갔다. 그는 학교를 위해 캠코더로 녹화를 하던 학생에게서 테이프를 빼앗았다. 모든 사람들의 눈이 샘의 반응을 보기 위해 강당의 뒤편으로 쏠렸다. 하지만 그는 노래가 끝나기 오래 전에 이미 뛰쳐나가고 없었다. 그래서 샘은 에이미가 마이크를 잡고 한 마지막 말을 들을 수 없었다.

"이 앙코르곡은 아무도 모르게 준비했음을 알아주셨으면 합니다. 로라 실버 선생님은 전혀 몰랐습니다. 전적으로 우리의 잘못입니다. 하지만 우리는 이제 대학으로 떠납니다!"

학생들은 무대 위로 뛰어올라 더욱 환호하며 소리를 질렀다. 로라는 눈물을 글썽이며 무대를 떠났다.

# ♥재회

몇 달이 지난 9월의 화창한 어느 날, 자신감에 넘치는 젊은 여성이 에드워드 고교를 나서더니 우들리 파크 지하철역으로 향했다. 거기에는 덥수룩한 머리를 한 남자가 역 입구에 앉아 있다. 아직 섭씨 12도 정도의 그리 춥지 않은 날씨임에도 그는 두꺼운 오버코트 차림이었다.

"한 푼 줍쇼! 좋은 하루 되세요. 한 푼 줍쇼! 좋은 하루 되세요."

그 사나이는 계속해서 이렇게 말하고 있었다.

젊은 여성은 발걸음을 멈추고 생각에 빠지는 것 같았다. 지나가던 사람들에게 그녀의 모습은, 걸인에게 돈을 주는 것이 좋은지 아닌지 생각하고 있는 것처럼 보였을 것이다. 하지만 그녀는, 한때 알고 지내던 한 남자와의 수많은 기억과 그와 나누었던 열띤 토론이 떠올라 그것에 잠시 정신을 빼앗겼던 것이었다. 마침내, 그녀는 지갑에서 1달러를 꺼내어 거지의 손에 사뿐히 올려놓았다. 그리고 지하철역의 에스컬레이터에 올라타려는 순간이었다.

"그가 그 돈으로 마약을 하거나 술을 마실지도 모른다는 걱정은 안 되시나 봐요?"

햇빛을 받아 빛나는 다갈색의 곱슬머리를 나풀거리며 가던 그 여성은 갑자기 발걸음을 멈췄다. 이 목소리, 석 달이 넘는 시간 동안 듣지 못했던 바로 그 목소리였다. 그녀는 거의 이성을 잃을 뻔했다. 하지만 애써 마음을 추스르고 키가 크고 호리호리한 그 남자를 향해 돌아섰다.

"글쎄요. 자기 좋을 대로 쓰겠죠."

"흐으응."

그 남자는 콧방귀를 뀌면서 그 걸인에게 걸어갔다. 계속해서 같은 말을 되풀이하며 손만 높이 쳐들고 있는 그 걸인의 모자에, 그는 V-8 영양제 한 병을 넣어 주었다.

"샘!"

로라는 분노와 기쁨이 뒤섞인 감정을 주체하지 못하고 소리쳤다.

"그동안 도대체 어디 있었어요?"

"그동안 어디 있었느냐고요?"

샘은 자신에게 정신이 팔려 발을 헛디뎌가며 에스컬레이터에 올라타는 로라를 따라가며 말했다.

"최근 며칠간은 오후만 되면 지하철역 입구 앞에서 V-8 영양제를 손에 들고, 당신을 놀라게 해주려고 기다리고 있었죠. 오늘도 당신이 나타나지 않았다면, 그냥 직접 전화하는 좀 재미없는 방법을 택하려고 했어요."

"그리고 나머지 3개월은요? 졸업식 전날 밤에 어떤 일이 있었는지 알려주려고 내가 얼마나 당신을 찾아 헤맸는지 알아요? 그 앙코르곡은 내 잘못이 아니었어요. 난 그 일과는 아무 상관없다고요. 전화해도 안 받고, 아파트로 찾아가도 아무도 없고. 그래서 포기하고 편지를 보냈는데, 아무런 답장이 없더군요. 편지를 받기는 했어요?"

"지난주에야 받았어요. 그리고 에이미에게서 비디오테이프 복사본도 받았고요."

로라의 표정이 밝아졌다.

"그 애는 그걸 어디서 구했대요? 난 하킨 교장이 테이프를 가지고 있는 줄 알았는데."

"물론 그가 가지고 있죠. 하지만 그날 밤에 학부모들이 찍은 테이프가 학생들 사이에서 돌고 있었나 봐요. 특히 난 다른 사람도 아니고 헌트 상원의원이 손수 찍은 에드워드 고교 연례 풍자극의 비디오테이프를 가지고 있다는 게 자랑스러워요. 그가 가진 비디오카메라는 비싼 것임에 틀림없겠죠. 화질이 참 좋더군요."

"그럼 당신도 에이미가 끝에 한 말을 들었겠군요."

"들었어요. 하지만 그 말 뒤에 담긴 복잡한 진실을 알 수는 없는 노릇이죠. 그렇지 않아요?"

"무슨 말이죠?"

"에이미의 말은 그 사건의 진짜 선동자를 보호하기 위해 지어낸 것일지도 모르는 일이잖아요. 어쩌면 당신이 그 모든 전모의 배후에 있을지 누가 알겠어요."

"오, 샘. 난 결코 당신에게 그런 거짓말을 하지는 않을 거예요. 당신을 속여서 공연에 데려갔다는 말인가요? 정말 너무하군요.

난…"

샘은 할 말이 있다는 듯 손을 들었다.

"왜요?"

로라가 물었다.

"휴대용 캠코더의 장점 중 하나는 생생하고 현장감 있는 모습을 담을 수 있다는 것이죠. 그 외에 또 하나의 장점은, 공식적으로 유포되는 비디오테이프에서는 볼 수 없는 다른 각도의 무대를 찍을 수 있다는 점이에요. 헌트 의원이 앉아서 촬영하던 곳에서는 그의 딸이 무대에서 학생들을 이끌고 무시무시한 노래를 부르는 장면과 더불어, 무대 저 편에 서 있던 한 젊고 아름다운 여자도 같이 찍혔더군요. 아까도 말했듯이, 그건 아주 고화질의 테이프였어요. 그 여자는 울고 있는 것처럼 보이더군요."

"샘!"

"여러 번 반복해서 본 후에, 나는 그녀가 정말 울고 있었다는 결론을 내렸어요. 물론 그냥 우는 척했을 수도 있겠죠. 하지만 그건 너무 무리한 추측이에요. 당신도 그렇게 생각하죠? 음모론을 좋아하는 사람들도 그렇게 주장하기는 힘들걸요?"

지하철이 도착했다. 1년 전에 그랬던 것처럼, 이번에도 샘과 로라는 다른 승객들을 잊고 있었다.

"난 정말 기분이 안 좋았어요, 샘. 그날 밤의 축제에 당신은 등장하지 않을 거라고 약속했는데, 알고 보니 당신이 주요 테마였잖아요. 난 사실 그 노래가 좋긴 했지만, 당신이 놀랐던 것만큼 나도 놀랐어요. 그래서 당신이 사라진 걸 알고 정말 비참한 기분이 들었다구요."

"그렇게 도망쳤던 것에 대해선 정말 미안하게 생각하고 있어요. 그건 진짜 도망친 것이었어요. 다음날 아침에 이 도시를 떠났죠. 졸업식에 갈 수가 없었어요. 난 그런 대의에 빛나는 사람이 되는 게 불편했어요. 그건 내 스타일이 아니거든요. 우편물 받을 곳은 세인트루이스의 부모님 댁으로 해놓았지만, 난 누나가 있는 휴스턴으로 갔어요. 그런데 부모님이 휴가를 가셔서 편지가 내 손에 들어오는 데 시간이 좀 걸렸던 거예요. 에이미의 테이프나 당신의 편지를 늦게 받은 것도 그 때문이에요. 사랑스러운 편지더군요. 답장을 보내기에 시간이 많이 지난 것 같아서, 직접 만나서 답하려고 생각했죠."

"그래 줘서 고마워요. 정말 당신을 만나서 너무 기뻐요. 그럼 일자리는 구한 거예요?"

"아직 찾고 있는 중이에요. 임시교사 자리 몇 개를 제안받고 있어요. 괜찮을 거예요. 또한 예전에 이 자리에서 알게 된 여자에게 청혼하려 하고 있어요. 다갈색 머리를 한 이 여자는 같이 있으면 즐거울 뿐만 아니라 마음씨도 착해요. 그런데 잘못된 생각을 가지고 있죠."

"포기하는 게 좋을걸요? 당신은 정말 그녀랑 잘될 가능성이 있다고 생각하세요? 그 두 사람은 물과 기름 같은 사이라고요."

샘은 로라의 입가에 감도는 미소를 감지할 수 있었다. 전동차의 문이 열리자, 둘은 역사로 걸어나왔다.

"난 아마도 기름과 식초 정도가 아닐까 생각해요. 당신은 그 둘이 함께 있도록 해야만 해요. 나는 조심스럽게 낙관하고 있어요. 시간은 좀 걸리겠지만, 난 바다가 마를 때까지, 태양에 바위가 녹을 때까지 기다릴 수 있어요, 귀여운 아가씨."

"로버트 번스군요, 맞죠?"

샘은 로라와 함께 출구로 걸어가며 고개를 끄덕였다.

"요즘도 시집을 보면서 시간을 보내나 봐요?"

"아니요. 그냥 여름 내내 읽었을 뿐이에요. 사람이 사람다워지는
데는 그만한 것이 없잖아요, 안 그래요?"

둘은 시에 대해, 그리고 다른 여러 가지에 대해 이야기를 나누면
서 길고 어두운 에스컬레이터 터널을 지나 햇빛이 밝게 비추는 곳
으로 걸어갔다.

# 출처 및 더 읽을거리

이 책에 흥미를 느낀 독자들은 샘과 로라가 논의한 주제들에 대해 좀 더 자세히 알기를 원하실 것입니다. 다음은 경제학, 정치학 그리고 정치경제학에 대한 샘의 견해를 다룬 서적들입니다. 그 뒤의 내용은 이 책의 특정한 주제들에 대한 출처와 참고자료를 장(章)별로 정리한 것입니다.

### 고전학파

순수자본주의와 혼합형 자본주의에 관한 이슈들에 대해 심화된 내용을 알고 싶은 독자라면 밀턴 프리드먼(Milton Friedman)과 로즈 프리드먼(Rose Friedman) 부부의 저서부터 시작하는 것이 좋다. 우선 〈Free Choice : A Personal Statement(Harcourt Brace, 1990 再版)〉를 읽을 것을 추천한다. 내용이 다소 딱딱하긴 하지만, 〈Capitalism and Freedom(University of Chicago Press, 1962)〉은 처음 출간되었을 때 많은 사람들이 미친 소리에 불과하다고 생각했던 여기에서 제시된 많은 정책들이, 지금까지 정책 결정자들의 광범위한 동의를 얻고 있다는 객관적 사실 때문에 충분히 읽어볼 가치가 있다.

프리드먼의 연구들을 읽은 후에는 프레데릭 바스티아트(Frederick Bastiat)의 저서를 읽어볼 것을 추천한다. 바스티아트의 저서들은 150년 전에 집필되었지만 어느 것이나 접할 수 있으며, 마치 우리 시대의 정치적 논쟁들을 위해 쓰인 것처럼 보인다. 우선 〈Selected Essays on Political Economy〉의 'What is seen and What is not seen' 과 'The law'로 시작할 것을 권한다. 그 다음에는 〈Economic Sophism〉을 읽는 것이 좋다. 이 모든 책들은 경제교육재단(Foundation for Economic Education, 800-452-3518로 전화하거나, www.fee.org로 접속하여 연락 가능하다. 또한 이 책들은 www.econlib.org에서 전문을 읽을 수 있다.)에서 출간되었다.

프리드리히 폰 하이에크(Friederich Von Hay)는 밀턴 프리드먼과 함께 권위주의가 창궐하고 자유의 수호자들이 적었던 20세기의 중반에 걸쳐 자유를 위한 논쟁을 이어나가는 데 큰 기여를 하였다. 하이에크의 주장은 프리드먼이나 바스티아트처럼 선명하지는 않지만, 그의 책 〈The Road to Serfdom (University of Chicago Press, 50th anniversary edition, 1994)〉 또는 〈Individualism and Economic Order(University of Chicago Press, reissue edition,1996)〉를 읽어볼 것을 추천한다. 후자의 책에서는 별다른 중앙의 지도 없이도 지식을 종합할 수 있는 시장의 괄목할 만한 능력을 연구한 'The Use of Knowledge in Society'를 접할 수 있다. 이와 관련한 주제는 조정자 없이도 경제활동이 어떻게 조화를 이루는가를 다룬 레오나드 리드(Leonard Read)의 유쾌한 우화 'I, Pencil'에서도 찾아볼 수 있다. 이 우화는 역시 경제교육재단에서 펴낸 리드의 〈Anything That's Peaceful〉에서 접할 수 있다.

애덤 스미스의 '보이지 않는 손'에 대한 의론, 인성, 그리고 경제학에 대한 성찰은 〈An Inquiry into the Nature and Causes of The Wealth of Nations〉에서 접할 수 있다. 애덤 스미스를 탐욕과 무자비함을 사랑하는 사람이라고 오해하는 독자들에게, 그런 편견에 대한 해독제로서 그의 〈The Theory of Moral Sentiments〉를 권한다. 이 책들은 모두 웹사이트 www.econlib.org.에서 접할 수 있다.

### 석유의 고갈(1장)

석유에 관한 샘의 문제와 논의에 등장하는 숫자들은 〈BP Amoco Statistical Review of World Energy(1999, 6)〉와 〈International Energy Statistics Sourcebook(Pennwell, 1995)〉으로 재발행된 〈Oil and Gas Journal〉에서 인용한 것이다. 1970년의 소비량은 사실상 생산량이지만, 그때의 생산량은 대개 소비량과 거의 유사하다. 몇몇 연구자들은 현재의 보유량 추정치인 1조 배럴을 과거의 측정방법으로 비교하는 것은 불가능하다고 믿고 있다. 이 숫자들과 배경지식을 제공해 준 MIT국제연구센터 (Center for International Study at MIT)의 마이크 린치(Mike Lynch)에게 감사를 표한다. 이에 흥미를 느낀 독자들은 줄리안 사이먼(Julian Simon)의 〈The Ultimate Resource 2 (Princeton University Press, 再版, 1998)〉에서 희소 자원에 대해 인간의 창의력이 어떻게 대처하는지 더 알아보기 바란다. 또한 스티븐 랜즈버그(Steven Landsburg)의 〈Fair Play(Free Press, 1997)〉 13장에서 인구성장과 자원활용에 대한 그의 뛰어난 의론을 읽어보는 것도 좋다.

### 에어백(3장)

어린이나 체구가 작은 성인에 대한 에어백의 위험은 미국 도로교통안전관리국 (National Highway Traffic Safety Administration)의 홈 페 이 지 http://www.nhtsa.gov/people/injury/airbag/airbag2/intro/ alert1.htm.에서 확인할 수 있다. 에어백에 온·오프 스위치를 설치하려는 시도는 http://www.nhtsa.gov/airbag/에서 찾아볼 수 있다. 다음은 에어백 문제를 다룬 이 웹사이트의 일부분이다.

1997년 11월 21일 미국의 도로교통안전관리국은 자동차 판매상이나 수리업자들이 위험을 겪을 가능성이 특정한 사람들을 위해 에어백에 온·오프 스위치를 설치하는 것을 허용하는 최종안을 발표했다. 이 법규에 따라, 스위치 설치를 원하는 사람은 도로교통안전관리국에 허가 신청서를 제출해야 한다. 신청이 승인되면, 도로교통안전관리국은 해당자에게 자동차 판매상이나 수리업자에게 제시할 수 있는 승인서를 교부한다. 이 승인서에는 분리가 가능한 부분이 있으며, 스위치를 설치한 자동차 판매상이나 수리업자는 그 부분을 도로교통안전관리국에 제출해야 한다.

1998년 1월 1일부터 지금까지 30,000건이 넘는 신청서가 도로교통안전관리국에 의해 승인되었다. 하지만 판매, 수리업자가 제출해야 할 승인서의 부분은 단지 1,000건만이 도로교통안전관리국에 제출되었다. 두 숫자의 차이 때문에, 그리고 스위치를 설치해 줄 판매, 수리업자를 찾는 수많은 자동차 소유자들의 편지 때문에, 도로교통안전관리국은 스위치를 설치할 용의가 있는 판매업자와 수리업자의 명단을 관리국의 웹사이트에 게시했다. 그 기관은 리스트에 이름을 올리고자 하는 회사들을 부가하면서 기뻤을 것이다.

이 웹사이트의 본문에는 자동차 판매상과 수리업자들에게 온·오프 스위치 설치 때문에 소송을 당할 가능성은 낮다는 것을 알려주며 그들을 안심시키려 노력하는 내용이 나온다.

샘은 온·오프 옵션을 설치하는 비용으로 500달러가 든다고 언급한다. 이 숫자는 2000년 2월 25일 캘리포니아 산호세에 있는 한 자동차 수리센터(Electric Battery Station) 종업원과의 통화에서, 대부분의 차량에 스위치를 설치하는 비용이 475달러에서 525달러 사이라는 것을 확인하고 참조한 것이다. 세인트루이스의 수리센터 중에는 설치비용으로 895달러를 요구하는 곳도 있었다.

### 교사들의 보수(5장)

미연방교사협회(The American Federation of Teachers)는 1999년에 워싱턴 D.C.에서 학사학위를 소지한 신입교사들이 평균 3만 달러를 받은 것으로 추정하고 있다. 사립학교는 다소 연봉이 적지만, 로라가 재직하고 있는 학교가 연봉을 더 주는 경향이 있는 명문사립임을 감안하여 그녀의 연봉을 26,000달러로 설정하였다.

### 노동조합(5장)

1999년 기준으로 민간부문 고용자의 9.4%가 노조에 가입되어 있으며, 10.2%가 노조를 그 대표자로 하였다. 이 자료는 미국 노동성의 노동통계국(Bureau of Labor Statistics)에서 얻은 것이다. 이 정보를 알려준 톰 비어스(Tom Beers)에게 감사한다.

## 최저임금업종(5장)

1999년 기준으로, 시간당 임금을 받고 일하는 노동자의 4.6%가 최저임금, 혹은 그 이하의 금액을 받고 있다. 모든 노동자들을 대상으로 한다면, 그 비율은 현격히 낮아질 가능성이 높다. 이 숫자들은 노동통계국의 현행인구조사에서 인용했다. 노동통계국의 톰 비어스에게 다시 한 번 감사를 표한다.

## 도덕성과 시장(7장)

선량한 사람이 사업에서 성공적이라는 통찰력 있는 논의는 존 뮐러(John Mueller)의 기지 넘치는 저작 〈Capitalism, Democracy, and Ralph's Good Grocery (Princeton University Press, 1999)〉에서 자세히 접할 수 있다. 뮐러가 제시한 예 중의 하나로는, P.T.바르눔(P.T.Barnum)이 서커스에 찾아온 고객들을 경쟁자들보다 훨씬 친절하게 대해 성공한 이야기가 있다. 정직과 고객 서비스에 대한 바르눔의 열정은 〈The Art of Money-Getting (Applewood Books, 1999)〉에서 살펴볼 수 있다. 덧붙여 말하자면, 그는 "There's a sucker born every minute. (방금 일어난 일도 잊어버리는 멍청이가 있다.)"라고 말한 적이 없다.

시장의 미덕과 도덕성이 이윤을 내는 데 도움이 된다는 견해의 19세기 영국 버전은 〈Journal of the Royal Statistical Society〉의 전신인 〈Journal of the Statistical Society of London〉의 1862년 12월호에 실린 에드윈 채드윅(Edwin Chadwick)의 같은 해 10월 캠브리지 강연 'Opening Address of the President of Section F(Economic Science and Statistics) of the British Association for the Advancement of Science, at the Thirty-Second Meeting'에서 찾아볼 수 있다. 채드윅은 다음과 같이 말했다.

나는 지난 반세기를 통틀어 가장 부유하고 성공적인 상인으로 꼽힐 故 제임스 모리슨(Mr. James Morrison) 씨와 알고 지냈음을 기쁨으로 여긴다. 그는 다음과 같은 원칙들이 그의 삶을 성공으로 이끌었으며, 경제학의 건전한 요소로 입증됨을 나에게 확인시켜 주었다. 그 원칙들은 다음과 같다. 항상 소비자의 이익을 고려해야 한다. 싸게 사고 비싸게 팔라는 통상적인 금언과 달리 싸게 산만큼 싸게 팔아야 한다. 소비의 영역을 넓히는 것이 소비자의 이익이 되도록 해야 하며, 빨리 팔고 많이 팔아야 한다. 항상 진실을 말하고, 속임수를 쓰지 않아야 한다. 그는 일반적으로 판매자들에게 가장 어려운 일이 정직성을 유지하는 것이지만, 그것이야말로 성공에 가장 중요한 요인이라고 말한다. 어떤 배의 선장도 배를 가득 채워갈 물건을 가진 상인. 선장들이 상품에 대한 어떤 기술적 지식도 없지만, 그 가격이 구입가에 약간의 마진만 얹어져 매겨졌으며, 다른 어떤 곳에 가도 그것을 더 싸게 구할 수는 없다는 것을 알기 때문에 거래하고자 하는 상인. 그는 이러한 상인이 되어야 한다고 했다.

샘 월튼도 이것을 이보다 더 훌륭하게 표현할 수는 없었을 것이다. 위 글의 전문을 보려면 웹사이트 http://www.jstor.org /cgibin/jstor/listjournal을 참조하기 바란다.

### 생태계 같은 경제(7장)

생태계 같은 경제나 통제받지 않고 시장에 의해 자연스럽게 형성된 질서로서의 경제는 하이에크의 저작에 뿌리를 두고 있으며, 적어도 애덤 스미스까지 거슬러 올라간다. 이 주제를 창의적으로 다룬 저작을 접하고 싶다면 마이클 로스차일드(Michael Rothschild)의 〈Bionomics : Economy as Ecosystem (Henry Hot, 再版, 1995)〉를 참고하라. 생태계의 비유를 사용해 공공정책을 논한 로스차일드의 간결한 기술은 조지 메이슨(George Mason)대학의 메르카터스 센터(Mercatus Center)를 통해 오디오테이프로 접할 수 있다. 제목은 'From Mechanic to Gardener : Changing Roles in the Information Economy' 이며, 10766번 테이프에 실려 있다.

제인 야콥스(Jane Jacobs)는 〈The Nature of Economics (Modern Library, 2000)〉에서 도시개발 문제를 생태계의 비유를 사용한 재미있는 방법으로 묘사했다. 톰 페칭거(Tom Petzinger)는 〈The New Pioneers (Free Press, 1999)〉에서, 신(新)경제에서 이노베이션이 폭발적으로 발생하는 내용을 다루는 이야기에 이 비유를 사용했다. 계획되지 않은 미래를 옹호하는 글을 접하고 싶다면 버지니아 포스트렐(Virginia Postrel)의 〈The Future and Its Enemies(Free Press, 1998)〉를 볼 것을 권한다.

### 달걀과 인플레이션, 그리고 생활수준(7장)

1900년의 교사 연봉에 관한 데이터는 〈Historical Statics of the United States. Colonial Times to 1970 (U.S. Department of Commerce, Bicentennial Edition, 1975)〉의 167 페이지의 일련번호 D-739-754에서 인용한 것이다. 1900년의 달걀 가격은 동서(同書) 213 페이지의 일련번호 E-187-202에서 인용하였다. 20세기 미국 생활수준의 변화를 개괄하고 싶다면 스탠리 레버고트(Stanley Lebergott)의 〈Pursuing Happiness (Princeton University Press, 1993)〉와 마이클 콕스(Michael Cox)와 리처드 암(Richard Alm)의 〈Myths of the Rich and Poor : Why We' re Better Off Than We Think (Basic Books, 2000)〉를 읽어볼 것을 권한다.

### 슬라이드 룰(7장)

저자는 1967년 코이펠(Keuffel)과 에서(Esser)의 2067년의 세상에 대한 연구가 계산기의 도래조차 예견하지 못했다는 것을 읽은 적이 있다. 이 연구보고서는 가짜일 가능성이 있다. (독자들 중에 이 보고서에 대해 아는 분이 있다면, 연락주기 바란다.)

### 메르크(Merck)社의 철학(7장)

메르크 창시자의 아들이자, 1925년에서 1950년까지 이 회사의 회장을 지낸 죠지 W.

메르크(George W. Merck)는 이렇게 말했다. "우리는 약은 환자를 위한 것이라는 사실을 잊지 않을 것입니다. 우리는 약은 사람을 위한 것이라는 사실을 잊지 않을 것입니다. 이윤을 얻기 위한 것이 아닙니다. 우리가 이것을 기억하기만 한다면 이윤은 저절로 따라올 것입니다. 이를 잘 기억할수록, 우리의 이윤은 더욱 컸습니다." 이것은 1950년 그가 버지니아 의대(Medical College of Virginia)에서 한 연설의 일부이다. 참고문헌을 찾아준 메르크사의 그웬덜린 피셔(Gwendolyn Fisher)와 인용문의 저자에게 감사한다. 그녀는 이 글은 메르크사 사내 뉴스레터의 모든 판(版)에 인쇄되어 있으며, 현재의 CEO 레이몬드 길마틴(Raymond Gilmartin)의 연설에서 종종 사용된다는 것도 알려주었다.

### 제빵업자(7장)

제빵업자에 관한 얘기는 바스티아트 윌리엄스(Bastiat Williams)와 월터 윌리엄스(Bastiat Williams)의 예화를 차용한 것이다. 또한 데이비드 헨더슨(David Henderson)과 드와이트 리(Dwight Lee)와의 대화를 통해 도움을 받았음도 밝힌다. 데니스 로버트슨(Dennis Robertson)의 〈Economic Commentaries (Staples Press Limited, 1954)〉에서 인용한 다음 구절에 대해 드와이트에게 감사를 표하고 싶다.

경제학자는 무엇을 경제적으로 사용하는가? "사랑, 사랑이," 공작부인이 말했다. "사랑이 이 세상을 돌아가게 한다." 그러자 앨리스가 낮게 중얼거렸다. "누군가가 말하길, 세상은 사람들이 각자의 일에 신경 쓰기 때문에 돌아간다던데요." 공작부인이 대답하길 "글쎄다, 그건 똑같은 말인것 같구나." (...) 난 우리 경제학자들이 우리 자신의 일에 신경 쓰고, 그 일을 잘하기만 하면 자원의 활용을 최적화하는 데 큰 도움이 되리라고 믿는다. 또한 그것이 사랑이라는 희소한 자원을 완전히 활용하지만 낭비하지 않는 데에도 도움이 되리라 믿는다. 세상의 다른 사람들처럼, 우리 경제학자들도 사랑이 이 세상에서 가장 소중한 자원이라는 것을 알고 있는 것이다.

### 기업의 사회적 책임(11장)

앤드루는 샘의 시장에 대한 믿음을 밀턴 프리드먼의 영향이라고 말한다. 이에 대해서는 〈New York Times Magazine〉의 1970년 9월 13일자에 실린 밀턴 프리드먼의 'The Social Responsibility of Business Is to Increase Its Profits'를 참조하라. 기업의 책임에 대한 간략하지만 유창한 이 논의는 이 책의 몇몇 주제들을 다루고 있다.

### 꿈꾸는 기계(13장)

꿈꾸는 기계는 로버트 노지크(Robert Nozick)의 의식을 확장해 주는 저서 〈Anarchy, State, and Utopia (Basic Books, 1977)〉에서 발췌한 것이다.

### 천국의 어부(15장)

이 이야기의 출처는 기억나지 않는다. 누군가 출처를 아는 사람이 있다면 연락주기 바란다.

### 민간자선단체와 공공복지(15장)

대공황기에 연방차원의 복지정책적 지출이 민간자선단체에 미친 영향과, 오늘날의 민간자선단체의 상태는 저자가 쓴 〈Journal of Political Economy (1984, vol.92, no.1)〉에 실린 'A Positive Model of Private Charity and Public Transfers.'에서 가져온 것이다. 그리고 세인트루이스의 자선단체 중 하나인 관심의 원(Circle of Concern)의 회장 글렌 쾨넨(Glen Koenen)과의 대화에서 도움을 얻었다.

마이모니데스(Mainonides)의 자선의 8단계는 그의 저서 〈Mishne Torah, Zeraim〉의 'Laws of Gifts to the Poor'의 10장, 법칙 7-14에서 찾아볼 수 있다. 다음은 그 단계를 높은 것부터 서술한 것이다.

① 시혜자가 수혜자에게 자립할 수 있는 선물이나 대부(貸付)를 주거나, 일자리를 마련해 주거나 동반자 관계를 형성하는 것.
② 시혜자나 수혜자 둘 다 상대방의 정체를 모르는 것.
③ 시혜자는 수혜자의 정체를 알되, 수혜자는 시혜자의 정체를 모르는 것.
④ 수혜자는 시혜자의 정체를 알되, 시혜자는 수혜자의 정체를 모르는 것.
⑤ 시혜자가 요구받지 않은 상태에서 주는 것.
⑥ 시혜자가 단지 요구받을 때에만 기부하지만, 적절한 금액을 제공하는 것.
⑦ 시혜자가 적절한 것보다 적은 금액을 기부하지만, 기쁜 마음으로 주는 것.
⑧ 시혜자가 내켜하지 않으며 주는 것.

이 텍스트를 연구하고 번역하는 데 도움을 준 랍비 초나 뮤저(Chona Muser)에게 감사를 표한다.

### 민간 바우처(Vouchers)(15장)

수많은 민간 바우처 프로그램의 하나인 어린이 장학재단(The Children's Scholarship Fund)은 1998년에 테드 포스트만(Ted Forstmann)과 존 월튼(John Walton)이 기부한 1억 달러로 시작되었다. 초기에 이들이 개설한 4만 개 장학금에는 백만 명이 넘는 아이들이 지원했다.

이에 관해서는 1993년 4월 26일자 〈U.S. News and World Report〉(웹사이트 http:// www.usnews. com/usnews/ issue/990426/26vouc.htm 참고)와 1999년 4월 21일에 발행된 〈Philanthropy News Digest〉 16호 제 5권을 참조하라.

### 멕시코 공장 이전(17장)

미국 생산시설의 해외 이전이나 세계화의 다른 이슈들에 대한 더 깊은 이해를 원한다면, 국제무역과 무역정책에 관한 나의 저서 〈The Choice: A Fable of Free Trade and Protectionism (Prentice Hall, revised edition, 2000)〉을 참조하라.

### 몰든 밀즈(Malden Mills)(17장)

몰든 밀즈에 관한 논의의 배경지식은 여러 뉴스와, 2000년 2월 29일 몰든 밀즈의 대외업무국장(Director of External Relations for Malden Mills) 지니 왈라스(Jeanne Wallace)와의 전화통화를 통해 얻을 수 있었다.

### 노동시장 변화(17장)

1900년에는 농업부문의 종사자들이 전체 인구의 41%를 차지했다. 이에 대해서는 〈Historical Statistics of the United States : Colonial Times to 1970 (U.S. Department of Commerce, bicentennial edition, 1975)〉의 D시리즈 1 · 10의 126페이지를 참조하라. 1999년의 농업부문 종사자는 전체 인구의 2.5%이다.(〈Economic Report of the President, 2000〉146페이지의 표 B-33 참조.) 비농업부문 종사자 대비 제조업 종사자 비율은 1950년 34%에서 1999년에는 14%로 감소했다.(〈Economic Report of the President, 2000〉 358페이지의 표 B-44 참조.)

### 호주의 죄수들(18장)

본문에 기술된 설명의 배경지식은 찰스 베이트슨(Charles Bateson)의 〈The Convict Ships (Brown, Son & Ferguson, 1959, Glasgow, Scotland)〉에서 얻은 것임을 밝힌다. 베이트슨은 6페이지에서, 항해 도중 몇 명이 살아남았는가에 관계없이 운송을 위임받은 죄수들의 숫자로 보수를 지급할 때의 인센티브를 기술하였다. '죽은 죄수들이 살아있는 죄수들보다 이윤이 확실히 많이 남았다. 왜냐하면 항해 도중 죽은 죄수는 그에 대한 보급량을 저축할 수 있었다는 의미가 되기 때문이다.'

죄수들이 항해 후 얼마나 살아남았는가에 따라 선장들에게 보수를 지급하는 것은 사망률을 극적으로 줄이는 초기의 이노베이션이었다. 항해 일지와 기타 자료 분석에 기초한 베이트슨의 설명에 따르면, 1790년에서 1792년 사이에 사적인 계약에 따라 죄수들을 호주로 운송한 26대 배의 종합 사망률은 4082명 중 498명으로 12%에 이르며, 넵튠(Neptune)이라는 배가 기록한 그 최고치는 37%(424명 중 158명 사망)에 이른다. 1793년, 배에서 몇 명의 죄수들이 내리느냐에 따라 보수를 지급하는 새로운 시스템의 적용을 받는 세 척의 배가 호주로 출발했다. 그리고 422명의 죄수들 중에 단 한 명만이 사망하였다.

베이트슨은 20페이지에서 이 이노베이션은 산발적으로만 사용되었다고 주장했다.

그는 1820년 이후부터의 낮은 사망률이 항해에 해군 소속 의사가 정규적으로 탑승했기 때문이라고 하였다. 그러나 그들도 나름대로의 경제적 인센티브, 즉 죄수들의 건강과 생존에 토대한 보너스를 지급받았던 것으로 보인다. 베이트슨은 의사의 감독의 중요성을 부각시키기 위해 선별적인 숫자들을 사용하기는 했지만, 이렇게 말하고 있다. '신기하게도, 1801년 후부터 죄수 호송선의 상태가 개선되었다.' 같은 페이지 앞부분에서 그가 다음과 같이 말한 것을 보면, 아마도 그것은 그리 신기한 일은 아니었을 것이다. '1800년 이후로 (해군의 의사에게 지불된) 보너스가 가장 자주 지급되었고, 궁극적으로 모든 경우에 지급되었다.'

에드윈 채드윅은 본서의 앞부분에서 인용한 것과 같은 강연에서 죄수들의 상황을 경제학적 시각으로 분석하여 다음과 같이 요약하였다.(그가 언급한 숫자들이 베이트슨의 것과 약간의 차이가 있음을 알린다.)

처음에는 항해 중에 승선한 죄수들의 반수 가량이 배 밖으로 던져지는 사태가 발생했다. 인도주의에 대한 호소는 소용이 없었고, 고통과 죽음은 결과주의적 계약이라는 경제학적 원리들이 적용되기 전까지 자연스럽고 피할 수 없는 것으로 받아들여졌다. 그 후, 배에 승선하는 인원을 기준으로 계약을 체결하는 대신, 살아서 하선하는 인원을 기준으로 지불하는 계약이 체결되었다. 그 결과 사망률과 질병 발생 비율은 1.5%로 감소되었다. 나는 이 원리를 가난한 이주자들에게 적용시키려 노력했고, 만족할 만한 결과를 얻었다. 이런 경우에서는 경제적인 마인드가 감상과 자비심을 능가했다. 그것은 좀처럼 기대하기 힘든 승객들에 대한 선장의 염려를 낳았고, 배에서 죽은 모든 가난한 사람들에게 진심으로 그 죽음을 애도하는 사람이 한 명은 있다는 것을 보증했다.

저자는 드와이트 리를 통해, 그리고 로버트 에켈룬트(Robert Ekelund)와 로버트 허버트(Robert Hebert)의 공저 〈A History of Economics Theory and Method (McGraw-Hill, 1983)〉를 통해 호주의 죄수들에 관한 이야기를 알게 되었다. 채드윅의 1862년 강연을 인용해준 것에 대해 에켈룬트와 허버트에게 감사를 표한다. 그러나 유감스럽게도, 그들의 설명과는 달리 채드윅은 호주 행 죄수들의 상황을 개선할 인센티브 계획을 세우지 않은 것으로 보인다. 하지만 그는 빈곤퇴치법(Poor Law legislation)의 일부로서 그 인센티브를 가난한 이주자들에게 적용하였다.

### 집진기, 이산화황, 그리고 교환 가능한 허가장(18장)

대기오염 방지법(Clean Air Act)과 관련한 교환 가능한 허가장의 비율에 대한 분석은 리차드 슈말렌지(Richard Schmalensee)와 폴 L. 조스코우(Paul L. Joscow), A. 데니 엘러맨(A. Denny Ellerman), 후안 파블로 몬테로(Juan Pablo Montero), 그리고 엘리자베스

베일리(Elizabeth Bailey)가 공동 작성한 보고서 'An Interim Evaluation of Sulfur Dioxide Emissions Trading'과 〈Journal of Economic Perspectives, summer 1998, volume 12, no.3〉에 실린 로버트 스태빈스(Robert Stavins)의 글 'What Can We Learn from the Grand Policy Experiment? Lessons from SO2 Allowance Trading'을 참조하라.

### 아프리카의 코끼리들(18장)

대부분의 뉴스 기사들은, 아프리카의 코끼리 숫자가 1980년대 120만 마리에서 80년대 말 60만 마리로 줄었다고 말한다. 오랜 기간 동안 짐바브웨 코끼리들의 수가 불어나는 것에 대한 여러 가지 추정치들을 보았지만, 그것이 지역 주민들의 이익과 코끼리의 생존과의 상관관계 때문이라는 데 이의가 제기된 적은 없었다. 짐바브웨는 1975년 국립공원야생동물법(Parks and Wildlife Act)과 1980년대의 윈드폴과 캠프파이어 제도 (Operation Windfall and CAMPFIRE, Communal Areas Management Programme for Indigenous Resources, 웹사이트 www. campfire-zimbabwe.org)를 통해 이러한 프로그램을 시작했다.

짐바브웨의 코끼리 수는 1970년대에 3만~4만 마리, 80년대 말에 5만 마리, 그리고 현재 6만~7만 마리에 이르고 있다. 캠프파이어 프로그램을 반대하는 사람들은 밀렵을 줄이는 최선의 방안으로 1989년에 도입된 상아거래 금지법을 선호한다. 그러나 밀렵꾼에 대항하는 비용을 감안할 때, 상아거래 금지법(짐바브웨 외의 지역에서 코끼리의 수를 늘리거나 안정화하는 데 도움이 된 것으로 보이는)의 성공이 계속 유지될 수 있을 것인지는 분명하지 않다.

짐바브웨는 현재 6만~7만 마리의 코끼리가 있으며, 한 해에 200마리를 사냥할 수 있도록 허가하고 있다. 케냐에서는 1980년대에 코끼리의 80%가 사라진 것으로 보이는데, 1989년에는 단 하루 동안 17마리의 코끼리들이 밀렵꾼에게 희생되는 일도 있었다.

위의 내용과 본문에서 논의된 내용의 배경지식을 위해서는 세계 야생생물 기금 (World Wildlife Fund for Nature)의 출판물을 읽어보기 바란다. 그들의 책은 웹사이트 http://www.panda.org/resources/ publications/species/에서도 접할 수 있다. 또한 〈Elephants and Ivory: Lessons from the Trade Ban (Institute of Economic Affairs, 1994)〉나 켈빈 힐(Kelvin Hill)의 보고서 'Zimbabwe's Wildlife Conservation Regime: Rural Farmers and the State'가 실린 〈Human Ecology (Volume 19, 1991)〉를 참고해도 좋다. 체리 수갈(Cheri Sugal)이 〈Environmental News Network, April 1997〉에 발표한 'Can CAMPFIRE Save the Elephent?'도 도움이 될 것이다. 밀턴 M. R. 프리맨 (Milton M. R. Freeman)과 우르스 P. 크로이터(Urs P. Kreuter)가 편집한 〈Elephants and Whales: Resources for Whom(Gordon and Breach Science Publishers, 1994)〉에 실린 랜디 시몬스(Randy Simmons)와 우르스 크로이터(Urs Kreuter)의 공동 집필 'Economics, Politics, and Controversy Over African Elephant Conservation'이나 테

리 앤더슨(Terry Anderson)과 피터 힐(Peter Hill)이 편집한 〈Wildlife in the Marketplace (Rowman and Littlefield, 1995)〉도 읽어볼 것을 권한다. 그리고 유타 주립 대학(Utah State Univ.)의 랜디 시몬스(Randy Simmons)와 텍사스 A&M 대학(Texas A&M Univ.)의 우르스 크로이터(Urs Kreter)의 대화에서 도움을 받았다.

캠프파이어 프로그램에 의해 제공되는 인센티브에 대한 부정적인 견해는 〈CAMPFIRE: A Close Look at the Costs and Consequences(Human Society of the United States, April 1997)〉에서 접할 수 있다.

## 옐로우스톤의 고라니들(18장)

고라니와 늑대, 비버에 관한 논의는 앨스톤 체이스(Alston Chase)의 〈Playing God in Yellowstone〉, 존 베이든(John Baden)과 도날드 릴(Donald Leal)이 편집한 〈Land and Resource Management in the Greater Yellowstone Ecosystem(Pacific Research Institute for Public Policy, 1990)〉, 토지환경 연구센터 PERC(The Property and Environment Research Center)의 보고서(vol.15, No.2, June 1997)에 실린 〈Yellowstone; Ecological Malpractice〉, 그리고 로버트 베스치타(Robert Beschta)가 옐로우스톤공원 유제동물관리를 위한 천연자원협의위원회(Natural Resources Council Committee on Ungulate Management in Yellowstone Park)에 제출한 보고서에서 찾을 수 있다. 위의 자료들에 덧붙여서 경제·환경연구협회(Foundation for Research on Economics and the Environment)의 존 베이든, 오레곤 주립대학(Oregon State Univ.)의 로버트 베스치타, 경제·환경연구협회의 피트 게데스(Pete Gedes) 그리고 유타 주립대학(Utah State Univ.)의 찰스 케이(Charles Kay)의 대화에서 도움을 얻었다.

옐로우스톤공원 관리들은 고라니 개체수의 증가가 가져온 옐로우스톤의 생태계 문제나 그들의 정책 실패를 인정하지 않는다. 또한 그들은 버드나무와 미루나무가 줄었다는 것에 대해서도 이견을 보인다. 공원 측의 공식 입장은 웹사이트 http://www.nps.gov/yell/index.htm에서 보라.

최근 몇 년간, 국립공원관리국(National Park Service)은 어떤 지역에는 인간의 지대한 개입을 허용(육식동물의 제거, 수백만 관광객의 입장 허용 등등)하면서도, 또 어떤 지역은 그냥 자연 그대로의 상태(고라니의 숫자를 억제하지 않은 채 방치하는 것 따위)로 내버려두는 '자연스러운 규제' 정책을 취하고 있다. 이에 대한 대안은 다니엘 보트킨(Daniel Botkin)의 〈Discordant Harmonies (Oxford University Press, 1990)〉에서 접할 수 있다.